돌팔이 의사

돌팔이 의사

펴 낸 날 │ 2019년 6월 15일 초판 1쇄
          2019년 8월 10일 초판 3쇄

지 은 이 │ 포프 브록
옮 긴 이 │ 조은아
펴 낸 이 │ 이태권

물류책임 │ 권 혁

펴 낸 곳 │ (주)태일소담
          서울특별시 성북구 성북로66 3층 301호 (우)02835
          전화│02-745-8566~7 팩스│02-747-3238
          등록번호│1979년 11월 14일 제2-42호
          e-mail│sodambooks@naver.com
          홈페이지│www.dreamsodam.co.kr

ISBN   979-11-6027-156-0 (03840)

이 도서의 국립중앙도서관 출판시도서목록(CIP)은 서지정보유통지원시스템 홈페이지
(http://seoji.nl.go.kr)와 국가자료공동목록시스템(http://www.nl.go.kr/kolisnet)에서
이용하실 수 있습니다.(CIP제어번호: CIP2019021819)

• 책값은 뒤표지에 있습니다.
• 잘못된 책은 구입하신 곳에서 교환해드립니다.

CHARLATAN
돌팔이 의사

포프 브록 지음 | 조은아 옮김

소담출판사

딸, 몰리와 헤나를 위해

선생, 진실이란 암소는
그런 이들에게 더는 우유를 내어주지 않을 겁니다.

그래서 그들은 수소의 젖을 짜러 떠났답니다.

         - 새뮤얼 존슨Samuel Johnson

차례

프롤로그 11

CHARLATAN

긴장감 넘치는 수술대

1930년, 9월 15일

전문가들이 시연회를 보기 위해 모습을 드러냈다. 그러나 캔자스 시티에서 출발한 차량 한 대가 꽉 막힌 도로 때문에 아직 도착하지 못한 상황이었다. 그들은 오전 11시가 다 되어서야 밀퍼드—리퍼블리컨 강둑 위로 유별나게 큰 우체국이 세워진 아주 작은 마을—에 도착했다. 운전사는 주차하기 위해 병원 주위를 돌며 그늘진 곳을 찾았지만 마땅한 장소를 찾지 못했다.

그해 여름, 캔자스에는 기록적인 폭염이 찾아와 빽빽하던 옥수수밭은 온데간데없이 사라지고 말라비틀어진 줄기만 남았다. 반경 수 킬로미터 내 흙바닥이 전부 쩍쩍 갈라졌고, 얇은 미루나무 몇 그루말고는 식물이라고 할만한 게 없었다. 새장을 닮은 송수신 탑의 그림자가 마치 그림처럼 땅 위에 드리워졌다.

철컹. 출입문이 열리자, 직원 둘이 나와 뒤늦게 도착한 방문자들을 맞이했다. 회의실로 이동하니 먼저 온 일행들과 레모네이드가 그들을 반겼다.

캔자스 의료위원회 회장 J. F. 해식 박사를 비롯해 20명 이상의 의사와 기자들은 곧장 비좁은 계단을 소란스레 올라가며 2층으로 향했다. 부원장인 호라티우스 드와이트 오스본이 일행을 안내했다. 그가 개와 같은 충성심의 상징이었던 이유는 귀가 하나뿐―더 정확히 말해 귀가 하나만 남아 있었다―이었기 때문이다.

방문자들은 복도를 따라 걸었다. 병실을 자세히 들여다보던 의사들의 눈빛에는 놀라움이 가득했다. 아니면, 부러움의 눈빛이었던 걸까? (한 기자에 따르면 그곳의 시설은 "타의추종을 불허할 정도로 현대적이고 편리하며 호화로웠다")

각양각색인 16개의 개인실에, 대형 소파와 용기를 북돋울 것만 같은 미술품, 오밀조밀한 장식품들을 채워 넣은 걸로 봐서는 브링클리 부인의 솜씨가 분명했다. 침대 맡 라디오에서는 컨트리 음악이 흘러나오고 있었다. 그러니까 방문자들은 치료술과 주술의 흔치 않은 조합을 목격하고 있는 것이다. 게다가 의학박사, 외과석사, 법학박사, 공중위생학사, 이학박사이자 세계적 석학인 존 R. 브링클리 박사가, 자신의 의학적 성지로 캔자스주의 밀퍼드라는 작은 마을을 선택했다는 사실이, 그곳을 더욱 인간적으로 느껴지게 했다.

사찰을 마친 방문자들은 다시 1층으로 내려왔다. 그리고 소위 '트로피룸(trophy room)'이라고 불리는 곳에 진열된 독특한 절제 부위들을 유심히 살펴봤다. 그때 창밖으로 시연회의 주최자―중국인들은 그를 '인류의 버뱅크'라 불렀다―가 건물을 향해 걸어오는 모습이 보였다. 엷은 갈색의 반다이크 수염을 기른 브링클리 박사는 흰 가운에 모자까지 완벽히 갖추고, 손에는 마스크를 들고 있었다. 아래층 복도로 들어온 그는 방문자들을 향해 손을 흔들었다. 압박감을 망각한 듯 그는 상당히 평온해 보였다. 수백 회나 집도한 수술이지만 여러 유명인사 앞에서 시연하는 경우는 처음이었다.

브링클리는 몇몇 사람과 악수를 하고, 감사의 뜻으로 모두에게 손을 흔든 후 수술실로 들어갔다. 수술 보조가 방문객들에게 소독한 가운을 나눠주었다. 마지막 매듭을 묶었을 때, 또 다른 보조가 문을 열며 말했다. "이쪽입니다. 신사 여러분."

수술실은 무척 비좁았다. 위원 12명과 참관인 4명, 기자들까지 모두 최선을 다해 몸을 구겨 넣으며, 의료진과 수술대 위의 남자를 위해 충분한 공간을 만들려고 애썼다. 브링클리 박사가 환자를 소개했다. "이 분은 X 씨입니다."

방문객들이 웅성대며 인사하자, 55세 집배원인 X 씨가 미소를 지었다.

브링클리 박사가 고갯짓을 하자, 사다리꼴 모양의 모자와 안경을 쓴 브링클리 부인이 나와 환자의 허리 바로 아래에 국소마취제를 두 차례 주사했다. 의료진들은 우산 틀로 만든 조명장치를 만지작거리며 브링클리 박사가 만족할 때까지 전구의 각도를 이리저리 움직였다.

그때 한 잡역부가 지하에서 염소를 데리고 왔다. 염소가 왜 지하에 있었는지는 알 수 없다. 다른 염소들은 밖에 있는 우리에서 상쾌한 공기를 마시며 지냈고, 당시에도 열린 창문을 통해 염소의 울음소리가 들려왔다. 어찌 됐든 중요한 건, X 씨가 태어난 지 3~4주 된 이 숫염소를 선택했다는 것이다.

조그만 탁자 위에 놓인 염소는 덜덜 떨며 발굽을 달가닥거렸다. 브링클리 부인이 의자를 옮겨 염소 가까이로 갔다. 소독약에 막 담갔다 꺼낸 그녀의 손끝이 번쩍이는 수술 기구 위로 향했다. 간호사가 거즈 세트를 들고 그 옆에 섰다.

잡역부가 염소의 머리를 붙잡고 있는 동안, 브링클리 부인은 염소의 아랫배에 머큐로크롬*을 발랐다. 그러고는 작은 수술용 가위를 집어 들었다. 복도 아래까지 염소의 울음소리가 울려 퍼졌다.

간호사가 두 손을 내밀자 브링클리 부인이 염소의 고환을 거즈 위에 하나씩 올려놓았다. 간호사는 그것을 스테인리스 쟁반에 담아 수술용 장갑을 끼고 있는 브링클리 박사에게 가져갔다. X 씨는 이마에 젖은 수건을 얹은 채 가벼운 결박 상태로 누워 있었다. 브링클리 박사는 고환을 면밀히 살펴본 후, 마스크를 올리고 수술을 시작했다.

"이 독특한 외과수술을 참관하는 동안 '브링클리'의 대담함에 불안해하며 자리를 뜬 사람은 없었다."《캔자스시티 저널 포스트》는 이렇게 보도했다.

참관 보고서를 작성하기로 한 공식 참관인 네셀로드, 애저튼, 오

---

* 흔히 빨간약으로 불리는 소독약_옮긴이

르, 카 박사가 수술대 바로 옆에서 상황을 지켜보았다. 브링클리 박사는 모두가 수술 장면을 제대로 볼 수 있도록 신경 썼다. 이따금씩 돌아서서, 소위 4단계 복합수술이라고 불리는 과정을 설명하기도 했다.

해식 박사는 브링클리 박사가 환자의 음낭 두 군데를 동일하게 절개하는 모습을 꼼꼼히 지켜보았다. '고환을 길게 절개하고 뭉툭한 바늘로 각 절개 부위에 0.5퍼센트 머큐로크롬을 2cc 주입'했다. 그러고는 막 적출한 염소 고환을 그 절개 부위에 이식한 후, '벌어진 조직'을 봉합했다.

10분으로 예정되었던 수술이 15분이 지나도 끝나지 않자, 참관인들은 눈빛을 주고받기 시작했다. 브링클리 박사는 해명도 포기한 채, 수술대로 몸을 더 바짝 숙였다.

수술을 시작한 지 20분…, 30분이 흘렀다. 브링클리 박사가 침착한 모습을 보이려고 애썼지만, 환자가 잘못될지도 모른다는 막연한 두려움이 참관인들의 관자놀이를 스치기 시작했다.

누군가가 개입해야 하지 않을까?

모두의 불안감을 감지했는지, 브링클리 박사가 잠시 수술을 멈추고 마스크를 내린 뒤 안심하라는 듯 미소를 지어 보였다. 그러고는 다시 수술에 집중했다.

45분이 지나서야, 브링클리 박사는 마지막 봉합을 마치고 뒤로 물러섰다. 간호사의 부축을 받으며 일어서던 X 씨가 휘청거리며 살짝 고꾸라졌지만, 이내 안정을 되찾았다. X 씨는 몇 차례 심호흡을 했다. 그리고 수술대에서 미끄러지듯 내려와 비틀거리며 수술실을 나갔다.

브링클리 박사가 마스크를 벗었다. 그는 수술의 성공을 알리며, 예기치 못한 합병증에 대해서도 솔직히 이야기했다. 그래도 시연을 통해 자신의 기술과 재능을 증명해 보일 수 있어 다행이라는 생각도 넌지시 내비쳤다.

"여기 계신 신사 분들 중에서 이러한 치료가 필요하다고 생각하는 환자들이 있으시다면…," 그는 점잖게 마무리 지으며 말했다.

"기꺼이 이곳으로 모셔 치료해드리겠습니다."

캔자스 의료위원회 위원들은 브링클리 박사에게 감사와 작별의 인사를 한 뒤, 점심 식사를 위해 정션 시티 인근의 바펠하우스로 이동했다.

48시간 후, 그들은 '중대한 부도덕성과 비전문가적 행위'를 근거하여 브링클리 박사의 의사면허를 만장일치로 취소했다. 캔자스 대법원은 항소를 기각하며 판결 이유를 다음과 같이 설명했다.

도덕 관념 없이 경험에 기대어 의료행위를 하였고, 사기꾼의 도덕 기준에 따라 행동해온 데다, 잘 계획한 사기를 면허로 완성하여 … 하찮은 속임수 수준을 넘어섰다.

《캔자스시티 스타》는 사기꾼의 말로를 이렇게 기렸다.

밀퍼드 최고의 돌팔이 의사는 끝났다.

그러나 그들의 확신은 완전히 잘못된 것이었다.

01

제1차 세계대전이 발발하기 전, 윌리스와 윌리스 라인하르트 형제
는 런던 의학연구소, 파리 의학연구소, 하이델베르크, 코펜하겐 등
에서 해부학 전시관을 성공적으로 운영하고 있었다. 형제는 디모
인, 포트웨인, 이스트 세인트루이스 등 미국 중서부 도시에 전시관
을 열고, '비밀스런 남성질환'을 기록하고 치료하는 데 전념했다.
대부분의 전시관에는 커다란 진열창이 있었는데, 그곳에 전시된 작
품들은 늘 업계의 화젯거리가 되었다.

미니애폴리스에서 열린 가장 유명한 전시는 '죽어가는 커스터
(The Dying Custer)'였다. 커스터는 성 세바스찬처럼 온몸에 화살을
맞은 채, 화려하고 입체적인 그림을 배경으로 누워 있었다. 붉은 살
점, 시체, 석고 독수리가 풍성함을 더했다.

그러나 지나가던 사람들의 눈길을 사로잡은 건, 천천히 리드미컬
하게 들썩이던 커스터의 가슴이었다. 사람들은 자신도 모르게 커스
터의 호흡을 따라하며 그를 빤히 쳐다보았다. 그 과정에서 라인하
르트 형제의 메시지가 효과적으로 전달되었다. 실제로 커스터와 발
기부전의 연관성은 은유적이었지만, 조바심을 내는 일부 시민들의
정곡을 찌르기에는 충분했다. "힘은 사라지고 젊음도 파괴되었지
만 아직은 아니다. 아직 그 정도는 아니다." 이 건물 안에서는 흰 털

이 점점 늘어가는 사람들에게도 희망이 있었다.

라인하르트 형제는 공포와 희망을 상습적으로 결합시켰다. 전시관 전속 작가였던 무슈 브루야드가 디자인한 인디애나 게리의 진열장에는, 쌕쌕거리는 인공호흡기로 매독에 걸린 아기를 구하려고 안간힘을 쓰는 의사와 간호사의 디오라마*가 전시되었다.

그러나 아무리 예술성이 뛰어나더라도, 전시만으로는 업계 최고가 될 수는 없었다. 시카고의 비엔나 의학연구소는 36개의 가맹점을 거느린 본사로서, 혁신적인 표준화와 품질관리를 실시했다. 그 출발점은 영업사원 교육이었다. 모든 영업사원은 본사에서 '단기 의과대학'을 수료해야만 일을 시작할 수 있었다.

그 후에도 직원들은 반다이크 수염에 흰 가운을 입고 게리의 계열사에서 추가로 교육을 받았다. 그들은 환상의 복식조, 길버트와 설리번처럼 연습에 몰두해야 했다. 정해진 훈련을 모두 마친 후에야 고객을 만날 수 있었다.

영업사원들은 전시관 안내원으로 일하며 성공률 20퍼센트(하루 평균 40명의 방문자 중 8명)를 달성해야 했다. 그러지 못하면 다른 직장을 알아봐야 했다. 각 연구소의 관리자는 매일 세 차례 본사에 재정 보고서를 제출했다.

전시관 입장료는 무료였지만, 아바다바 주스는 유료였다. 출구에서 판매하는 이 전설의 묘약은 진정과 회복, 의욕과 자신감 고취에

---

* 배경과 모형을 설치하여 실물을 재현한 것-옮긴이

효과적이었다. 말라죽은 가지에서 초록색 잎을 틔웠으며, 임질을 치료하고 예방하여 고객들을 만족시켰다.

이 주스의 성분은 대체 무엇이었을까?

1850년대 라파엘 박사에 의해 미국 최초로 개발되어 널리 유행한 이 남성 강장제는, 아라비아 왕실의 제조법에 '근대 점성가의 신비한 영향'이 더해져서 강력한 효력을 발휘했다. 보메 데 비, 엘릭서 레노반스, 앤서니 벨루의 시럽 비테, 존 케이스의 영예로운 연금술사 등 태초 이래로 다른 시공간에 존재했던 강장제들은 또 어떻게 만들어졌을까?

라인하르트 형제의 강장제에는 세 가지 재료(알코올, 설탕 그리고 소량의 '아쿠아 미주리아나스 콴티탯 수피시아트 애드 콩 II')가 들어 있었다고 한다. 그러나 이것도 학설일 뿐이다.

형제가 만든 강장제는 유명한 만큼 경쟁상대도 많았다. 황혼기에 마땅한 일을 찾던 사람들이 너도나도 비슷한 사업을 시작했다. 1907년 테네시 녹스빌의 버크 박사 역시, 존 브링클리라는 점원과 함께 작은 가게를 운영하고 있었다.

당시 브링클리는 22세 청년이었다. 엄밀히 따져 의사는 아니었지만, 환자들이 그의 흰 가운을 보고 안심했다면 어느 정도 치료를 했다고도 볼 수 있다. 사실 브링클리는 성과급을 받는 영업사원이었다. 그는 고객이 문을 열고 들어오는 그 짧은 순간에, 재빨리 사업성을 검토한 후 침착하게 영업을 시작했다. 이 젊은 의사는 호탕하게 웃으며 고객과 담소를 나누었고, 관심을 보이는 고객에게 가게 이곳저곳을 구경시켜주었다. 잠시 후, 두 사람은 남성 매독 환자의 단계별 증상이 묘사된 전시장 중앙을 따라 걸어갔다. 그 이후부터는 설명이 필요 없었다. 장식장에 진열된 장기는 점점 더 기형적으로 변형되고 변색되었다. 브링클리는 이것들을 한센병과 비교하여 설명하기도 했다.

그리고 마지막 방에서 '더 보이'를 만났다. 제대로 된 '무상교육 해부학연구소'라면 '더 보이'를 적어도 하나씩은 가지고 있었다.

이 단계에서 다음의 장면이 무수히 반복되었다. 영업사원이 뒤에 서서 신발 끈을 묶으려고 몸을 숙이면, 고객은 홀로 직사각형 유리 기둥에 다가간다. 기둥의 내부는 칠흑같이 어두웠다. 기둥으로 조심스럽게 다가가던 고객은 더 가까이 보고 싶은 듯 안내원을 힐끗 돌아본 후, 바짝 붙어서 그 안을 들여다본다. 그 순간 갑자기 조명이 환하게 켜지면서, 바보처럼 활짝 웃고 있는 밀랍인형 —더 보이— 의 얼굴이 눈앞에 나타난다. 그 자체로도 무섭지만 그 위에 적힌 경고 문구는 더 끔찍하다.

"잃어버린 정력"

고객의 눈앞에 나타난 것은, 단순히 누런 두 눈이 흘러내리는 혐오스러운 얼굴이 아니었다. 그는 미래를 보고 있었다. 자기 자신을 보았던 것이다.

성병에 걸린 이 가부키 —돌팔이 의사 말로는 '설득하는 자'—를 보여주고 나면, 나머지 과정은 대개 수월하게 흘러간다.

브링클리는 이 가엾은 죄인을 버크 박사에게 데려갔다. 버크 박사는 그 자리에서 '갈증을 느낀 적은 없는지', '가끔 피로감에 시달리지는 않는지' 진찰한 후, 불투명한 병에 담긴 강장제를 꺼내 보였다. 그럼 고객은 그 약이 자신의 장기뿐만 아니라 생명까지 구해줄 거라 믿었다. 가격은 10~20달러로 '더 보이'만큼 충격적이지만, 제정신인 사람이 그 돈을 아까워하겠는가? 잠시 후, 엉터리 약을 들고 나가는 고객의 등 뒤로 가게 문이 굳게 닫혔다.

그 순간에 브링클리가 느꼈을 만족감이 어느 정도였는지는 알 수 없다. 다만 이 엄청난 사기꾼의 만족감은 그리 오래가지 않았던 것 같다. 가짜 약의 공급을 더 늘리지 않았기 때문이다. 게다가 너저분한 방 두 개가 딸린 가게에서 조악하기 이를 데 없는 밀랍인형과 일한다는 사실은, 대단한 야심가였던 브링클리를 때로 우울하게 했을 것이다.

그러나 한편으로는 어린 나이게 그렇게 멀리까지 갔다는 사실에 자부심도 느꼈을 것이다. 브링클리는 테네시주에 인접한 그레이트스모키 산맥에 둘러싸인 노스캐롤라이나의 작은 마을, 베타에서 태어났다. 그는 다른 이웃들과 마찬가지로 바위투성이 언덕의 작은 농장에서 자랐다. 옥수수죽과 채소가 주식이었고, 겨울에는 마대자루를 동여매서 부츠처럼 신었다. 비가 오는 날이면 골짜기가 안개로 뒤덮였다. 울창한 숲과 험준한 지형 탓에 외지인은 수탉의 이빨만큼이나 드물었다. 이러한 폐쇄적인 환경이 바깥세상의 소문을 더 흉흉하게 만들었고, 이로 인해 베타에서 나고 자란 사람들은 대부분 그곳에 뿌리를 내리고 살았다.

그러나 브링클리는 달랐다. 어느 주민은 그를 "좀 무모했던 소년"으로 기억했다. 또 다른 주민은 "귀뚜라미처럼 활기가 넘쳤다"고 말했다. 브링클리는 늘 열정적으로 미래를 꿈꿨다(그는 훗날 말했다. "나는 내가 노예를 해방시키고, 사람들을 계몽시키고, 내 사람들을 지키기 위해 암살범의 총알에 맞서고, 아픈 사람을 치료할 거라고 생각했다"). 하지만 노예 해방과 계몽이 누군가에 의해 이루어지고 암살 대상이 될 만큼 관심받지 못하자, 그는 네 번째 꿈을 선택했다. 일단 그는 샐리 와이크와 결혼했다. 그녀는 이웃 농장에 살던 성마른 성격의 아가씨였는데, 브링클리 못지않게 산이란 감옥을 탈출하고 싶어 했다.

두 사람이 잠시 살았던 하숙집의 주인 앤 베넷 부인은 이렇게 회상했다. "그 부부는 일행 몇 사람과 이 마을 저 마을로 옮겨다니며 소규모 공연 같은 걸 했어요."

브링클리는 노래를 부르고 춤을 추며 사람들을 치료했다. 그는 갓 스무 살의 어린 나이에 치료사의 일종인 퀘이커 닥터(Quaker doctor)가 되어 이곳저곳을 돌아다녔다. 그러나 퀘이커 닥터의 자격 번호는 거의 알려져 있지 않았고, 당시 일부 떠돌이 퀘이커 닥터들은 자격 번호를 속이거나 청렴하기로 유명한 그들의 명성을 이용하기도 했다. 속임수가 들통날 때도 있었지만 상관없었다. 어차피 모든 사람을 속일 수는 없기 때문이다.

퀘이커 닥터들은 주로 밤에 활동했다. 광고 전단이나 입소문을 통해 구경꾼이 몰려드는 사이에, 무대를 설치하고 각 모퉁이에 횃불을 세웠다. 브링클리의 공연에 대한 구체적인 기록은 없지만, 퀘이커 닥터들이 공통적으로 사용하던 공연 순서가 있었다. 먼저 바이올린 연주자나 댄서가 무대에 올라 분위기를 띄우면, 곧 이어 짤막한 교훈극이 펼쳐졌다. 극 중의 귀족이나 곱슬머리 여성이 기적의 강장제를 먹지 못해 안타깝게 숨을 거두면, 모닝코트와 단추를 끝까지 채운 바지를 입은 의사(브링클리)가 정찬용 접시를 머리에 쓰고 무대에 올라 노래를 부르며 아이어의 변비약을 팔았다. 버독 블러드 비터스나 앤트 패니의 웜 캔디를 가지고 나오기도 했다. 확실한 건, 그게 무엇이든 하나같이 만병통치약이었다는 것이다.

돈 냄새만큼은 기가 막히게 맡았던 브링클리는 일찍이 '공연하는 돌팔이 의사'의 전형이 되었다. 습지와 비프스테이크 광산, 실재하지 않는 명소의 입장권이 저절로 팔리던 미국에서도, 의료 사기는 단연 으뜸이었다.

1893년 시카고 세계박람회에서 카우보이 복장을 한 남자가 무대에 오르더니, 방울뱀 12마리의 목을 한꺼번에 졸랐다. 그는 거기에서 나오는 액체를 '스네이크 오일'이라고 소개했고, 사람들은 그 약을 앞다투어 사갔다.

물론 의료 사기는 어느 시대, 어느 문화에서나 번성했었다. 대부분의 사기가 탐욕을 표적으로 삼지만, 그중에서도 특히 의료 사기는 칼 융의 명제인 '죽음에 대한 공포와 기적에 대한 갈망'을 깊숙이 파고든다. 게다가 날이 어두워지면 사람들은 대체로 바보가 된다.

미국만큼 돌팔이 의사가 넘쳐나고, 그들에게 쉽게 이용당한 나라
도 없을 것이다. 초창기에 서부로 몰려들었던 돌팔이 의사들은 이
마을 저 마을로 옮겨다니며 자신의 기술을 다른 사람들에게 가르
쳤다. 사기 피해자는 비둘기만큼이나 흔했다. 수많은 미국인들에게
병원은 대개 간사하고 교활한 장례식장이었고, 의사는 사람들을 계
속 병들게 해서 경제적 이득을 취하는 사기꾼이었다. 그러나 미국
인들의 비뚤어진 심리 탓에, 건국 즈음부터 돌팔이 의사는 단순히
받아들여진 정도가 아니라 매우 열렬히 환영받았다.

이러한 현상은 19세기 초에 처음 나타났다. 평범함을 예찬하는
잭슨 민주주의가 득세하던 시대에 목사, 의사, 변호사 같은 미국의
엘리트층과 여전히 프랑스 혁명을 헤매던 사람들은 힘을 잃었다(적
어도 정신적으로는 그랬다).

사람들은 무자격 의사를 용인해주었을 뿐 아니라, 적극적으로 요
구하기까지 했다. 무자격 의사들이 너무 많아지자 세 개 주를 제외
한 나머지 주들은 의사면허 취득 조건을 사실상 폐지했다. 19세기
중반, 교육학자 레뮤얼 섀턱은 매사추세츠 입법부의 지시로 위생조
사를 실시한 후 이렇게 보고했다.

"남자든 여자든, 유식하든 무식하든, 정직한 사람이든 파렴치한
이든 상관없이 누구나 의사란 이름을 사용할 수 있으며, 환자가 낫
든지 죽든지 책임지는 일 없이 누구에게나 '의료행위'를 할 수 있는
이곳은 진정한 자유국가다!"

전폭적인 규제완화는 오클라호마 랜드러시(Oklahoma Land

Rush)*와 맞먹는 돌팔이 의사 열풍으로 이어졌고, 그 영향은 수 세대에 걸쳐 지속되었다. 합법적인 의사들이 이에 맞서 싸우려 했지만, 경력에 오점만 남길 뿐이었다.

미국 창립자의 동료이자 독립선언서의 서명자이며 미국 의학의 아버지로 잘 알려진 러시 박사는 사후에도 수년간 미국에서 가장 유명한 의사로 불렸다. 그는 의학계 고문으로서 근면하고 정직하게 활동했지만 사망 제조기로 매도되기도 했다. 러시 박사는 수은을 섞은 염화제일수은(calomel, 심각한 설사와 잇몸 출혈, 통제 불가한 침분비를 야기함)을 인체에 대량 주입하거나 뜨거운 다리미로 피부에 수포를 만들었으며(목적 없는 고통이었다), 담배연기 관장요법과 대량출혈을 통한 치료를 선호했다. 비록 고의는 아니었지만 러시 박사가 조지 워싱턴의 살해범이라고 믿는 사람들도 있다.

그러나 악랄함 이면에는 좋은 면이 있기 마련이다. 러시 박사와 같은 사람들 덕분에 심장, 간, 신장 등의 퇴행성질환이 거의 알려지지 않았다고 볼 수 있다. 그런 병에 걸릴 만큼 오래 산 사람들이 극히 드물었기 때문이다.

그렇다면 돌팔이 의사는 어떤 사람이었을까? 전염병과 독극물의 아수라장에서 그런 것이 중요하기는 했을까? 지진대비약을 사는 것은 분명 돈 낭비였을 것이다. 러시 박사와 동시대를 살았던 엘리샤 퍼킨스는 전류를 발생시키는 '갈바닉 트랙터'를 가지고 나타나

---

* 1889년 미국 정부가 오클라호마에서 인디언을 내쫓고 그 땅을 미국인들에게 선착순으로 분배한 사건-옮긴이

간교한 말장난을 늘어놓으며, 금속 막대 두 개를 몸에 문지르고 소란을 피우기는 했어도 히포크라테스의 원칙에 동의했고 누구에게도 피해를 입히지 않았다. 퍼킨스 역시 러시 박사처럼 자신의 일에 신념을 가지고 있었다. 결과적으로 두 사람의 주장이 모두 잘못된 것으로 밝혀졌지만, 한 사람은 명예를 얻었고 다른 한 사람은 비난을 받았다.

이러한 역사적 맥락을 고려해보면, 존 브링클리에게 속아 넘어간 사람들—특히 아프거나 두려움에 떠는 사람들—이 무대에 선 청년의 미심쩍은 말에 넘어간 까닭이 더욱 쉽게 이해된다.

브링클리가 생기를 불어넣는 효능과 저렴해도 너무 저렴한 가격을 목청껏 홍보하는 동안, 공범들은 약병을 한아름 들고 군중 속을 돌아다녔다.

"매진입니다, 선생님!"

"신의 축복이 함께하기를, 나의 친구들이여!"

소규모 극단은 몇 달 만에 해체되었고, 브링클리는 그 후로 두 번 다시 노래를 부르거나 춤을 추지 않았다. 그러나 그곳에서의 경험을 통해 훗날 세계무대에 적용할 몇 가지 중요한 교훈을 얻었고, 19세기 광대가 아닌 20세기 가짜 과학자로 살아가게 되었다. 그리고 버크 박사와 함께 일하면서 마침내 자기에게 어울리는 옷을 입게 되었다. 그러나 초창기 롤모델이었던 에이브러햄 링컨처럼, 브링클리의 야망은 쉬는 법을 모르는 작은 엔진이었다. 결국 1908년, 그는 대도시가 있는 북부로 향했다.

ℒ 02 ℒ

적어도 한 가지는 익숙했을 것이다. 시카고강을 따라 늘어선 곡물 창고 위로 낮게 깔린 안개는 그가 살던 스모키 산맥을 떠올리게 했다. 어떤 날에는 안개가 도시 전체를 집어삼키기도 했다. 증기와 석탄 연기로 뒤섞인 안개는 현관 앞에 머무르거나 좁은 골목을 따라 서서히 부풀어 올랐고, 그 안에서 마치 꿈결처럼 행인들이 불쑥불쑥 터져 나왔다.

시카고는 빛으로 이 안개 문제를 해결했다. 세계박람회에서 스네이크 오일과 함께 에디슨의 위대한 발명품이 소개되었고, 그 후로 시카고는 에디슨의 단골손님이 되었다. 한 시민은 이렇게 말했다.

"수많은 가로등이 언덕을 따라 줄지어 서서 온 사방을 비추었습니다. 그러느라 빛을 물 쓰듯 낭비했죠. 전국의 연간 에너지 사용량을 단 일주일 만에 다 써버릴 정도였으니까요."

황금빛 해안을 따라 밤거리를 배회하던 브링클리는 불빛 아래에서 늘 꿈꿔왔던 세상과 처음 마주했다. 미시간호의 오염된 강물을 따라 일렬로 늘어선 대저택이 브링클리를 반겼다. 울타리와 개방형 마구간, 최상급 말들의 엉덩이 뒤로 라인강의 성채, 고딕 양식의 요새, 중세의 망루가 보였다. 모든 것이 입맛에 딱 들어맞지는 않았지만, 오히려 그 점이 중요했다. 이 새로운 귀족 계층―단추와 직물의 영주이자, 돼지고기의 왕—의 부는 천박하지만 당당했다. 강에서 불어오는 바람에서도 그러한 분위기가 느껴졌다. 브링클리는 리비, 스위프트, 아머의 가축 사육장으로 인해 오물로 가득 찬 120킬로미터 길이의 강을 바라보며, 테마 파티와 야회, 실크 모자와 잘록한 드레스, 백로의 깃털로 장식한 프랑스식 토크*와 진주 개목걸이가 등장하는 상류사회를 떠올렸다. 브링클리에게 돈을 잘 쓴다는 것은 바로 그런 모습이었다.

브링클리가 시카고를 좋아한 이유는 또 있었다. 시카고를 가축의 중심(훗날 술과 블루스의 중심이 됨)으로 만들었던 미시시피 상류는 자연스레 돌팔이 의사들의 회합 장소가 되었다. 따라서 남성의 정력을 돈벌이 수단으로 삼을 기회가 도처에 널려 있었다. 라인하르트 형제처럼 시카고를 기반으로 한 패커스 프로덕트 컴퍼니는 숫양의 고환에서 추출한 진액으로 알려진 올키스 엑스트랙트의 제조사였다. 이 회사의 편지지 상단에는 아머 본사와 함께 유니언 가축 사육장의 모습이 인쇄되어 있었다. 올키스의 콘셉트를 커다란 고깃덩이와 연관시킬 목적으로 관련도 없는 아머를 이용한 것이다. 경쟁사였던 애니멀 테라피 컴퍼니에서는 동업자들이 수익을 두고 다투다, 한 사람이 시카고 방식으로 상대방의 이마를 향해 총을 쏘기도 했다.

그러나 브링클리는 적어도 그때까지는 그런 일에 무관심했다. 의

---

* 테가 없으며 작고 둥근 여성용 모자─옮긴이

대 입학이란 목표를 가지고 시카고에 왔기 때문이었다. 잠시나마 제대로 살아보려고 했어도 꿈꾸던 성공을 이루려면 사회적 지위란 후광과 커다란 연장통이 필요하다는 것을 금세 알아차렸을 것이다. 어떤 이유에서든 빨리 일을 시작해야 했다. 그는 아내와 두 딸 그리고 배 속의 셋째까지 책임져야 하는 가장이었다.

그렇다면 어떤 학교를 다녀야 했을까?

그의 입장에서 보면 답은 명확했다. 의사라는 사회적 지위의 산실인 미국 의학협회(American Medical Association, AMA)는 시카고에 본부를 두고 몇몇 주류 의대를 보호 및 감독하고 있었다. 이 학교들은 전형적인 학생, 특히 브링클리와 비슷한 시기에 시카고로 온 모리스 피시바인(Morris Fishbein)처럼 보수주의자 남성들을 끌어당겼다. 인디애나폴리스에서 온 땅딸막한 청년 피시바인은 동유럽에서 건너와 유리제품을 취급하던 상인의 아들이었다. 그는 인근에 살던 돌팔이 암 전문의 벤저민 바이(Benjamin Bye) 박사의 환자들을 집 근처 공원 벤치에서 자주 목격했고, 이러한 경험이 의사라는 꿈에 어느 정도 영향을 끼쳤을 것으로 보인다. 바이 박사는 얼굴과 목 부위의 암을 전문적으로 진료하고 가성 연고를 처방했다. 훗날 피시바인은 머리에 감긴 붕대 위로 피가 새어 나오던 '환자들의 처참한 모습'을 결코 잊을 수 없었다고 기록했다. 피시바인은 러시 의과대학(Rush Medical College, 불운했던 남자의 이름을 따서 지었다)에 합격해 입학을 앞두고 있었다. 러시 의과대학은 시카고에서 가장 오래된 의대이자 가장 존경받는 학교 중 하나였고, 시카고대학과 긴밀한 관계를 유지하며 AMA의 전폭적인 지지를 받았다.

반면, 브링클리는 어느 곳에도 선불리 지원하지 않았다. 본능적으로 경계선 바깥에 색칠을 하고 싶어 했던 그는 많은 학교를 둘러보았다. 그에게는 여러 개의 선택지가 있었다.

러시 의과대학처럼 AMA의 인가를 받은 학교들은 대증요법(allopathy)*을 가르쳤다. 전국적으로 가장 많이 사용된 이 치료법은 과학실험—즉, 실험실에서 개발된 의약품—과 수술을 기본으로 했다. 기독교 분파로 인가받고 성공한 다른 학교들은 접골요법, 척추지압법, 동종요법, 약초 등을 가르쳤다. AMA는 시도 때도 없이 내려와 층간소음을 불평하며 화를 내는 윗집 사람처럼, 그들 모두를 혐오하며 맹렬히 비판했다. 그러나 누구도 AMA의 말을 들어주지 않았다. 무허가 의료인들의 무한 경쟁에 대한 대응책으로 1847년 AMA가 설립되면서 의사 자격 취득과정이 크게 바뀌긴 했지만, 이는 또 다른 혼돈을 초래할 뿐이었다. 주 의료분과는 대부분 자체적으로 면허위원회를 갖추고 있었다. 이보다 더 느슨하고 부패하기 쉬운 시스템은 찾아보기 어려울 정도였다.

브링클리는 여러 학교를 검토한 후 베닛 절충 의과대학교(Bennett Eclectic Medical College)를 선택했다. 미국 전역에 있는 5천여 명의 의사들 중 면허를 가진 사람은 4퍼센트에 불과했고, 절충의학

---

* 질병의 근본 원인이 아닌 환자의 증세에 대해서만 실시하는 치료법. 예) 감기에 걸려 고열이 나는 환자에 대해 원인이 되는 감기 바이러스는 제거하지 못하지만 해열제를 투여하여 증상을 완화시킨다.

(eclectic medicine)은 주로 한방치료에 의존했다. 한방치료라고 해서 전부 엉터리는 아니었다. 절충의학은 당시 존경받던 의료기관과는 달리 출혈과 수은을 이용한 치료에 반대했고, 약초 사용에 관한 일부 이론은 시대를 앞서가기도 했다. 하지만 그들은 온갖 추측성 루머—AMA는 그들의 치료법을 '할머니와 주술사'의 치료라고 불렀다—를 견뎌내야 했다. 그 과정에서 어떤 학교보다 쉽고 저렴한 교육과정을 갖추게 되었다.

브링클리는 고리대금업자에게 25달러를 빌려 등록금을 낸 후, 1908년 6월 26일부터 수업을 듣기 시작했다. 그는 낮에는 공부하고 밤에는 전신 기사로 일하면서, 시내에서 10센트짜리 저녁을 사먹었다. 눈코 뜰 새 없는 일과였지만, 한시도 게으름을 피우지 않았다. 다만 술을 조금씩 마시다보니 여느 시카고 사람들처럼 주량이 세졌다. 가축 사육장 탓에 악취가 심했던 강물은 수많은 시민들을 병들게 하거나 사망하게 하였고, 그중 일부를 수동적인 알코올 중독자로 만들었다. 대부분은 그렇게 변명했다.

이런 생활을 3년째 이어가던 브링클리는 일과 술에 찌들어 피폐해지면서 더욱 침울해졌다. 멋쟁이들이 베네딕틴°을 홀짝이며 창밖의 요트를 바라보는 동안, 브링클리는 부랑자들과 어울려 앉아 커다란 맥주잔과 달걀 피클에 코를 박았다. 그러는 동안 아내 샐리

° 베네딕틴 수도원의 수도사에 의해 개발된 약주—옮긴이

는 차츰 그리스신화의 하르피이아*로 변해갔다. 두 사람이 너무 다르기도 했지만, 서로에 대한 애정이 식었다는 게 더 큰 문제였다. 샐리는 남편의 침묵을 지켜보면서 그가 큰 변화를 준비하고 있음을 알아차렸다. 샐리의 말에 따르면, 브링클리는 늘 '자기연민을 통해 자신감을 얻었다'고 한다. 브링클리는 돈이 없다며 졸업을 1년 앞두고 학교를 그만두었다. 물론 돈이 있었어도 그만뒀을 것이다. 어떤 의미에서 졸업은 그에게 부정행위와 다름없었다.

그로부터 2년이 지난 1913년 이른 봄의 어느 저녁, 브리볼트 호텔의 유명 바에 브링클리가 나타났다. 브링클리는 중서부 곳곳을 헤집고 다니다가, 인생의 여정을 시작했던 곳에서 800미터 떨어진 시카고 시내로 돌아왔다. 아내와 아이들에게서 벗어난 후 (두 사람은 이혼 시도조차 하지 않았다) 그는 무작정 길을 떠났다. 무엇을 찾으려는 건지도 몰랐다. 2년간 고리대금업자들을 피해 기차로 이동했고, 여윳돈이 생기면 술을 마셨다. 세인트루이스에서 몇 달간 은둔 생활을 하기도 했다. 그러다 1913년 2월, 27세의 브링클리는 마침내 유명세를 향한 갈망을 안고 시카고로 돌아왔다. 그러나 그때까지도 아무런 계획이 없었다.

그가 떠나 있는 동안 많은 것들이 달라져 있었다. 시카고는 싸구려 술집과 바(bar) 형식의 24시 굴 요리 전문점을 표적으로 하는 반

---

* 새의 몸에 여자의 머리를 가진 괴조-옮긴이

매춘 운동에 시달렸다. 하지만 브링클리는 그런 것에 관심을 두지 않았다. 그리고 이왕 은둔생활을 하는 김에 고급스러운 곳에서 지내기로 했다.

브리볼트는 시카고의 고급 호텔 중 하나였다. 하버드 클럽을 연상시키는 로비는 일반 로비의 50배 규모였고, 적갈색 가죽으로 된 안락의자와 화려한 샹들리에로 꾸며져 있었다. 로비 바로 옆에는 당시 남성들의 전유물이었던 화려한 바가 있었다. 거울이 달린 직사각형 기둥과 미색, 장미색, 녹색, 금색으로 장식된 곳이었다. 중앙에 설치된 둥근 테이블에는 크리스털 눈송이가 박혀 있었다.

금전적으로는 브링클리의 상식을 넘어서지만 정신적으로는 완벽히 이해되는 곳이었다. 그곳의 남자들은 살찐 배와 고급 시가가 어울리는 거칠고 난폭한 자본주의자들로, 브링클리가 가장 선망하던 이들이었다. 술값은 터무니없이 비쌌고, 바 내부는 성공한 사람들의 고함소리로 몹시 소란스러웠다.

그곳에서 브링클리와 제임스 크로포드(James Crawford)가 서로를 찾아낸 것은 그리 놀라운 일이 아니다. 두 야심가는 상대적으로 초라한 행색 탓에 유난히 눈에 띄었다. 게다가 두 사람 모두 혼자였다. 크로포드의 하나 남은 팔이 브링클리 내면에 있던 의사에게 말을 걸었거나, 서로의 눈빛에서 사기꾼의 기질을 알아봤을 수도 있다.

두 사람은 함께 술을 마셨다. 크로포드는 미시시피의 옥스퍼드에서 온 23세 청년이었다. 그는 자신을 사냥 사고의 피해자로 소개했지만, 두 팔이 온전했더라도 크게 성공할만한 위인은 아니란 걸 쉽게 알 수 있었다.

그럼에도 브링클리는 크로포드와 함께했다. 그에게 쓸모가 있었
기 때문이다.

03

브링클리와 크로포드가 손을 잡던 시기에 돌팔이 의료는 위기에 처해 있었다. 첫 번째 위기는 1905년 10월,《콜리어스(Collier's)》가 새뮤얼 홉킨스 애덤스의 선구적인 기사를 소개하면서 찾아왔다. "미국의 위대한 사기꾼"이란 제목의 이 기사는 서두에서 '특허 의약품 체계와 이 산업이 대중에 끼친 손해에 대한 전반적인 설명과 폭로'를 약속했다. 이어서 애덤스는 미국의 실망스러운 현실에 대한 견해를 밝혔다. 그는 이렇게 적었다.

어수룩한 미국은 올해 7,500만 달러를 특허 의약품 구매에 사용할 것이다. 액수를 고려하면 거기에는 어마어마한 양의 알코올, 아편제와 진통제, 강력하고 위험한 심장 강하제부터 서서히 퍼지는 간 흥분제까지 다양하고 광범위한 약품이 포함될 것이다. 그보다 더 심각한 것은 희석되지 않은 사기행각이다.

연이어 보도된 11개의 기사에서, 애덤스는 벤저민 프랭클린의 장모와 그녀의 '유명한 가려움증 연고' 이야기까지 들추며 특허 의약품 사업을 집중적으로 비난했다. 그러나 비난의 화살은 대체로 그 당시 활동 중이던 264개의 기업과 개인을 향했다. 그들이 약품으로 판매한 것들 중 대부분은 아무런 쓸모가 없었다(케첩도 처음에는 특허 의약품이었다).

애덤스는 무엇보다 '무력한 아기들을 마비시키고 젊은 남성들을 범죄자로, 젊은 여성들을 매춘부로 만드는' 코카인과 아편을 무차별적으로 판매하던 사람들에게 가장 강력한 독설을 퍼부었다.

또 페인의 셀러리 컴파운드(21%)와 호스테터의 스터먹 비터스(44.3%) 같은 유명 브랜드의 알코올 함유량을 공개했다. 그중 가장 많이 팔린 상품은 신시내티의 S. B. 하트먼이 개발한 '미국에서 가장 유명한 엉터리 특허 의약품' 페루나였다. 브릿지 게임을 즐기는 할머니들과 소심한 알코올 중독자들이 애용했던 페루나는 '페루나 중독(Peruna drunk)'이라는 용어를 파생시켰고, 인디언 사무국이 인디언 보호구역에서 페루나를 금지시킬 정도로 널리 확산되었다. 그 와중에도 페루비나, 프루나, 페리나, 애너렙 같은 위조품들이 계속 생산되었다. 애덤스의 폭로 후 1년도 채 지나지 않아, 미국 국세청은 하트먼에게 진짜 의약품을 팔든 '바를 열든' 둘 중 하나를 선택하라고 권고했다.

하지만 《콜리어스》 기사의 가장 위대한 성과(업튼 싱클레어가 시카고 가축 사육장을 폭로한 신문, 《정글(The Jungle)》과 함께 이룬)는 1906년 식품위생과 약품에 관한 법안을 최초로 통과시킨 것이었다. 이 법안은 의회용이었다. 즉, 산업이 숨어들 쥐구멍이 남아 있었다. 그럼에도 레이디 브랙널의 "무지함은 이국의 연약한 과일과 같아서 만지면 꽃처럼 사라진다"란 말처럼, 대중은 특허 의약품의 재앙에 대해 알게 되었고 그것으로 제조업자들의 황금시대는 막을 내렸다.

미국 의학협회(AMA)도 콜리어스와 보조를 맞춰, 사기 관리팀의 팀장으로 밀워키의 고등학교 과학교사 아서 J. 크램프를 기용했다. 앞날을 도모하던 브링클리와 크로포드는 이 사건을 통해 구식 강장제만으로는 충분하지 않다는 교훈을 얻었다. 두 사람에게는 더 폭발적이고 활기차며 에디슨 시대에 어울릴만한 무언가가 필요했다.

1913년 어느 여름날, 사우스캐롤라이나의 그린빌, 도로 중심가를 따라 늘어선 간판들 사이로 보이는 계단 맨 아래에 막 설치된 청동 문패_

"그린빌 전기치료 전문의"

사무실은 커피 앤 메인의 모퉁이 근처에 있는 신발가게 2층이다. 무더운 오후, 벽돌로 지어진 상점에서 레이스와 리본, 뮬*과 당밀을 팔고 있다. 자발적 실업자인 브링클리와 크로포드는 레스토랑 뒤에서 담배를 씹으며, 쓰레기 더미를 맴도는 벌을 향해 침을 찍 뱉는다. 이 동네 출신으로 성공한 맨발의 조 잭슨**을 제외하면, 그린빌에서 눈에 띄는 것이라고는 비 오는 날 신발에 스며들어 욕지거리를 뱉게 만드는 시뻘건 진흙뿐이었다.

---

*   슬리퍼 형태의 신발-옮긴이
** 1900년대 초 메이저리그에서 활약했던 야구선수이며 가난했던 유년시절에 허름한 신발을 벗고 타석에 올랐던 일화로 유명함-옮긴이

두 동업자는 브링클리의 예전 사장이자 스승인 버크 박사가 매독 전시관을 운영하고 있는 테네시의 녹스빌을 방문했다. 고맙게도 버크 박사는 2주간 크로포드에게 돌팔이 회계법과 고객 심리에 대해 자세히 가르쳐주었다. 다시 길 위로 나선 크로포드는 고객들의 신뢰를 얻기 위해 자신을 버크 박사라고 부르기 시작했고, 브링클리는 블레이클리(Blakely)가 되었다.

그들은 그린빌에 정착하기 전에 먼저 도시의 상황을 살펴보았다. 두 사람은 이발소에 들러 면도와 이발을 했다. 그리고 베이럼(bay rum)* 냄새를 풍기며 그린빌 이곳저곳에 외상 거래처를 만들었다. 그들은 옷, 가구, 전화 등을 구입하고 사무 공간을 임대했다. 또 우울증 환자에게 수은 알약을 처방해주고 가끔 거머리로 피도 뽑아주는 길 건너의 약사를 꾀어내, 약품과 의료용품을 얻었다. 늙은 약사에 비하면 북부에서 온 두 남자는 꽤 세련되어 보였다. 게다가 그린빌처럼 낙후된 (몇몇 사람들은 여전히 신이 원하기만 했다면 리디강 위에 다리를 놓았을 것이라고 주장하는) 곳에서도 전기치료의 기반이 형성되고 있었다.

전기 연고를 시작으로 전기 빗, 전기 코르셋, 전기 벨트까지 인기를 끌며 미 전역으로 판매되었고 심지어 전기 식품 광고가 등장하기도 했다(사람들은 '전기 활력 회복기'의 개발자인 토머스 A. 에디슨 주니어가 1904년에 사기죄로 체포되었다는 사실을 전혀 몰랐고, 신경 쓰지

---

* 월계수 잎을 럼주에 담가 만드는 증류수-옮긴이

도 않았다). 브링클리와 크로포드 덕에 그린빌에도 전기치료 의사가 생겨났다. 《데일리뉴스》에 실린 두 사람의 노골적인 광고를 접한 남자들은 모두 자신의 내면을 들여다보거나, 혹은 아래를 내려다보았다.

"당신은 정력 넘치는 남자다운 남자입니까?"

운 좋게도 많은 사람들의 대답은 '아니다'였다. 매일 아침 한 무리의 애절한 남자들이 발을 끌며 블레이클리와 버크 박사 사무실을 찾아왔다. 은행원에서 농부, 젊은 남자부터 칙칙한 노인까지 대기실에 모인 남자들은 대부분 파리 잡는 끈끈이 아래에 말없이 앉아 있었다. 이름이 호명된 사람은 책상 앞으로 걸어가 버크 박사에게 면담을 받았다. 남부 억양과 하나뿐인 팔은, 그 또한 고통받는 형제임을 보여주기에 충분했다.

버크 박사는 몇 가지 질문을 하고 간단히 메모한 뒤, 거금 25달러를 요구했다. 환자들이 처치실로 이동하면, 블레이클리 박사는 그들의 엉덩이에 색소 넣은 물을 주사했다. 누가 물어보면 독일제 전기 약물이라고 대답했다.

7월 말, 두 사람은 그린빌에서 도망쳤다. 얼마나 많은 돈을 벌었는지는 알 수 없지만, 지역 신문에 따르면 30~40명의 상인들이 부도수표를 떠안게 되었다고 한다.

두 사람은 미시시피에 잠시 머무르다, 멤피스 여자들을 몇 명 알고 있다는 크로포드의 말에 멤피스로 휴양을 떠났다. 무더운 날씨에도 불구하고, 멤피스는 참 흥미로운 곳이었다. 도시 주변으로 목화밭과 모터보트가 보였고, 시내에는 밀짚모자에 줄무늬 넥타이를 맨 남자들이 바글거렸으며, 롱드레스를 입은 여자들이 많아 신부로 가득 찬 도시처럼 보였다.

브링클리와 미네르바 텔리사 존스(Minerva Telitha Jones)가 만나기에 완벽한 장소였다. 크로포드와 오래전부터 알고 지낸 미니는 그 지역에서 유명한 의사의 딸로, 크루즈에 춤추러 가는 것을 좋아하는 21세의 아가씨였다. 그녀에게는 때론 화려하게 보이다가도 때론 앞니가 벌어진 촌뜨기로 보이는 이상한 재주가 있었다. 어느 쪽이든 그녀는 예뻤다. 적어도 브링클리의 눈에는 그랬다.

1913년 8월 23일, 두 사람은 만난 지 나흘 만에 오래된 피바디 호텔에서 결혼식을 올렸다. 미니의 가족인 티베리우스 그라쿠스 존스 박사 부부와 그녀의 오빠, 티베리우스도 참석했다. 크로포드는 신랑 들러리로 참석했다. 브링클리는 행복한 날을 망치지 않기 위해 유부남이란 사실을 숨겼다.

그는 서부로 신혼여행을 떠나고 나서야 아내에게 그 사실을 털어놓았다. 미니는 남편과 문제를 해결하려고 했지만, 소식을 전해들은 미니의 아버지가 노발대발하였다.

그리고 그린빌의 보안관이 브링클리를 찾아왔다.

이것은 무척 이례적인 일이었다. 주州와 주 사이의 소송은 매우 어렵고 드물었으며, 절차가 진행되려면 적어도 살인사건 정도는 되어야 했다. 하지만 《데일리뉴스》에 따르면 브링클리와 크로포드의 탁월한 사업 수완이 그린빌의 수많은 주민들—전기치료사가 주사한 뜨거운 공기 마취제에 희생된 피해자들—을 분노하게 했다. 금전적인 손실보다 더 견디기 힘든 것은 모멸감이었다. 사람들은 복수를 원했다.

헨드릭스 렉터 보안관은 40달러의 현상금이 걸린 수배 전단을 전국 경찰서로 발송했고, 몇 통의 제보전화를 받았다. 마침내 녹스빌 당국에서 진짜 버크 박사를 통해 브링클리의 신원을 확보했다. 그들은 테네시 전체를 이 잡듯 뒤졌다.

1913년 12월 8일, 렉터 보안관은 새신랑—크로포드에게 모든 책임을 돌린—에게 수갑을 채운 후, 그린빌행 기차에 태웠다. 그들은 함께 수갑을 찬 채로 하룻밤을 꼬박 달렸다. 렉터 보안관은 탑승객들의 코 고는 소리를 들으며 밤을 지새웠고, 신발상자 위에서 밥을 먹거나 기차가 정차하는 동안 닭튀김과 생강과자를 사먹었다. 죄수인 브링클리에게는 음식을 권하지 않았다.

리틀 시베리아로 더 잘 알려진 그린빌 감옥은 잡초와 빈병으로 무성한 황무지 위에 세워진 벽돌 건물이었다. 거리를 향해 뚫린 더럽고 조그만 창문 하나가 깨져 있어서, 그 틈을 베개로 막아 추위를 피해야 했다. 환풍기가 없는 2층 감방의 창문은 철창으로만 막혀 있어서 비바람이 들이쳤다.

브링클리는 위조죄와 무면허 의료행위로 기소되었다.

아내와 멀리 떨어져서 차가운 철장 안에 웅크린 채 크리스마스를 보내자니 몹시 불쾌하고 분통이 터졌지만, 그는 적어도 혼자 당하지만은 않았다. 그가 정보를 제공한 덕에 캔자스시티에서 빵을 팔던 크로포드도 덜미를 잡혔다. 브링클리가 수감된 지 열흘 후, 크로포드도 잡혀 들어와 건너편 감방에 갇혔다. 두 사람의 보석금은 각각 3천 달러였다.

브링클리는 꿈에 그리던 여자와 결혼한 지 넉 달 만에 중혼자에 위조범, 돌팔이 의사라는 사실을 모두 들켰다. 아마도 그때 일이 결정적인 계기가 된 것 같다. 그 후로 그는 감옥행을 능숙하게 피해 다녔다.

04

모리스 피시바인은 1912년에 러시 의과대학을 졸업했다. 그는 촉망받는 학생이었으며, 헝가리 출신으로 시카고에서 손꼽히는 병원의 외과 과장이자 선임 교수였던 맥스 토렉(Max Thorek) 박사의 애제자였다. 이제 졸업만 하면…… 그런데 뭘 하지? 그는 진로를 결정하지 못하고 병리학과와 소아과 사이에서 망설였다. 그러면서 몇 달간 맥코믹 감염성질환연구소에서 연구원으로 일했다. 나중에 알게 되었지만, 피시바인은 전공을 선택할 필요가 없었다. 곧 의사 일을 완전히 그만둘 거였기 때문이다.

1913년 8월(브링클리가 결혼식을 올린 달)에 피시바인은《미국 의학협회지(Journal of the American Medical Association, JAMA)》편집장에게 속기 실력을 인정받아 조수 자리를 제안받았다. 비록 임시방편으로 시작했지만 그는 이 일을 통해 오랫동안 독특한 경력을 쌓았고, 나중에는 브링클리의 뒤를 쫓는 지옥의 개가 되었다.

24세의 피시바인은 디어본 로에 있는《JAMA》의 작은 사무실에서, 허기진 지성과 정확한—사진을 찍는 것처럼—기억력을 바탕으로 당시 의학계의 엄청난 문제들에 대해 고민했다. 그는 속사포처럼 많은 말을 쏟아냈다("할 말이 너무 많거든요").

《JAMA》의 어떤 주제에 대해 대중이 지루해할 것 같단 말을 들으면 "피시바인의 눈이 휘둥그레졌다"고 한 동료가 말했다. 어느 방문객은 머리가 벗겨져 감자와 비슷해 보였던 그를 보고 "조숙함의 전형으로…… 처음 만났을 때는 아직 미스터 AMA가 아니었지만 머지않아 그렇게 될 것 같은 인상을 받았어요"라고 말했다.

한편 피시바인은 아서 크램프에게 깊은 인상을 받았다. 그는《콜리어스》에 특집기사를 게재하고 AMA 수사국에 고용된 인물이었다. 크램프는 원래 부드러운 말투와 꼼꼼한 성격의 소유자였으며, 취미로 새를 관찰하던 나약한 인상의 남자였다. 그러나 밀워키에서 교직생활을 하던 중 돌팔이 의사의 손에 어린 딸을 잃었고, 그 후부터 돌팔이 의사들을 깡그리 말살시키는 일에 일생을 바쳤다. 1906년, 그의 펜 끝에서 의료 사기꾼들에 대한 폭로가 쏟아져 나왔다. 그럼에도 불구하고 크램프는 여전히 부정적인 감정에 휩싸였다. 그는 새로운 표적을 무참히 공격하기 전에, 늘『이상한 나라의 앨리스』를 읽음으로써 감정의 균형을 잡았다고 말했다.

어느 날, 크램프는 편집실 신입 조수였던 피시바인에게 어마어마한 양의 특허 의약품 자료를 모아둔 공간을 보여주었다. 마치 해골로 가득한 동굴이나 제퍼슨의 와인 창고로 걸어 들어가는 느낌이었다. 수다쟁이 피시바인도 입을 떼지 못했다. 크램프의 책상에는 당시 사냥감이 놓여 있었는데, '늘어진 자궁을 올려준다'고 알려진 38-프루프의 '자궁 진정제'였다. 두 사람은《JAMA》에 그것이 사기임을 폭로하는 기사를 공동으로 기고했고, 그 후로 그들의 인연은 20년 이상 지속되었다. 스승인 크램프가 제자인 피시바인의 엘링턴(Ellington)*을 통해 빌리 스트레이혼(Billy Strayhorn)**의 곡을 연주하게 된 것이다. 크램프는 마에스트로의 연주에 양분을 공급하고 힘을 북돋우는, 무대 뒤의 또 다른 자아였다.

부도수표의 액수는 실제로 전기치료사들에게 유리하게 적용되었다. 변호사들은 고소인들에게 합의금(수천 달러)을 제안했고, 그린빌의 상인들은 그것을 받아들였다. 크로포드가 대부분의 돈을 지불하는 동안, 그의 동업자는 거의 도움을 주지 않았다. 미니의 아버지도 전보로 200달러를 송금했다. 딸의 간청에 마음을 움직인 게 아니라면, 그는 대단한 혜안을 가지고 있었던 것이 분명하다. 나중에 엄청난 성공을 거둔 브링클리는 장인과 미니의 형제자매까지 모두 직원으로 고용했다. 사기를 당했던 그린빌의 환자들이 뭔가를 얻었다는 기록은 없다. 너무 수치스러운 마음에 목소리를 내지 못했던 것 같다.

거래는 12월 31일에 마무리되었다. 《데일리뉴스》는 다음과 같이 보도했다. "브링클리와 크로포드는 허둥지둥 도망치느라 짐도 미처 챙기지 못했다." 두 사람의 동업 관계는 이렇게 끝이 났다.

멤피스의 미니는 줄리엣처럼 충실하고 의연하게 브링클리를 기다렸다. 그 후 3년간 두 사람은 합법적인 부부가 되지 못한 채, 캔자

---

* 재즈 음악계의 신화적인 듀크 엘링턴이 만든 오케스트라.
** 미국 재즈피아니스트이자 작곡가로 엘링턴의 '그림자' 혹은 '숨은 친구'로 알려졌다. 그가 작곡한 'Take the A train'은 엘링턴 오케스트라의 시그니처 곡으로 알려져 있다.

스와 아칸소를 떠돌았다. 두 사람은 브링클리가 떠돌이 의사로 일하며 번 돈으로 근근이 먹고 살았다. 『오즈의 마법사』에 나오는 허수아비처럼, 학위를 제외한 모든 것을 갖추고 있었던 브링클리는 마침내 돈으로 학위를 샀다. 1915년 5월 7일, 그는 캔자스시티 절충의학 대학교(Eclectic Medical University of Kansas City, EMU) 학장인 데이트 R. 알렉산더 박사의 자필서명이 적힌 학위증을 선물 받았다. EMU(나중에 법정 소송절차에서 '애매하고 친절하며 오래전에 폐교된'으로 묘사된)의 졸업생이 된 브링클리는 100달러를 주고 8개 주에서 사용할 수 있는 면허를 취득했다.

브링클리는 알칸소 주드소나에서 일반 개업의로 활동하려 했다. 그는 가끔 말 보관소에서 말을 한 마리 빌려, 마치 긴급한 연락을 받은 것처럼 도시 밖으로 달려나갔다. 사업을 번창시키려는 작은 눈속임이었지만 아무런 효과가 없었고, 그들은 다른 지역으로 옮겨가야 했다.

그러던 중 전 부인과의 이혼 절차가 마무리되면서, 브링클리와 미니는 마침내 공식적으로 재혼할 수 있었다. 두 사람은 함께 보낸 세월로 서로에 대한 사랑을 증명했고, 결혼으로 그것을 공식화했다.

1916년, 브링클리는 캔자스시티의 한 도축 공장에서 몇 주 동안 '의사 겸 사무원'으로 일했다. 한가할 때는 숫염소가 도살되기 몇 분 전에 짝짓기하는 모습을 구경했다. 훗날 그는 염소들의 '음란함'에 충격을 받았다고 말했다. 어느 육류 감독관은 다른 가축들에 비해 염소의 질병 발생률은 매우 낮은 편이라고 말했다.

브링클리는 염소들을 지켜보며, 실체 없는 야망으로 인해 괴로워했다. 벌써 서른한 살이었다. 이 캄캄한 무명의 삶을 빠져나갈 수 있을까? 의료 사기계의 거인, 에이브럼즈 박사—샌프란시스코의 앨버트 에이브럼즈—와 같은 거물이 되기를 얼마나 열망했던가. 검은 리본과 고전적인 반다이크 수염, 코안경을 상징처럼 뽐내던 에이브럼즈는 1910년에 저서 『척수신경 반사요법(Spondylotherapy)』으로 처음 유명세를 얻었다. 그는 책에서 '척추를 일정한 속도로 빠르게 두드림'으로써 병을 진단하고 치료할 수 있다고 밝혔다. 그리고 전선을 상자에 넣어 만든 '저항 동력장치'라는 새로운 묘수를 추가했다. 일단 환자의 혈액 한 방울을 상자 안에 넣고, 서쪽을 향하고 있는 건강한 사람의 머리에 더 많은 전선을 둘렀다. 그리고 건강한 사람의 복부를 두드리면, 환자의 병을 진단할 수 있을 뿐만 아니라 어떤 종교를 믿는지도 알 수 있었다. 에이브럼즈는 나중에 이 간단한 장치를 일종의 고성능 동력장치인 '오실로클레스트'로 대체했고, 직접 제작하여 다른 돌팔이 의사에게 대여해주기도 했다.

브링클리에게는 꿈에 그리던 엄청난 업적이었다. 그는 진동계와 스펙트로-크롬* 뇌하수체 자극기, 발로 에너지를 공급하는 가슴 확대기 등으로 이루어진 거대한 폐기물 더미 어딘가에, 자신의 꿈을 이뤄줄 열쇠가 있을 거라고 생각했다.

* 광선 색채 치료법.

05

해군 중위 존 R. 브링클리는 텍사스 외곽의 엘패소에 있는 군사기지, 포트 블리스의 의무실 침대에 엎드린 채 극심한 고통으로 신음했다. 1917년 여름, 브링클리는 갑작스럽게 의무관으로 차출되어 64보병대로 전출을 갔다. 훗날 그는 당시 맡은 일이 상상할 수 없을 만큼 힘들었다고 회상했다.

"나는 장정 열 명이 할 일을 혼자 처리했다. 의료용품이나 의류도 없이 2,208명의 신참을 돌봤다. 나는 그곳의 유일한 의무관으로서 부대원들이 장티푸스와 천연두에 걸리지 않도록 밤낮으로 예방 접종을 해야 했고, 위생관리도 도맡아서……. 신병들은 홍역, 뇌수막염 등 온갖 질병에 감염되었고, 필요한 경우 수술을 받았다. 나는 생활관과 병실에 있는 환자들을 돌보고 소견서를 작성해야 했다. 그리고 일주일에 이틀 정도는 저녁 6시쯤에 아침 하선을 준비하라는 명령을 받았으며……. 의무관으로서 혼자 그 모든 일을 처리하다 보니, 8월 쯤에는 온몸이 너덜너덜해져서 결국 병원에 입원했다."

그는 건강을 회복할 즈음 '전문의에게 장애 진단'을 받았고, '정부에 사적인 서비스'를 제공하게 되었다고 말했다. 사실 기록을 보면, 브링클리는 2개월 13일의 복무기간 중 절반 이상을 병실에 누워 지내며, '복합적인 직장直腸 누공[•]'을 호소했다. 결국 8월에 그는 부대에서 쫓겨났다.

수중에 고작 몇 달러뿐이던 브링클리는 인구 2천 명의 캔자스 밀퍼드에서 의사를 찾는다는 광고를 보게 된다. 브링클리 부부는 싸구려 소형 자동차에 짐을 싣고, 1917년 10월 7일 밀퍼드에 도착했다. 마을 어귀에서 차를 멈추자, 덜덜거리던 차가 이내 잠잠해졌다. 밀퍼드는 부부를 속였다. 그곳의 인구는 2천 명이 아니라 기껏해야 2백 명이었다.

위치타에서 북쪽으로 150킬로미터 떨어진 밀퍼드는 미 대륙의 중심부와 고작 16킬로미터 거리에 있었다. 그곳은 예상대로 흥미로운 동네였다. 1859년, 여행가 호레이스 그릴리는 물소가 그 지역을 너무 빠르게 지나가서—그만큼 아주 작은 동네였다— '급히 길을 비켜주라고 충고해야 했다'고 적었다. 그 이후로 마을은 두 블록 정도 더 커졌지만, 1904년 세인트루이스 세계박람회의 여파로 지어진 유일한 대형 빌딩은 텅 빈 채로 버려져 있었고 기차역은 옥수수밭으로 뒤덮여 있었다.

미니가 동네를 휙 둘러보더니 울음을 터뜨렸다. 그러나 선택의 여지가 없었기에 두 사람은 소매를 걷어붙였다. 부부는 방 두 개를 빌려, 앞에는 사무실을 만들고 뒤에는 철재 침대를 가져다 놓았다. 작은 약국도 시작했다. 그렇게 몇 주가 지나자, 부부의 이름이 알려

• 상처나 질병으로 인해 장기와 몸 표면 또는 두 장기 사이에 생긴 구멍.

지기 시작했다. 브링클리는 눈보라를 뚫고 먼 곳까지 왕진을 다녔고, 미니는 조산사 일을 시작했다. 그렇게 두 사람은 열심히 살았지만, 입에 풀칠하기조차 힘들었다.

그러던 어느 날, 큼직큼직한 이목구비에 쭈글쭈글 구겨진 모자를 쓴 46세 농부 스티츠워스가 면도도 하지 않은 얼굴로 두 사람을 찾아왔다. 스티츠워스의 갑작스런 방문은 수태고지*와 달랐다. 그는 천사장 가브리엘처럼 보이진 않았다. 적어도 처음에는 그랬다.

"제게 문제가 좀 있어요." 스티츠워스가 자리에 앉으며 말했다. "보기에는 별문제 없어 보이지만 말이죠. 건강해 보이지 않습니까?"

브링클리는 고개를 끄덕이며 습관적으로 염소수염을 쓰다듬었다.

"완전히 지쳤어요." 농부가 조심스럽게 말했다.

"정력이 바닥났다고요. 구멍 난 타이어 같아요." 마침내 그가 속내를 드러냈다.

브링클리 박사는 (그가 꽤 오랫동안 머무를 수 있겠다고 생각한 듯) 수년간 '혈청', '약물', '전기'를 이용해 치료해왔지만, 그런 증상에는 아무런 효과가 없었다고 대답했다. 치료법이 없었다.

두 사람은 잠시 창밖을 내다보았다.

"안타깝게도 제겐 숫염소 불알이 없어요." 농부는 염소라는 동물을 곰곰이 떠올리며 말했다.

---

* 신약성서에 기록된 예수 탄생의 일화에서, 천사 가브리엘이 예수의 어머니 마리아에게 나타나 예수 그리스도의 잉태를 예고한 것.

그다음에 일어난 일은 여전히 논쟁거리다. 1930년대 클레멘트 우드가 브링클리에게 의뢰받아 쓴 자기 홍보용 환상곡 『남자의 인생(Life of a Man)』에는 이렇게 쓰여 있다.

브링클리는 반쯤 눈을 감은 채로 생각에 잠겼고 …… 천천히 고개를 저었다. 아버지에게 철저히 주입받은 윤리강령 때문에 정직하고 올바르지 않은 일은 절대 할 수 없었다. 특히 의료행위에 관해서는 더욱 그러했다.

스티츠워스는 간청하다가 때론 위협하기도 했다.

그러자 브링클리는 난색을 표했다. "일이 잘못되기라도 하면 어떡합니까?"

그러나 환자는 그의 거절을 받아들이지 않았다. 마침내 브링클리는 한번 시도해보기로 결정했다.

여기까지는 브링클리의 주장이었다. 스티츠워스 가족은 브링클리가 먼저 돈을 줬으며, 실험을 받는 대가로 수백 달러를 더 제안했다고 주장했다. 어쨌든 일은 벌어졌고, 브링클리의 입장에서는 수술이 성공하면 출세는 따 놓은 당상이었다.

그는 큰 야망을 가진 외과의였다. 그러나 당시 암 발병률이 실망스럽게도 너무 낮았기에, 이를 대체할만한 사업이 하늘에 떠 있는 태양만큼이나 필수적이란 사실을 잘 알고 있었다. 간판을 내걸기에 이보다 더 나은 곳이 있을까?

적어도 당시에는 두 사람 모두 이 일이 외부에 알려지는 것을 원치 않았다. 그래서 이틀 후, 스티츠워스는 모두가 잠든 밤에 슬그머니 병원으로 왔다. 그는 옷을 벗고 수술대 위에 누웠다. 흰색 가운을 입고 마스크와 수술 장갑을 착용한 브링클리가 조그마한 은색 쟁반을 마치 성체처럼 두 손에 들고 들어왔다. 쟁반 속 거즈 위에는 염소의 고환 두 개가 놓여 있었다. 브링클리가 쟁반을 내려놓은 후, 마취제를 주사했고⋯⋯.

수술은 15분도 채 걸리지 않았다. 누군가가 다른 누군가에게 돈을 주었고, 농부는 집으로 돌아갔다.

며칠이 흘렀다. 브링클리의 마음속에서 탐욕과 두려움이 전쟁을 벌이고 있었다. 그리고 2주 후, 농부는 희색이 가득한 얼굴로 다시 나타났다.

이렇게 해서 염소가 세상 밖으로 나오게 되었다. 스티츠워스가 소문을 퍼뜨렸고, 38세의 한 농부도 수술을 받았다. 결과는 성공적이었다! 이발소의 찰리 태씬처럼 다른 지역 사람들도 드문드문 찾아왔다. 그러던 중 스티츠워스 부인이 찾아와 염소의 난소를 이식해달라고 요구했다.

클레멘트 우드는 이렇게 썼다.

브링클리는 자신이 웬만한 의사들보다 재능이 있다는 것을 어렴풋이 깨닫기 시작했다.

미국 의학협회의 '숫양에 대한 질투 어린 윤리강령'으로는 이 축복받은 남자를 옭아맬 수 없었다.

몇 주 후, 브링클리는 모리스 피시바인의 스승이었던 맥스 토렉 교수의 수술 강의를 듣기 위해 시카고로 향했다. 교수의 말에 따르면 브링클리는 그 수업에서 낙제했는데, "잦은 결석과 알코올 중독 때문이었다. 술을 끊고 노력할 가치 있는 일에 집중하면서, 인간으로서 또 의사로서 자신을 발전시키라고 꾸짖었더니 브링클리는 이렇게 대답했다. '제게 전 세계가 귀 기울일만한 계획이 있습니다.'"

06

1917년 11월에 스티츠워스의 수술을 집도하면서 브링클리는 생식선 이식의 선구자가 되었다. 그러나 그가 생식선을 이식한 유일한 사람은 아니었다. 열광적이던 한 언론과 '돌파구'를 두고 경쟁하던 일부 과학자들의 지지 속에서, 분비선을 이용한 '회춘'은 세계적인 유행으로 떠오르기 시작했다. 제각각이던 일류 과학자들도 한 가지에는 동의했다. 그들은 우연히 인류 역사의 위대한 발견과 마주했으며, 그것은 성적인 능력뿐 아니라 젊음도 되찾아주는 통로였다.

잘 가라, 요거트! 1908년 노벨생리의학상 수상자인 일리야 메치니코프는 수년간, 요거트를 노화방지 식품으로 팔았다. 맨해튼의 한 사업가는 이렇게 말했다.

"임원 회의에 들어갈 때마다 수명이 연장된다는 믿음으로 주머니에 넣어온 응축액을 꺼내 마시는 게 일상이었어요."

예일대학의 미식축구팀 감독 월터 캠프도 같은 이유에서 '매일 체조'를 했다. 그러나 당혹스럽게도 메치니코프와 캠프는 70세 이전에 사망했다. 그것을 대체할만한 마술이 필요했다. 이번에는 맹목적인 믿음에 그치지 않아야 했다.

은밀한 부위를 한창때로 돌려놓는다는 개념이 자연스레 재즈 시대를 찾아왔다. 전쟁의 공포를 겪은 사람들은 잠자리채로 행복을 좇았고 로열젤리, 바이탈리 티 바인이란 식물에서 얻은 '페가 팔로 칵테일' 같은 것들을 삼켰다.

어떤 사람들은 그저 파티를 즐기기에는 너무 위태로운 상황이라고 생각했다. 한 세대를 이끌어갈 수많은 청년들이 전쟁터에서 목숨을 잃으면서, 서구사회(특히 유럽)에 커다란 공백이 생겼고, 중장년층이 단기적으로 그 빈자리를 채워야 했다. 그들은 최대한 은퇴를 미루고 계속 생업에 종사하면서 자식을 낳아야 했다. 일부는 결함 있는 나약한 사람들의 자손들이 백인의 미래를 장악하지 못하게 하는 것이 자신의 의무라고 생각했다. 간단히 말해, 시대정신이 젊음, 특히 남성의 성적 능력을 되찾는 법을 요구했다.

그러나 위급한 상황이라는 것만 새로울 뿐, 남성들의 꿈은 새로울 게 없었다. 남성들은 직립보행을 시작한 이후부터 줄곧 페니스에 집착했고, 기능 저하의 해결법을 찾아왔다. 기원전 1600년경에 만들어진 최고最古의 의학문서, 에드윈 스미스 파피루스(Edwin Smith Papyrus)는 외상수술에 관한 매우 세련된 시각을 보여준다. 다만 '노인을 20대의 청년으로 변신시키는 주문'이 발견된 뒷면은 예외다. 기원전 320년경에 철학자 테오프라스투스가 추천했던 고대 그리스의 약초 사티리온*은 엄청난 수확 속도를 견디지 못하고 멸종했다. 그 후로 몇 세기 동안 정향, 생강 그리고 성기를 당나귀 우유에 담가 마사지하는 것이 크게 유행했다. 기원후 1000년경 잉글

---

* 남성의 생식기를 닮은 풀로 난의 일종. 그 뿌리가 고환과 매우 흡사하며, 뿌리를 으깨 즙을 내서 생식기 주변에 도포하면 그곳이 화끈거려 정력이 높아진다고 전해진다.

랜드 남성들은 '러브 브레드(나체의 처녀들이 밀밭에서 사랑을 나눈 후, 반시계 방향으로 수확한 밀로 만든 빵)'를 닥치는 대로 먹어치웠다. 중세에는 낙타 혹의 지방을 녹여 만든 윤활유가 인기를 끌었다.

자, 이제 더 이상 그런 어리석은 짓은 하지 않을 것이다. 인류가 마침내 지혜를 찾아냈기 때문이다. 과학과 기술! 이 두 가지는 새로운 종교였다. 아담은 가고 유인원이 왔다. 이성이 세상을 지배했다. 이성은 비행기와 인스턴트커피의 발명을 가능하게 했다. 그러나 이성으로 인해 돌팔이 의사들의 황금시대가 열릴 줄은 그 누구도 예상하지 못했다.

나중에 사실로 밝혀진 것처럼, 과학적 돌파구가 급격히 증가할수록 사람들은 더 쉽게 현혹되었다. 전기는 빛을 만들었고, 1920년대에 들어서는 양자물리학이나 음파탐지기 같은 것도 등장했다. 이러한 과정 속에서 열전대(thermocouple)라는 놀라운 장치가 개발되었고, 그 덕분에 페팃과 니콜슨 교수는 패서디나의 윌슨 산 천문대에서 화성이 인간의 주거지로 적합하다는 것을 증명할 수 있었다. 압축공기식 드릴! 핵폭발! 아찔할 정도로 경이로운 이 세상에서는 무엇이든 가능했고, 이러한 환경은 평범한 시민들을 주둥이를 쩍 벌린 청어처럼 순진하게 만들려는 음모로 이어졌다.

그 당시 과학적인 어수룩함을 가늠하는 척도 중 하나는, 존재 가능성이 높은 것으로 확인된 신화 속 동물의 수였다. 특히 제1, 2차 세계대전 사이에 스놀리고스투스, 오고포고, 오스트레일리아 벙입, 회오리 윔푸스, 루버라도, 이종깃털 스니에 대한 목격담이 보고되어 조사를 시작했다.

의학계의 놀랄만한 성과들도 크게 환영받았다. 코 막힘 치료를 위해 머리에 금속장치를 묶는다든지, 암 치료를 위해 라듐을 마시는 등의 방법은 모두 현대적인 논리에 들어맞았다. 과학자들이 가장 덜 회의적이었다. 영국의 과학자 줄리언 헉슬리는 성형수술과 정형외과학의 발전(대부분 전쟁으로 인해)을 통해 미래에는 '생물학적 지식을 이용하여 인체의 프로세스를 원하는 대로 수정할 수 있을 것'이라고 예견했다. 많은 동료 과학자들도 그날이 머지않아 올 것이며, 다음 해나 다음 주가 될 수도 있다고 생각했다. 의학과 위생 분야에서 얻은 진전들은, 1870년에 41세던 평균수명을 1920년대 초 55세 이상으로 끌어올렸다. 수명의 한계가 무너졌고(일부 과학자들은 성경에 나오는 수명이 현실에서 가능해질 수 있다고 말했다), 이러한 결과는 모두 흔해빠진 생식선과 내분비학의 대담하고 새로운 과학 덕분이었다.

호르몬-생성 생식선 또는 내분비에 관한 현대적 연구는 샤를 에두아르 브라운-세커드(Charles Edouard Brown-Sequard)의 불안한 마음에서 시작되었다. 그는 밑으로 갈수록 넓어지는 구레나룻—턱에는 기르지 않고 양쪽 볼에만 있는—으로 유명했으며, 생리학자이자 하버드 교수로 오랫동안 국제적인 명성을 쌓았지만, 1880년대 후반에는 인디언 보호구역을 떠돌았다. (어느 의사의 설명에 따르면) 70세를 넘기면서 '짜증이 많아지고 무기력했으며 위장병과 배

뇨장애로 고통스러워했다'는 브라운-세커드는 파리에 작은 개인 연구실을 장만한 뒤 종적을 감췄다. 그러나 1889년 6월 1일, 그는 소시에테 드 바이올로지(Société de Biologie)*에 깜짝 등장하여 세상을 놀라게 했다. 그는 개와 기니피그의 고환으로 만든 에멀션을 자신에게 직접 주사함으로써 '시간의 할아버지(Father Time)**'를 정복했다고 주장했다. 그는 단언했다. "모든 것이 달라졌고, 예전의 힘을 완전히 되찾았습니다." 그것은 거의 잊고 있었던 성적 능력과 배변 능력을 의미했다.

청중 사이에서 '불신과 분노의 대소동'이 일었다. 그러나 바깥 세상은 대체로 수용적인 분위기였다. 파리의 신문《르 마탱(Le Matin)》은 구독자들이 그렇게 대단하다는 고환 주사를 맞을 수 있도록 회춘연구소 설립을 위한 모금을 즉시 시작했다. 얼마 지나지 않아 한 약사협회는 '정액, 송아지의 심장과 간, 황소 고환'에다 '알코올로 보존한 해부학 시료의 표면'에서 얻은 불특정 물질을 더해 만든 스퍼민이라는 혼합물을 발표했다. 이 혼합물은 '브라운-세커드 박사가 확인한 흥분효과'를 제공한다고 알려졌다. 다른 제조자들도 비슷한 상품을 출시했지만, 브라운-세커드 박사의 연구결과를 재현하는 데 실패하면서 시장이 일시적으로 주춤했다.

면밀한 조사를 통해 효능이 없다는 사실이 밝혀졌지만, 브라운-

* 1948년 파리에서 설립된 생명과학학회-옮긴이
** 시간을 의인화한 가상의 존재로, 큰 낫과 모래시계를 든 노인의 모습이다.

세커드의 노력을 실패라고만 볼 수는 없다. 앞으로 수십 년간 번성할 '돌팔이 부대'를 만들었을 뿐 아니라, 합법적인 의사들에게도 영감을 주었기 때문이다. 다시 말해, 의사들은 활력과 근육량을 증가시킬 열쇠가 생식선의 분비물 어딘가에 숨어 있으므로 그것을 찾아내기만 하면 된다는 브라운-세커드의 가설에 타당한 무언가가 있음을 직감한 것이다. 그렇게 하여 브라운-세커드 박사의 망상은, 그로부터 수십 년간 많은 생식선 연구자들에게 나일강의 수원水源 같은 존재가 되었다. 또한 1930년대에는 테스토스테론의 분리 및 합성이라는 이정표를 만들었으며, 아나볼릭 스테로이드 투여로 이어졌다. 브라운-세커드라는 괴짜에게서 전지전능한 오크나무가 자랐던 것이다.

그러나 브라운-세커드의 연구를 초기부터 추적 조사한 과학자들은 무지했던 만큼 열정적이었다. 에멀션만으로는 그렇게 강력한 효과를 얻을 수 없을 거란 가설이 등장하기도 했다. 누군가가 생식선을 조작하지 않는 한……. 연구에 속도가 붙고 유능한 과학자들이 치열한 경쟁을 펼치면서 제1차 세계대전 전후로 새로운 '발견'들이 쏟아져 나왔다.

모리스 피시바인은 《JAMA》에 합류하고 얼마 지나지 않아 시카고 거리에서 G. 프랭크 리드스턴(G. Frank Lydston) 박사와 우연히 마주쳤다. 일리노이대학의 비뇨생식학과 교수였던 리드스턴은 비뇨생식학의 신기한 연구기술부터 『포커 짐』, 『젠틀맨』, 『오버 더 후카』 같은 소설까지 다양한 글을 쓰기로 유명한 인물이었다.

"우리는 잠시 대화를 나눴습니다." 피시바인이 그와의 만남을 회상하기 시작했다. "그러던 중에 그가 이렇게 말하더군요. '여기에 손을 얹고 느껴보세요.' 리드스턴 교수는 코트와 셔츠를 풀어 헤치고 내 손을 자신의 측면 갈비뼈로 가져갔어요. 양쪽으로 각각 6개 이상의 혹이 만져졌지요. 그게 뭐냐고 물었더니 '고환'이라고 대답했어요. 젊음을 되찾기 위해 시신에서 얻은 고환 조직을 피하에 이식했다고 하더군요."

브라운-세커드 이후, 의학 실험은 대부분 동물 간의 고환 이식에 초점을 맞추었다. 그러나 리드스턴은 사람 간의 고환 이식을 최초로 시행하여 매우 큰 도약을 이루어냈다.

그는 이렇게 적었다.

"영웅이 되려는 생각은 없었다. 나는 아주 현실적인 사실을 근거로 판단했다. 첫 번째는 실험에서 일어날 수 있는 위험에 누군가를 노출시켜서는 안 된다는 것이었고, 두 번째는 전문의 친구들 중 누군가에게 수술을 부탁한다면 내가 이 분야의 선구자가 될 기회를 잃는다는 것이었다. 그래서 나는 직접 수술하기로 결심했다."

《뉴욕 타임스》에 따르면, 이렇게 해서 리드스턴은 의사이면서 환자이고 참관인인 '기이한 삼위일체'가 되었다.

기증자를 찾는 일—누군가는 도전이라고 생각했을—은 캘리포니아 샌 퀜틴 주립교도소 외과 과장 레오 스탠리(Leo Stanley) 박사의 도움으로 수월하게 해결되었다. 교수형이 연간 서너 차례 집행되었기 때문에, 상대적으로 젊은 남성들의 고환을 얻을 완벽한 기회를 잡을 수 있었다. 첫 번째 이식수술의 피험자를 자처했던 리드 스턴은 그 후에 재소자를 대상으로 실험을 이어갔다. 그는 사망한 재소자의 고환을 얼린 생리식염수에 담갔다가 다른 재소자, 보통은 가석방될 가망이 없는 고령의 남성에게 삽입했다. 스탠리 박사의 보고서에 따르면, 대부분에게서 개선 효과가 나타났다. 반쯤 노망났던 72세의 마크 윌리엄스는 수술 후 닷새 만에 기운을 차리고 '농담을 이해할 정도로' 회복했다.

리드스턴은 이식수술이 성적 능력의 향상 외에도 훨씬 광범위한 영향을 미친다고 주장했다. 그는 고환 이식이 자신의 흰머리를 검게 만들었고, 재소자들을 대상으로 한 실험에서 노화를 지연시켰을 뿐 아니라 역전시키기까지 했다고 말했다. 《JAMA》를 비롯한 과학 잡지들은 그의 연구에 경의를 표하는 다양한 기사를 게재했다. 리드스턴에게 영감을 얻은 스탠리 박사도 실험에 뛰어들어 동물과 인간의 고환에서 추출한 물질을 643명의 재소자와 13명의 의사에게 주입 또는 이식했다. 그리고 아주 만족스러운 결과를 《내분비학 저널》에 상세히 실었다(또한 스탠리는 매력적이지 않은 외모를 가진 사람들이 범죄자가 될 확률이 더 높다—그들이 세상에 복수하는 방식이었다—는 이론을 발표하고 재소자들에게 코 성형수술을 해주는 프로그램을 도입하기도 했다).

회의적인 목소리가 크고 또렷하게 들려왔지만, 이러한 주장들은 서양의 여러 과학계에 일종의 일시적인 기쁨을 가져다주었다. 시카고에서 종종 리드스턴을 만났던 맥스 토렉 박사는 "그의 열의가 격정적으로 타올랐다"고 말했다. 그것은 분비선을 이용한 회춘술 분야의 두 위대한 전사들에게도 해당되는 말이었다.

두 사람의 이름은 리드스턴처럼 잘 알려지지 않았지만, 역사에서 가위로 도려내지거나 조지 오웰이 말하는 기억의 구멍(memory hole)에 빠진 정도는 아니었다. 파스퇴르, 퀴리 부인 등 당시의 선구적인 과학자들은 각자의 분야에서 수호성인으로 기억되고 있다. 그러나 현대 회춘술('수명 연장', '실현 가능한 불멸' 등 지금은 다른 이름으로 불린다) 의사들은 선배 개척자들의 초상화를 대기실에 걸고 싶어 하지 않았다. 개척자들이 너무 깊게 현혹된 상태여서 그들의 이론을 언급하는 것만으로도 잠재 고객을 내쫓을 수 있었기 때문이다. 그럼에도 이런 엄청난 얼간이들도 과학사의 한자리를 차지하고 있다. 오히려 이들은 사람들이 옳은 길을 찾을 수 있도록 도와주었다. 운이 좋았던 예언가들이 진실을 위해 싸웠듯, 그들도 오류를 위해 용감히 싸웠다. 사랑이 그러하듯, 과학에서도 신념과 어리석음을 구분하는 일은 때로 굉장히 어렵다.

러시아 출신 세르주 보로노프(Serge Voronoff) 박사는 프랑스로 귀화해 파리에서 살면서, 콜레주 드 프랑스(Collège de France)의 생리학연구소 소장으로 일했다. 한 지인의 말처럼 '프랑스인보다 더 프랑스인 같았던' 보로노프는 195센티미터의 장신으로 대단히 매력적인 사람이었다. 그가 생식선과 장수에 대해 관심을 갖기 시작한 시점은 1898년으로 거슬러 올라간다.

이집트 왕 케디브 압바스 2세의 주치의였던 보로노프는 왕의 하렘*에 기거하던 환관들을 치료했다. 환관들은 뚱뚱하고 병약했다. 보로노프는 그들에 대해 이렇게 기록했다.

"이른 나이에 머리가 하얗게 새었고 장수하는 경우가 매우 드물었으며……. 고환이 없어서 이런 처참한 결과가 나타나는 것일까?"

보로노프는 만약 그게 사실이라면, 소위 정상적인 노화는 생식선의 퇴화로 나타나는 것이며 국부적인 과정을 역전시킬 수도 있을 것이라고 추론했다.

보로노프는 실험을 진행했다. 그리고 초기 실험에서 어린 숫양의 고환을 늙은 숫양에게 이식하자, 숫양의 털이 두꺼워지고 성욕도 돌아오는 것을 확인했다. 제1차 세계대전으로 연구가 중단되자 보로노프는 그 광범위한 지역을 돌아다니며 부상자를 치료했다. 환자의 뼈를 이용하는 '자가이식(다른 사람들이 수십 년간 성공적으로 사용했던 기술)'을 고안했고, 화상을 입은 피부를 태아막으로 대체했다. 그러나 얼마 지나지 않아 그는 동물계로 급히 눈을 돌렸다. 이번에는 숫양이 아니었다.

그는 몇 차례 실험을 더 진행한 후, 다음과 같이 발표했다.

"감히 단언하건대, 원숭이는 강인한 신체와 질 좋은 장기를 가지고 있으며, 인간이 선천적 및 후천적으로 고통받는 주요 부위의 결함으로부터 자유롭기 때문에 인간보다 우수하다고 할 수 있습니다."

보로노프의 방향성은 확실했다. 그는 1914년에 최초로 원숭이의

---

* 전통적인 이슬람 가옥에서 여자들이 생활하는 영역.

갑상선을 '지능이 낮은 소년'에게 이식했다. 전해지는 바로는 수술이 아주 잘 되어서 "소년은 정상 수준을 회복했고 군 입대도 가능해졌다"고 한다. 보로노프는 하위 영장류의 생식선에 영원한 젊음, 혹은 그에 가까운 무언가가 있다고 확신했다. 그의 계산에 따르면 원숭이의 고환은 150년 동안 남성의 건강과 활동성을 유지시켜야 했다. 남은 것은 증거를 찾는 일뿐이었다.

그 사이, 또 한 명의 위대한 스타였던 빈 출신의 오이겐 슈타이나흐(Eugen Steinach)가 치열하게 성배를 쫓고 있었다. 생물학연구소 교수였던 슈타이나흐―프로이트, 말러, 라이히, 비트겐슈타인과 마찬가지로―는 빈에서 가장 유서 깊은 지역으로 거처를 옮겨갔다. 한 동료는 "그는 고급스러운 황갈색 턱수염을 무성하게 길렀으며 목성의 신처럼 당당한 모습이었다"고 말했다. 자기중심적이고 예민한 데다 심각한 편집증을 가지고 있었던 그가 열정을 품었던 대상은 '승마'와 '선홍색 사무실' 그리고 길거리에서 자신을 가리키며 박수 쳤던 많은 사람들이 믿었던 '생명의 열쇠'였다.

보로노프의 이색적인 실험이나 리드스턴의 고환 주머니에 비하면 슈타이나흐의 방식은 무척 간단했다. 이 오스트리아인은 쥐 실험을 통해 '정관결찰', 즉 정관절제술로 젊음을 되찾을 수 있다는 결론을 내렸다. 그는 '사정과 관련된 분비물'이 몸 전체에 역류하며, 남성성에 일종의 온실효과를 일으킬 것이라는 이론을 제시했다 (몇 년 후 소비되지 않은 정액은 소변에서 소멸된다는 것이 밝혀졌다). 슈타이나흐는 자신의 라이벌인 보로노프나 리드스턴처럼 머리카락

이 다시 자라고 시력이 좋아지고 여러 가지 질환이 나아지는 등의 증거("환자는 젊음과 활력, 기운이 솟아나는 것을 느낀다. 지난 몇 년과 달리 이제 그는 시작점에 섰을 때처럼 새로운 기분으로 ……")를 제시했다. 제1차 세계대전이 끝나고 얼마 지나지 않아 슈타이나흐의 이름은 유럽에 이어 미국에서도 유명해졌다. 《뉴욕 메디컬 저널》은 그의 연구를 노화와의 전쟁에서 이룩한 '위대한 진전'이라고 평가했다.

젊음이여, 영원하라! 1920년대 초부터 1930년대 말까지 대중은 인간의 분비선을 둘러싼 거대한 메이폴댄스[•]에 합류했다. 보로노프는 『생명(Life)』이란 저서에서 전반적인 흐름에 대해 이렇게 설명했다.

"…외과수술의 미래는 대부분 보존(의학)에 달려있을 것이며 생명과 활력, 건강을 지키는 데 필요한 인간 분비선의 '대체'에서도 일부 찾을 수 있을 것이다. …각 시대의 과학적 발견 중에 개인과 인류에게 이보다 중요한 것이 있겠는가?"

[•]   풍작을 기원하는 포크댄스의 일종-옮긴이

07

1918년 8월, 존 브링클리는 캔자스 밀퍼드에 16개 병실을 갖춘 클리닉을 개업했다. 홍보 책자에 따르면, 브링클리 건강연구소로 불렸던 이곳에는 브링클리-존스 병원, 브링클리-존스 협회, 브링클리 연구소, 브링클리 간호사 전문학교가 갖춰져 있었다. 내부는 병원이라기보다 지나치게 큰 민박집 같았다. 병실 벽에는 마호가니와 페르시아호두나무로 된 판을 설치하고, 하늘색 벽지를 발랐다. 주민들은 병원 개업을 몹시 반겼다. 특히 건축에 참여한 어느 전기기술자는 브링클리가 "그 지역에서 일당을 가장 잘 쳐줬다"며 기뻐했다.

브링클리의 인기는 하늘을 찔렀다. 그는 행복한 유부남이자 씀씀이가 후한 고용주로, 캔자스 동부의 작은 마을에 경제 호황을 가져왔다. 또한 전 세계 역사상 최악의 전염병이었던 스페인독감이 덮친 그해 겨울에는 환자들을 열성적으로 도와 주민들로부터 존경과 감사까지 얻었다. 그의 조수는 당시를 이렇게 회상했다.

"브링클리에게 독감을 낫게 하는 이상한 재주가 있었던 것 같아요. 노스캐롤라이나 산간지역에 살면서 배운 기술인 것 같았어요. 무엇이었는지 잘 모르겠지만 효과는 확실했습니다."

포트 라일리 근처에서 1천 명 이상의 감염자가 발생했을 때에도 브링클리(군에서 세운 가상의 위업과 매우 대조적으로)는 현장에서 치료를 도왔다. 그는 1914년형 포드를 몰고 울퉁불퉁한 길을 달리며 이 농장에서 저 농장으로 옮겨갔다. 브링클리의 기사였던 톰 우드버리는 그에 대해 이렇게 기억했다. "브링클리는 훌륭한 의사였다. 스페인독감이 유행하던 때에도 사망 환자가 단 한 명뿐이었을 정도로, 그는 온갖 곳을 돌아다니며 사람들을 치료했다."

어느 지역의 주부는 이렇게 말했다. "선생님이 우리를 구했어요. 사람들이 선생님을 돌팔이라고 불러서 마음이 아팠어요. 선생님은 돌팔이가 아니에요. 제 말을 믿으세요."

겨울철에 석탄이 부족해서 주민들의 고통이 더욱 가중되자, 브링클리는 정부를 상대로 독감 피해자들에게 석탄을 제공하라며 청원운동을 벌이기도 했다. 그의 전반적인 행동이 그의 나머지 경력과 너무나 대조되어서 신뢰하기는 어렵다. 아마도 그는 자신을 알리려고 했던 것 같다. 선택의 여지가 없었을 것이다. 브링클리가 어째서 자신의 사기 원칙을 어겼는지 모르겠지만, 수개월 동안 계속된 봉사는 그의 일생에서 가장 훌륭한 성과로 남아 있다.

브링클리는 곧 마음을 다잡고, 염소에게로 돌아갔다. 제1차 세계대전 직후, 회춘에 관한 뉴스가 급증하며 언론을 뒤덮고 있을 때였다. 초반에는 보로노프, 슈타이나흐, 리드스턴을 치켜세우던 유명 신문사들에게 철저히 무시당했지만, 그는 별로 신경 쓰지 않는 듯했다. 그는 그들이 누리고 있던 사회적 지위를 최대한 활용하느라 너무 바빴다.

브링클리는 경쟁자들이 결코 생각해내지 못한 장점들—간교한 속임수, 홍보의 귀재, 탁월한 동물 선택—로 그들을 앞서갔다. 그의 초기 고객들은 미국의 심장부에서 온 농장 사람들이었다. 그들은 대부분 염소의 왕성한 성욕에 대해 잘 알고 있었다. 평생 그런 모습을 지켜봤기 때문이다. '염소 같은(goatish)'이라는 단어는 '흥분한, 성적으로 매력적인, 음탕한'이라는 의미로 쓰였다. 그리스신화에 나오는 판(Pan)은 상반신은 사람이고 하반신은 염소인 신으로, 협곡을 뛰어다니며 숲의 요정의 순결을 빼앗았다고 한다.

시간을 더 거슬러 올라가면, 기원전 8세기경 수슈루타(Sushruta)[•]는 불교경전 삼히타에 세계 최초의 최음제 제조법을 기록했다. '100여 명의 여성을 왕진한' 그는 '우유와 함께 끓인 염소 고환에 참깨와 돌고래 기름을 곁들이거나 고환에 소금과 가루로 된 페퍼피시, 정제버터를 섞어' 먹어야 한다고 적었다.

브링클리는 병원을 개업한 지 얼마 지나지 않아, 미국에서 가장 큰 도시의 기자를 그의 병원 문 앞에 데려올 정도로 홍보에 크게 성공했다. 브링클리의 첫 번째 이식 환자였던 스티츠워스의 부인이 수술 후 임신을 하여 '빌리'라는 이름의 건강한 사내아이를 출산했다. 카메라를 향해 환하게 웃는 브링클리와 아기의 사진 옆에 이런 내용의 기사가 실렸다.

외과전문의 존 R. 브링클리 박사가 난임 부부들에게 염소의 분비선을 이식하여 과학계를 놀라게 했다.

• 인도의 히포크라테스로 불리는 외과의-옮긴이

소문이 퍼지자, 수많은 여성들이 밀퍼드로 몰려와 숲과 초원에 천막을 쳤다. 용감무쌍한 스티츠워스 부인과 그녀의 선구적인 난소 이식 덕분에 브링클리는 부업으로 생식력 증진제, 주름 개선제, 가슴 확대제를 개발하여 광고하기 시작했다.

그는 염소 고환의 유익함이 제대로 알려지지 않았다고 주장했다. 그에게 치료를 받은 환자들은 편지를 통해, '놀랄만한 성적 활력'과 세부사항—그보다 더 상세할 수 없는—을 보고했다.

브링클리는 더 좋은 뉴스가 있다며 정신적인 문제를 가진 청년의 케이스를 인용했다.

그는 불치병을 앓고 있었고, 평생 지적장애로 살아야 한다는 진단을 받았다. 그는 내게 치료를 받고도 낫지 않으면 자살하려고 결심한 상태였다. 염소의 생식선을 삽입하고 36시간이 지나자 환자의 체온이 39.4도 이상으로 올랐다. 그러나 24시간 후 정상 체온으로 돌아왔고, 그 후로 줄곧 안정을 유지했다. 정신이 명료해지면서 그는 젊어진 기분을 느꼈고, 실제로도 그렇게 보였다. 그는 현재 결혼을 준비하고 있다. 수면을 방해했던 끔찍한 악몽과 과거의 모든 고통이 그의 곁을 떠나갔고…….

두 번째 정신이상(과도한 자위에 의한) 환자는 주 정신병원에서 온 젊은 은행원이었다. 고환 이식을 받은 후, 그의 정신은 완전히 또렷해졌고 현재 큰 금융기관의 책임자로 근무하고 있다.

성적인 문제와 조발성 치매* 치료는 시작에 불과했다. 캔자스의 폰세 데 레온(Ponce de León)**은 곧 염소 고환이 폐기종부터 고창*** 까지 27가지의 크고 작은 질환에 놀라운 효과를 보인다는 것을 확인했다. 브링클리는 수술 성공률이 95퍼센트이며 모두가 완치되지는 않는다고 경고했다. 그러면서 영악하게도 '아둔한 유형'에게 덜 효과적이라고 덧붙였다.

이렇게 해서 브링클리는 처음으로 AMA의 레이더망에 포착되었다. 과장 광고를 의심해왔던 AMA는 사설탐정을 보내어 브링클리의 병원을 조사했다. 그리고 그곳에서 신체 일부가 마비된 60대 여성을 만났다. 브링클리는 척수종양을 치료한다며 그녀에게 염소의 난소를 이식했다.

사설탐정은 이렇게 고백했다. "노부인은 두 발을 번갈아 끌며 절뚝거렸다. 그녀는 내 부축을 받아 한 방에서 다른 방으로 이동하면서 걸을 수 있다는 것을 증명해보이려 했다. 그녀는 천천히 발을 끌며 걸었고 다리에 힘이 조금 더 생긴 것 같다고 말했다."

그러나 브링클리의 주 소득원은 여전히 발기불능의 남성들이었다. 사업이 번창하자, 기차역까지 셔틀버스를 운행하기 시작했다. 보통 월요일 오후에 고객들이 기차역에 도착하면, 버스기사인 해피 해리가 운전모를 쓰고 역 앞에서 눈을 반짝이며 그들을 맞이했다.

---

* 조현병(정신분열증)의 옛 명칭.

** 젊음의 샘을 찾아 모험을 했던 스페인의 탐험가─옮긴이

*** 기생충 때문에 배가 불러 오면서 아픈 증상.

고객들은 브링클리의 안내장을 통해 해리를 이미 알고 있었다. 미니에 대해서도 잘 알았다.

"브링클리 부인이 이웃에 살았다면, 마당에서 정성껏 가꾼 꽃과 정원에서 키운 잘 익은 옥수수를 당신에게 나누어줬을 거예요. 또 일요일이면 집에서 만든 맛있는 아이스크림을 커다란 들통에 담아 가지고 당신 집에 들렀을 겁니다."

미니는 병원 출입문 앞에 서서 승합차에서 내리는 고객들을 환한 미소로 반겼다. "어서 오세요, 신사 여러분."

병원에 도착한 고객들은 일단 '단체실'로 이동해 가운으로 갈아입고 슬리퍼를 신었다. 그리고 의사를 만나러 갔다. 그 과정은 일반적으로 그들의 믿음을 더욱 강하게 만들었다. 고객들이 마주하는 사진 속 브링클리는 둥근 고무 테 안경에 턱수염(염소와 판박이인)을 기른 자그마한 신사였다. 마치 유럽인들과 논쟁을 벌일 준비가 된 지식인처럼 보였다. 게다가 그의 고유한 구호들—모든 에너지는 성적 에너지다, 생식선의 나이가 곧 남자의 나이다—은 고객들에게 프로이트란 완벽한 길동무를 선사하며 굳은 믿음을 주었다. 단순한 허풍이 아니었다. 군중과 개인의 심리를 지배하는 그의 이상한 능력은, 성공에 필수적인 부분이었다. 브링클리는 남자와 페니스의 관계가 종종 남녀관계보다 더 험난하다는 점을 이해했다. 그리고 그것을 잘 활용하는 기술이 그의 위대한 재능 중 하나였다.

물론 난관이 찾아오기도 했다. 어느 날, 모험심이 강한 유명인사 두 명이 새 고환을 이식받기 위해 캘리포니아에서 찾아왔다. 브링클리는 이식에 가장 적합한 토겐부르크종 염소를 준비했지만, 고객들은 고급종인 앙고라염소를 고집했다. 그리고 자신의 성기에서 눈이 번쩍 뜨일 만큼 고약한 냄새가 난다는 사실을 뒤늦게 알아차렸다.

그러나 수술은 대개 성공적이었다. 그러던 중, 고환 이식을 받은 밀퍼드의 사업가 부부가 두 번째 아기를 출산했다. 부부는 과학의 위대함을 기리는 의미에서, 아이의 이름을 찰스 다윈 멜링거로 지었다. 크리스마스가 되면 브링클리 박사 부부는 병원 옥상에 올라가, 두 팔을 한껏 뻗으며 자신들을 반기는 이웃들에게 오븐에서 익히기만 하면 되는 칠면조, 거위, 오리를 던져주었다.

그는 굉장히 다정하고 친밀했다. 슈타이나흐와 보로노프, 리드스턴처럼 브링클리도 신념을 가지고 일했던 걸까?

그 답은 술에 취한 브링클리가 환자들을 '늙은 멍청이'라고 부르던 습관처럼, 작은 단서에서 찾을 수 있을 것이다. 아니면, 염소 고환 이식의 실체를 두고 흔들리던 신념처럼 큰 단서에서 찾을 수 있을지도 모른다. 브링클리는 때로 동물의 고환을 마늘처럼 조각내어 환자의 몸에 이식했다. 또 작은 고환을 더 큰 고환에 접합했는데, 이 과정을 '사과에 구슬 끼워 넣기'로 비유했다. 그는 가끔 수술을 크리스마스 선물을 가방에 던져 넣는 것보다 간단한 일로 여기기도 했다. 가장 중요한 문제는 기술—이식수술에 전념하던 당시에 그는 이미 유능한 외과의사였다—이 아니라 품질관리였다. 브링클리는 원래 오후 4~6시 전후로 수술을 했다. 그러나 사업이 번창하면서 의사 자격을 갖춘 조수에게 수술을 넘기는 일이 점점 잦아졌다. 그 결과, 수년간 수십 명의 환자가 수술실 또는 퇴원 후에 자택에서 사망했다. 그 외에도 많은 사람들이 영구적인 장애를 얻었다. 그러나 그러한 의료행위가 대규모 학살과 동일시된 것은 그로부터 한참 뒤였다. 그 사이 브링클리는 결과에 상관없이 수술비를 받아 챙겼다.

1920년대 초, 브링클리가 부족한 염소를 이웃 농장에서 훔치고 있다는 소문이 돌았다. 그는 사업을 더 빠르게 확장할 방법을 조언해줄 광고 전문가를 찾았다. 그렇게 해서 캔자스시티의 H. 로이 모스낫(H. Roy Mosnat)이 브링클리를 찾아오게 되었다. 놀랍게도 당시 브링클리의 일에 대해 전혀 아는 바가 없었던 모스낫—적어도 두 사람은 그렇게 기억했다—은 벌떡 일어나 기쁨의 환성을 질렀다.

"하느님 맙소사, 바로 이겁니다! 브링클리 박사님은 백만 달러를 손에 쥐고 있는 거예요!"

모스낫은 스티츠워스의 농장을 빠져나오면서 사랑에 빠진 남자처럼 세상을 바라보았다. 그의 주머니에는 스티츠워스와 회의를 하면서 작성한 메모들("파란 하늘에 흰 뭉게구름이 떠다녔고 ……")로 가득했다. 모스낫은 홍보 계획을 세우기 위해 곧장 캔자스시티행 열차에 몸을 실었다.

운명적인 순간이었다. 브링클리가 염소 고환을 돈벌이 수단으로 이용하는 것을 넘어, 그것을 광고하기로 결정하면서 AMA와의 충돌이 불가피해졌다. AMA는 일찍부터 회원들(당시에는 브링클리도 회원이었다)의 홍보 활동을 금지했지만, 새뮤얼 홉킨스 애덤스의 특집기사가 《콜리어스》에 연이어 게재되면서 관련 규정을 더 엄격히 적용했다. 애덤스가 폭로한 내용 중 하나는 어마어마한 규모의 부정 결탁의 결과로 인해 특허 의약품의 광고비용이 미국 신문의 광고 소득에 절반을 차지하게 되었다는 것이었다. 그들은 광고를 마치 기사처럼 내보냈다. 이러한 기사들은 머리를 총으로 쏴서 자살한 사람들('신경과민'을 방치한 결과)의 삽화부터, 두루마리에 서명을 하는 엉클 샘*을 전면 기사에 내세워 애국심에 호소하는 역겨운 내용까지, 파격적이고 공격적이었다.

"이것은 내가 매달 변비약 엑스-렉스 10만 박스를 복용하고 있다는 사실을 증명하기 위한 것이다."

이것은 '건강'과 마케팅의 결혼이었고, 존경받던 의사들도 마치 악마를 대하듯 그것을 피했다.

광고를 시작하면서, AMA에 공식적인 적도 생겼다. 브링클리는 모스낫의 광고를 탐탁지 않아 했다. 처음부터 정말 재미없는 광고라고 생각했지만, 전국을 통틀어 단 두 명만 그에 관한 기사를 쓰자 더욱 형편없게 느껴졌다.

그러나 그것만으로도 충분했다.

---

* 미국을 의인화한 것으로, '샘 아저씨'라 불리며 미국의 상징으로 여겨진다. 보통 흰 머리에 턱수염을 하고 미국의 국기를 연상시키는 복장을 한 나이든 남자로 그려진다.

08

1920년 6월, 시카고에 있는 아메리칸 병원의 외과 과장이었던 맥스 토렉 박사가 엘리베이터에서 우연히 프랭크 리드스턴 박사를 만났다. 마침 리드스턴의 사무실도 그 건물에 있었다.

"잠깐 시간 좀 내주겠나, 맥스?" 리드스턴이 물었다.

토렉은 그 다음에 벌어진 일을 나중에야 설명해주었다.

"우리는 리드스턴의 사무실로 들어갔고, 문이 닫히자 리드스턴이 다짜고짜 옷을 벗었다. 불쾌하면서도 왜 그러는지 궁금했다. 리드스턴은 갑자기 돌아서더니 아폴로의 누드 조각상처럼 벌거벗은 채 …… 그는 말했다. '이것 좀 보게.' 의사생활을 하면서 웬만한 일에 놀라지 않게 되었는데도, 당시에는 너무 놀라 어쩔 줄 몰랐다. …리드스턴의 고환이 세 개였기 때문이었다."

일리노이대학의 리드스턴 교수는 배벽* 이식만으로 만족하지 못했고, 실험의 한계선을 끌어올려 사형수의 고환을 자신의 고환에 덧붙였다. 그는 세 개의 고환이 최상의 결과를 불러왔다고 단언했다. 살인자의 고환은 성욕 및 사고의 속도와 명확성을 향상시켰고, 범죄 충동을 일으키지도 않았다. 가죽같이 딱딱하고 질긴 늙은 회

---

* 배안 앞쪽의 벽으로 피부, 근육, 복막 따위로 이루어져 있다.

의론자 토렉은 원래 고환보다 아마추어 사진술에 더 관심이 많았지만, 리드스턴의 말을 들은 후 구원의 빛을 보았고 그것을 믿기 시작했다. 토렉은 넋이 나간 채 그 자리에서 3시간 동안 리드스턴의 이야기를 들었다.

리드스턴이 과장스러운 말투로 이런저런 이야기를 떠벌리는 동안 토렉은 또 다른 무언가를 감지했다. 흥분한 리드스턴의 내면에서 부글부글 끓고 있는 일종의 신경질적인 분노였다. 바로 며칠 전이었던 6월 12일에 세르주 보로노프 박사가 원숭이의 고환을 인간에게 이식하는 수술을 최초로 성공시키면서 국제적인 뉴스거리가 되었다. 리드스턴은 보로노프가 자신의 연구(《미국 의학협회지》에 실렸던)를 훔쳤고, 비교적 다루기 수월한 원숭이를 이용하여 자신이 응당 받아야 할 관심을 가로채고 있다고 믿었다. 토렉은 리드스턴의 충동적인 세 번째 고환이, 단순한 과학적 진보를 위한 것이 아니라 경쟁자를 한발 앞서려는 술책은 아닐지 궁금해졌다.

토렉은 리드스턴의 관점에는 동의했지만, 진실을 더 중요하게 생각했다. 그는 즉시 보로노프의 첫 번째 설명회가 예정되어 있는 뉴욕으로 떠났다. 컬럼비아 의학대학원(Columbia University's College of Physicians and Surgeons)의 저명한 주최자 앞에서 러시아 출신인 보로노프는 자랑스럽게 (이상한 프랑스어 말투가 섞인 영어로) 자신의 기술을 소개했다. 토렉은 보로노프야말로 올바른 방향으로 나아가고 있다고 확신하게 되었고, 설명회를 다시 개최하기 위해 그 러시아인을 시카고로 초대했다.

관대한 보로노프는 세상을 승자와 패자로 나누기를 거부했고, 그 것은 종종 승자들을 무척 불쾌하게 만들었다. 그는 시카고에 도착 하자마자 리드스턴의 연구실을 방문했다. 리드스턴이 최근 어떤 연구에 공을 들이고 있는지 전해들은 보로노프는 이렇게 외쳤다고 한다.

"오, 그런 건 상관없어요! 당신의 수술은 가난한 남자를 위한 것 이고 내 수술은 부유한 남자를 위한 거니까!"

리드스턴은 이성을 잃었다. 평판을 강탈해간 도둑이 사무실에 있 는 라벨들을 찬찬히 살펴보고 서랍을 열어보았을 뿐 아니라, 자신 을 기만한 토렉 박사를 따라가 설명회를 열었기 때문이다. 리드스 턴이 두려워했던 것처럼 보로노프의 설명회는 그해 최고의 사건이 되었다.

토렉은 그날에 대해 이렇게 적었다.

"시카고에 있는 모든 의사를 위한 날이었다! 사람들이 병원 강 당에 발 디딜 틈 없이 꽉 들어찼다. 유명인사들도 관중 사이에 섞 여 있었다."

보로노프는 무대 위의 마술사처럼 젊고 아름다운 미국인 아내의 도움을 받아, 개 실험을 설명하며 관중을 매혹시켰다. 관중석에 있 던 주요인사들 중 단 두 명만이 자리를 떠났다. 한 사람은 65세를 갓 넘겨 사망할 때까지도 자신의 업적을 가로챈 보로노프를 증오했 던 리드스턴이었다. 그리고 다른 한 사람은 파티를 망치러 온 존 브 링클리였다. 브링클리를 발견한 토렉 박사는 '친한 척 굽실거리는'

옛 제자를 밖으로 쫓아냈다.

그러나 브링클리의 여행은 헛되지 않았다. 광고 제작자 모스낫은 이 염소 고환 전문의가 시카고의 파크에비뉴 병원의 초대를 받아 능력을 증명해보일 수 있도록 만반의 준비를 해두었다. 이렇게 해서 1920년 여름에 회춘술의 스타 세 사람이 한 도시에 모여 본격적인 열풍의 도화선을 당겼고, '밀퍼드 메시아'가 가장 큰 별로 도약할 무대가 마련되었다.

그 무렵까지 브링클리는 자신의 견해를 계속 개선해왔다. 빌리 스티츠워스의 탄생 후로, 그는 종종 절박한 여성들이 임신할 수 있도록 돕는 게 자신의 임무라고 말했다("잉태의 은혜를 갈구하는 여성들의 편지가 밀려드는 통에 J. R. 브링클리 박사는 눈코 뜰 새 없이 바빴다"). 그는 수많은 편지에 "아기를 세상에 데려올 수 있다면 목숨도 내놓을 것입니다"라고 답했다. 한 여성의 말에 따르면, 브링클리는 그들의 애끓는 '간청'에 '압도되었으며' 신의 축복을 받은 자신이 역경에 처한 수많은 사람들을 도울 수 있다고 믿었다. 염소의 난자를 이식하여 자궁절제술을 대체할 수 있다는 것을 발견한 후로 그 믿음은 더욱 강해졌다.

그러나 1920년대 중반쯤부터 브링클리는 이러한 주장—가슴 확대와 주름 개선에 관한 것도—을 멈추고 남성 고객들에게 집중하기 시작했다. 아마도 여성들이 수술 결과에 대해 더 염격했기 때문이었을 것이다. 이때부터 임신과 출산은 부수적인 목표로 전락해버렸고, 침실의 패배자들을 '우두머리 숫양'으로 변화시키는 일이 핵심 사업으로 부상했다. 남성들에게는 플라세보 효과*가 거대한 코끼리처럼 나타났다. 번개를 두 번이나 맞은 남자가 염소 고환이 자신의 성생활에 도움이 되느냐고 편지로 물어왔던 것처럼, 남성들은 무엇이든 너무나 쉽게 믿었다.

운 좋게도 그해 여름, 브링클리는 시카고에서 경쟁자들과 어깨를 나란히 하면서 사회적 지위를 획득했다. 경쟁자들이 '설명회'와 '실험'이라는 수렁에 빠져 과학 잡지에 자신들의 진전을 기록하느라 정신없는 동안, 브링클리는 새로 얻은 사회적 지위를 이용해 유리한 위치를 선점했다. 그 모든 과정을 건너뛰어 고통받는 인류를 돕는 일에 곧장 뛰어들 수 있었다.

농민이나 노동자 계층뿐 아니라 사회의 각계각층에서 신봉자들이 몰려왔다. 쉽게 현혹되는 인간의 습성에 대해 다양한 주제를 깊이 고민했던 영국의 한 의학전문 작가는 당시 상황을 이렇게 설명했다.

"보통은 교육이 의료 사기와 일시적 유행을 피하게 해줄 최고의 보호 장치라고 이야기한다. 그러나 나는 이 말을 전혀 믿지 않는다. 지금까지의 경험으로 비추어 볼 때, 사회적 지위가 높을수록 건강 문제에 더욱 집착하며, 그중에서도 소위 지식인이라 불리는 계층이 가장 취약하다."

이러한 견해는 그해 여름 시카고의 파크에비뉴 병원에서 사실로

---

* 의사가 환자에게 효과 없는 가짜 약이나 꾸며낸 치료법을 제안했는데, 환자의 긍정적인 믿음으로 인해 병세가 호전되는 현상.

판명되었다. 브링클리는 그곳에서 염소 고환 이식수술을 34차례 (그중 31명이 남성이었고, 판사, 시의원, 사교계 여성 등도 포함되었다) 집도했으며, 중간중간 수술을 멈추고 기자들과 수다도 떨었다. 그는 유럽인들이 고환수술을 '받아들여 준 것'에 기뻐했고, 염소 고환을 '인체에 적응시키는' 자신의 의술이 "구시대 전문가들보다 훨씬 앞서 있다"고 솔직히 말하기도 했다. 리드스턴이 궁지에 몰리자 기자들은 그보다 덜 미친 최우수 선수, 브링클리를 홍보하는 일에 열을 올렸다.

J. R. 브링클리 박사는 노령의 환자들에게 젊음과 활력을 되찾아 주는 수술을 집도했고 …… 수술이 성공하자 문의가 쇄도했다.

브링클리에 대한 찬사가 쏟아지는 가운데 그의 첫 번째 시카고 고객들은 대부분 수술을 받았다. 캔자스에서 온 외과수술의 현자 덕분에, 시카고 사람들은 '잃어버린 청춘의 샘'을 찾았다.

특히 한 장의 추천서가 밀퍼드 메시아를 전국구 스타로 만드는 데 결정적인 역할을 했다. 그것은 71세의 시카고 법학대학원의 총장 J. J. 토비아스가 보낸 것이었다. 시러큐스 헤럴드의 표현에 따르면, 토비아스는 손이 으깨질 것처럼 악수하는 것을 좋아하며, '작고 말랐지만 강단 있고 놀라울 정도로 쾌활한' 사람이었다. 수술 후, 그는 정말 젊어졌다고 느꼈을까?

"25년은 젊어진 것 같습니다." 토비아스 총장이 소리쳤다.

"새로 태어난 것처럼 힘과 활력이 솟고 전보다 건강해져서 일을 계속할 수 있을 것 같아요. 이식수술이 늙고 병들고 노쇠했던 제게 새 생명을 불어넣어주었습니다." 그는 권투선수처럼 자세를 취해 보였다.

기자가 물었다. "나이 들었다가 다시 젊어지는 건 어떤 기분입니까?"

"환상적이죠! ······ 너무 신나서 믿기 힘들 지경이에요. 사람들은 이 수술의 의미를 진정으로 이해할 수 없을 거예요. 고환수술에 대해 일부는 경솔한 반응을 보이고 있지만, 최고의 존경과 감탄을 보내야 한다고 생각합니다."

법학대학원의 총장인 토비아스의 찬사와 더불어, 그가 공중에서 두 발뒤꿈치를 탁하고 치는 모습이 신문에 실렸다. 이는 너무 매혹적인 사진이라 전국적으로 수차례 인쇄되었다.

모두가 브링클리 박사의 작품에 열광한 것은 아니었다. 위생국은 무더운 8월에 염소를 15마리나 병원에 두는 것을 탐탁지 않아 했고, 시카고 노동자협회도 엄청난 분노를 터뜨렸다. 그들은 여름 총회에서 브링클리를 반노동자적 인물이라며 맹비난했다.

"이 수술은 미국의 출산율을 높일 것이며, 출산율의 증가는 고용주에게 이득을 주겠지만 노동조합과 임금 인상에는 악영향을 끼칠 것입니다."

그동안 맥스 토렉도 사사건건 브링클리를 헐뜯었다. 이 헝가리인은 염소 고환 이식이 '불경스럽고 외설적이며 음란할' 뿐 아니라 '부도덕한 인간이 육체적·생리적으로 불가능한 일을 가지고 순진한 대중을 등쳐먹는 것'이라고 주장했다.

반면 원숭이들에 대해서는……. 보로노프가 떠난 뒤, 토렉 박사는 직접 고환 실험을 하기 위해 아메리칸 병원 옥상에 실험용 동물원을 만들었다. 그리고 당근, 순무, 바나나, 감자, 오렌지, 코코넛, 건초를 담은 상자들 사이에 흰 쥐, 기니피그, 토끼, 개, 붉은털원숭이, 개코원숭이, 침팬지 두 마리를 가둬놓았다. 그는 수술도 내팽개친 채 옥상에서 거의 살다시피 했다.

　"실험 비용이 늘어나면서 유인원들에게만 수천 달러를 쏟아부었고……. 나는 밤낮없이 동물들 곁을 지켰다. …회춘술의 고대 미스터리가 20세기 들어 해결되었는가? 회춘술 연구는 오랜 세월 수많은 과학자들을 잘못된 길로 인도해온 도깨비불이었다."

09

뻔뻔함, 더 뻔뻔함, 한결같이 뻔뻔함……

시카고에 다녀온 후, 브링클리는 홍보에 박차를 가했고 일부 지역에서 불가사의할 정도의 명성을 얻었다. 1921년 여름, 염소 고환의 제왕은 뉴잉글랜드를 순회하며, 염소 고환 외에도 이종 간 안구 이식 등 깜짝 놀랄만한 효능을 보장하는 성공적인 실험들에 대해 언급했다.

그는 코네티컷의 의사들 앞에서 이렇게 말했다.

"지금 당장은 시각장애를 치료할 수 없습니다만, 6개월 후면 가능할 겁니다."

브링클리가 실제로 그런 실험을 했는지 확인할 길은 없다. 그 후부터는 이와 관련된 이야기를 꺼내지도 않았다. 다만 그렇게 주장했던 것만으로 그는 소기의 목적을 달성할 수 있었다. 브링클리가 죽은 사람도 되살릴 거라는 소문이 돌기 시작한 것이다.

밀퍼드의 고환 사업은 저절로 굴러가다시피 했다. 환자들이 염소를 직접 병원으로 끌고 와, 아수라장을 만드는 일도 곧 사라졌다. 알칸소의 납품업자가 염소 40여 마리를 정기적으로 납품했기 때문이다. 브링클리는 염소를 병원 뒤편의 우리에 가둬놓았다. 병원을 찾은 고객들은 염소들을 둘러본 후 각자 마음에 드는 염소를 선택했다.

브링클리의 직원들은 물론 최측근조차 그를 이해하기 어려운 사람으로 여겼다. 그는 잘나가는 카우보이처럼 권총을 빙글빙글 돌릴 수도 있었고 때로는 직접 보여주기도 했지만, 평소에는 소탈한 지식인으로서 자신감 넘치는 모습으로 모든 상황을 속속들이 파악했다. 그러다가도 돌변하여 속내를 감추거나 수줍어하기도 했다(오랫동안 그와 함께 일했던 한 직원은 "브링클리가 처음에는 사람 만나는 것을 불편해했다"고 주장했다). 그는 전화를 잘 받지 않거나 한참동안 병원에서 자취를 감추기도 했는데 한편으로는 자신을 더 찾게 하기 위해서, 또 한편으로는 신비로움을 구축하기 위해서라고 조수인 닥터 오스본에게 말했다.

"삶을 철저히 조직화해서 사람들이 자네를 찾거나 만나서 대화를 나누지 못하도록 해야 해."

브링클리는 이렇게 충고했다. 게다가 그는 '대화로는 결코 사람들을 나아지게 할 수 없다'고 생각했다.

브링클리의 강한 공격성은 대부분 감춰져 있었다. 어느 날 밤, 그는 술에 취해 이웃의 자동차를 도끼로 부숴버렸다. 또 어느 날에는 병원에 있던 환자들이 병원 뒤 정원으로 쏟아져 나왔는데, 곧이어 술에 취한 브링클리가 고기 써는 칼을 휘두르며 쫓아 나왔다. 1921년 3월, 제시 윌슨이라는 밀퍼드 주민은 브링클리를 상대로 보호명령을 받았다. 브링클리는 당시 상황을 이렇게 설명했다.

"걱정이 돼서 쓴소리를 좀 했더니 그 친구가 지레 겁을 먹었고, 그 바람에 사람들이 나를 붙잡았습니다. 체포됐던 건지 아닌지 모르겠지만, 어쨌든 총을 쏘지도 않았는데 보석금—1천 달러—을 내야 했습니다."

마을 사람들 대부분은 브링클리가 불쌍한 오스본의 한쪽 귀를 씹어 먹었다고 믿었다. 그러나 브링클리 덕에 밀퍼드가 돈방석에 올라앉자, 대부분의 주민들은 이런 소문들을 천재의 기행쯤으로 가볍게 넘겼다.

브링클리는 더 큰 병원을 새로 지었을 뿐 아니라, 새 오수처리 시스템과 우체국, 브링클리의 염소들로 불리게 된 유소년 팀의 유니폼 등 여러 곳에 자금을 댔다. 또 가로등과 새 은행을 세우고, 기차역으로 이어지는 3.2킬로미터 길이의 포장도로를 깔았으며, 동물원을 하려다 그만두고 곰을 들여왔다(밤마다 곰 울음소리에 잠을 설친 브링클리는 녀석을 총으로 쏴버렸다).

그런데 마을 주민들이 브링클리의 호의를 주저한 일이 딱 한 번 있었다. 그가 새로 지은 교회에 자신의 이름을 붙이려고 했을 때였다. 한 주민에 따르면 당시 브링클리의 입장은 이랬다.

"밀퍼드 교회를 지은 건 그리스도가 아니므로 그리스도의 이름을 쓸 수 없다. 대신 브링클리 감리교라고 부를 것이다."

브링클리는 하느님과 예수 그리고 동시에 자신을 기리는 명판과 교회 목사의 혼을 빼놓는 헌사로 만족해야 했다.

"브링클리! 당신은 지금껏 어느 누구에게서도 발견된 적 없는 힘에 사로잡혀 있고, 그것은 이상한 방식으로 제게 영향을 미칩니다. 어느 일요일에는 당신을 만나러 라디오 방송국으로 달려가 결코 할 수 없을 것 같던 말들을 털어놓기도 했습니다. 비평가들은 제가 당신을 나사렛의 예수에 비유했다고……. 저는 그분의 존재로부터 왔음을 느꼈다고 말했습니다. 저는 고귀하게 앉아 있는 당신을 보며 영감을 얻습니다."

어느 날 마을에 떠들썩한 잔치가 벌어졌고, 교회의 아이스크림 사교모임과 주민 퍼레이드 등 기념행사가 줄줄이 이어졌다. 지역 신문에는 이런 기사가 실렸다.

월요일 오전 10시, 감리교 앞에 모인 한 무리의 사람들이 깃발을 들고 월터 태그의 주도하에 군중이 기다리는 공원으로 행진을 했다. …… 깃발에 대한 J. R. 브링클리 박사의 헌사가 끝나자, 사람들은 다 같이 국가를 제창했다.

온 마을 사람들이 미니의 생일을 축하해주었다. 브링클리는 백악관을 본뜬 병원 겸 백화점을 짓는 등, 놀라운 일들을 더 많이 만들겠다고 약속했다.

"백만 달러를 투자해 블록 전체를 뒤덮는 거대한 건물을 짓고, 그 안에 크고 작은 상점과 체육관, 대형 수영장과 미용실, 병원을 위한 병실 등을 만들겠습니다. 또 캔자스시티의 오르페움 극장에 비견할 만한 고급 극장에서 최고의 공연과 유성영화를 선보이겠습니다."

그 전까지는 진짜 오르페움에 가야 공연을 볼 수 있었다.

브링클리는 캔자스시티로 여행을 떠났고, 어느 이발소에 들렀다가 거울 앞에서 옷깃을 세우고 있는 한 남자를 알아보았다. 팔이 하나뿐인 사람치고 손길이 제법 야무졌다.

브링클리는 짐꾼을 보내 제임스 크로포드의 어깨를 툭툭 치게 했다. 그는 브링클리와의 재회를 이렇게 설명했다,

"브링클리가 어떻게 지내느냐고 물어서 '아주 좋다'고 대답했습니다. 그러자 캔자스의 밀퍼드라는 작은 마을에서 병원을 운영하고 있다더군요. …그는 상당히 많은 돈을 벌고 있고, 잘 지낸다고 했습니다. 우리가 일했던 방식으로 병원을 운영하느냐고 물으니 '아주 비슷하다'는 식으로 대답했어요."

브링클리는 자세한 설명을 피했다. 그날따라 유달리 겸손을 떨었다기보다, 모든 상황을 공유하기에 조심스러웠던 것 같다. 당시 그는 한 달 평균 50건의 수술을 진행하며 건당 750달러를 받았고, 연간 약 50만 달러(1920년대 통화가치로)를 벌어들이고 있었다. 환자들 대부분은 제 발로 걸어 들어왔고, 수술 과정에 대해 묻지도 않은 채 수술대에 누웠다.

"염소 고환은 감자처럼 상품성이 좋아요." 네브래스카의 77세 A. B. 피어스가 말했다. "감자를 조각내어 심으면 씨눈마다 싹이 돋거든요."

리드스턴 박사에게 영감을 얻은 브링클리는 조용히 또 다른 수입원을 찾아냈다. 캔자스의 폰세 데 레온은 가끔 환자들에게 사람 고환을 이식했고, 대저택과 고급 와인이 익숙한 사람들에게 그 사실을 홍보했다. 그것은 분명 부자놀이였다. 1, 2년 전부터 가난한 청

년들이 두 개의 고환 중 하나를 팔고 있다는 소문이 떠돌기 시작했고, 타락한 부자들에게 고환을 팔기 위해 청년들을 납치하여 거세시킨다는 흉흉한 얘기도 들려왔다. 이런 포식자들과 달리 사형수 감방에서만 상품을 구해오던 브링클리는 성인군자나 다름없었다. 예를 들어, 오클라호마의 한 석유 기업가가 염소 고환(자신과 몇몇 친구들을 위한)에 대해 문의하자, 브링클리는 이렇게 답장했다.

젊음이라는 선물을 완전히 되찾을만한 재력을 갖추고 있으면서 왜 그렇게 하지 않으십니까? 건강한 청년의 고환을 이식받을 수도 있는데 왜 굳이 염소 고환을 이식하여 들판의 짐승과 같은 수준으로 낮아지려 하십니까? 제가 기꺼이 해드리겠습니다. 친구 분들이 같이 오셔서 사람 고환 이식수술에 각각 5천 달러씩 지불하신다면, 선생님께도 그것과 동일한 고환수술을 해드리죠. 저는 오늘도 로스앤젤레스에서 1만 달러짜리 수술을 집도했습니다. 사람 고환을 얻는 일은 무척 힘들지만 제게는 대도시에서 고환을 제공해줄 오랜 친구가 있거든요.

물론 사람 고환 이식수술은 매우 비쌉니다. 큰돈을 주고 고환을 사오기 때문입니다. 미리 알려드려야 할 것 같아 말씀드립니다. 선생님과 친구 분들이 수술을 받기로 결정하신다면, 6주 내로 언제든 내원이 가능하다고 알려주셔야 합니다. 그러면 납품업체에 알려 고환을 준비하겠습니다. 고환을 구하는 데, 며칠 또는 몇 주가 걸릴 수 있습니다. 그러므로 제가 준비를 마치면 환자분들이 이곳으로 오셔야

하고, 적어도 수술비의 25퍼센트는 현금으로 준비하여 계약금으로 지불하셔야 다른 계약을 진행하지 않을 것입니다.

사람 고환은 깨끗하고 건강하며 어떤 질환도 없을 것입니다. 또 기증자의 연령은 35세 이하입니다. 튼튼하고 남성미 넘치는 고환을 제공할 것임을 확실히 약속드립니다.

무엇보다 중요한 것은, 사람 고환이 괴사하지 않는다는 점입니다. 혹시라도 문제가 생기면 첫 수술 후 6일 내에 무료로 교환해드리므로 환자분께서는 첫 번째 수술비만 부담하시면 됩니다.

이 고급 옵션은 바깥세상에 거의 알려지지 않았고, 크로포드 역시 모르고 있었다. 그렇게 그는 브링클리의 삶에서 또 다시 사라졌다.

브링클리는 이 모든 성공에 어떻게 대처했을까? 어느 긴 하루의 끝자락, 그는 병원 1층에서 직원 몇 명과 밀주를 마시며 긴장을 풀고 있었다. 활기찬 대화 속에서 끝없이 술을 마시던 브링클리가 불현듯 "전부 목을 잘라버리겠다"고 외치며 수술도구가 든 가방을 향해 돌진했다. 간호사들이 말리려고 했지만 몸을 비틀며 빠져나온 그는 장인인 티베리우스 그라쿠스 존스 박사의 엄지손가락을 세게 물어뜯었다.

아래층에서 들리는 비명과 굉음에 놀란 2층 환자들이 우왕좌왕했다. 한 환자가 침대에서 뛰쳐나오더니, 시트 몇 장을 묶어 밧줄처럼 내리고 창문 밖으로 탈출을 시도했다. 그러나 갑작스러운 적막이 찾아왔고, 그는 건물 벽에 매달린 채 귀를 기울였다.

조수 오스본 박사가 판자로 원장의 머리를 내리쳐서 상황을 종료
시킨 것이었다.

10

1922년 2월, 브링클리는《로스앤젤레스 타임스》의 소유주인 해리 챈들러로부터 뜻밖의 초대를 받았다. 캘리포니아에 와서 편집장에게 염소 고환을 이식해달라는 것이었다. 챈들러는 이렇게 썼다.

수술이 성공한다면 미국에서 가장 유명한 외과의로 만들어드리겠습니다. 하지만 실패하면 그에 상응하는 혹평을 쏟아낼 겁니다.

브링클리—이미 미국에서 가장 유명한 의사 중 한 사람—는 그의 제안을 단번에 받아들였다.

브링클리는 오리가 새로운 연못으로 미끄러져 들어가듯, 로스앤젤레스에 아주 편안히 입성했다. 로스앤젤레스의 중앙로는 부동산 투기업자이자 엉터리 의료기구 '자석 벨트'의 개발자 게이로드 월셔의 이름을 따서 지어졌다. 그는 주술사 느낌의 반다이크 수염, 화려한 조끼와 체크무늬 바지로 그 일대에서 꽤 유명했다. 사실 많은 전문가들(모리스 피시바인을 비롯한)은 인구 60만 명의 이 경이로운 도시를 전국에서 의료 사기가 가장 심각한 지역으로 꼽았다. 지역 작가 메이요 모로우는 이렇게 단언했다.

"마술사, 지관, 예언가, 홀리 점퍼스, 한의사, 메블라나, 뱀 부리는 사람, 가짜 의사, 테이블 터너, 이블 아이, 다양한 형태의 흑마술, 악마 연구, 단체 경련, 사악한 마술, 마법, 강신술, 등 마사지, 고문……, 치열한 경쟁에도 불구하고 그들은 로스앤젤레스에서 가장 확실한 성공과 번영을 이룰 것이다."

뉴욕 출신의 한 방문객은 '모든 건물이 초자연적이며 기이한 형태로 되어 있고, 그곳의 지도자들은 신비한 헛소리로 신문을 채운다'는 사실을 발견했다.

"사람들은 고급 기모노를 입고 길거리를 활보한다. …교육 수준이 비교적 낮은 사람들의 앞에서 반짝거리는 학식의 별을 내보이며 다닌다."

로스앤젤레스에는 돌팔이 의사뿐 아니라 호구도 어마어마하게 많았다. 대부분 브링클리가 이미 잘 알고 있는 유형의 사람들이었다. 미 중부에서 수천 명의 퇴직자들과 사회초년생들이 그곳을 찾아왔다. 식료품 잡화상, 철물상, 미용사, 농부 등 반쯤 지친 사람들이 죽기 전에 바다를 보려고 적게나마 모아둔 돈이나 농가를 판 돈을 가지고 이곳으로 왔다. 그들은 야자나무나 바나나나무가 보이는 작은 방갈로에 살면서, 지역 모임과 퍼레이드를 기획했고 정원을 어슬렁거리거나 앉아 있었다. 수많은 사람들은 지루함을 견디기 힘들어했다. 지상낙원은 지루하지 않아야 했다. 날씨와 오렌지 꽃, 헬리오트로프*에 따라 마음이 흘러가도록 내버려두며 평생 금욕적으로 살았던 많은 사람들은 자연스럽게 신에게 귀의했다. 그러나 이

---

* 보라색 꽃을 피우는 한해살이 풀-옮긴이

곳 사람들이 모두 그렇듯, 신도 다른 옷을 입고 있었다.

레온 터커 박사와 음악의 전령들이 함께하는 대성서회의.

내일 3차례의 회의가 예정되어 있음.

파이프 오르간, 거대 마림바, 비브라폰, 바이올린, 피아노,

아코디언, 밴조, 기타, 그 밖의 악기들.

-월셔 침례교회-

신의권능교회(Church of Divine Power)의 미스 레일라 캐스트버그

(심화 사상)

《10명의 복음 전도사들에게 듣는다》

개종한 유대인 N. C. 베스킨이 성공적인 순회를 마치고 돌아와

글렌데일에서 성막 활동을 펼칩니다.

"나는 왜 기독교인이 되었는가"

유대교 의복 착용. 흥미로운 용품도 전시할 예정.

　주일 아침 예배는 이런 식이었다. 신성한 건물과 향기로운 서재 등에서 영적 세계로의 낯선 여행이 일주일 내내 판매되었다. 수천 명이 예의범절을 따지던 지루함의 수십 년을 떨쳐버리고 그것들을 누리기 위해 줄을 섰다.

공허함에 시달리던 나머지 사람들은 건강에 대해 유난을 떨었다. 태양 아래에서 휴양하려고 캘리포니아를 찾아온 수많은 중서부 이민자들은 빙고 게임에 싫증을 내기 시작했다. "어디서 오셨어요?" 다음으로 많이 듣는 질문이 "기분은 어떠세요?"라는 사실은 별로 놀라운 일이 아니었다. 삶의 터전을 떠나 먼 길을 헤치고 이곳까지 왔으니, 당연히 무언가를 기대했을 것이다. 그들을 모두 합치면, 사상 최대의 비둘기 떼를 가진 것이나 다름없었다.

그러나 그보다 먼저 해야 할 일이 있었다. 브링클리는 해리 챈들러를 찾아가, 편집장에게 염소 고환을 이식해주기로 약속했다. 챈들러는 정력이 넘치는 사람이었다. 50대 후반으로 장신이었지만, 소년처럼 통통하고 귀여워서 그의 사진이 판매용 액자에 쓰이기도 했다. 얼굴에는 소년의 모습이 어렴풋이 남아 있었지만, 그 이면에는 엄청난 탐욕을 감추고 있었다. 그는 석유부터 항공기, 신흥 관광산업까지 모든 분야에 투자하는 '서던캘리포니아의 현대판 미다스*'였다. 챈들러가 운영하던 요세미티 국립공원 회사의 목표는 쇼핑센터와 호텔을 짓는 것이었다("많은 사람들이 경치와 야영지를 구경하는 것 외에는 할 일이 없다고 불평합니다" 한 임직원이 설명했다. "저희는 사람들이 원하는 것을 제공할 것입니다"). 그러나 챈들러는 수년간 서던캘리포니아의 최상급 부동산 6천여 제곱킬로미터(150만 에이커)를 강박적이고 탐욕스럽게 사고팔았다. 또 밸리 파머스의 물을 끌어다 로스

---

* 그리스신화에 나오는 소아시아의 왕으로, 손에 닿는 모든 것을 황금으로 변하게 하는 힘을 지니고 있다.

앤젤레스로 보냄으로써 건설 붐을 일으켰고, 현대 도시를 창조한 악명 높은 오웬스 리버 프로젝트를 지휘하여 1억 달러를 벌어들였다(영화《차이나타운(Chinatown)》(1974)에서 존 휴스턴이 맡았던 노아 크로스 역은 챈들러를 참고하여 만든 인물이었다). 그보다 앞서 그는 판초 비야(Pancho Villa)•에 대항할 사설부대를 멕시코로 보내 일부 지역을 점령하려고 시도했다. 이 일로 챈들러는 외세에 맞서 '내란을 시도'한 혐의로 기소되지만, 동료들로 구성된 배심원들(《로스앤젤레스 타임스》의 유명 광고주들)에게 심판을 받고 무죄로 풀려났다.

대부분의 사람들이 동의했듯, 그의 신문은 형편없었다.

브링클리와 챈들러는 잘 어울려 지냈다. 브링클리는 12개 주에서 사용 가능한 의사면허를 가지고 있었지만, 캘리포니아는 이에 포함되지 않았다. 그래서 챈들러는 한두 군데에 연락하여 브링클리가 30일짜리 허가증을 발급받을 수 있도록 힘을 써주었다. 브링클리는 영구면허를 신청한 후, 임시허가증을 가지고 일을 시작했다. 그는 이전과 달리 꼼꼼하게 설명했다.

"연구소의 분석을 보면, 염소 고환은 콜로이드 상태에서 89.9퍼센트의 이온화된 물질을 함유하며, 여기에서 라듐과 같은 방사성 물질이 방출됩니다. 여기에 세 가지 기본 방사선인 알파, 베타, 감마

• 산적 출신으로 하층민을 대변하고 농지개혁을 이끈 멕시코혁명의 지도자. 훔친 재물을 가난한 사람들에게 나눠줌으로써 사람들에게 신망을 얻었다. 세력이 커지자 자신을 따르던 무장 세력을 이끌고 멕시코 혁명에 뛰어들었으며, 멕시코 북부 일대를 장악함으로써 민중의 영웅으로 부각되었다.

가 포함되는데, 이들은 혈관으로 방출되는 호르몬을 생산할 수 있습니다."

그는 알렉산드리아 호텔에 묵으면서, 편집장 해리 E. 앤드루스에게 첫 번째 염소 고환을 이식했다. 그리고 1922년 3월 23일에 수술이 성공했음을 공식적으로 발표했다. 이후 브링클리는 미국 순회재판소 판사와 익명의 할리우드 스타 등에게 이식수술을 해주었다. 몇몇 기사에 따르면 챈들러 역시, 염소 고환을 이식받았다고 한다.

"고환에서 새로운 삶을 찾다"
이곳에서 브링클리 박사에게 수술을 받은 환자들이 호전을 보이고 있다.
수많은 '불치'병 환자들이 치유되었고,
1,200건의 수술이 모두 성공적이었다.
–《로스앤젤레스 타임스》, 1922년 4월 9일

브링클리는 4만 달러의 수익을 올렸고, 챈들러는 그에게 찬사를 보냈다. 추천서가 돌기 시작하면서, 두 사람은 예상대로 엄청난 이득을 얻었다. 캘리포니아의 한 남성은 브링클리에게 새 고환에 대한 감사의 편지를 보냈다.

"부종이 사라지고, 침 흘리는 증상도 많이 나아졌습니다."

버스터 키튼(Buster Keaton)*은 자신의 새 단편영화《경찰(Cops)》

---

* 1920년대 희극배우--옮긴이

에 염소 고환 개그를 넣어 큰 홍보효과를 거두기도 했다.

브링클리는 여유가 날 때마다 로스앤젤레스를 답사했다. 그는 도시의 광경에 넋을 잃었다. 어둠이 내리면 환한 조명이 밤하늘을 비추었고, 전광판이 휘황찬란하게 빛났으며(1930년대에 인구 2백만 명), 네온이 대형극장과 호화로운 댄스홀을 휘감았다. 기쁨과 번영(올더스 헉슬리에 따르면 "어떤 정신적 자극으로도 누그러지지 않는")이 오웬스강 배수로에서 강물을 따라 밀려왔다. 돌팔이 의사들은 지역 정치에도 영향력을 행사했다. 백신, 검역, 심지어 광견병 개에게 입마개를 씌우는 법까지, AMA가 지원했던 프로젝트가 모두 중단되었다. 한마디로 그곳은 에덴동산─돌팔이들의─이었다.

해리 챈들러는 로스앤젤레스의 첫 번째 라디오 방송국 KHJ를 짓는 중이었다. 이를 본 브링클리는 종교적인 체험을 했다. 그 당시 상공회의소는 이 유명한 손님에게 로스앤젤레스에 정착할 생각이라면 10만 달러짜리 병원을 지으라고 제안했다. 브링클리는 곧장 병원 부지를 찾아보기 시작했다. 브링클리가 이전을 시도한 건 이번이 처음이 아니었다. 2년 전 엄청난 성공을 거뒀던 여름에도, 밀퍼드에서 시카고로 이전할 야심찬 계획을 세웠었다.

"사실 저희는 의대 건립을 계획 중입니다." 1920년 8월 5일 그는 이렇게 발표했다. "교육과정은 아마도 4년이 될 겁니다. 동물 고환 이식수술을 몇 주 만에 배울 수 있다는 생각을 해서는 안 됩니다. 그것은 교육과정의 일부일 뿐입니다." 그는 밀퍼드를 위해 많은 일들을 하고 있었지만 마을 전체를 혼자 책임질 수는 없었다고 말했다.

그때까지 의학계 기득권층은 혐오의 눈빛으로 브링클리를 조용히 지켜보았지만, 그런 계획까지 눈감아줄 수는 없었다. 시카고의 저명한 의사들이 그를 일제히 비난하고 나섰다. 그들은 염소 고환 수술은 가짜며, 브링클리는 일리노이에서 의료행위를 할 자격이 없다고 주장했다. 브링클리는 의대를 설립하기 전에, 진짜 의대를 졸업해서 제대로 된 자격을 갖춰야 했다. 시카고 로스쿨에서 이학박사―J. J. 토비아스에 의해 만들어진 이상한 명예학위―임을 확인받은 것만으로는 충분하지 않았다.

그러나 AMA가 브링클리의 기대에 결정타를 날렸다. 유럽 등 여러 나라가 고환에 정신을 빼앗긴 가운데, AMA가 경계의 목소리(대부분은 무시당했지만)를 주도하고 있었다. 《JAMA》 편집자들은 분비선을 이용한 회춘술에 대한 판단을 보류했다. 그들은 더 많은 연구를 요구하며 '편이에 따라 단편적인 자료들로 한편의 성공담을 엮어내는 행위'에 대해 경고했다. 그중에서도 모리스 피시바인이 가장 회의적이었다. 그는 "회춘법을 찾았다는 희망을 주기 전에 더 많은 증거를 제시해야 한다"고 주장했다. 피시바인은 염소 고환 수술을 터무니없는 일로 여겼다. 미국 의학협회장을 역임한 아서 딘 베반 박사도 브링클리의 주장에 대해 '당치도 않은 소리'라며 일갈했다.

결국 브링클리는 시카고에서 쫓겨났다. 그래도 얼마나 다행인가! AMA가 지척에 있는 적지에 가게를 열었으니, 화를 자초한 것이나 다름없었다. 전쟁 중인 의료위원회와 소란스러운 천여 곳의 신문사들을 완충지대로 두고, 대륙 반대편으로 이전하는 것이 훨씬 현명한 결정이었다. 캘리포니아의 달콤한 공기가 그를 유혹했다. 중요한 건, 이곳에서 돈을 더 많이 벌 수 있다는 사실이었다. 초콜릿 상자에서 초콜릿을 고르듯, 적절한 부지를 찾아다니던 브링클리는 몇 주 만에 엔세나다의 히달고 호텔을 찾아냈다. 6월 18일, 그는 이 호텔을 36개의 병실을 갖춘 병원으로 개조하겠다고 밝혔다.

"엔세나다를 선택한 이유는 기후조건이 염소 고환 수술에 매우 적합했기 때문이다. 수술이 성공적이려면 온도가 섭씨 21도 내외여야 하고 변화도 크지 않아야 하므로, …성공만 보장된다면 로스앤젤레스의 사업가들은 50~100만 달러를 들여 연구소를 세울 것이다(브링클리의 꿈 뒤에는 늘 또 다른 꿈이 있었다. 가끔은 그가 하려는 일이 의료행위인지, 아니면 그저 광고로 만들어내는 마법 구름인지 분간하기 어려웠다)."

그는 '배틀크릭 헬스리조트와 함께' 염소 고환 관리시설을 운영하겠다고 약속했다. 동물은 델 몬테의 목장 주인에게 공급받을 계획이었다.

시카고의 상황은 브링클리의 예상과 비슷하게 흘러갔다. AMA의 지도부는 브링클리가 눈앞에서 사라지자 기쁜 마음으로 그를 잊었다. 그러나 한 사람만은 그러지 못했다. 모리스 피시바인은 2년 전 시카고에서 열린 염소 고환 이식수술 시연회에서 봤던 브링클리를 뚜렷이 기억하고 있었다. 떠들썩한 소란에 들볶이던 이 편집자는 로스앤젤레스에서 나와 자신이 해야 할 일을 하러 갔다. 그 일은 단계별로 점점 커져서 그의 인생에서 가장 엄청난 경력이 되었다. 바로 의학박사 존 브링클리를 업계에서 완전히 제거하는 것이었다.

11

1922년 8월에 브링클리가 캘리포니아 면허위원회의 승인을 기다리는 동안, 싱클레어 루이스(Sinclair Lewis)는 시카고에 있는 모리슨 호텔 책상 앞에 앉아 있었다. 작은 마을에서의 삶을 신랄하게 그린 소설 『메인 스트리트(Main Street)』에 대해 찬사를 받고 있던 루이스는 편지를 써서 아내 그레이스에게 방금 만난 비범한 사람에 대해 말해주었다.

"피시바인은 정말 놀라운 사람이야! 과학, 논리학, 의학뿐 아니라 …… 역사, 문학, 유머 등 다양한 분야에 열렬한 관심을 가지고 있어. …그는 냉철한 지식과 분별력으로 썩어빠진 낡은 세상을 박살내는 동시에 새로운 세상을 열고 있어."

피시바인는 사람들에게 그러한 영향을 미쳤다. 쾌활하고 강박적인 호기심을 가진 피시바인은 의학과정을 수련하고 몇 년간 브로시치 벨트(borscht belt)●에 푹 절여졌다는 점을 제외하면, 현대판 미스터 피크윅(Mr. Pickwick)●● 같았다. 그러나 그의 강렬한 에너지는 디킨스와 더 비슷했다. 그는 골프장에서 공을 치는 사이사이에 진 러

● 뉴욕의 캐츠킬산맥에 있는 여름 리조트-옮긴이
●● 찰스 디킨스의 소설 『The Pickwick Papers (1836)』 속 인물-옮긴이

미―카드 게임―를 했다.

피시바인는 레오폴드와 로브의 살인 혐의에 대한 재판에 매료되었고, 피고 측과 원고 측 모두에게 조언해주었다. 어떤 사람들은 그와 처음 대면하자마자 방 밖으로 나가고 싶은 강한 충동을 느끼기도 했다. 그러나 대부분은 좋든 싫든 거의 완벽히 현재에 몰두하는 이 독특한 인물(어떤 시점을 지나 그의 강점은 한계가 되었다)에게 매력을 느꼈다.

이어지는 편지의 내용을 보면, 루이스는 피시바인의 다른 면도 좋아했던 것 같다.

"그 전날 갑자기 현관문 두드리는 소리가 들리더니,《시카고 데일리뉴스》의 편집자 모리스 피시바인 박사, 칼 샌드버그, 해리 핸슨, 키스 프레스턴이 들어왔어. 모리스가 가져온 묵직한 가방 안에 뭔가―불법 위스키―가 들어 있길래 룸서비스로 화이트 록, 작은 얼음, 얇은 술잔 5개를 주문했어. …곧장 저녁을 먹으러 나갔다가 피시바인의 아파트로 자리를 옮겨 밤새 대화를 나눴고, 이제 막 돌아왔어."

두 사람의 우정은 피시바인이 루이스의 소설에 대한 훈훈한 논평을《시카고 데일리뉴스》에 게재하면서 시작되었다("루이스의 소설 『메인 스트리트』에서 의학적 흥미를 끌만한 장은 절단수술을 묘사한 ……"). 그들에게는 의학이라는 공동의 관심사가 있었다. 빨간 머리에 호리호리한 체격의 30대 후반이었던 루이스는 미네소타의 의사 집안(아버지, 할아버지, 형제, 삼촌 모두 의사였다)에서 태어나 필연적으로 의사라는 직업에 매료되었다. 또 두 사람 모두 술을 좋아했다. 차이가 있다면 루이스는 종종 술을 절제하지 못했던 반면, 피시바인은 잘 절제했다는 점이다. 어쨌든 피시바인은 캘리포니아 의료위원회에 존 브링클리에 대한 도발적인 경고를 날리면서도, 새 친구 루이스에게 동네 곳곳을 구경시켜주었다.

1920년대는 파리(Paris)만 날마다 축제였던 건 아니다. 아르데코(Art Deco)*의 열기가 한창이던 때, 따분했던 유명인사들은 나이트클럽에서 로맨스를 즐겼다. 진짜 좋은 곳—미국에서 '가장 호화로운 무도회장'으로 묘사된 트리아농 같은 장소들—에서는 휴대용 술병을 잃어버려도 실내장식에 취할 수 있었다. 피시바인은 극장에 애착이 많아서, 학창시절에 사라 베르나르가 무대를 오르내릴 때 그를 호위하며 여분의 돈을 벌기도 했다. 그는 손님들을 늘 대형극장으로 데려갔다. 호화스러운 극장 자체가 쇼의 절반을 차지했다. 또 카드놀이를 좋아했던 그는 시카고 북부에 있는 벤 헥트의 집에 샌드버그, 클라렌스 대로우(Clarence Darrow)**와 포커를 치기도 했다. 루이스는 피시바인을 통해 이 모든 즐거움을 맛보았고, 슐로글스 패거리도 소개받았다.

시카고 북부의 덜컹거리는 고가 철도 아래에 있던 슐로글스는 검은색 소용돌이무늬 나무와 황금색 나뭇잎, 흐릿한 거울과 시가 연

---

* 1920~1930년대 프랑스 파리를 중심으로 서유럽에서 유행한 장식 미술. 날렵한 형태, 단순화한 선, 지그재그, 직각 등 기하학적 문양과 실용적인 디자인이 특징이다.
** 미국의 진보적인 법조인으로 레오폴드와 로브 사건의 변호를 맡기도 했다—옮긴이

기가 특징인 독일식 식당이었다. 테이블마다 통 버터와 호밀 바구니가 놓여 있었고, 접시에는 예상 가능한 음식―비너슈니첼, 애플 팬케이크―과 예상치 못한 음식―장어 젤리, 구운 사슴고기, 주문에 따라 올빼미―이 올랐다. 그러나 주된 활동의 중심부는 주방이 아니라, 식당 안쪽의 오른쪽 구석자리였다. 그곳에서 알곤퀸 라운드 테이블(Algonquin Round Table)*의 시끌벅적한 시카고 버전이 정기적으로 개최되었다.

당시 시카고 문학계는 미국에서 가장 격렬한 전투가 벌어지던 곳이었다. H. L. 멩켄은 "엄청난 함성과 균열, 타격과 무모함으로 가득했고, 비평가들은 서로를 비난하며 사람들은 자발적으로 군중 속으로 돌격했다. 공기는 잉크와 귀, 타자기, 형용사, 의자 다리 그리스 사화집의 구절들로 무겁다."라고 표현했다. 번뜩이는 지성과 날카로운 글 솜씨를 가진 지역 기자 헥트, 샌드버그, 셔우드 앤더슨(부드러운 목소리와 형편없는 양말로 유명한), 애드거 리 매스터스는 무명이었던 1916년부터 비좁은 슐로글스의 양초 불빛 아래에서 논쟁을 벌였다. 만약 그들이 슐로글스에 다 함께 격리되었다면, 아마 많은 사람들이 변덕과 불안감을 느껴 죽었을 것이다. 그럼에도 그들의 대화가 흥미로웠던 건, 단순한 험담에 머물지 않도록 이 남자들(실제 모두 남성이었다)이 신경을 썼기 때문이다. 대화 주제는 형이상학

---

* 1920년대 미국의 유명 작가들이 뉴욕 알곤퀸 호텔에서 문학에 대해 토론했던 모임-옮긴이

적 시부터 러시아인들의 심리와 치페와 족(Chippewa)*의 습성까지 매우 다양했다. 무지하거나 술에 취한 사람들도 종종 자신의 의견을 강하게 피력했다. 남자들은 난장판 속에서 기사를 갈겨썼다. 누군가는 우쿨렐레를 꺼내들기도 했다. 벤 헥트는 피시바인을 최고의 이야기꾼으로 기억했다.

"언변 좋은 의학계의 석학, 피시바인의 허옇게 벗겨진 머리가 우리 테이블에 지식의 빛을 보내주었다. 그에게는 여러 가지 매력이 있었는데, 카드게임에서 절대 이기지 못하는 것이 가장 큰 매력이었다."

루이스는 슐로글스에서 큰 환영을 받았고, 그 후 비공개 파티에서 슐로글스 패거리 사람들을 혼란에 빠뜨렸다. 술에 취한 루이스는 술에 관한 놀라운 경험담을 이야기했다. 그는 짧은 연극을 즉흥적으로 지어내어 모든 등장인물을 직접 연기했고, 고층 아파트 창문에 올라가 선반 위를 살살 기어가며 여자들을 놀라게 했다.

루이스와 피시바인은 서로를 잘 알게 되었지만, 늘 의견이 같지는 않았다. 소설가는 의사에게, '피시바인'이 너무 유대인스럽다며 이름을 바꾸면 더 잘될 거라고 말했다. 이에 발끈한 피시바인은 바꿔어야 할 것은 비유대인의 편견이라고 쏘아붙였다. 한번은 함께 점심을 먹다 피시바인이 루이스에게 AMA의 돌팔이 의사에 관한 자료를 주며, 내용을 살펴보고 의학을 소재로 책을 써보라고 설득

---

* 미국과 캐나다의 인디언 원주민 부족.

했다. 그러나 루이스는 그의 제안을 거절했다.

사실 루이스의 머릿속은 다른 소재로 가득 차 있었다. 그것이 시카고에 온 이유기도 했다. 그는 미국 노동운동의 지도자 유진 V. 뎁스(Eugene V. Debs)에 관한 소설을 쓰기 위해 그를 직접 만났다. 불굴의 용기로 무장한 선동가 뎁스는 사회당을 대표해 다섯 차례나 대통령 선거에 출마했고, 1920년에 전쟁을 반대하다 수감된 애틀랜타 교도소에서 마지막 출마를 했다. 그는 독특한 선거운동—수감번호 9653을 대통령으로!—으로 약 백만 표를 얻었다. 그러나 일생을 바친 정치투쟁과 2년간의 수감생활로 몸과 마음이 모두 소진된 상태였다. 당시 그는 위대한 저항 동력장치를 만든 돌팔이 의사, 앨버트 에이브럼즈의 제자에게 추천받아 시카고 근교의 린드라 요양원에서 건강을 회복하려고 애쓰는 중이었다.

피시바인은 앨버트 에이브럼즈를 브링클리에 이어 '세계에서 두 번째로 대단한 돌팔이 의사'로 생각했다. 그는 헨리 린드라—뎁스가 있는 요양원의 원장—도 브링클리와 비슷한 수준으로 경멸했다. 린드라가 에이브럼즈의 오실로클레스트를 치료 프로그램에 사용했기 때문이다. 사실 린드라 요양원은 피시바인이 굉장히 경멸했던 '자연요법*'으로 유명했다. 자연요법은 한때 널리 유행했지만, 1920년대에는 전 세계의 12개 학교에서 간신히 명맥만 유지하고 있었다. 교육과정(피시바인이 즐겨 나열하던)에는 진동마사지, 글루

---

* 물, 공기, 열, 광선, 온천 등과 같이 자연계에 있는 물질이나 환경을 응용하는 물리요법으로, 화학요법이나 외과요법과는 반대된다.

코키네시스, 반사요법, 피지컬토퍼시, 점성술 진단, 실용 팔약근학, 골상학적 생리학, 광선 색채 치료법, 홍채진단, 긴장완화요법, 마사지요법이 포함되었다. 간단히 말해, 자연요법은 돌팔이계의 코끼리 무덤 혹은 자선바자회였다. 피시바인의 표현에 따르면, 자연요법은 '속임수로 써먹을만한 모든 유형의 치료행위'를 포괄했다. 자연요법 치료사이자 척추지압사인 린드라 박사는 악명 높은 시카고 국립 의과대학을 졸업했다. 피시바인은 그곳을 '저급한 교육기관, 사실상 삼류대학'으로 분류했다. 한 지역 관계자는 그곳을 '시카고 최악의 장소'라고 부르기도 했다.

그렇다면 뎁스 같은 유명인이 어떻게 자연요법에 넘어갈 수 있었을까? 피시바인은 뎁스처럼 독립적인 사람들—개척자, 혼자서 판단하는 사람들—은 그러한 사고방식을 전문지식 영역 밖으로 가져가는 경향 때문에 의료 사기에 쉽게 속는다고 믿었다("정치권의 자유사상가인 뎁스는 정치적 만병통치약에 빠져드는 것처럼 자유사상 과학에도 쉽게 빠질 수 있다"). 피시바인은 이러한 생각을 루이스에게 전달하면서 그가 쓰는 소설이 추구하는 방향이 무엇이든, 뎁스가 요양원에서 나올 수 있게 설득하라고 강력하게 촉구했다.

확신이 없었던 루이스는 자신의 눈으로 직접 확인하기 위해 요양원을 찾았다.

지루하게 흘러가던 어느 날, 칼 샌드버그가 슐로글스에 들어와 햄을 얹은 호밀빵을 주문하고는 동료 몇 명과 커다란 테이블에 자리를 잡았다. 《데일리뉴스》 기자였던 샌드버그는 슐로글스 패거리 중에서도 특이한 편이었는데, 그런 면에 자부심을 가지고 있었다. 그는 요란스럽거나 유행에 민감하지 않았고, 박사학위를 가진 농부처럼 말투가 느릿느릿했다. 샌드위치를 몇 입 베어 먹던 그는 주머니에서 웬 종이를 꺼냈다.

"집에 있는 애들을 위해 몇 가지 이야기를 쓰고 있어." 그가 말했다. "밤에 읽어줄 이야기인데, 여기까지 썼어. 한번 들어봐." 그러고는 간과 양파의 마을에 사는 소년에 관한 이야기를 읽어주었다. 그 외에도 '당밀을 담은 통과 비밀스러운 야망을 가진 세 소년', '옥수수 요정들을 만났을 때 대화하는 법' 등 다른 이야기도 몇 가지 더 있었다.

"책으로 내려고?" 누군가가 물었다.

"그것까지 생각하진 못했어. 그냥 애들한테 읽어주려고 쓴 거야."

그러나 그 말은 거짓이었다. 샌드버그에게도 비밀스러운 야망이 있었다. 서재로 돌아간 그는 상품 진열에 대해 논의하기 위해 출판인 알프레드 하코트에게 편지를 썼고, 『루터배거 이야기(Rootabaga Stories)』라는 새 전집의 홍보를 극대화할 방법을 고민했다.

"평론가가 '이 책이 염소 고환보다 좋다'고 말하면 어떨까요?"

12

그렇게 호되게 당하고도, 밀퍼드는 브링클리를 다시 받아주었다.

1922년 가을, 브링클리는 당혹스러움이 채 가시기도 전에 예전 자리로 돌아왔다. 캘리포니아 의료위원회가 주 면허신청서를 면밀히 검토하던 중에, 그의 이력서가 거짓투성이임을 알아챘기 때문이다. 본인의 주장과 달리, 브링클리는 베넷 의과대학을 졸업하지 않았다. 볼티모어의 밀턴 아카데미를 다닌 기록도 없었다. 의혹은 계속 이어졌다. 브링클리는 해리 챈들러와 굳건한 우정—수천 명의 돌팔이들이 시카고에서 어떠한 방해도 없이 번창하고 있다는 점을 고려했을 때—을 유지하고 있었으므로, 면허위원회가 그에게 차별적인 잣대를 적용하고 있다고 생각할 수밖에 없었다. 그는 세세한 부분까지 심사를 받았다. 이는 대부분 취재 내용을 위원회에 알려준 모리스 피시바인 때문이었지만, 브링클리는 눈치채지 못했다. 그는 뒤늦게 AMA가 연루되어 있음을 직감했고, 그 후부터 AMA에 뿌리 깊은 적개심을 갖게 되었다.

캘리포니아를 떠난 후에도 브링클리의 명성은 쉽게 사그라지지 않았다. 샌 퀜틴의 레오 스탠리 박사도 본격적으로 염소 고환을 연구하기 시작했다.《로스앤젤레스 타임스》는 "범죄가 치유되다"란 기사를 통해 관심과 찬사를 보냈다. 브링클리는 이러한 시도들에 대해 반감을 갖지 않았다. 그를 정말로 분노하게 한 것은, 우후죽순처럼 생겨난 한탕주의 병원들이었다. 병원 소유주들은 브링클리가 떠나자, 자신이 최고의 권위자에게 염소 고환 이식술 비법을 전수받았다고 주장했다. 이에 몹시 분개한 브링클리는 대문짝만한 광고를 내서, 그들은 모두 돌팔이라며 맹렬히 비난했다.

그러나 …… 이미 엎질러진 물이었다. 브링클리는 미니에게 말했다. "그들이 세게 때릴수록 난 더 높이 튀어오를 거야."

돈벌이가 있는 한, 그는 금세 털고 일어났다. 당시에는 돈벌이가 사방에 널려 있었다.

라쿤코트와 신여성, 건방진 속어("너나 잘하세요!")가 열풍의 조짐을 보이던 때에도, 미국은 자신들의 위대함이 어디에서 비롯되었는지 잊지 않았다. 볼티모어의 에이번 폴먼이라는 소년이 깃대 꼭대기에 앉아 있는 것으로 기록을 세우자, 볼티모어 시장은 소년이 전통적인 가치를 지켜냈다며 칭찬했다.

"소년은 집 뒤에 있는 6.7미터 기둥의 꼭대기에서 7월 20일부터 30일까지 열흘하고도 10시간 10분 10초를 인내하여 근성과 체력을 입증했다. 초창기 미국의 개척자 정신이 오늘날의 청년들에게까지 이어졌음을 보여준 것이다."

게다가 당시 미국인들은 그 어느 때보다 열광적으로 부—아마도 미국 최고의 전통적 가치인—를 좇고 있었다. "물질주의가 복음주의 숭배처럼 번창했다." 어느 역사학자는 이렇게 썼다. 거물들 사이에서만 그런 것이 아니었다. 미국인의 평균 임금이 1915년부터

1925년까지 20~50% 정도 증가하면서 새로운 전망이 열렸고, 직업적 특성에 따라 돈을 갈취하기 위한 수많은 기만적인 계획들이 차근차근 진행되었다. 브링클리는 약탈자이면서 그 시대의 결과물이기도 했다. 그를 차별화한 것은 회복탄력성과 탁월함이었다.

캘리포니아에 갔던 일은 아예 없던 일처럼 되어버렸다. 그해 가을, 브링클리는 밀퍼드가 자신의 일에 얼마나 적합한 장소인지 설명하는 홍보 전단 수천 장을 발송했다.

"이상적인 조합:
전원의 진정한 평화와 고요함 가운데에 자리한 근대성"

미니는 기자들에게 영국에서 가장 유행하는 요양원들은 모두 시골에 있음을 강조했다. 브링클리는 이를 뒷받침하기 위해 기사, 방패, 꽃, 선명한 금색과 보라색의 포도나무가 그려진 문장을 편지지에 추가했다. 당시 신문에는 잉글리시 워터 스패니얼과 뛰어노는 브링클리의 모습이 실렸다.

브링클리는 병원을 확장했다. 새 로비에는 의자와 소파, 화려한 무늬의 카펫, 상들리에, 너른 창이 있었고, 양옆으로 묶은 커튼 사이로 환한 햇빛이 비쳤다. 그는 화려하고 장황한 광고를 게시했다.

현대적인 건물로 개인실마다 욕실을 갖추고 있으며, 개인실, 독서실, 휴게실, 널찍한 로비와 식당, 현대식 약국과 이발관 등 모든 병실에 가장 현대적이고 최신식인 장비, 전화기를 비치하여……

브링클리가 총공세로 쏟아부은 홍보 전단은 캘리포니아의 저질 광고들을 압도했다. 광고 내용이 사람들의 머릿속을 파고들었다. 이 편지—1922년 10월 25일에 쓴—에서 그는 수취인들에게 회춘 잡지 한 부 값으로 10센트를 보내달라고 요청했다.

사랑하는 친구에게

인간이 어떤 목적을 위해 신의 전능으로 창조된 필연적 존재라는 의견에 동의한다면, 이 세상을 전보다 더 좋은 곳으로 만드는 것이 개인과 집단의 의무이므로……. 저는 이것이 시대를 50년 앞서가는 일이라 믿기 때문에, 정신이상과 노환을 치료하여 총명하고 가치 있는 사람들이 세상에 남아 다음 세대에 귀중한 가치를 전달할 수 있도록……. 저는 작은 도움을 받고자 당신을 선택했습니다. 신의 피조물 중 저를 도와 이 희망의 메시지를 고통받는 세상에 퍼뜨릴 단 한 사람으로 당신을 선택했습니다. 당신은 작은 노력만으로 자신의 몫을 해낼 기회를 잡은 것입니다. 이 잡지를 읽고 다른 사람에게 전해준다면 그들도 진실과 희망의 메시지를 알게 될 것입니다. 부디 메시지가 잊히기 전에 동참해주십시오.

편지는 계획의 극히 일부분이었으므로, 사업에 대해 언급할 필요는 없었다.

그동안 병원 직원들은 부지런히 추천서를 모아 신문에 실었다. 이 전략에 획기적인 점은 하나도 없었다. 돌팔이 의사들에게 추천서는 늘 가장 중요한 요소였고, 적들에게는 엄청난 골칫거리였다. 아서 크램프는 전국에 배포할 포스터―추천서는 쓸모없다―를 제작했고, 피시바인은《JAMA》에 두 장짜리 기사를 반복적으로 게재했다. 한쪽 면에는 추천서와 추천인의 사진, 그들이 기적적으로 치료한 질환이 실렸다. 맞은편 면에는 동일인의 사망진단서와 사인, 그가 앓았던 질환이 실려 있었다. 그러나 최전선―브링클리를 주시하는 수많은 적들이 있는―에서 대중을 상대로 진척을 보이기란 거의 불가능했다.

새뮤얼 홉킨스 애덤스는 이렇게 적었다.

평범한 미국인이라면 말 한 마리나 시가 한 박스를 살 때도 주의를 기울이기 마련이다. 그러나 모든 소유물 중에 가장 소중한 건강 앞에서, 구매자는 분별력을 잃는 것 같았다. 어리석은 허영심 때문에 추천서를 써준 제독부터, 친절하지만 양심은 없는 상원의원, 먼 시골마을에서 고마워하는 바보, 변절한 의사, 추천서를 보내고 사진 열두 장을 얻은 어리석은 여자까지… 간절한 환자를 꾀어내는 일은 누구든 할 수 있다. 사람들은 중고자전거의 보증서는 의심하면서, 검토도 하지 않은 한낱 추천서에는 돈과 운을 걸 것이다.

게다가 플라세보 효과에 의해 모든 병의 80퍼센트가 별다른 개입 없이도 저절로 치료되니, 머리가 어느 정도 돌아가는 돌팔이라면 누구든 수년간 배불리 먹고살 수 있었다.

1922년 가을, 브링클리 부부는 콜로라도의 상원의원 웨슬리 스탠리로부터 여태껏 받았던 것들 중 가장 휘황찬란한 추천서를 받았다. 그는 두 사람을 극찬했다.

　두 사람은 너무도 훌륭하고 위대한 인류의 자선가이며 …… 나는 염소 고환을 이식받은 사실이 자랑스럽다.

　브링클리는 100여 개 이상의 추천서를 모아 『그림자와 빛: 환자들이 염소 고환 이식수술 전후에 보낸 감사의 편지들』이라는 책을 출간하기도 했다.

　그러나 여기서 안주할 수는 없었다. 경쟁자가 너무 많은 분야였다. 《뉴욕 타임스》는 이렇게 보도했다.

　"지난 2년간 구독자들은 행복한 성생활에 대한 걱정이 발작처럼 반복적으로 발현되는 현상에 제법 익숙해졌다. 전쟁이 들끓던 세계는 고환이 들끓는 세계에 자리를 내어주었다."

　둘 중 하나는 옳다는 전제하에 어느 것이 효과적인지에 대해 격렬한 논쟁을 벌이는 동안, 주위를 돌아보면 꼭 누군가는 '슈타이나흐화(Steinached)'—정관절제술로 젊음을 되찾을 수 있다는 결론을 내린 슈타이나흐처럼—또는 '보로나이즈화(Voronized)'—원숭이의 갑상선을 소년에게 이식한 보로노프처럼—되어 있었다. 브링클리가 캘리포니아에 있었던 바로 그 여름에, 또 다른 회춘술 의사가 시카고의 헤드라인을 장악하며 밀퍼드 메시아의 신경을 긁었다.

　왜 시카고였을까? 여기에는 두 가지 이유가 있다. 첫째, 문제의 의사는 시카고에서 활동 중이던 프랭크 리드스턴 박사의 뛰어난 제자였다. 둘째, 시카고는 수백만 달러의 자산을 보유한 인터내셔널 하베스터의 상속자이자 존 D의 딸 이디스 록펠러의 남편인 해롤드

F. 맥코믹의 고향이었다. 51세의 맥코믹은 폴란드의 '노래 못하는 디바'로 불리는 가나 왈스카와 사랑에 빠졌고, 이 이야기는 훗날 오손 웰스의 『시민 케인(Citizen Kane)』에 영감을 주었다. 순진한 타입이 아니었던 왈스카는 결혼과 이혼을 몇 차례 반복했던 사실을 자랑스럽게 여겼다. 지금까지 전해지는 유명한 일화가 있다. 왈스카가 "모든 남자가 두 번째 만남에서 프로포즈(propose, 청혼)를 하지 뭐예요"라며 뽐내자, 한 여자가 이렇게 되물었다고 한다. "그렇군요. 그런데 뭘 프로포즈(propose, 제안)했다는 거예요?"

그럼에도 불구하고 왈스카에게 푹 빠져 있던 맥코믹은 1920년에 시카고 오페라 컴퍼니 이사라는 지위를 이용해 그녀를 오페라《자자(Zaza)》의 주연으로 발탁했다. 그녀가 역할을 잘 소화할 수 있도록 세계 최고의 발성 지도자도 고용했지만, 아무런 소용이 없었다.《자자》가 '1920년의 최대 재앙 중 하나'로 등극하면서 왈스카는 도망치듯 유럽으로 돌아갔고, 맥코믹은 그런 그녀를 졸졸 따라다녔다. 2년 후에도 그는 여전히 왈스카의 아첨꾼이었다. 한 신문은 맥코믹이 염소 고환 이식을 받은 것도 유럽인 전문가와의 우연한 만남 때문이라고 설명했지만, 왈스카가 부추겼을 것이 분명했다.

맥코믹은 엄격한 식단조절과 운동으로 젊음을 유지하려 노력한다고 그 과학자에게 설명했다. 그는 야외 스포츠와 실내 체조에 능숙하여 텀블링을 연달아 15회나 할 수 있었다. 그 과학자는 맥코믹에게 …… 그렇게 격렬한 운동은 40세 이상의 남성에게 너무 힘드니 고환 이식을 알아보라고 권유했다.

집도의는 리드스턴과 함께 공부한 시카고의 비뇨기과 전문의 빅터 레스피나스 박사로 낙점되었다. 맥코믹은 모든 과정을 비밀에 부치고 싶어 했지만, 결국 이 소식은 세상에 알려졌다.

H. F. 맥코믹의 비밀 수술
입원 여부에 대한 언급을 꺼리는 가족
고환 이식을 위한 것일까?
그의 취미는 젊음 유지하기
-《뉴욕 타임스》1면, 1922년 6월 18일

이 소문을 들은《시카고 헤럴드-이그재미너》도 기자단을 투입하여 취재를 시작했다. 어쨌든 그 도시가《특종 기사(The Front Page)》─현직 기자였던 벤 헥트와 찰스 맥아더가 쓴 희곡으로 4년 뒤 브로드웨이를 강타했다─에 생명을 불어넣었고, 맥코믹의 뒤를 쫓던 기자들이 오디션에 참가한 꼴이었다. 기자들은 제보를 받고 웨슬리기념 병원의 안내데스크를 찾아갔다. 그리고 그들 중 한 사람이 토머스 A. 멀렌 경사라고 거짓말을 하며 환자 명부를 요구했다. 자정을 넘긴 시각, 기자들은 그 정보를 이용해 레스피나스 박사의 집을 찾아가 그에게 전화를 걸고 창문에 돌을 던졌다. 잠에서 깨어 창문 밖으로 그들을 알아본 레스피나스는 창문을 닫고, 경고를 해주려고 환자에게 전화를 걸었다. 그러나 기자 한 사람이 이미 근처에서 그의 전화를 도청하고 있었다.

그렇게까지 했지만 맥코믹이 입원한 개인 병동이 철저히 봉쇄되어 있는 바람에 세부적인 정보가 턱없이 부족했다. 그 사이 이상한 소문들이 돌았다. 그중 한 가지는 맥코믹이 일리노이의 대장장이에게서 새 고환을 받는다는 내용이었다. 그에 관해 짧은 노래까지 만들어졌다.

흐드러진 밤나무 아래에,
마을 대장간이 하나 있지.
대장장이가 그 침울한 남자였네,
맥코믹이 고환을 가져갔기 때문이지.

그리고《뉴욕 타임스》에 더 강력한 정보가 담긴 기사가 실렸다.
…맥코믹 씨의 병동에 신원미상의 방문객이 한 명 더 머물고 있다는 것을 확인했으며, 엄청난 수준의 남성성과 고도로 발달한 건장한 체격을 가진 그 청년은 신체적 조건을 근거로 신중히 선택된 것으로 보인다. 신원미상의 청년은 희생의 대가로 맥코믹 씨의 재산 일부를 요구했다고 한다.
이틀 후 레스피나스가 드디어 입을 열었다. 그는 맥코믹에게 사람 고환을 이식하지 않았다고 발표했지만, 그 말을 믿는 사람은 거의 없었다. 환자가 5만 달러를 의사에게 지불할 이유가 수술 말고 또 있었을까? 레스피나스의 동기―신중함, 성마름, 교활한 속임수―가 무엇이었든, 공개적인 부인으로 인해 또 다시 이상한 추측성 소문들이 돌기 시작했다. "염소나 원숭이의 고환을 이식했을까, 아니면 아직 의학계에 널리 알려지지 않은 기적의 물질을 발견하여 이식했을까?"

결국 맥코믹은 사실관계를 밝히지 않은 채 도망쳤다. 그러나 '기적의 물질'에 대한 가설은, 1922년까지만 해도 거물들에 의해 굴러갔던 비외과적인 고환 산업에 힘을 보태기에 충분했다. 본질적으로 따지면 30년 전에 등장했던 브라운-세커드—개와 기니피그의 고환으로 만든 에멀션을 자신에게 직접 주사한—접근법의 부활이었다. 새 술은 새 부대에 담아야 했지만, 이것은 너무 가난하거나 고환을 통째로 이식하는 것을 불안해하는 사람들에게 강한 유혹으로 다가왔다. 이러한 요구를 일찌감치 파악한 브링클리는 특수 고환액을 개발하여 직장 주입기와 함께 100달러에 통신 판매했다.

그러나 또 다시 시작된 경쟁! 브링클리가 샌프란시스코에서 판매했던 여성용 염소 고환 좌약처럼 다양한 형태로 변형된 상품들을 출시하자, 이를 계기로 더 다양한 제품이 만들어지기 시작했다. 일리노이의 화학연구소들('실제 분비선 물질을 분비선에 직접 투여'), 덴버의 바이탈-오-글랜드 컴퍼니, 그 외에 글랜딘, 글랜덱스, 글랜톤, 글랜돌…….

그 사이, 프랑스 과학자들은 고환이식의 필요성을 완전히 없앨 간단한 대체물들을 발표했다. 보르도의 크루체 박사는 동물 피를 주입받은 환자들이 젊음을 되찾는 데 성공했다고 주장했다. 이에 파리의 재워스키 박사가 즉시 반론을 제기하며, 젊은 사람의 피를 나이 든 사람에게 소량 주입하는 기술로 회춘에 성공했다고 주장했다. 재워스키의 환자 중에는 마지막 인상파 화가 중 한 사람이었던 80세의 아르망 기요맹도 있었다. 당시 프랑스 미술계의 원로였던 기요맹은 친구 반 고흐와 마찬가지로 색을 화려하게 사용하는 것으로 유명했다. 그가 젊은 여자의 피를 수혈받자 '혁명적인 피의 결혼'이라고 불리며 전 국민의 관심을 모았다. 이 치료법의 참신함을 의심하는 사람들도 있었지만(15세기 교황 인노첸시오 7세도 소년들의 피를 마셔서 새 생명을 얻으려 했다), 기요맹의 가족과 친구들이 직접 놀라운 효과에 대해 증언했다.

브링클리는 자신이 불러일으킨 소란을 어떻게 극복했을까? 콜리어스의 한 작가에 따르면, 그의 뇌는 "선풍기보다 더 바빴다."

13

다사다난했던 1922년 늦여름, 낯선 남자가 H. L. 멩켄의 추천서를 들고 피시바인의 사무실을 찾아왔다. 그는 전설의 미생물학자이자 과학 작가 폴 드크라이프(Paul DeKruif, 'de-krife'로 발음)였으며, 뉴욕 록펠러연구소를 막 그만둔 상태였다. 그 전에는 퍼싱 장군 밑에서 판초비야와 맞서 싸웠고, 제1차 세계대전 중에는 프랑스에서 미생물을 대상으로 독가스의 영향을 연구했다. 그를 만난 사람들은 종종 기둥처럼 두꺼운 목 두께에 놀라곤 했다. 멩켄은 그를 '새로운 아이디어를 모두 끌어안을 수 있는 열정을 타고난 사람'으로 표현하기도 했다.

드크라이프도 피시바인에 대해 비슷한 인상을 받았는데, 자신의 회고록 『휘몰아치는 바람(The Sweeping Wind)』에 이렇게 적었다.

"'눈부신(Brilliant)'이란 단어는 오늘날 피시바인 박사를 묘사할 때 가장 빈번히 사용하는 단어일 것이다. 이는 1922년에 처음 그를 만났을 때 받았던 인상이기도 하다. 겨우 30대 중반에 부편집장이었지만 미국 의학협회지를 이끄는 그의 손은 무척 단단했다. …그에게 절로 존경심이 들었다."

괴팍한 성질 때문에 직장생활이 맞지 않았던 드크라이프는 시카고에 와서 개인적인 프로젝트를 시작했다. 그것은 돌팔이 의사들이 아닌 존경받는 제약회사에 의해 밀매되던 가짜 약물을 폭로하는 일이었다. 드크라이프는 피시바인과 마찬가지로 발견한 사실을 대중에게 알리는 '사기꾼 사냥꾼'이었고, 어쩌다 평소답지 않은 일에 빠져들고 말았다. 몇 년간 피시바인은 기득권층을 너무 무턱대고 건드리다 고소를 당했다. 어떤 면에서는 동료 의사들을 보호하기 위해 했던 일이었지만, 적어도 이번만큼은 《JAMA》 광고주들의 불만을 감수할 생각이었다.

드크라이프가 대형 제약회사들의 의심스러운 약품들에 대해 묻자 피시바인이 독백을 시작했다. 드크라이프는 그의 입에서 터져나오는 말들의 '놀라운 정확성'에 깜짝 놀랐다.

"약장수들에게 속은 의사들의 재미있는 일화는 그럴듯했고, 정보도 풍부했다. 빗발치듯 쏟아지는 그의 교훈에 갇힌 나는 바닥에 쓰러진 채로 증기 롤러에 납작하게 눌렸다. 눈부신 브리핑이 끝나자 이상하게도 피시바인 박사가 했던 얘기가 거의 기억나지 않았다."

수년간 새 친구를 찾으려고 했던 것은 드크라이프뿐만이 아니었다. 대화가 끝난 후 피시바인은 드크라이프를 데리고 복도로 나가 크램프 박사를 소개시켜주고 사라졌다.

크램프가 선반에서 병을 하나씩 꺼내 손님 앞에 내려놓았다. 드크라이프는 커져가는 흥분 속에서 라벨을 확인하고 코르크 마개의 냄새를 맡았다. 식품위생과 약품에 관한 법률의 강제력이 쇠락해가던 탓에 폭로할 것들이 많았다. 금주법 시행 이후, 강장제는 알코올에 중독된 수많은 노숙자들에게 사랑받고 있었다. 드크라이프는 크램프에게 질문을 퍼부었다.

두 사람이 대화를 나누는 사이, 루이스가 엘리베이터를 타고 올라오고 있었다.

그 전 주쯤 루이스는 유진 뎁스를 만나기 위해 엘름허스트의 린드라 요양원을 찾아갔다. 창백하고 수척한 모습의 위대한 운동가는 루이스를 보자마자 앙상한 손으로 그의 어깨를 붙잡았다.

루이스는 아내에게 보내는 편지에 이렇게 적었다.

"뎁스는 정말 예수의 영혼을 가진 사람이야. 그 사람은 한없이 현명하고 친절하고 너그럽지만 지독한 싸움꾼이기도 해."

첫 만남은 몇 시간 동안 이어졌다. 루이스는 한 영웅의 노동운동을 그린 소설(가제:『이웃사람』)을 쓸 계획이며 노령의 사회주의자인 뎁스를 참고하여 만들었다고 말했다. 우쭐해진 뎁스는 그레이트 노던 철도를 상대로 파업을 주도했던 사건 같은 옛날이야기들을 들려주었다.

피시바인는 린드라 요양원을 경멸했지만, 루이스는 그곳에서 조금 다른 인상을 받았다. 이 소설가는 아내 그레이스에게 보낸 편지에 요양원 생활을 이렇게 묘사했다.

"…새벽 6시에 이슬 맺힌 잔디를 맨발로 걷기! 아침 식사는 자두, 사과, 배 한 개씩 그리고 세속적인 것이 필요하다면 미지근한 포스

텀* 한 잔, 저녁은(나는 뎁스와 함께 먹었어) 시금치, 노르웨이 빵, 우유, 수박……. 이곳은 조용한 데다 나무가 많고 쾌적해서 뎁스에게도 좋을 거야."

(뎁스에게 확실히 좋았던 점은 칼 샌드버그가 가까이 있었다는 것이다. 그는 우연히도 아내, 딸과 함께 세 블록 떨어진 곳에 살았다. 뎁스는 요양원에 있는 동안 몰래 몇 번 빠져나가 그를 만났고, 오래된 신발 두 짝처럼 죽이 잘 맞았던 두 사람은 샌드버그의 사유지에 있는 느릅나무 밑을 거닐며 노동자다운 수다를 떨었다.)

그러나 루이스는 곧 의심을 품기 시작했다. 첫 번째 의심은 자신의 프로젝트에 대한 것이었다. 아마도 루이스는 애초부터 노동운동소설을 쓸 생각이 없었던 것 같다. 취재차 시카고 노동조합 회의에 참석했을 때, 그는 더 많은 조합원들과 대화를 나눌수록 더 지루함을 느꼈다. 『메인 스트리트』와 『배빗』을 쓴 신랄한 작가 루이스는, 뎁스의 신성한 노동자들의 '평범한 실체'에 대해 너무 많은 것을 알게 되었다. 게다가 끈질긴 피시바인 덕에 요양원에 대한 신뢰는 물론, 뎁스를 향한 존경심도 함께 무너져 내렸다.

8월 26일, 그레이스에게 쓴 편지 내용이다.

"린드라 시스템의 극도로 예민한 식단, 척추지압, 엉터리 '전기' 치료에 속아 넘어간 뎁스의 순진함에 충격을 받았어. 나도 가끔 비이성적일 때가 있지만 믿음보다는 합리성이 더 좋아."

---

* 치커리와 볶은 곡물로 만든 커피대용 음료-옮긴이

늦은 오후, 엘리베이터를 타고 피시바인의 사무실에 도착했을 때 루이스의 마음은 그런 상태였다. 탁월한 직감의 소유자였던 피시바인은 루이스의 팔꿈치를 끌어당기며 복도로 나가 새로운 손님을 소개했다. 드크라이프는 당시를 이렇게 회상했다.

"피시바인 박사가 어떤 남자를 데리고 크램프 박사의 사무실 문 앞에 불쑥 나타났다. 그는 빨간 머리에 장신이었고 등이 살짝 구부정했다. 긴장한 얼굴은 피부병이 막 번지려는 듯 여기저기가 불긋불긋했다. 그는 밝은 파란색의 눈동자로 나를 잠시 노려보더니 사무실을 휙 둘러보았다."

피시바인이 루이스에게 손님들—드크라이프와 크램프—을 소개를 하는 동안, 루이스는 선반에 진열된 이국적인 강장제들을 천천히 훑어보았다. 그리고 선반으로 다가갔다.

드크라이프는 이렇게 회상했다.

"그는 선반에서 병 하나를 꺼냈다. 그 병은 루이스의 긴장한 손과 함께 떨리고 있었다. 볼티모어에서 만들어진 고미제가 담긴 커다란 유리병이었다. 루이스는 병의 라벨을 뚫어지게 쳐다보았다. '맙소사, 알코올 도수가 굉장히 높군요.' 그가 큰소리로 말했다. '사람들이 이걸 약국 판매대에서 사도록 그냥 둔다는 거예요?' 그는 제자리에서 빙글 돌더니 날카로운 파란색 눈을 내게 고정했다. '과학자로서 이 병의 내용물을 한번 맛보시겠어요?' 루이스가 물었다.

'맛볼 수 있느냐고요?' 나는 대답했다. '전부 마실 겁니다!' 아니, 그런 바보짓을 하라는 말이 아니었다. 피시바인 박사가 병을 뺏으려고 손을 뻗는 사이 유리병은 어느새 내 입술 앞에 있었다. 나는 호기롭게 고개를 뒤로 젖힌 채 쓰디쓴 액체를 한 번에 모두 들이켰다. 그것을 다 삼키자 목이 메고 기침이 났다. 크램프와 피시바인은 일류 작가의 불긋불긋한 얼굴을 바라보며 진심 어린 걱정과 놀라운 눈빛―감탄 섞인―을 보냈다.

피시바인은 이 일은 다르게 기억했다. 그는 드크라이프가 크램프의 사무실에서 오후 내내 시음을 했다고 말했다. 어느 쪽이 진실이든 결과는 같았다. 피시바인이 저녁을 먹으라며 루이스와 드크라이프를 미시건 가에 있는 자신의 집으로 보냈다. 드크라이프는 화장실에서 기도하는 자세로 저녁을 맞이해야 했고, 잠깐 동안 잠을 잔 후 생기를 되찾을 수 있었다.

세 남자는 저녁을 먹으며 드크라이프의 정치적인 문제들과 시기심, 낮은 임금 때문에 마지막 뉴욕 직장에서 얼마나 힘들었는지, 의학 연구가 얼마나 어려운 분야인지에 관해 대화를 나누었다. 수많은 최고의 전문가들이 개인 연구를 위해 그 자리를 떠나는 것도 그리 놀라운 일이 아니었다.

그들은 끊임없이 와인 잔을 기울였다.

죄책감 때문이었는지, 신선한 공기가 필요해서였는지, 아니면 술 취한 사람의 이해하기 힘든 논리 때문이었는지는 알 수 없지만, 갑자기 루이스가 다 함께 뎁스를 보러 가자며 고집을 부렸다. 두 사람은 루이스를 말려보려 했다. 날도 이미 저문 데다 너무 멀리에 있었다. 그러나 그는 말을 듣지 않았다. 드크라이프에 따르면, 결국 세 사람은 문밖을 나서야 했다. "빨간 머리가 마그마를 뿜는 화산처럼 고집을 부리는 통에 어쩔 수 없었다."

세 사람이 택시 뒷좌석에 꽉 끼어 앉는 것은, 미치도록 짜증스러운 일이었다. 루이스의 자서전을 쓴 작가는 그 상황에 대해 이렇게 적었다.

"밴뷰런, 애슐랜드, 잭슨 가의 교차로에서 루이스와 드크라이프는 택시에서 뛰쳐나와 몸싸움을 했다. 건장한 체격의 남자와 길고 가녀린 남자, 택시 쪽으로 밀쳐진 루이스는 드크라이프의 바지를 찢고 다리를 베려고 했다. 피시바인은 두 사람을 데리고 평소 안면이 있는 모퉁이 약국의 약사를 찾아갔다. 다리를 치료한 후 다시 싸움이 시작됐다."

갑자기 쏟아지는 폭풍우 속에서 세 사람의 택시가 다른 차와 부딪쳤다. 가까스로 요양원에 도착했을 때는 이미 자정을 넘긴 시각이었다. 건물 앞에 관목이 우거진 테라스가 널찍하게 펼쳐져 있었고, 처마에서 빗물이 떨어졌다. 그들은 위스키를 따르는 뎁스(어쨌든 그는 완전한 환자는 아니었다)의 옆에 앉아 늦은 밤까지 이야기를 나누었다. 피시바인은 전반적인 돌팔이 의료 중에서도 특히 자연요법을, 전반적인 사기꾼 중에서도 특히 린드라 박사를 맹렬히 비판했다. 술에서 완전히 깬 루이스도 뒤늦게 끼어들어 뎁스에게 요양원을 나오라며 목소리를 높였다. 그러나 모두 소용없는 일이었다. 뎁스의 믿음은 확고했다. 그는 린드라를 전적으로 지지했다.

방문객들은 새벽 4시쯤 그곳을 떠났다. 집으로 돌아오는 길에, 뎁스의 어리석음을 생생히 떠올리던 피시바인은 기회를 놓치지 않았다. 피시바인은 루이스에게 노동운동 소설을 쓰겠다는 계획은 접고 의사 영웅에 대해 쓰라며 그를 압박했다. 아니면 저녁을 먹으면서 얘기했던 그런 남자들처럼, 외로이 과학적 진실을 좇는 의학 연구원도 괜찮을 것 같다고 말했다. 드크라이프마저 이에 동조하자, 루이스도 결국 동의했다. 그러고는 피시바인에게 기술자문 역할을 부탁했다. 그러나 과중한 업무에 시달리는 편집자가 거절했든(피시바인의 주장처럼), 아니면 나중에 루이스가 무례하게 제안을 철회하고 드크라이프에게 부탁했든(드크라이프의 주장처럼), 결국 소설가와 실직한 과학자가 한 팀을 이루었다. 몇 주 후, 두 사람은 열대지방을 배경으로 미생물학자 영웅의 이야기를 쓰기로 결정했고, 사전조사를 위해 서인도제도로 떠났다. 멩켄은 뉴욕에서 "두 사람을 배에 던져넣고 왔다"는 내용의 편지를 피시바인에게 보냈다.

이 모든 과정을 거쳐 탄생한 것이 바로 1926년 퓰리처상 수상작인 『애로우스미스(Arrowsmith)*』였다.

---

* 이상적이고 자기희생적인 젊은 의사, 애로우스미스를 통해, 그 주위에서 흔히 볼 수 있었던 재물과 사회적 지휘 향상을 꿈꾸던 당시 의사들의 이기주의와 위선과 탐욕 등을 고발한 소설. 루이스는 당시 퓰리처상 수상을 거부했다고 전해진다.

14

브링클리는 경쟁자들을 어떻게 무너뜨렸을까? 그는 그 방법에 대해 진즉부터 알았던 것 같다. 해리 챈들러의 라디오 방송국은 첫 만남부터 브링클리의 마음을 사로잡았다. 그 당시에는 중서부 최초로 방송 허가증을 받는 게 식은 죽 먹기였기에, 브링클리는 1923년 초에 방송국과 송전탑 건설에 착수했다.

그는 어렴풋이 거대한 왕국을 보았다.

당시 이러한 선견지명을 가진 사람은 몇 명 없었다. 대부분의 미국인들에게 라디오는 원시인들의 불과 같았다. 기막히게 멋지고, 놀라운……. 지금은 어떠한가? 1920년에 피츠버그의 KDKA에서 최초로 대통령 선거 개표방송을 내보낸 후, 사람들은 이 새로운 매체가 청각장애인을 치료하고 세상에 평화를 가져오는 등 엄청난 일들을 해낼 것이라고 예견했다. 그러나 1922년의 막바지에도 600여 개의 허가받은 방송국은 여전히 반딧불이에 불과했다. 투박한 헤드폰을 쓴 청취자들이 색소폰 솔로의 파편을 들을 뿐이었다. 그리고 근본적인 질문들이 해결되지 않은 채 남아 있었다. 대중은 어떤 방송을 원할까? 누가 그런 방송을 내보내야 할까? 그리고 누가 수신료를 지불할 것인가?

1923년 중반, 좋은 방송(그것의 의미가 무엇이든)에 대한 요구가 빠르게 증가했고, 그중 일부는 괴짜들과 관심을 끌려는 사람들이 방송계로 몰려드는 현상에서 비롯되었다. 루이지애나 슈리브포트에서 방송국을 시작한 헬로 월드의 W. K. 헨더슨은 '하느님의 위대한 영광과 체인점들의 지옥살이'를 주제로 방송을 하며 신성모독으로 가득한 폭언을 쏟아냈다. 자칭 위대한 드위즈는 비행기에서 다이빙하여 낙하산을 타고 내려오며, 마이크에 대고 낙하하는 기분을 설명했다. 일리노이의 한 전도사는 라디오 청취자들에게 보트를 타고 세계 일주를 한 결과, "지구가 둥글다는 증거는 없다"며 지구는 평평하다고 주장하기도 했다.

이처럼 라디오는 도움을 간절히 원하고 있었다. 훌륭한 아이디어가 필요했다. 그리고 15~20년 후, 브링클리 박사가 그에 맞는 엄청난 아이디어들을 떠올렸다. 그에게는 위대한 지휘관처럼 재능을 알아보고 활용하는 능력이 있었다. 이번 경우에는, 염소 고환에는 전혀 관심이 없지만 직업적인 도전의식을 뿌리치지 못한 다양한 분야의 사람들을 발굴하여 그들의 재능을 활용했다. 그는 그런 식으로 텍사스 댈러스의 제임스 O. 웰던을 수석 엔지니어로 고용했다. 프레드 아스테어(Fred Astaire)˙와 형제 사이였던 웰던은 초창기 방송 기술의 천재였다. 1923년 여름, 그는 아무런 사전지식 없이 송수신기를 고안 및 제작하여 밀퍼드 근교의 작은 벽돌 건물에 설치했고, 91미터짜리 송전탑 두 개도 건설했다. 그가 KFKB(Kansas First, Kan-

˙ 미국의 무용가이자 가수 겸 배우─옮긴이

sas Best, "캔자스를 최우선으로, 캔자스를 최고로") 준공을 도맡아 관리해준 덕에 방송국 완공을 몇 개월 남겨두고, 브링클리는 그에게 전권을 맡긴 채 원양 정기선을 타고 아시아로 염소 고환 시연회 순방을 떠났다.

첫 번째 목적지였던 중국에서 브링클리 박사는 베이징은행 회장을 비롯해 남성 네 명과 여성 한 명의 수술을 집도했다. 미니는 그중에 '공화국 이전의 중국 황제였던 소년의 삼촌'도 포함되어 있다고 기억했다. 중국 언론은 이 낯선 방문객을 '인류의 버뱅크'라 부르며 환영했다. 그 후 브링클리 부부는 남아시아를 여행하며 도난당한 골동품을 몇 점 구입했고, 사이공에서 거세된 남성 집단을 검사했으며, 말라카 해협의 배 위에서 시암* 왕자의 포경수술을 집도했다.

브링클리 부부가 그렇게 분주히 활동하는 사이, 미국에서는 에드워드 L. 버네이스의 신간 『여론 정제(Crystallizing Public Opinion)』가 상당히 큰 논란을 일으키고 있었다. 작가가 '대중홍보(public relations, PR)'라 명명한 새로운 직업의 업무지침서로 알려진 이 책의 내용은 진화 중이던 브링클리의 비전에 거의 정확히 들어맞았다.

버네이스가 이미지 조작을 시도한 최초의 인물은 아니었다. 10년 전, 아이비 리는 '피도 눈물도 없는 개자식'으로 통했던 석유 재벌 존 D. 록펠러의 이미지를 바꾸기 위해, 가난한 아이들에게 10센트짜리를 나눠주게 했다. 리가 단기 해결사였다면, 버네이스는 수세

* 태국의 옛 명칭—옮긴이

기를 내다보았다. 멋진 콧수염을 기른 키 작은 허풍쟁이였던 그는 훗날 여론조작(spin)의 아버지로 널리 알려진다.

1923년에 발간된 후속작 『프로파간다』에서 버네이스는 PR이 신의 대체물로 기능할 수 있다는 매우 흥미로운 생각을 내놓았다. 그에 따르면, 제1차 세계대전에서 벌어진 대량학살에 큰 충격을 받은 수많은 사람들이 종교를 버렸다. 그들은 실존의 안개 속을 더듬으며 삶의 방향성과 목적의식을 갈망했다. 누가 그것을 제공할 수 있었을까? 바로 대기업들이었다. 인간 심리학 분야가 발전한 덕분에 '의지에 따라 대중을 은밀히 통제하고 장악하는 것이 가능해진' 시대에 이러한 힘을 행사하는 것은 미국 기업들에게 기회이자 의무였기 때문이다. '통제 수단으로서의 광고'마저 없다면, 신을 믿지 않는 세상은 혼란 속에 흩어질 게 뻔했다.

도덕적 의무로서의 PR, 평범한 산업 지휘관에게 어떤 아이디어가 더 매력적이었을까? 버네이스는 사회과학의 벼락스타가 되었다. 어떤 분야에서는 외삼촌이자 고모부였던 지그문트 프로이트와 어깨를 나란히 할 정도로 유명세를 얻었다. 두 사람은 동전의 양면과도 같았다. 버네이스는 말하는 것을 좋아했고, 언론은 그를 도왔다. 《애틀랜틱 먼슬리》는 이렇게 보도했다.

"빈에서 온 이 훌륭한 의사(프로이트)는 개인의 억눌린 욕망을 해방시키는 일에 관심이 있고, 그의 미국인 조카(버네이스)는 대중의 억압된 욕구를 해방 및 통제하는 일에 종사하고 있다."

그러나 어떤 남자에게는 '동의 공학(engineering of consent)' 같은 복잡한 이론이 필요 없었다. 아시아로 떠나기 전, 브링클리는 네 개 도시―밀퍼드, 토피카, 시카고, 뉴욕―에 최소 네 사람을 배치했다. 그들은 어떻게 해서든 브링클리의 위상을 격상시켜야 했다. 그들은 브링클리가 '영리한 지략가'라는 것을 강조했다. 심지어 국내외의 거짓 기사를 신문사와 기자들에게 제보하기도 했다. 모르비의 왕 타코 갈럽이 염소 고환을 이식받기 위해 먼 인도에서 밀퍼드까지 올 거란 기사가 보도되자, 어떤 미국인들은 토스트를 먹던 것도 잠시 잊을 정도로 깜짝 놀랐다. 1923년 4월 21일, 게티즈버그의 《스타 앤 센티넬》 신문사에 후속 기사가 실렸다.

"회춘술에 사용되는 일본의 고환이식이 효과를 보이다!"
치솟는 고급 염소 가격!

기사는 이렇게 시작한다.

일본 정부는 복지시설에서 생활하는 고령의 환자들을 회춘시키기 위해 염소 고환 이식수술을 강제로 시행하였으며⋯⋯. 지난 몇 달간 2천 명 이상의 환자들이 수술을 받고 독립적인 삶을 되찾았다.

보도에 따르면 환자 대부분은 시력과 머리숱을 되찾았으며, 뉴욕 시티의 W. H. 벌루 박사(먼 일은 가깝게, 이상한 일들은 친숙하게 다루었던 정보통 과학자)는 브링클리의 명성과 기술에 대해 상세히 설명했다. 언론 홍보 담당자들 중, 벌루가 가장 당당하고 확신에 차 있었다. 그는 이렇게 말했다.

"염소 고환을 이식받은 부모의 자녀들은 건강하고 유달리 민첩하며 …… 새 고환으로 남성과 여성들은 삶에 새로운 활력을 얻을 뿐 아니라……, 실제로 더 우수한 아이를 출산합니다. 제 말은, 이 과정—더 우수한 인간 유형을 가능하게 하는—에서 브링클리 박사는 인류에게 가장 중요한 것을 발견했다는 겁니다."

브링클리는 중국을 거쳐 북부로 다시 돌아가면서도, 웰던을 비롯한 직원들에게 보고를 받으며 라디오 방송국의 진행 상황을 계속 예의 주시했다. 지역 건축업자들이 라디오 방송국에 대해 확실히 알지 못하는 바람에 연이어 문제가 터졌다. 그러던 중 건물 부지에 화재까지 발생하여 처음부터 다시 시작해야 했다. 그러나 브링클리는 동요하지 않았다. 그는 호텔방과 배 위에서 아이디어와 도안을 적어 웰던에게 보냈다.

브링클리는 상하이에서 홍콩행 프랑스 여객선을 탔다. 여객선이 출항하기 전, 시 공무원들이 청나라 황제에 저항하는 혁명에 자금을 지원해준 영국의 자선가 로버트 호통 경에게 불꽃놀이를 선물했다. 여객선이 출항하고 나서도 한참 동안 폭죽 소리가 희미하게 밤하늘로 퍼졌다. 로버트 경이 선실로 들어간 후에도 브링클리는 선미에 남아 화려한 불꽃을 바라보았다. 그는 넋이 나간 채로 마지막 폭죽이 사그라질 때까지 난간에 홀로 서 있었다.

15

정말 이상한 일이었다. 에블린 라이언스는 침실에 누워 교통사고로 입은 경미한 부상에서 회복하고 있었고, H. J. 헤프너 박사가 그녀의 체온을 재는 중이었다. 에스커나바의 《(미시건)데일리뉴스》에 따르면, "순간적으로 수은주가 꼭대기까지 치솟으면서 끄트머리의 잘록한 부분이 똑 부러졌다." 몹시 당황한 헤프너는 기상청에서 만든 튼튼한 체온계를 가져와서 다시 체온을 쟀다. 에블린의 체온은 자그마치 47.7도였다. 날이 갈수록 고열이 심해졌고, 체온이 45.5도 이하로 떨어지지 않는데도 이 젊은 여성이 살아있는 이유를 설명하기 어려웠다. 기이한 소문으로 시작된 이 이야기는 곧 신문 1면에 실려 전국으로 퍼졌다. 에블린의 상태를 확인한 다른 의사들도 명쾌한 답을 내놓지 못했다.

"고열에도 불구하고 환자는 이성적인 상태를 유지하고 있다." 헤프너 박사는 이렇게 보고했다.

1923년 3월 초, 2주간 환자의 평균체온은 46.1도였고 마을 어귀는 기자와 돌팔이 의사, 점성술사 그리고 다양한 유형의 건강식 미치광이들로 북적였다. 집배원들은 조언이 담긴 편지를 한가득 짊어진 채 휘청거렸다. 한 외국 신문사의 편집자는 '시리아인들에게만 알려진' 약초를 씹으면 건강을 회복할 것이라고 장담했다. 캘리포니아의 한 여성은 고열이 러시아의 '라디오 악마들'로부터 전송되는 것이라고 주장했다. 흥미롭게도 대부분의 돌팔이 의사들은 에블린이 꾀병을 부린다고 생각했다. 자신의 방문과 치료를 허락해주면 그 이익을 나눠주겠다고 제안하는 사기꾼들의 편지가 줄을 이었다. 몸도 가누지 못하고 누워만 있는 환자의 쾌유를 바라는 사람들의 병문안이 줄줄이 이어지는 동안, 미국 의학계의 권위자들은 유럽의 전문가들과 논의를 진행했다.

"이젠 아프다 못해 너무 지쳐요." 그녀가 한 방문객에게 말했다. "곧 좋아지겠죠, 저도 알아요. 모두가 너무 따뜻하게 대해주셔서 — 넘쳐나는 꽃다발과 카드를 향해 고개를 끄덕이며 — 견디기가 훨씬 수월해요."

'에스커나바의 뜨거운 아가씨'가 열을 식히기 위해 눈더미에 몸을 던졌다는 소문이 슐로글스 모임에도 전해졌다. 《시카고 데일리뉴스》의 편집자 루이스는 모리스 피시바인에게 소견을 물었고, 그는 그녀가 거짓말하는 거라고 말했다. 그러자 친구들이 증명해보라며 고함을 질렀고, 《시카고 데일리뉴스》도 기꺼이 취재를 지원해주었다.

미시건호 강변을 따라 북쪽으로 480킬로미터 거리에 에스커나바가 있었다. 철도는 스칸디나비아인들의 정착지, 밍크, 독수리를 지나 온전한 상태로 쌓여 있는 눈과 소나무 숲 사이를 기어갔다. 기차는 이틀 동안 달려 에스커나바에 도착했고, 거기에서 한 남자가 내렸다. 땅딸막한 체격에 고집스러운 인상의 남자였다.

마을은 눈에 파묻혀 있었다. 피시바인은 호텔 로비에서 불을 쬐던 동네 노인을 만났다. 피시바인은 차가운 손을 비비며 자신을 소개한 뒤, 그 유명한 열병에 대해 사람들이 뭐라고 얘기하는지 물었다. 노인의 말에 따르면, 가장 유력한 이론은 '밀주의 역효과'였다.

몇 사람이 추위 속에서 에블린의 집 주변을 말없이 어슬렁거리고 있었다. 피시바인은 AMA 소속임을 밝히고 집 안으로 들어갔다. 그는 먼저 지칠 대로 지친 환자의 어머니를 만났다. 그리고 2층 침실에서 가엾은 에블린도 만났다. 기침과 경련이 심각했고, 이따금 의식을 잃기도 했다.

피시바인은 에블린의 이마를 짚었다. 멕시코 길거리만큼이나 뜨거웠다. 호흡이 얕고 맥박도 빨랐다. 피시바인은 구강과 항문의 체온을 재며 그녀에게 몇 가지 질문을 던졌다. 그리고 밖으로 나가 방문을 닫고 쪼그려 앉아 열쇠구멍을 들여다보았다. 그야말로 빤한 복고풍 희곡 스타일의 전략이었다. 너무 오래 훔쳐보느라 다리에 감각이 사라졌지만, 마침내 그는 기다리던 장면을 목격했다.

피시바인이 현장을 잡기 위해 방문을 벌컥 열고 안으로 들어갔고, 나머지 의사들은 그 뒤에 서 있었다.

에스커나바의 '열병을 앓는 소녀'가
'우스꽝스러운 꾀병'으로 세계 챔피언이 되다

모두를 속일 수 있었던 비결은 바로 피부색의 뜨거운 물병이었다. 미시건 에스커나바의 에블린 라이언스는 이 물병으로 3주 동안 의사들을 속이며, 체온이 45.5도 이상인데도 건강 상태가 양호하다고 믿게 만들었다. 그날 밤《JAMA》의 부편집장 모리스 피시바인은 사건의 전말을 밝혀냈다.

"한때 간호사였던 이 여인은 뜨거운 물이 담긴 작은 병을 자신의 침실에 감춰두고 기침과 발작 증세를 연기하며, 수은주가 원하는 만큼 올라가도록 체온계를 뜨거운 병 안에 넣어두었습니다. 그 열기가 체온계에 한동안 남아 있었던 겁니다." 피시바인은 계속해서 말을 이어갔다. "우리가 뜨거운 물병을 요구하자 자신을 모욕했다며 거절했지만, 몇 차례의 실랑이 끝에 결국 물병을 꺼내 왔고…….에블린 라이언스 씨에게는 발작 외에는 별다른 문제가 발견되지 않았습니다."

에블린에게 2주 넘게 속은 것을 수치스러워하던 의사들을 비롯한 모두에게 핑계거리가 생겨났다. 한 기자는 이렇게 말했다.

"물주머니가 '영리함과 기술을 두루 갖춘 한 세련된 마술사에 의해' 조작되었으며, '에블린의 과장하는 능력 …… 그리고 끊임없는 교활함'이 도움을 주었다."

실연으로 좌절해 있었다는 둥, 교통사고로 머리를 다친 것 같다는 둥 에블린을 위한 핑계거리도 등장했다. 최종적으로 밝혀진 사기극의 성공 요인은 '불가사의한 힘에 대한 인류의 갈망'이었다. 그러나 모리스 피시바인을 제외한 모든 관계자들은 여전히 얼간이들처럼 보였다.

당혹감을 조금이라도 감추고 싶었던 언론은 한때 라이언스 보도에 열을 올렸던 것만큼 피시바인을 과하게 칭찬했다. 한 신문은 그의 폭로를 북극을 발견했다던 프레데릭 쿡경의 주장에 비유했다. 이 사기극은 1923년 가장 큰 뉴스 중 하나였다.

그것은 피시바인의 경력에서 가장 결정적인 순간이기도 했다. 그 사건을 계기로 그는 탁월한 사기꾼 사냥꾼으로 유명세를 떨치게 되었고, 그 후 몇 년간 미국 의학협회의 얼굴, 대중화를 이끄는 사람, 대제사장으로 고정된 자신의 이미지를 한껏 즐겼다. 그와 같은 인물은 역사상 처음이었다. 그로부터 25년간 평범한 시민들에게 모리스 피시바인은 미국 의학계, 그 자체였다.

시카고로 돌아온 피시바인는 대중을 위한 《JAMA 히기에이아》를 창간하여 입지를 더 공고히 했다. 또 PR 부서를 만들고(브링클리보다 한두 발 늦게), 의학계 전반의 기사거리를 열심히 찾아다니고 있는 기자들에게 자신의 연락처를 공개했다. 그의 강력한 열정은 늘 돌팔이 의사들을 업계에서 몰아냈다. '에스커나바의 열병을 앓는 소녀' 사건처럼, 자신의 전문분야에서 사기꾼들을 까발리는 것은 그에게 무척 쉬운 일이었다. 한 동료는 피시바인에 대해 "기쁨 어린 눈빛으로 무모하고 위험한 사기꾼들을 끌어내리는 일에서는 '진정한 천재'였다"고 말했다.

그 후로 돌팔이 사냥은 의사들의 외로운 싸움이 아닌, 온 가족이 함께 즐길 수 있는 유혈 스포츠가 되었다.

16

1923년 3월 1일(에블린이 침대에서 고통으로 뒤척이는 동안), 청년 해리 톰슨은 헨리 린드라가 학장으로 있는 시카고의 프로그레시브 지압요법 대학교(Progressive College of Chiropractic)를 졸업했다. 학위는 우편으로 받았다. 두꺼운 종이 위에 라틴어로 된 글과 인장이 있는, 흠잡을 것 없어 보이는 학위장이었지만 한 가지 문제가 있었다. 학교명이 달랐다. 이 문서에서 톰슨은 데이트 R. 알렉산더 박사가 학장으로 있는 캔자스시티 내외과대학교(Kansas City College of Medicine and Surgery)의 졸업생으로 명시되어 있었다.

대학이 뒤바뀐 과정과 그 이유가,《세인트루이스 스타》의 잠입 기자였던 해리 톰슨의 "학위를 남발하는 대학에 관한 폭로기사"에 실렸고, 1923년 가을에 대중에게 공개되었다. 극동지역에서 성공적인 투어를 이어가던 브링클리는 논란의 기사를 접하고 불행한 과거사를 떠올렸다. 도마에 오른 학위는 그가 1915년에 알렉산더 박사에게 받았던 것과 같았다. 사실 얼간이, 잡부, 청소기 판매원, 공원 벤치에서 비둘기에게 먹이를 주는 사람 등 수년간 그와 동일한 학위를 발부받은 사람들 중 어느 누구도 의학계에 발을 들이지 못했다.

톰슨의 연속기사가 가판대에서 날개 돋친 듯 팔려나가던 시기, 가짜 학위를 받고 활동 중인 의사가 전국에 2만 5천 명 정도 있었다. 모두가 삼류대학에만 의존했던 것은 아니다. 일부는 사망한 의사의 학위를 그의 아내에게 사거나 그의 이름을 이용하여 경력을 이어갔다. 어느 일당은 수년간 의학 시험의 답안을 훔쳐 다른 지역에 팔기도 했다. 그러나 대부분의 사기꾼들은 캔자스시티 내외과대학교와 그 외의 학교에서 허위 학위를 받았다. 허위 졸업자들 중 브링클리는 가장 높은 수준의 수련을 받은 축에 속했다지만, 그것이 가짜 학위라는 사실은 변함이 없었다. 브링클리 부인도 같은 학위를 샀다.

톰슨의 폭로에 자극을 받은 《캔자스시티 저널 포스트》는 가짜 학위의 왕, 데이트 R. 알렉산더에 관한 취재를 시작했다. 코네티컷 절충의학위원회에 정기적으로 현금을 지불한 덕에, 소위 졸업생이라는 사람들은 '지원자라면 두려움과 떨림을 주체할 수 없었을' 주 자격시험을 볼 필요가 없었다. 최근 졸업한 학생들은 시험 전날 밤까지 너무 과격하게 놀다 가구를 부서뜨려 하트포드 호텔로부터 변제 요청을 받기도 했다.

악명을 얻은 알렉산더는 거리에서 한 기자와 직접 이야기를 나누었다. "학위를 200달러에 팔았다며 나를 고발했더군요." 그가 말했다. "정말 치욕적인 일입니다. 전 500달러 이하를 청구한 적이 없거든요."

그가 그런 불명예스러운 일에서 느꼈던 이상한 쾌감이 무엇이었든, 브링클리는 그것을 공유하지 않았다. 이 사건으로 코네티컷 절충의학위원회의 승인을 받던 167종의 의료면허가 전면 폐지되었다. 그리고 브링클리는 원치 않았던 일과 마주했다. 신문 1면에서 자신에 관한 기사를 발견했던 것이다.

1924년 초, 브링클리는 갑작스럽게 여행을 끝내고 서둘러 밀퍼드로 돌아왔다. 마을에 도착했을 때, 그는 난생처음 수레국화의 파란 하늘로 솟구친 30미터 높이의 안테나(자신이 세운 안테나)를 보았다. 그러나 계획했던 대로 마이크 앞에서 염소 고환의 새 시대를 선언하는 대신, 직업적 진실성에 대해 미치광이처럼 변명해야 했다. 그는 첫 방송에서, 선정적인 언론인과 독창적인 사고의 무덤이자 '공익에 반하는 독점'의 주체인 AMA의 꼭두각시들을 비난하는 데 대부분의 시간을 할애했다.

상황은 갈수록 더 악화되었다. 1924년 7월 8일, 《미국연합통신》은 샌프란시스코의 대배심이 스캔들에 연루된 사람들을 상대로 19개의 기소장을 제출했다고 보도했다. 일부는 허위 의대 학위를 배부한 혐의로, 나머지는 이러한 의료 활동에서 이익을 얻은 혐의라고 했다. 브링클리의 이름은 리스트의 두 번째에 있었다. 가장 확실한 증거는 피시바인에 의해 폭로된 비운의 캘리포니아 의료면허 신청서였다. 새크라멘토의 수사관들이 '염소 고환의 제왕'을 체포하기 위해 2,400킬로미터를 달려왔다.

그들은 캔자스 주지사 조나단 M. 데이비스에게 소환 영장을 제시했다. 데이비스는 영장을 수사관들에게 돌려주며 집에 가라고 말했다. 체포를 왜 거부했느냐는 질문에, 데이비스는 순진할 정도로 솔직히 말했다. "캔자스 사람들은 브링클리의 의료행위로 부유해지고 있습니다. 그가 살아있는 동안 여기에 계속 머물게 할 겁니다."

승리에 도취된 브링클리는 라디오 청취자들에게 "자신에 대한 반대 운동은 박해고 …… 예수에 대한 박해와 마찬가지로 정당화되지 않는다"고 말했다. 그는 AMA가 소환 시도를 도왔고, 자신을 몰락시키기 위해 15만 달러를 허비했다고 주장하며 그들을 조롱했다. 라디오 방송이 진가를 발휘했다. 피시바인은《JAMA》에 수많은 기사를 게재하고 연설을 통해 '브링클리와 다른 돌팔이 의사들이 광고한 인공 회춘술'을 맹렬히 비난했지만, 그의 독자들은 상대적으로 너무 적었다. 그 사이, 브링클리는 아시아 순회를 통해 국제적인 유명세라는 수확물을 거둬들이고 있었다. 유럽, 캐나다, 오스트레일리아, 남아프리카, 남아메리카 등 전 세계의 남자들이 염소 고환 이식술을 받겠다며 몰려들었다. 위기감에서 벗어난 브링클리는 KFKB를 운영하는 즐거움에 푹 빠졌다. 그는 절름발이인 한 어린이가 제안했다면서, '국가의 중심부에 있는 선샤인 방송국'이란 표어를 발표했다. 그 사람은 사실 아이가 아니라 30대 중반의 여성이었다. 그래도 절름발이인 것은 분명했다. 캔자스 반즈를 찾아간 브링클리는 그녀(로즈 세들라체크)에게 손목시계를 선물하고 그녀와 함께 비행기에 올랐다.

17

1715년, 『차를라타네리아 에루디토룸(Charlataneria Erudito-rum)』—지식인의 속임수—이 라이프치히에서 출간되었다. 독일 출신인 요한 부르카르트 멩켄(Johann Burckardt Mencken)이 저술한 이 책은 유럽을 횡행하며 그럴듯한 지식과 사이비 과학을 청산유수로 지껄이는 석학들(보통은 대학교수들)의 진짜 모습을 폭로했다. 책의 표지에는 도발적인 여성과 곡예를 하는 광대, 강장제 병을 들고 있는 요정 등의 조수들에게 둘러싸인 돌팔이 의사의 모습이 실렸다. 학계와도 매우 흡사한 모습이었다.

그로부터 2세기가 지난 1923년 8월, 요한 부르카르트 멩켄의 후손이 뉴욕 웨스트45번가의 사무실에 앉아 자신의 타자기를 세게 두드리고 있었다. 이 아담한 남자는 가르마를 살짝 왼쪽으로 넘기고, 불을 붙이지 않은 시가를 입에 물고 있었다. 사무실도, 잡지도 새것이었지만(너무 초창기라 창간호도 발행되기 전이었다), 일부러 깔아놓은 흉측한 터키레드 카펫과 커다란 놋쇠 타구는 오래되고 익숙한 것들이었다.

그는 숙련된 피아니스트처럼 양쪽 검지로 찌르듯 타자를 쳤고, 오른쪽 팔꿈치로 행간을 띄웠다. "마음 같아서는 시간 날 때마다 돌팔이들을 괴롭히고 싶습니다. 기사 쓸 시간은 있으세요?"

H. L. 멩켄과 모리스 피시바인은 몇 년간 서로의 팬이 되어 가볍게 서신을 주고받았다. 아직 그렇게 친하지도 않았고, 협업을 한 적도 없었다. 그러나 멩켄은 극평론가 조지 진 네이선과 함께 월간지 《아메리칸머큐리》를 막 창간했고, 1920년대에 즉각적이고 노골적인 자극을 줄 수 있기를 바랐다. 그는 피시바인이 에스커나바에서 펼쳤던 활약에 깊은 감명을 받았고, 그를 이상적인 기고가로 생각했다.

두 사람 모두 뼛속까지 돌팔이 사냥꾼이기는 했지만, 근본적으로는 달랐다. 피시바인은 무엇보다 자신을 대중의 수호자로 생각했다. 사기꾼과 파렴치한을 전문적으로 다루었던 멩켄은 돌팔이 의사들을 다른 사람들보다 더 타락했다기보다 더 진취적이라고 여겼다. 멩켄은 돌팔이들에 대한 폭로가 '무르주아지(booboisie)*'에게 의도치 않은 도움과 위안을 준다면, 유감스러워도 어쩔 수 없는 일이라고 생각했다. 그는 돌팔이 의사들의 말에도 설득력이 있다고 주장하길 즐겼다. 돌팔이 의사들이 유전자 풀(gene pool)**에서 '추론 능력에 선천적인 결함이 있는 사람들'을 제거하는 데 도움을 준다고 생각했기 때문이다. 사실 그는 피시바인에게 이런 내용의 편지를 보냈다. "이 나라에게 가장 필요한 것은 사망률의 증가, 특히 포토맥 남부 사망률의 현저한 증가입니다."

---

*   어리석은 사람boob과 중산층bourgeoisie의 합성어-옮긴이
** 유성생식을 하는 생물 집단 전체의 유전 정보. 같은 유전자 풀에 속하는 개체들 간에는 자유로운 교배가 이루어지고 유전자가 교환된다.

염세적인 농담이 오고가는 속에서, 멩켄은 건강에 과도하게 집착했다. 그의 건강염려증이 시작된 시점은 혀에서 지속적으로 느껴지는 불쾌감 때문에 존스홉킨스 병원에 입원했던 1915년 8월로 거슬러 올라간다. 1920대 초반, 그의 개인 진료기록에 '질환'으로 표시된 내용이 너무 많아 거의 폭발할 지경이었다. 조지 진 네이선은 수년 간 자신에게 빗발친 멩켄의 편지에 꽃가룻병, 치질, '극심한 요통', '손상된 조직과 이물질들로 가득한 … 좌측 편도의 구멍', 위산과다, 후두염, '비강에 난 작은 뾰루지', '엄지발가락 아래에 있는 사마귀 모양의 종양' 등 '가상의 신체적 고통'이 한 번도 빠짐없이 언급되어 있었다고 주장했다. 하루에도 15~20번씩 손을 씻고 싶은 충동과 깊은 회의감으로 인해 그는 의사라는 직업에 대해 극심한 모순을 느꼈다. 멩켄의 형제인 어거스트가 말한 대로였다.

"어느 날은 악당이나 도둑이었다가, 다음 날에는 사제에 대한 카톨릭교회의 태도와 유사한 모습을 보였고……. 만약 의사가 옥상에서 뛰어내리라고 했다면 뛰었을 겁니다."

그 후 몇 년간 분비선을 두고 벌어진 치열한 전투로 인해 내면의 갈등이 최고조에 달했다.

피시바인은 《아메리칸머큐리》의 방관적인 태도에 기뻐했다. 아마추어 어원 연구가이기도 했던 그는 미국 영어에 대한 멩켄의 연구를 돕기 위해 자발적으로 의학용어의 뿌리를 추적했다.

첫 번째 답변: "친애하는 멩켄 씨, 별도의 봉투에 …… '멍청이 (moron)'에 대한 저희의 답변을 보냅니다."

피시바인은 1924년 1월에 발간된 《아메리칸머큐리》 창간호에 정골의학을 돌팔이 신앙이라 부르며, 맹렬히 비난하는 내용의 기사를 실었다. 약리학자이자 화학자인 L. M. 핫세가 이 기사에 "고환에 관한 격렬한 논쟁"이라는 이름을 붙였고, 이것은 논쟁이 여전함을 보여주는 확실한 신호였다.

1889년에 고환액으로 파리를 뒤흔들었던 전 하버드 교수 샤를 에두아르 브라운-세카르 박사의 '노년기 성애' 연구가 촉발한 분비선 연구는 그 후 몇 년간 비약적으로 발전했다. 가장 획기적인 성과는 1921년에 두 명의 캐나다 출신 과학자들이 췌장에서 분비되는 호르몬인 인슐린을 분리한 것이었다. 프레더릭 그랜트 밴팅과 존 제임스 리처드 매클라우드는 당뇨병 치료의 분수령이 된 이 발견으로 1923년에 노벨상을 수상했다. 그러나 그 성과의 탁월함(분비선이 무엇을 할 수 있는지 보라고!)이 회춘술의 대유행에 기름을 부었고, 피시바인 같은 폭로자들은 그 어느 때보다 강경한 목소리로 우위를 차지했다. 그렇다면 모든 지지자들이 돌팔이의 회춘술을 철저하게 믿었을까? 꼭 그렇지만은 않다. 한 미국인 의사는 일부 동료들이 사람들의 지갑을 회춘시키는 데 더 관심을 보인다고 말했다. 그럼에도 프랑스 릴에서 '죄수들의 갑상선을 발달지연 아이들에게 이식하는 수술'이 성공했다는 등, 숨막힐 듯한 보고들이 계속해서 들려왔다. 미국 내분비연구소 소장 윌리엄 J. A. 베일리는 뉴욕의 한 컨벤션에서 이렇게 말했다.

"우리는 내분비계에서 정신이상, 질병, 고령뿐 아니라 삶과 죽음까지 궁지에 몰아넣었습니다!"

그는 큰 소리로 외쳤다. 분비선만 약간 손보면, 건축가 스탠퍼드 화이트를 살해한 악명 높은 살인마 해리 소우도 정신질환자에서 '쓸모 있는 시민으로' 변신할 수 있었다. 반대로 형사들은 곧 분비선 분석을 이용해 범죄자들을 찾아낼 수 있다. 이 기술은 미뇽 에버하트의 추리소설에서 미스터리를 해결하는 데 쓰였다.

"이 살인에 대해 뭘 알고 있죠?" 제니가 물었다.

"이런!" 톰이 말했다. "우리가 몇 가지 확신할 수 있는 것들은 ……일단 흉선의 영향을 받았어요. 머틀 슐츠의 살인에서 감정을 완전히 배제한 잔혹함이 느껴지기 때문이에요. 뇌하수체에도 이상이 있는 것 같아요. 극도의 교활함과 대담성을 보면 알 수 있어요. 그리고 내 예상에는, 어디선가 몇 가지 기록들을 찾을 수 있을 거예요."

"기록이요?"

"그건 글쓰기 분비선이거든요. 증상이 심각해지면 엄청난 분량의 글을 써요."

그러나 만약 조이스풍*의 산문에 장래성이 있었다면, 다른 형식은 그렇지 않았을 것이다. 맨해튼에서 열린 문학 심포지엄에 참가한 사람들은 젊음을 되찾고 평균수명을 연장하는 것이 자기반성의

---

* 제임스 조이스(James Joyce)의 작품에 나타나는 독특한 개성. 조이스는 『젊은 예술가의 초상』, 『율리시스』 등으로 20세기 문학에 변혁을 일으킨 모더니즘의 선구적 작가다.

시, 특히 소네트*의 종말을 의미할 수 있다며 두려워했다(차세대 키츠는 무엇에 관해 써야 할까?).

핫세의 기사가 《아메리칸머큐리》에 실렸을 때의 분위기가 그랬다. 전문용어와 빈정거림이 어설프게 혼합된 기사는 분비선을 이용한 모든 회춘술, 특히 당시 노벨상 후보에 거론되고 있는 것으로 알려진 슈타이나흐 박사의 회춘술을 조롱하고 있었다.

불로장생의 영약이 마침내 발견되었는가? 진실을 들여다보면, 그 이론은 완전히 산산조각 날 것이다.

그러나 핫세를 비롯한 당대의 논평가들도 이런 젊음을 향한 광란의 추격이 인간 본성의 깊숙한 면에 대해 무엇을 시사하는지는 언급하지 않았다. 이러한 이론화는 프로이트 시대에 안성맞춤인 것으로 보였지만, 정신분석의 창시자는 사후에야 밝혀진 몇 가지 이유로 그 주제에 대해 침묵을 지켰다. 융은 분비선과 '뇌의 생리학적 구조'의 연관성을 연구하고 사고라는 개념을 '뇌의 분비'로 생각해보기도 했지만, 심리보다는 임상에 더 흥미를 느꼈다. 당대의 규범에 반대하는 언론조차 수술을 위해 떼 지어 몰려드는 사람들이 누구이며 그 동기가 무엇인지에 대해 놀라울 정도로 무관심했다. J. J. 토비아스처럼 눈에 띄기를 고집하는 환자들도 신문에 이름만 실리는 정도였다.

• 서정시 형식 중 하나로, 단테나 페트라르카가 완성하여 르네상스 시대에는 널리 유럽 전역에 유포되었다. 독일에서는 괴테의 작품이, 영국에서는 셰익스피어, 키츠 등의 작품이 유명하다.

그 대신 회춘술은 진부한 이야기보다 지나치게 감상적인 억측에 기초했다. 젊음의 유혹? 삶은 곧 행복이므로, 더 긴 삶은 더 큰 행복이라는 것이 공개 담론의 수준이었다. 죽음의 공포를 비롯한 여러 가지 불안감에 대해서는 언급조차 되지 않았다. 그러나 토비아스처럼 열의가 넘치는 사람에게도 말하지 못한 비밀이 있었다. 심리학자들이 굳이 말해주지 않아도(그들이 그렇게 하더라도), 장수하기를 열망하는 사람들은 행복한 사람들만이 아니란 것을 누구든 알 수 있다. 암울하고 끔찍한 삶을 경험한 사람들은 종종 죽음을 더 암울하고 끔찍한 대상으로 여긴다. 생존을 향한 갈망이 왜곡되었다는 게 아니다. 그 안에 있는 복잡함과 모순은 대중의 망상과 군중의 광기만큼 눈에 띄지 않는다는 의미다.

마찬가지로 1920년대에 군중심리학 이론을 발표한 에드워드 버네이스 등의 학자들 중에 회춘술의 대유행을 집단적 환상으로 표현한 사람은 없었다. 그러나 위대한 새뮤얼 존슨은 이미 150여 년 전에 이 역학관계를 완벽히 분석했다.

"우리는 즐거움에 대한 기대와 욕구를 가지고 같은 동기를 가진 사람들을 만나면서 어느 누구도 실망감을 먼저 인정하려 하지 않을 것이다. 우리는 서로가 즐겁다고 믿을 때까지, 다른 사람의 미소를 반영하고 돌고 도는 환희를 붙잡아 전달하려고 노력한다. 그러나 어느 순간, 모두가 기여한 사기극에 모두가 속는다. 행복이라는 허구는 모두의 혀를 통해 전파되고 모두의 눈을 통해 확고해진다. 결국 모든 사람은 실재하지 않는 즐거움을 사실이라 주장하면서, 일반적인 망상에 굴복하기로 동의한다."

이처럼 고환에 대한 논쟁은 계속되었고, 브링클리는 적어도 청취자들에게만큼은 존경받았다.

피시바인의 필명이 유진 오닐, 제임스 M. 케인 그리고 슐로글스의 술동무 셔우드 앤더슨과 함께《아메리칸머큐리》2호에 등장했다. 척추지압에 대해서도 그랬듯 정골의학에 대한 연달은 비판이담겨 있었다. 피시바인은 늘 진전을 좇는 것보다 재앙을 나열하는것에 능했지만, 그의 기사는 가치가 있었다. 멩켄에게는 성공의 척도—기사로 인해 취재 대상이 도살장에 끌려간 돼지처럼 비명을질렀는가?—가 하나 있었는데, 그 기사는 그것을 충족했다. 제1차세계대전과 그 후유증(분비선을 제외하고)으로 어리석은 사람들 사이에서조차 환멸이 유행하는 상황에서, 이러한 게릴라전은《아메리칸머큐리》를 곧 '미국인들의 정신을 위한 휴대용 술병', 1920년대를 규정하는 잡지로 만들었다. 한 신문사에서는 이렇게 표현했다.

"신여성이라면 누구든 녹색 잡지를 한 권씩은 들고 다닌다. ……《아메리칸머큐리》를 가지고 다니는 것에 놀라거나 그것을 읽다 들킨 것을 전혀 어색해하지 않아도 된다."

피시바인이 유행을 따를 것이라고 누가 예측할 수 있었을까? 그러나 여느 위대한 전사처럼 그는 대규모의 적을 만들고 있었고, 적들도 반격하기 시작했다. 1924년 6월,《피어슨스 매거진》이 그를권모술수에 능한 앞잡이로 표현하며 혹평한 것이다. 그들은 피시바인이 '자신의 교활한 펜을 매수한 학교의 치료법을 제외한 모든 치료방식'에서 돌팔이 의사를 찾는다며 비난했다. 즉, AMA는 회원을 보호하기 위해 수술과 약품을 제공하는 눈먼 업자라는 것이었다. 동시에 피시바인은 '(AMA의) 똥 무더기로부터 대중의 주의를 돌린 사람'이었다. 동기는 간단했다. 돈 때문이었다.

그들의 주장이 전부 잘못된 것은 아니었다. 토드 홀*의 토드처럼 피시바인은 쉽게 흥분했다. 긴 세월, 배신자들과 싸우던 중에 벼룩을 잡으려다 초가삼간을 태우는 일도 여러 차례 있었다. 그러나《피어슨스 매거진》의 기사는 피시바인의 목적이 돈이라고 주장하는 실수를 범했다. 물론 AMA의 다른 사람들은 경제적인 독점을 꿈꿨을지 모른다. 그러나 피시바인이 대체의학과 성스러운 전쟁을 벌였던 이유는 공중보건의 보호와 재미, 이렇게 두 가지였다. 그는 AMA의 의료 사기 전담수사국을 '재미있는 부서'라고 불렀다. 좋든 싫든, 그는 선천적으로 과격한 사람이었다.

그는《아메리칸머큐리》의 새 친구와 무척 비슷했다. 볼티모어의 현자는 동맹을 강화하기 위해 서명을 한 사진을 보냈고, 피시바인은 그것을 자신의 사무실 벽에 걸어놓았다.

언어학의 병리학자 모리스 피시바인에게, 병리학의 문헌학자 H. L. 멩켄으로부터.

* 영국 작가 케네스 그레이엄의 어린이 소설 『버드나무의 바람The Wind in the Willows』에 나오는, 주인공 두꺼비(Mr. Tod)가 사는 곳. 주인공 토드는 자기애가 강하고 사회에 대한 적대감이 있는 캐릭터다.

18

브링클리는 재즈 시대의 탁월한 독주가였다. 그는 날마다 근엄하게 똑딱거리는 괘종시계를 등진 채 작은 탁자 앞에 앉아 도금 마이크에 대고, 미국의 대초원과 그 너머를 가로지르는 신비한 예언의 목소리로 몇 시간씩 생각나는 것들을 이야기했다. 불타는 가시덤불에서 신의 목소리를 들었던 모세처럼, 매일 저녁 집집마다 온 가족이 라디오 앞에 웅크리고 앉았다.

"의사가 겨우 2달러로 여러분을 죽음으로 몰고 가게 두지 마시고 …… 브링클리 박사에게 오셔서 …… 저희의 복합수술을 받아보시고 …… 미주리 포섬포인트의 에즈라 홉킨스처럼 똑같이 여러분을 치료할 수 있습니다."

그들은 처음 듣는 마법 이야기에 행주, 연장, 가족과 친구들까지 내려놓고 황급히 밀퍼드로 달려갔다. 꾸밈없는 화법은 낯설었지만, 전략의 다양성이라는 측면에서 그의 접근법은 시라노*와 견줄만했다. 그는 시도 때도 없이 재잘거렸다. "홍관조 한 쌍이 침실 창문 바

---

* 에드몽 로스탕이 쓴 희곡 작품 속 주인공. 추남 시라노는 아름다운 록산을 남몰래 사랑하지만 록산은 미남 크리스티앙을 사랑한다. 시라노는 두 사람의 사랑을 맺어주기 위해 연애편지를 쓸 줄 모르는 크리스티앙을 대신하여 편지를 써서 보내고, 록산은 그 편지에 마음을 빼앗긴다.

로 바깥쪽에 둥지를 짓고 있었는데…… 여러분의 건강을 위해 이번 5월에 저희와 함께 해주시겠습니까?" 또 사람들을 꾸짖기도 했다.("오늘 해야 할 일을 내일로 미루다 이른 죽음을 맞이한 사람들이 무덤가를 가득 채웠습니다"). 어려운 용어를 사용하기도 했다("전립선에서 비대증, 섬유화, 경화증이 나타나지는 않는지 확인하세요. 변비가 있을 때 질환은 아닐지 의심해보셨습니까?"). 때로는 수치심을 주었다("종마와 거세한 말의 차이에 주목하세요. 전자는 곧은 자세와 아치형 목, 찰랑거리는 갈기에 마우스피스를 우물거리고 발을 구르거나 암말을 찾는 반면, 거세한 말은 비몽사몽으로 우두커니 서 있고 겁을 내며 무기력해서 …… 남성분들, 이런 일이 본인에게 일어나게 두면 안 됩니다").

브링클리는 갖은 시도를 하면서도 절대 도를 넘지는 않았다. 분비선이 노파를 사교계에 갓 데뷔한 소녀로 변신시켰다거나, 수명을 수세기 연장시킬 것이라는 등 유럽에서 흘러나오는 주장들은 좀처럼 언급하지 않았다. 브링클리의 청취자들은 대부분 악천후에 단련된 대초원의 사람들이었다. 갓 태어난 어린아이가 아니었다. 그는 지속적으로 성性에 초점을 맞추었다.

그 결과, 믿기 어렵겠지만 브링클리 박사는 여성 인권의 대변인이 되었다. 그는 당시 유일하게 기혼여성—시냇물을 찾기에 갈급한 사슴과 같은 여성—들을 옹호했던 유력 방송인이었고, 그들의 성적 욕구를 방송에서 다루었다.

"여자가 불감증이라서 발기불능인 남편에게 만족한다고 생각하지 마세요. 남편들이 집 안에서 소란을 피우고, 괴팍하게 성질이나 부리면서 흥청망청 사는 것은 모두 제대로 기능하지 못해서입니다. 수많은 기혼여성들이 저를 찾아와 말합니다. '선생님, 제 남편은 아무짝에도 쓸모가 없어요'라고요."

물론 목표 대상—남성들—을 꾀어내기 위한 방법이었지만 접근 방식이 조금 달랐다. 그는 그것으로 이득을 보는 누군가가 종종 환자를 기차에 태운다는 사실을 알고 있었다. 그럼에도 그는 많은 여성들에게 호감을 샀다. 약속대로 그의 병원을 찾아온 여성들은 모두 '수년간의 연구와 임상에 도움을 받아 자신의 클리토리스의 기능을 향상'시킬 수 있었다.

사업적인 측면에서 모든 것이 딱 맞아떨어졌다. 그러나 마지막 장애물에 부딪쳤다.

멩켄이 "어디선가 누군가는 행복할지도 모른다는 떨쳐지지 않는 두려움"이라고 정의한 청교도주의가 미국으로 들어왔고, 라디오의 출현으로 카우보이들과 흥을 깨는 사람들 사이의 케케묵은 전쟁이 다시 발발했다. 금주법이 시행되자마자 라디오 방송이 시작되었고, 라디오에서 선사하는 재미와 모험의 기적은 청교도들을 '흥을 깨는 사람들의 창고'로 곧장 돌려보냈다. 미국 정부는 주파수를 배정하면서, 고상하고 희망적인 프로그램이어야 한다고 요구했다. 그 결과 라디오에서 오케스트라가 몇 시간 내내 '화분에 심은 야자나무'처럼 활기 없는 음악을 연주했다. 초창기 NBC는 첫 번째 방송 편성표를 '역대 가장 가식적인 프로그램'으로 묘사했다. 광고의 경우, 1924년 당시 미국에서 운영 중이던 526개 라디오 방송 중

400개 이상이 받아들여지지 않았다. 라디오의 황제였던 상무장관 허버트 후버는 "광고주들 수다에 빠져 죽을 수도 있는 서비스를 허락하는 것은 상상할 수도 없다"고 단언했다. 3극 진공관을 개발하여 초창기 라디오 기술의 주춧돌을 놓은 리 디포리스트 박사는 광고에 대해 "전리층 신들의 콧구멍 안에서 나는 악취"라고 부르기도 했다. 공중으로 송출되는 광고들—누가 그들을 완전히 금지할 수 있겠는가?—은 짧고 달콤할 것으로 예상되었다.

존 로물루스 브링클리 박사는 이 모든 상황을 가만히 지켜보았다. 처음부터 그가 계획했던 미래는 세일즈였다. 한 미디어 역사학자는 "브링클리는 라디오가 가진 광고매체로서의 엄청난 가능성을 가장 먼저 예견했던 사람일 것이다"라고 말했다. 의료 사기 전문가이자 프린스턴대학 교수인 제임스 하비 영도 그 말에 동의했다. 그에게 브링클리는 도덕적으로 불쾌감을 주는 사람이었지만, '대부분의 사업가들이 눈을 뜨고도 보지 못한' 라디오 광고의 가능성을 알아본 영리한 사람이기도 했다.

그렇다고 기업 광고가 제자리를 맴돌고 있지만은 않았다. 1920년대에 새롭게 등장한 과학에 대한 숭배는 많은 것들에 영향을 주었고(네이선 레오폴드는 자신과 리처드 로엡은 '과학에 대한 흥미 때문에' 바비 프랭스를 죽였다고 말했*), 광고업도 예외는 아니었다.

---

* 레오폴드와 로엡은 시카고대학교에 재학 중이던 부유층 자제들이었다. 어느 날, 14세의 로버트 프랭크스를 유괴 및 살해하는데, 범행 동기는 완전 범죄를 수행하고자 하는 목적이었다.

상품을 사실 그대로 보여주는 '정보 제공용 문구(offering copy)'에서, 무욕의 상태에서 욕망을 이끌어내는 것을 목표로 하는 '판매용 문구(selling copy)'로 거대한 변화가 시작되었다. 현업에 종사 중인 한 간부는 이렇게 말했다. "광고에서 이성에 호소하는 것은 인류의 4퍼센트에 호소하는 것과 같다."

그것은 약간 모순적이기도 했다. 이 새로운 '과학'은 합리적 사고의 교묘한 우회로에 있었지만, 일단 우연히 발견되면 매우 명백한 사실이 되었다. 이전에는 왜 아무도 생각해내지 못했을까? 그 답은 스네이크오일 판매원에게서 찾을 수 있었다. 감정에 호소하는 전략은 공연을 다니던 돌팔이 의사들과 대규모의 강장제 제조업자들이 수십 년간 써먹었던 방법이다. 그들의 혐오스럽고 너무나 뻔뻔스러우며 강압적인 판매 방법이 미국 경제계의 새로운 본보기가 되었다.

구강세정제인 리스테린의 제조업자들은 최초로 시장을 강타한 사업가들 중 하나였다. 멸균수술의 선구자 조셉 리스터 경의 이름을 딴 강력한 약효의 이 혼합액은, 19세기 말부터 주로 의사들에게 '성병치료'나 '난소절제술 중 빈 부분을 채울 때', '체내와 체외에 모두 사용 가능한 최고의 소독제'로 고상하게 홍보되었다. 그러나 창립자의 아들 제럴드 램버트는 자신의 상품을 의사들의 진열장에서 꺼내어, 미국인들의 대뇌 피질—기억, 사고, 언어, 의식 등을 담당하는—로 가져갈 방법을 찾아냈다.

결혼을 원하는 5백만 명의 여성 여러분

오늘의 입 냄새는 어떻습니까?

이 광고가 쥐에 의한 감염질환처럼 전국에 퍼지면서 하룻밤 사이에 구취(halitosis, 무시무시한 라틴어에서 유래한 단어)는 연애 실패와 박살난 경력의 근본 원인으로 지목되었다. 리스테린의 모회사 수익이 40배나 뛰었다. 그 후부터 '고통과 마케팅'은 미국에서 가장 뜨거운 커플이 되었다. 1934년 프린터스 잉크라는 잡지는 광고캠페인을 통해 전체 혹은 일부가 창조된 신체질환의 목록을 발표했다. 목록에는 '위산과다, 무좀, 역한 체취, 달력 공포증, 커피로 인한 신경과민, 건조한 피부의 손상, 모낭염, 장 기능 약화, 땀구멍 마비, 사포 밴드, 딱딱한 두피, 발 냄새, 암내'가 포함되었다.

1920년대에 등장한 이 광고들은 얕은 사이비 과학을 이용하여 부정한 이득을 파렴치하게 편취했다. 즉, 지면 광고에 인쇄된 파렴치한이었다. 그러나 미국 산업계는 수년간 라디오라는 새로운 세계에 그 같은 접근법을 가져오는 데 실패했다. 도덕적 기준이 과열된 환경에서 그것은 감당하기 어려운 일이었다. 회사 임원실에서는 엄청난 수준의 민첩함을 요구했다. 한 번에 한 가지 혁명이면 충분했다.

남들이 발을 질질 끌며 나아갈 때에도 브링클리는 현재에 충실했다. 그는 상품을 천막과 마을 광장에서 꺼내어 전국 방송에 내보낸 최초의 인물이었다. 그렇게 그의 상품은 환각에 빠지게 하는 마케팅의 힘과 결합했고, 몇 년간 엄청난 성공을 거두었다. 1924년에는 전국에 개인과 기업을 합쳐 약750곳에서 고환 회춘술을 홍보했다.

그중 가장 강력한 신호 중 하나가 캔자스에서 흘러나왔다. 브링클리는 그곳에서 염소 고환과 함께 브링클리 연구병원의 완벽한 보건 프로그램을 홍보하여 모든 경쟁자들을 압도했다.

"저는 잠시 이곳을 벗어나 여러분을 기억 속으로 데려가려 합니다. 강기슭을 따라 핀 제비꽃처럼 삶의 길을 따라 핀 작은 기억들. 현실적인 발버둥의 열기 속에서 성가신 문제로 인해 혼란스럽고 임상실험에 의해 슬퍼질 때, 즐거운 기억을 따라가는 긴 여정에서 따온 부드러운 덩굴과 향기로운 꽃으로 꿈의 둥지를 만들고 그곳으로 날아가는 것은 평화로운……."

그가 장사만 했던 것은 아니었다. 브링클리 박사는 막간을 이용해 대본에 따라, 혹은 즉흥적으로 지난날의 서정적인 감정을 뽑아 냈다. 청취자들은 신뢰감을 주는 목소리에 안도하며 그와 함께 꿈을 꾸었다.

"과거로 거슬러 올라가 난로 불빛을 쬐며 천사가 밀어주는 낡은 요람에서 잠들면서 새로운 기분을……."

그는 잘 기억나지도 않는 소년 시절에 겪었을 법한 허구의 시럽을 마구 쏟아부었다. 그러나 대략적인 줄거리는 대체로 사실이었다. 그를 기른 것은 사람들의 따뜻한 마음이었다. 왕진 중에 쓰러져 세상을 떠난 산골 의사 아버지, 죽음의 순간 어린 넬을 침대 밖으로 밀어냈던 어머니(성경이 그녀의 도서관이었다), 성인군자 같았던 샐리 이모…….

브링클리는 청취자들을 위한 축복 기도를 한 후, 마이크를 내려놓았다. 하루에 15시간 반을 방송한다고 해도, 강장제를 홍보하는 약장수 공연만으로 청취자를 잡아둘 수는 없었다. 그는 청취자들을 붙잡기 위해 군악대의 생방송 연주, 프랑스어 강좌, 점성술사, 가스펠 사중창단, 이야기 들어주는 아가씨, 하와이의 작별 노래 등 특별한 재밌거리를 다양하게 준비했다. 컨트리 뮤직도 틀었다. 피들린 존 카슨이 애틀랜타 WSB에서 데뷔한 지 1년도 채 안 되어, 브링클리는 거액을 지불하고 엉클 밥 라킨 등 유명 바이올린 연주자를 캐스팅했다. 일명 '고독한 카우보이'라 불렸던 로이 포크너를 직접 발굴하기도 했다. 과장된 올백머리를 한 단신 포크너는 여유로운 미소를 지으며 진 오트리처럼 명랑한 목소리로 옛날 노래를 불렀다. 그는 브링클리의 소속 음악가 중 가장 유명한 가수가 되었다. 포크너와 KFKB 공연단(사파타의 색다른 음유시인, 앨버트 페뇰리오와 아코디언, 하모니 보이즈 등)은 후기 빅토리아 시대의 거대한 응접실처럼 꾸며진 스튜디오에서 공연을 했고, 청취자들을 초대해 즐거운 시간을 보내기도 했다.

"우리는 스튜디오 안에서 세계적인 연주를 구경할 수 있었어요." 염소 고환의 아버지 스티츠워스는 이렇게 회상했다. 그도 다른 농부들처럼 라디오에 의존하여 곡식과 가축에 관한 소식을 접했다.

브링클리는 서민들에게 말만 한 것이 아니라 그들을 대변해주었으며, 소도시의 자긍심을 알리기 위해 KFKB를 설립했다. 베터리형 수신기 덕에 오지에 있는 가정도 브링클리의 방송을 들을 수 있었다. 모두가 스튜디오를 떠난 한밤중에도 그는 잠들지 못한 외로운 사람들을 위로했다.

"한 농부 분께 편지를 받았습니다. 아낌없이 자신을 헌신하는 농지 경작자의 소박한 인심 덕에 대도시가 살아갈 수 있고……."

그러던 어느 날 송수신기에 화재가 발생했고, 그는 더 좋은 송수신기를 지었다.

그리고 일요일에는 다른 사람들의 말을 빌려 설교도 했다.

19

해외의 침팬지 가격이 6배나 올랐다. 어찌하여 한 마리를 구할 수 있다 해도, 광기 어린 사냥꾼과 의류 디자이너(모피에 환장하는), 분비선에 미친 사람들에 의해 멸종될지도 모른다는 두려움이 커지고 있었다. 프랑스 석학으로 잘 알려진 모리스 르봉 박사는 즉시 조치를 취하지 않으면, 이 유례없는 회춘술이 비극적인 문젯거리가 될지도 모른다고 단언했다.

이러한 재앙을 예방하기 위해 세르주 보로노프는 프랑스령 서아프리카에 있는 '파스퇴르연구소의 원숭이 긴급구호 농장'에 10만 프랑을 기부했다. 또 이탈리아 리비에라에 있는 자신의 호화 저택 아래쪽 산비탈에 침팬지 번식센터를 설립했다. 그는 보드카(보로노프 가문이 가진 부의 원천) 한 잔을 들고 해질녘 창가에 서서, 아래쪽 숲에서 울려 퍼지는 영장류들의 노래를 감상했다. 어떤 사람들은 그가 성공한 뒤 기고만장해졌다고 말했지만, 만약 그렇다 하더라도 무슨 상관인가? 1922년 10월, 보로노프는 파리에 있는 프랑스 의학 아카데미에서 연설하다 야유를 받고 무대에서 내려왔다. 그는 브리태니커 백과사전에 회춘술을 등록하기 위해 편지를 쓰고 있었다. 어디에 가든 야유가 쏟아졌지만, 그는 젊은 미국인 아내와 온천과 카지노, 고급 호텔 등 유럽 곳곳을 유랑하며 더 많은 고객들을 끌어모았다. 자선을 목적으로 하는 것을 제외하고, 최저 요금은 5천 달러였다. 그는 이식수술 전에 침팬지 고환을 비단에 쌌다.

그는 여전히 여러 도전 과제에 직면해야 했다. 그중 가장 골칫거리는 침팬지의 높은 활력 수준이었다. 보로노프는 이렇게 적었다.

침팬지를 의식이 있는 상태로 수술대에 눕히는 것은 불가능하다. 평소에 온순하던 침팬지들도 사지를 결박하려고만 하면 필사적으로 싸운다. 침팬지들은 경계심이 매우 강해서 마취시키려면 전략을 세워야 한다.

여기서 말하는 전략이란 잠수함의 공기 차단시스템에서 착안하여 직접 고안한 이중 철제 우리를 의미했다.

평범한 철제 우리에 연결된 짧은 통로를 지나면 '마취제 박스'가 나온다. 그러나 시간이 절대적으로 중요하다. 일단 가스로 마취시키고 나면, 침팬지가 자신을 제어하는 사람들의 손을 물 수 있을 정도로 충분히 회복하기 전에 …… 우리에서 꺼내어 수술대로 옮겨야 한다.

보로노프는 침팬지 고환을 남성에게 이식하는 수술은 물론, 침팬지 난소를 여성에게 이식하는 수술(스티츠워스 부인처럼)도 시작했다. 반대로 여성의 난소를 침팬지에게 이식하는 수술도 한 차례 진행했다. 그러고 나서 난소를 이식받은 침팬지 노라에게 인간의 정자를 수정시켰다(이 실험의 유일한 결과물인 펠리시앙 샹소르의 소설 『노라, 여자로 변한 원숭이(Nora, la guenon devenue femme)』는 폴리 베르제르를 배경으로 한 젊은 여성의 모험을 그렸다). 보로노프는 경마의 세계에도 과감히 뛰어들었다. 1923년 12월, 왕년에 잘나가던 경주

마 아얄라에게 말 고환을 이식하여 회춘시키려 했지만, 아얄라가 마취 상태로 몸부림치다 사망하면서 그의 시도는 실패하고 말았다. 그는 얼마 지나지 않아 두 번째 수술을 감행했고, 더 좋은 결과를 얻었다고 했다.

말의 상태는 매우 양호하며 몇 주 안에 경주 훈련에 다시 투입될 것이다.

그 과정에서 《사이언티픽 아메리칸》이 그의 성과에 찬사를 보냈고, 몇 사람의 추천서가 언론에 등장했다. 영국에서 온 고령의 고객, 아서 에벌린 리아뎃은 기자들을 초대하여 한껏 힘을 준 팔팔한 이두근을 보여주며 말했다.

"보로노프 말로는 나이 드는 게 느껴지면 다시 수술할 거랍니다. 세 번 정도 할 수 있대요. 그러면 150살까지 살 거예요."

보로노프에게 리아뎃이 있었다면, 경쟁자인 슈타이나흐 박사에게는 그만의 행복한 영국인이 있었다. 런던의 사업가였던 알프레드 윌슨은 슈타이나흐에게 최초로 정관절제술을 받은 후, 20년은 젊어진 것 같다며 무척 기뻐했고, 자신의 변화에 대해 강연하기 위해 로열 앨버트 홀을 예약했다. 강연 전날, 윌슨은 흉통을 느꼈다. 타잔처럼 가슴을 두드리는 버릇 때문에 생긴 재밌는 증상으로만 여기던 그는 얼마 후 심정지로 사망했다.

그러나 환상이 빈 방을 먼저 차지했기에 진실을 밝힐 방법은 없었다. 슈타이나흐와 그의 '정관결찰술'이라는 돌파구는 빈의 자랑이었다. 보로노프의 이식수술과 비교하면, 그의 주장은 그나마 덜 선정성이었다.

"우리는 …… 쭈그렁 할머니를 촐싹대는 아가씨로 변신시키는 희가극을 공연할 수는 없지만……," 그는 경고했다. "특정 경우에 적용 범위를 늘려 …… 경솔함을 범하지 않는다면, 환자에게 젊음의 환희를 되찾아줄 수도 있다." 그는 노화를 "역전시킬 수 있다"고 단언했다.

지그문트 프로이트도 1923년 11월에 '슈타이나흐화' 되었다. 구 강암과 싸우던 67세의 프로이트는 수술을 통해 적어도 암의 전이를 막고 기력을 회복할 수 있기를 바랐다. 수술 효과가 있었는지의 여부는 그 후로 줄곧 논란의 대상이었다. 수십 년 후, 슈타이나흐의 동료였던 해리 벤저민 박사는 이렇게 주장했다.

"프로이트는 수술에 매우 만족해했다. 건강과 활력이 향상되었고 턱에 있는 악성종양에도 긍정적인 영향을 미쳤다고 생각했다. '내가 살아있는 동안에는 그것에 대해 말하지 말아주게.' 그는 세상을 떠날 무렵, 내게 이렇게 말했다."

그러나 어떤 사람들은 위대한 프로이트가 수술을 쓸모없게 여겼다고 말했다.

어느 쪽이었든 프로이트는 침묵을 지켰다. 슈타이나흐는 거트루드 애서튼의 저서 『검은 황소(Black Oxen)』로 유명인사가 되었다. 이 책은 1923년 미국에서 가장 많은 인기를 끌었던 소설이었다. 아니타 루스의 『신사는 금발을 좋아해』보다도 더 많이 팔렸다. 애서튼의 이야기는 실제로 여성을 대상으로 했던 슈타이나흐의 회춘술을 중심 소재로 다루었다. 이 소설에서 젊은 메리 오그던은 미국을 떠나 오스트리아로 향한다. 수십 년 후, 젊고 미스터리한 마담 자티아니가 유럽에서 찾아와 자신의 정체를 드러내면서 뉴욕 사회를 충격에 몰아넣는다. 그렇다. 메리 오그던은 슈타이나흐 박사의 도움으로 난소에 방사선을 쬐고 젊음을 되찾았다. 클레버링이라는 기자는 그녀와 사랑에 빠진 후, 형이상학의 숲에서 길을 잃은 자신을 발견한다.

역사상 가장 위대한 발견일 수도 있지만 …… 젊은 사람들은 받아들이기 어려울 것이다. 진짜 젊음과 역전된 노화 사이의 적대감 앞에서 노사 간의 증오는 사소한 문제로 치부될 것이다. 인구 과잉의 위협—남성의 구조적인 능력이 회복되면서 수명도 연장되었다—으로 인해 입법자들은 우생학, 산아제한, 부적합한 사람들에 대한 불임시술 그리고 바람직하지 않은 인종의 추방 등이 긴급히 필요하다고 판단했다.

『검은 황소』의 저자 애서튼(그녀는 자발적으로 난소 방사선치료를 8차례나 받았다)은 대규모 회춘술에 대한 두려움이 싹트고 많은 사람들이 공포에 떠는 등의 몇 가지 중대한 문제를 정확히 지적했다. 특수한 번식 기법을 통해 동식물을 개선한다는 개념의 우생학은 이미 과학계의 뜨거운 이슈였고, 존 스콥스가 진화를 가르치기 위해 사용했던 교제를 포함해 여러 전공서적에서 발견되었다. 우생학 관련 협회들은 축제에서 흔히 볼 수 있는 '예쁜 아기'와 '건강한 가족' 선발대회를 지원했다. 그것은 우생학의 행복한 얼굴이었지만, 우생학의 지지자들은 버지니아의 순수 인종법(모리스 피시바인이 멩켄을 위한 기사에서 조롱했던) 같은 제정법의 '견인차'이기도 했다. 분비선 이식이 혼혈인들에게 소개될 가능성이 대두되자 전체주의자*들은 경계 태세에 돌입했다. 회춘술은 누구에게 허락되어야 하는가? 지적장애인은 절대 안 되고, 정신질환자나 범죄자, '나쁜 유전자'를 가진 사람도 안 된다. 그러고 보니 대부분의 '정상적인' 사람들도 마찬가지였다. 우생학 협회에 따르면, 미국 어린이의 단 4퍼센트에 해당하는 "우수한 인간들만이 창의적인 일을 하고 리더십을 발휘할 수 있을 것이다." 완벽의 대가는 끊임없는 경계였고, 그렇게 하지 않으면 세상은 멍청이와 도리안 그레이**로 가득찰 것이 뻔했다.

기업들도 대규모 회춘술이 초래할지 모를 미래를 앞다투어 준비하고 있었다. 특히 보험회사들은 회춘술의 위협으로 보험통계표가 무의미해질까 봐 어쩔 줄 몰라 했다. 1923년에 작가이자 분비선 옹호론자인 조지 F. 코너스는 뉴욕시티 보험사들의 모임에서 분비선 과학의 잠재적 영향을 보고했고 생명보험, 상해조항 등에 대해 매

---

* 개인의 모든 활동은 민족과 국가와 같은 전체의 존립과 발전을 위해서만 존재한다는 이념 아래 개인의 자유를 억압하는 사상. (예: 이탈리아 파시즘, 독일의 나치즘)

** 오스카 와일드 소설 『도리안 그레이의 초상』에 나오는 주인공. 아름다운 외모의 순수청년 도리안 그레이는 친구 바질이 선물한 아름다운 초상화 속 자신의 모습에 반해, 자신의 영혼과 초상화를 맞바꾸며 영원한 아름다움을 가지게 된다.

우 활발하게 논의했다. 노인, 은퇴자 등을 위한 조항이 상당부분 수정될 예정이었지만, 어떤 부분이 수정될지는 확실치 않았다. 다들 고민에 빠진 사이, 유럽의 한 보험회사가 은퇴 후 원숭이 고환 이식 수술을 받은 사업가에게 더는 노령이라 볼 수 없다며 노령연금 지급을 거절했다. 편지 내용은 이랬다.

"지난 가을 귀하께서 보로노프 박사의 수술을 받은 후, 저희와 계약했던 시점보다 젊어졌다는 사실을 확인했습니다. 이것은 매우 중요한 변화이므로 계약 취소가 불가피한 것으로 보입니다."

보험계약자는 소송을 제기했다.

수개월간 맥스 토렉 박사는 옥상에서 열심히 동물실험을 했다. 그러나 다른 사람들이 신나게 연구결과를 발표하는 동안, 어쩐 일인지 그의 고환실험은 모두 실패로 돌아갔다.

어느 일요일 아침, 옥상을 탈출한 침팬지 몇 마리가 근처 호수의 성모마리아 성당에 모여들었다. 토렉은 급히 현장으로 달려갔다. 훗날 그는 이렇게 적었다.

"다음해에 스콥스 재판*이 벌어지기 전까지 그것은 원숭이와 미국인의 기독교 신앙 사이에서 벌어진 가장 극적인 충돌이었다. 적어도 데니슨 신부와 입을 다물지 못했던 신자들에게는 그랬다. 그들은 그 후로도 줄곧 불쾌해하며 그 이유를 궁금해했다. 왜 그랬을

---

* 테네시주의 과학교사 존 스콥스가 공립학교에서 진화론을 가르쳐 유죄판결을 받았던 사건-옮긴이

까? 나는 모든 종교를 지나칠 정도로 존중했으므로 원숭이들의 행동을 기록으로 남기는 것은 신성모독이라고 생각했다. 라블레나 볼테르, 스위프트를 잇는 작가들이 그 사건에 달려들어 고전 풍자서에 새로운 장을 추가했다고 말하는 것으로 충분하다. 나로서는 거기까지가 최선이었다."

❧ **20** ❧

1925년 여름, H. L. 멩켄은 다윈설 신봉자들과 기독교 근본주의자들이 극심히 대립 중이던 스콥스 재판을 취재하기 위해 테네시 데이턴으로 향했다. 작은 마을학교의 교사였던 존 스콥스는 아이들에게 진화론을 가르쳤다는 이유로 피소되어 피고석에 선, 또 다른 갈릴레오였다. 시카고의 유명 변호사였던 클래런스 대로우가 스콥스를 변호했고, 세 차례나 대통령 후보에 올랐던 윌리엄 제닝스 브라이언이 구시대의 광신도들을 변호했다. 멩켄에게 이 재판은 무지의 대향연이었고, 마을은 원숭이들의 황무지였다.

그즈음 멩켄은 피시바인과 함께 신앙 치료사에 대한 폭로기사를 썼고, 재판과 재판 사이에 이 전단을 피시바인에게 보냈다.

온다! 온다!

테네시 데이턴으로

이단자 스콥스의 재판이 열리는 동안

법학박사이자 신학박사인 엘머 처브

근본주의자이며 기적을 행하는 자

광장에 기적이 행해진다!

처브 박사는 독사, 전갈, 독도마뱀 등의 파충류에게 물리기를
자처할 것이다. 또 어떤 독이 주어지든 마실 것이다.

마가복음 16장에 쓰인 대로,
우리의 구세주 예수 그리스도의 말씀을 입증할 것이다.

"믿는 자들에게는 이러한 표적이 따르리니
곧 그들이 내 이름으로 귀신을 쫓아내고, 새 방언을 말하며
뱀을 집어올리며, 무슨 독을 마실지라도 해를 받지 아니하며
병든 사람에게 손을 얹은즉 나으리라"

대중 앞에서 치유, 퇴마, 예언을 시연하고
또 아람어, 히브리어, 그리스어, 라틴어, 콥트어, 이집트어
그리고 사라진 에트루리아어와 히타이트어로 설교할 것이다.

추천글: 한 가지만 빼고는 모두 좋았다. 나는 처브 박사가
청산가리를 마시는 것을 두 눈으로 직접 보아야 했다.
-윌리엄 제닝스 브라이언, 기독교도 정치인

처브 박사는 그저 하느님의 말씀을 믿으며
하느님의 권능이 따르는 자다.
-J. 프랭크 노리스 목사

처브 박사가 악마에게 사로잡혀 있던

나를 구해주었다. 주께 영광을.

–마그달레나 레이백, 미시건 던컨 그로브, RFD 3

하느님께서 주신 영감의 주문을 외우면서

처브 박사는 콥트어를 모국어처럼 유창하게 구사한다.

에트루리아어에 관해서는 뭐라고 판단할 수 없다.

–에디슨 블레익슬리, 인디애나 벨파레이소대학의 고대어 교수

처브는 사기꾼이다. 30초 안에 황천으로 보내줄

청산가리를 내가 직접 제조해줄 수 있다.

–H. L. 멩켄

특별 공지:

처브 박사는 죽은 자를 되살릴 수 있다고 주장한 적이 없다.

성서는 오직 구세주와 12사도에게만

그러한 능력이 있음을 보여준다.

반진화론법의 집행을 지지하는 자유 헌금.

이것은 우스갯거리로 만든 것이었다. 멩켄과 에드거 리 매스터스

(슐로글스 패거리 중 한 사람으로 『스푼 리버 선집Spoon River Anthology』으로 유명한)가 함께 작성했다. 멩켄은 한 소년을 고용하여 전단 복사본 1,000장을 마을 곳곳에 돌리고 반응을 기다렸다. 그러나 아무 일도 일어나지 않았다. 마을에는 이미 진짜들이 득실거렸다.

한편, 피시바인은 아내 애나와 세 자녀를 데리고 블랙스톤가의 한 저택으로 이사했다. 프랭크 로이드 라이트가 디자인한 이 저택에는 우아한 침실이 8개나 있었고, 창문 모양이 모두 달랐으며, 일부 창문에서는 미시건호의 풍광이 내려다보였다. 의학계의 무솔리니, 미다스, 의약품계의 뒤마(그의 적들은 듣기 좋은 별명에 결코 싫증 내지 않았다)가 업계의 전쟁에서 승리를 거두는 동안, 피시바인은 가정의 평화에 집중했다. 그렇다고 느긋하게 쉬었던 것은 아니다. 그는 늘 그랬듯 갑작스럽게 아빠 노릇에 뛰어들었다. 기사가 딸린 캐딜락 뒷좌석에서 딸 마조리에게 주사위 놀이를 가르쳤고, 마조리의 소원대로 집시 로즈 리의 공연도 보러갔다.

"우리는 잭 뎀프시의 권투경기를 봤어요." 피시바인의 또 다른 딸 바바라가 회상했다. "또 소방차 소리가 들릴 때마다 아빠와 함께 달렸어요."

새집으로 이사하는 동시에 피시바인은 《JAMA》의 편집장으로 승진했다. 오래전부터 준비해왔던 일이었다. 그는 상근 비서 두 명과 함께 일을 시작했고, 곧 이어 세 번째 비서를 고용했다. 그는 빠른 시일 내에 AMA의 전지전능한 존재로 이미지를 굳혔다. 누군가는 '미국 의학협회'를 '미국 피시바인협회'라고 잘못 부르기도 했다. 그는 엄청난 속도로 주당 15,000 단어를 찍어내며 책과 기사를 쏟아냄으로써, 2류 기관지였던《JAMA》를 사회정책에 맞서는 강경한 목소리로 바꿔놓았다. 또 끊임없이 출장을 다녔으며(한 기자는 피시바인이 "비행기를 너무 많이 타다보니 일반 의자에 앉을 때에도 가끔 안전벨트를 찾았다"고 주장했다), 연간 130회 정도 연설을 했다. 영감을 주는 연설가, 아니면 지칠 줄 모르는 수다쟁이? 합리적인 사람들은 동의하지 않을 수도 있다. 하지만 어떤 주제에 대해서도 의견을 통일하지 못하는 10만 명 의사들의 대변인으로서, 그는 정치인이 아닌 자연의 힘에 의해 성공했다고 여겨졌다.

그는 미국인이든 유럽인이든 상관없이 '청춘의 샘'의 존재를 주장하는 모든 사람들을 멸시했다.

"브링클리와 다른 돌팔이들이 광고하는 인공 회춘술 같은 것은 없습니다." 그는 말했다. "…나이든 남성들이 지갑을 여는 것은 어리석음의 극치이고 …… 자연을 이기려는 것입니다."

그는 '슈타이나흐의 기적'에 대해, 정관절제술은 그 오스트리아인이 나타나기 전부터 시행되어 왔으며 "정관절제술을 수백 차례 진행한 꼼꼼한 외과의들 중 어느 누구도 …… 청년 특유의 활력을 회복했다고 보고하지 않았다"고 지적했다. 대부분의 과학자들과 편집자들은 이 문제에 대해 최소한의 존중을 보였지만, 피시바인은 회춘술을 지지하는《JAMA》에 기사를 게재하기를 거절했다.

그는 짬을 내어 멩켄을 계속 도와주었다. 협업을 지속하려면 불행히도 종종 볼티모어로 순례를 떠나야 했고, 그로 인해 늘 죄를 지어야 했다.

알코올을 '기쁨의 아버지와 어머니'라고 부르기를 좋아했던 멩켄은 금주령을 피해 거의 알 카포네* 규모로 밀주를 거래했다. 그는 일단 차를 팔아 '당장 구할 수 있는 가장 좋은 와인과 주류'를 잔뜩 사들여 지하 보관실에 넣은 후, 입구에 해골을 그려넣고 염소가스에 대한 경고 문구를 써놓았다. 또 차량용 장갑을 착용하고 '무시무시한 폭발'을 수반하는 맥주 제조실험도 진행했다. 나름대로 술꾼이었던 피시바인도 따라잡기 힘든 수준이었다. 멩켄은 피시바인이 마을을 방문할 때마다 그를 클럽으로 데려갔다.

"독일 소규모 밴드의 공연은 평생 잊을 수 없을 거야." 1925년 1월에 피시바인이 멩켄에게 보낸 편지 내용이다. "일요일에 눈 아래에 보라색 멍자국이 발견되었고 오후에는 각막에 혈반이 나타나기 시작했네." 그는 정중하게 덧붙였다. "나는 이게 바카디 때문은 아니라고 확신해." 그러나 다음 방문 후에는 "표범처럼 멍투성이가 되어 시카고로 돌아갔다"고 멩켄에게 알렸다. 그 증상은 볼티모어에 있는 그 이탈리아인의 집에서 마신 술 때문인 것으로 보인다. 그는 한동안 볼티모어를 방문하지 않았다.

두 사람은 친구였을까? 그렇다. 그러나 두 사람의 친분 정도는 보는 사람에 따라 달랐을 것이다. 멩켄의 마음은 더욱 복잡했다. 유대인들에 대한 멩켄의 태도에 대한 증언은 증거와 모순된다. 그러나 피시바인에 대한 시각은, 멩켄이 그를 알게 된 지 20여 년 후에 쓴

* 미국에서 활동하던 이탈리아계 마피아. 그는 캐나다에 연락망을 갖춰 술을 밀수하는 거대한 루트를 만들었다.

일기의 도입부에 일부 나타난다.

피시바인의 이면에는 영리한 유대인이 있으며, 나는 그가 미국 의학계에 매우 가치 있는 공헌을 했다고 믿고 싶다.

21

스콥스 재판이 열리던 여름, 브링클리 부부는 이탈리아로 떠났다.
두 사람은 밀라노에서 즐거운 시간을 보낸 후, 크리스토퍼 콜럼버
스의 모교인 파비아대학이 있는 고대 학술도시를 찾아 며칠 동안
남부를 여행했다.

학위 문제가 불거지고 나서 자격을 강화하는 데 열중하던 브링클
리는 명예학위를 받을 수 있는 곳을 찾아 유럽으로 갔다. 더블린은
그의 제안을 거절했다. 런던과 글래스고도 마찬가지였다. 그러나
매력적인 시골마을의 관계자들은 브링클리에 대해 아는 바가 거의
없었다. 점잖은 허식과 노련한 아부, 기부금 제안까지 그의 모든 행
동이 파비아 의과대학의 순진한 원로들을 감동시켰다. 브링클리는
원로들에게 바르돌리노, 바롤로, 파이퍼 하이직 샴페인과 더불어
여제의 콘소메 프라페, 뚤루즈풍 볼로방, 플랑 드 레귱 휘낭시에, 나
폴리풍 아이스크림을 대접했고…… 심지어 오케스트라를 데려와
멘델스존, 푸치니, 어빙 벌린의 아름다운 음악을 연주하게 했다. 그
렇게 그는 명예학위를 얻어냈다.

미국의 소식을 주시하던 중에 유독 한 가지 이야기가 브링클리의
상상력에 불을 지폈다. 그는 집으로 돌아가는 길에 스콥스 재판에
서 얻은 교훈을 가지고 새로운 사업을 계획했다.

어쨌든 기독교가 다시 신문 1면으로 돌아왔다. 1925~1926년에 미국에서 가장 잘 팔렸던 논픽션은 브루스 바튼의『아무도 모르는 남자: 참 예수의 발견(The Man Nobody Knows: A Discovery of Jesus)』이었다. 이 책의 전제—분명 지금처럼 상업적이었을—는 예수가 최초의 위대한 경영인이었다는 것이다. '밑바닥에 있던 12명을 골라 조직을 만들고 세계를 제패'했기 때문이다. 예수는 뛰어난 서비스 제공자였을 뿐 아니라, 당대 '가장 위대한 광고 전문가'였다.

"예수가 말한 비유 중 무작위로 하나만 선택하라. 그게 무엇이든 광고학 전공서에 쓰인 모든 원리의 좋은 예임을 알게 될 것이고 ……. 무엇보다 좋은 광고라면 반드시 갖춰야 할 함축성을 기가 막히게 갖추고 있어……. 예수가 언급한 모든 문장에서 진실성이 태양처럼 반짝이며……. 마지막으로 예수는 반복의 필요성을 알았고 그것을 실행했다."

언젠가 브링클리는 자신과 하느님의 아들 사이에서 공통점을 발견했다(그는 바튼의 책을 읽고 "마치 내 인생과 같다"는 논평을 남겼다). 그러나 스콥스 재판은 적어도 공적인 부분에서 그에게 많은 영향을 주었다. 그해 가을, 브링클리는 라디오를 통해 그 이야기를 퍼트렸고, 어느 때보다 자유롭게 황홀감을 공유했다. 그의 자체적인 재발견은《뉴욕 이브닝 저널》의 과도하게 미화된 기사에서 활짝 꽃을 피웠다.

근본주의 설교 – 염소 고환 과학의 실천

한 유명 외과의사가 오래된 종교와 최신식 수술을
낯선 의료 복음의 농장으로 조합하는 방법

전 세계에서 가장 희귀한 과학자이자 근본주의자,
캔자스 밀퍼드의 존 R. 브링클리를 만나보세요.

  제1차 세계대전 동안 '연합국 해외파견군 수의사'로서 진행했던
'대담한 실험들'부터, 파비아대학에서 나폴레옹과 미켈란젤로에
이어 세 번째로 명예학위를 받은 사실까지, 브링클리가 직접 밝힌
영웅적인 경력이 간략하게 뒤따랐다.

  미국에서, 기사는 이렇게 이어졌다. 브링클리는 고향 테네시주에
서 태동하고 있던 폭풍을 발견했다. 그 유명한 스콥스 재판이 부화
를 앞두고 있었다. 자칭 테네시 사람인 이 과학자는 고향으로 돌아
와, 사랑하는 종교에 과학의 손길이 닿지 않게 하려는 산사람들의
노력을 목격하고 이에 공감했다. 유년에 경험한 종교의 정신적 울
림이 내면에 감춰져 있다가 독실한 열정의 불꽃으로 깨어났을 수 있
다. 어쩌면 고인이 된 윌리엄 제닝스 브라이언의 뜨거운 연설이 그
의 가슴을 두드렸는지도 모른다. 이유가 무엇이었든 브링클리는 근
본주의를 향해 두 팔을 벌렸다. 그는 활동 영역을 광활한 밀퍼드 땅
에서 전도 집회의 장으로 바꾸었고……, 이렇게 영혼을 구원하는 일
과 신체를 치유하는 일은 지구상에서 가장 뛰어난 과학자이자 굳건
한 '신자'인 그의 예리한 눈 아래에서 손을 맞잡았다.

미니의 말을 인용하면, 그들의 야외공연장은 "도덕적이고 종교적인 그림을 전시하여 (사람들로 하여금) 역사상 가장 위대한 자를 떠올리게 한다."

그곳에는 수많은 그림이 있었다.

찰스 드레이퍼 박사의 복음 설교,

진화론을 믿지 않는 브링클리 연구소 소속 목사,

캔자스 밀퍼드의 운동장에서 열리는 어린이 주일학교는

브링클리 박사의 분비선 병원 활동의 인접성에도 불구하고

엄격한 근본주의를 가르친다.

최초의 '염소 고환 아기' 빌리를 안고 있는 브링클리

새로운 체제 아래에서 지냈던 밀퍼드의 두 번째 '염소 고환 아기' 찰스 다윈 멜린저가 얼마나 어렸는지에 대한 기록은 없다. 어쨌든 고급 전략을 펼친 결과, 브링클리의 우편함은 매일 3천 통의 편지로 가득 찼다.

아이오와 카운슬 블러프스의 앤디 화이트벡은 수천 명의 KFKB 청취자 중 한 사람이었다. 브링클리의 숭고한 노력이 그의 가슴을 휘저었다. 화이트벡 부부는 브링클리의 4단계 복합 고환수술을 간절히 기다렸지만, 하루하루를 근근이 연명할 정도로 어려운 형편이

었다. 돈이 될만한 재산은 집뿐이었다. 기도에 대한 응답을 받기 위해 부부는 집을 담보로 대출받아 브링클리의 병원을 방문했다.

그곳에서 화이트벡은 네브래스카주의 농부 조셉 프리츠를 만났다.

"앤디가 그것에 관해 모든 걸 말해줬어요." 프리츠는 수년 전 일을 기억했다. "앤디와 그의 아내는 여러 차례 상의하여, 브링클리가 괜찮은 기독교인이며 매주 일요일 라디오를 통해 훌륭한 설교를 한다는 데에 동의했어요. 앤디의 어려운 사정을 전해들은 브링클리가 집을 담보로 550달러를 대출받는 방법을 알려주고, 그 가격으로 수술을 해주겠다고 약속했습니다. 어쩌면 성경에 나오는 선한 사마리아인처럼 무료로 해줄 수도 있다며 이렇게 말했대요. '집에 가서 그 돈을 아내에게 돌려주고 집을 담보로 빌렸던 대출금을 갚으세요. 두 분에게 신의 축복이 있기를 바랍니다.'

하지만 브링클리는 그런 종류의 기독교인이 아니었어요. 앤디가 550달러를 빌려서 병원을 찾아갔지만 브링클리는 그를 만나주지도 않았습니다. 750달러를 내지 않으면 수술도 못 받고 집으로 돌아가야 할 판이었죠. 앤디가 거기에 서서 아이처럼 우는 모습을 보니 그렇게 안쓰러울 수가 없었습니다. 앤디는 수술을 너무나 간절히 원했지만 어쩔 수 없이 집으로 돌아가려고 했어요."

그때 미니 브링클리(자신은 병원에서 상담과 수납과 친절을 담당했다고 즐겨 설명했던)가 나섰다.

"(브링클리 부인은) 앤디에게 200달러만 더 내면 된다고 말했습니다. 그 사람들은 앤디의 두려움을 이용했고, 염소 고환만이 자신을 살리고 젊음과 힘을 되찾아줄 거라고 생각하게 만들었어요. 어디서 돈을 구해야 할지 몰랐던 앤디는 눈물을 글썽이며 200달러를 외상으로 처리해주면 버는 대로 조금씩 갚겠다고 브링클리에게 간청했습니다."

그러나 브링클리는 이를 거절했다.

프리츠가 말했다. "브링클리 부인이 앤디의 직장에 편지를 보냈고, 200달러를 다 갚을 때까지 앤디의 급여를 매주 보내주겠다는 서면동의서를 받아내고 나서야 수술을 해줬어요. 앤디는 담보 잡힌 집으로 돌아가 수개월간 급여를 차압당해야 했습니다."

그리고 수술은 별 효과가 없었다고 덧붙였다. 화이트벡은 프리츠에게 이런 내용의 편지를 보냈다.

"수술을 받은 후 증상이 더욱 악화되었고 …… 브링클리는 자신의 주머니만 불렸습니다."

프리츠는 살아나온 것만으로 다행이라고 느꼈다.

불행히도 홍보기술이 좋아질수록 부적절한 사람들에게 더 쉽게 닿았다. 브링클리의 옛 스승이자 오랜 숙적인 맥스 토렉 박사는 파비아대학의 명예학위에 대해 읽고, 몹시 분개하며 대학 측에 항의 전보를 보냈다. 그 후 피시바인도 항의에 동참했고, 두 사람은 이탈리아 정부와 파비아대학의 명예학위 수여를 맹비난했다. 결국 명예학위는 베니토 무솔리니에 의해 취소되었다.

그러나 브링클리는 평생 그 학위가 유효하다고 주장했다.

22

유진 뎁스가 샌드버그를 만나고 요양원으로 돌아가다 길거리에서 쓰러졌다. 한 시간도 채 지나지 않아 모리스 피시바인의 전화기가 울렸다. 피시바인은 4년 넘게 두문불출했던 뎁스가 응급상황 발생 시 자신에게 치료를 맡겨달라는 말을 남겼다는 사실에 무척 놀랐다.

그는 현업 의사가 아니었기 때문에 다른 의사 두 명을 뎁스에게 데려갔다. 그러나 '위대한 사회주의자'는 이미 위독한 상태였다.

"뎁스는 …… 분명 영양실조로 인한 피해자였다." 피시바인은 훗날 이렇게 적었다. "그 실험 대상은 병상에 누워 가까스로 호흡을 이어갔고……. 자연요법 요양원의 치료사들은 이런 상황에서 투열요법과 전기 열치료를 시도했다. 의식불명이었지만 전극 부착부위에 화상 자국이 생긴 것으로 볼 때 무척 고통스러웠을 것이다."

몇 번의 시도가 실패하자, 치료사들은 물에 녹인 선인장(오래된 전기치료약)과 강심제를 차례로 주사했고, 소량으로 시작하여 갈수록 더 많은 양을 투여했다. 몇 시간 후 뎁스는 사망했다.

1926년 10월의 그 밤, 피시바인은 분노로 끓어올랐다. 1925년에 그는 수많은 사기와 유행, 착각을 항목별로 정리한 『의학적 무지(Medical Follies)』를 출간했었다. 그리고 2년 후에 돌팔이 의료의 목록을 새롭게 정리한 『새로운 의학적 무지』를 써냈다. 《뉴욕 타임스》

는 "피시바인은 돌팔이 의사들을 여러 각도에서 찌르고 깎아내리거나 깔끔하게 침을 뱉고 분노의 불에서 굽는다"고 표현했다.

그중에는 린드라처럼 근거 없는 식단 관리에 몰두하는 사람들과 극단적 감량주의자들도 있었다.

당시는 회춘술에도 중요한 시기였다. 보로노프와 슈타이나흐의 연구가 다시 갈기갈기 찢기고 짓밟혔다. 피시바인은 그들이 부패했을 뿐 아니라 무지몽매하다고 표현했다. 늘 하등한 존재로 여겼던 브링클리는 언급조차 하지 않았다. 그리고 몇 개월이 지난 1928년 1월, 피시바인은 처음으로 '인류의 버뱅크'를 겨냥했다.

"존 R. 브링클리 ─ 돌팔이 의사, 염소 고환 이식술의 상업적인 가능성"이라는 명확한 제목으로 《JAMA》에 실린 이 기사는 염소를 이용한 돈벌이에 대해 상세히 보도했다. 후속기사들도 잇달아 터졌다. 피시바인은 '재미있는 부서'라고 표현했던 AMA 수사국의 자원을 이용해서 브링클리가 전기치료 때문에 감옥을 수시로 드나들던 시절의 이야기를 밝혀냈고, 그 내용을 최초로 대중에게 공개했다.

아니, 적어도 일부 대중에게는 공개되었다. 일리노이주의 한 의사는 기사를 읽고 피시바인에게 이러한 편지를 보냈다.

"문제는 그 사실을 이미 알고 있는 우리(의학박사들)는 기사를 읽지만, 정작 경고가 필요한 가난한 사람들은 《JAMA》를 구독하지 않는다는 것입니다."

그 점을 잘 인지하고 있었던 피시바인은 폭로기사를 재인쇄하여 수천 명에게 무료 배포하는 흔치 않은 행보를 이어갔다. 그러나 그때까지도 그의 행동은 바람에 대고 고함을 치는 것에 불과했다. '미디어'가 막 등장하고 대도시들도 아직 작은 마을이었던 1920년대에 군중의 분노를 일으키는 것은 시시푸스의 과업*과도 같았다. 이러한 편협한 환경 속에서 사기꾼들은 많은 이득을 얻었다. 매사추세츠주에서 자칭 과학수사의 권위자였던 A. J. 해밀턴은 사코와 반제티 재판 중에 총을 바꿔치기 하려다 현행범으로 체포된 후에도, 수년간 감정인으로서 인상적인 경력을 쌓았다. 브링클리 역시 라디오 방송국을 통해 어마어마한 혜택을 얻었다. 알렉산더 엑블론 같은 수많은 청취자들에게는 그가 곧 미디어였다.

엑블론의 아내 로즈는 대장암으로 죽어가고 있었다. 그가 포트라일리에서 석탄을 퍼 나르는 동안, 로즈는 그곳의 군의관들로부터 시한부 선고를 받았다.

"하지만 저는 아내를 너무나 사랑했습니다." 나중에 그는 이렇게 말했다. "아내를 구할 수 있다면 목숨도 내놓았을 것이고 …… 저처럼 사랑하는 아내가 파도에 휩쓸려 떠내려가는 모습을 지켜봐야 했다면, 누구든 지푸라기라도 잡으려고 했을 겁니다."

비통해하던 엑블론은 아직 기회가 있다고 말해준 브링클리에게 의지했다. 로즈는 '여기저기서 긁어모으고 빌려온' 돈으로 수술을 받았지만 이튿날 사망했다. 그럼에도 '밀퍼드의 메시아'는 엑블론에게 350달러를 추가로 청구해 받아냈다.

• 쉽게 끝나지 않아 애를 먹이는 힘든 일-옮긴이

그동안에도 염소 고환을 이식받으려는 환자들이 브링클리의 '의학 도박장'으로 끊임없이 몰려들었다. 도장공 존 홈백은 수술을 받고 9일 후, 뉴저지 집으로 가는 길에 세인트루이스 기차역에서 병을 얻었다. 미주리 침례병원의 의사들은 파상풍 초기로 진단했다. 메이스 박사가 항파상풍혈청 피하와 정맥에 대량으로 주사하는 동안, 홈백은 음낭 절개부위가 썩어가고 있는데도 잘 벌어지지 않는 턱으로 브링클리가 '아주 훌륭하게' 치료해주었다고 주장했다. 메이스는 이렇게 적었다.

"환자는 처치에 반응을 보이는 듯 했다. 경련이 크게 완화되었고 턱도 벌어지기 시작했으며, 내 목소리를 듣자마자 입을 크게 벌려 보여주었다. 그러나 3시간쯤 후 환자는 심각한 경련을 일으키더니 사망했다."

상심한 홈백의 아들, 칼 홈백은 브링클리의 서투른 솜씨를 비난했다. "누가 그 사람을 목매달아 죽였으면 좋겠어요."

그러나 법은 여전히 그를 건들지 못했다.

브링클리의 사업은 오히려 더 번창했다. 1928년에 그는 또 다시 깨달음의 순간을 맞이했고, 그렇게 얻은 영감으로 수백만 달러를 벌어들였다. 그 위대한 통찰은 무엇이었을까? 그것은 '염소 고환 수술과 전립선 축소 사이의 상관관계'로 알려진 발견이었다.

즉, 브링클리는 동일한 수술로 수많은 고객들의 관심을 끌 새로운 방법을 찾았다. 혹은 수술 없는 전립선 축소법을 함께 권했다면 어땠을까? 그의 우편물에는 이 대단한 일을 어떻게 완수할 것인지에 대해 명확히 남아 있지 않다. 다만 전립선이 '아마추어 정육사협회(브링클리가 AMA를 비꼬기 위해 불렀던 이름)가 주장했던 것만큼 그렇게 자주 제거될 필요는 없다는 것만 알려주면 되었다. 이 돌파구는 말할 것도 없는 "최고의 성과였고 …… 앞으로 수세기를 살게 될 인류에게 제공하는 서비스였다."

모든 혁신가는 어디에서 아이디어가 한꺼번에 오는지 잘 안다. 그는 곧 세 번째 아이디어를 떠올렸다. 그 전략은 이전의 것들과 완전히 달랐다. 브링클리의 경력에서 최고의 인기를 누리며 고수익을 올릴 운명이었다. 그리고 그것은 참 얄궂게도 여성들을 겨냥했다.

23

생전에, 저희 잡지사를 통해 광고를 내지 않은
사업가들의 사망기사에 10센트를 청구할 것입니다.
구독료가 연체된 구독자들에게는 사망기사 한 줄에
15센트를 청구할 것입니다. 광고주들과 현금 거래 구독자들은
비용청구 없이 좋은 글로 최고의 배웅을 받게 될 것입니다.
돼지 콜레라가 유행하고 있으니 어서 구독료를 보내주세요.
– 《앨투어 (캔자스) 트리뷴》, 1928년 1월 –

따뜻한 주말, 브링클리 연구병원 마당에 몰려든 휴가객들이 잔디
밭에 점심 도시락을 펼쳐놓고 술래잡기를 하거나, 그 유명한 염소
들에게 먹이를 주었다. 고독한 카우보이 로이 포크너가 기타 연주
를 위해 '지나갈 틈이 없을 만큼' 빽빽이 들어찬 군중을 헤치며 이
동했다. 사람들은 포크너를 비롯한 라디오 스타들을 실물로 볼 수
있다는 사실에 까무러칠 듯 기뻐했다.

물론 가장 보고 싶었던 것은 브링클리 박사의 얼굴이었다. 일부
당일치기 여행객들은 닭고기구이, 대황파이 뿐 아니라 질병도 가져
왔다. 상태가 심각한 사람들도 있었고 뭐, 겉으로 보기에 멀쩡한 사
람들도 있었다. 열이나 찰과상처럼 작은 증상이 돌변하여 목숨을

빼앗을까 봐 늘 전전긍긍하는 사람들도 있었다. 게다가 만성질환자들이 루르드*에 막 도착한 것처럼 절뚝거리며 돌아다니거나 반쯤 마비된 채 누워 있었다. 브링클리가 걸음을 뗄 때마다 누군가가 그의 외투를 움켜잡았다.

물론 그런 상황을 즐기는 의사는 없겠지만, 공짜 조언을 싫어했던 브링클리는 누구보다 질색했다. 그는 이러지도 저러지도 못했다. 500명이 찾아와 자신을 부르는데, 숨어 있을 수만은 없었다. 그렇지만 사람들의 흐느낌과 간청은 그를 미치게 만들었다.

그러다 제우스처럼 번뜩이는 아이디어를 생각해냈다. 그는 그것을 의학질문상자(Medical Question Box, MQB)라고 불렀다.

MQB의 운영방식은 다음과 같았다. 일단 청취자들에게 본인 또는 주변인들의 의학적인 문제를 적어 보내라고 요청했다. 그리고 방송을 통해 이 편지를 읽어주고, 각 케이스를 진단한 후 치료법을 제안했다. 1928년 초에 시작된 MQB는 선풍적인 인기를 끌었다. MQB 담당 비서 루스 애시와 8명의 조수들은 매일 편지 더미 속을 헤엄쳐야 했다. 대부분의 발신인은 본인이나 남편, 자녀, 이웃의 건강을 염려하는 여성들이었다. 직원들은 이 고통의 바다에서 75통 정도의 편지를 선별하여 상관에게 전달했고, 나머지는 폐기했다. 브링클리는 선별된 편지들을 쭉 훑어본 후, 마음에 드는 편지를 읽었다.

* 프랑스 서남부의 가톨릭 순례지-옮긴이

보수적인 근본주의자이자 공상가라는 복잡한 역할을 맡은 브링클리는 보이지 않는 사람의 병을 진단하고 약을 처방하며, 새로운 치유의 길을 열었다. 그는 언젠가 의사도 한물갈 것이라고 예견했다. 머지않아 수천 명의 의사들이 그의 선례를 따라 구식 메스가 아닌 '라디오 메스'로 '불로 지지거나 자르지 않는' 수술을 집도할 것이다. 그는 무료로 상담과 위로를 해주었지만, 그것을 정말 무료라고 생각하는 사람들에게는 관심을 두지 않았다.

한 여성이 경련으로 고통을 겪고 있던 6살짜리 딸에 대한 사연을 보냈다. 브링클리는 그녀의 편지를 방송에서 읽고 아이의 엄마와 청취자들에게 말했다. "제 생각에는 기생충 때문인 것 같습니다. 기생충 치료를 위한 94번 처방약을 달라고 하세요. 어머니의 경우에는 맹장을 제거하셔서 나중에 문제가 생길 겁니다. 61번 처방약을 권해드릴 테니 10년 정도 장기 복용하세요."

캔자스 드레스덴에게서 온 질문에 대한 답변은 이러했다. "아마 담석이 있으신 것 같네요. 아니, 그게 아니라 신장 결석 말이에요. 남성용 80번, 50번, 64번 처방약을 권해드릴게요. 아마 훨씬 좋아질 겁니다. 물도 많이 드세요."

짭짤한 돈벌이였다. 브링클리는 중서부에 우후죽순으로 생겨난 500여개의 약국을 브링클리 약사회로 묶고, 토피카에서 약사로 일하던 주 법무장관의 처남을 회장으로 취임시켰다. 그리고 초고가의 의약품을 그들에게 제공했다. 일부는 규격품이었고 일부는 직접 개발한 제품이었다. 비밀스러움을 더하고 성분을 감추기 위해 이름

대신 일련번호를 붙여 재포장했다. 아주 드물게 MQB에 아무런 처방도 하지 않는 경우도 있었다. 바로 이것이 MQB의 백미였다. 브링클리의 진단은 편지를 보낸 사람뿐 아니라 수백, 수천 명의 청취자들에게 전달되었고, 편지 내용을 자세히 듣던 청취자들은 자신에게도 같은 증상이 있음을 깨달았다. 약사들은 브링클리에게 약품 한 병당 1달러를 내고(일반적인 소매의 6배), 나머지를 가졌다.

요충에서 요통, 심장질환에서 땀 차는 손까지 MQB는 크고 작은 모든 질환을 다루었다. 브링클리는 종종 준비가 필요한 치료제—파크-데이비스 알약의 상표를 바꿔치기한 것들 외에—의 품질관리에 대단히 공을 들였다. 그는 시골에서만 볼 수 있는 치료제들의 효과를 믿었다. 그리고 약사들에게 이렇게 조언했다.

"7번 처방약은 예부터 전해온 가려움증 약입니다. 흑색 화약, 황과 돼지기름 또는 바셀린이나 기름진 염기로 만들었죠. 약효의 비밀은 바르는 방식에 있습니다. 환자에게 이렇게 지시하세요. 집에 가서 따뜻한 물로 샤워하고 물기를 모두 말린 후, 머리부터 발끝까지 이 약을 바르고, 아래위가 붙어 있는 내의, 긴 양말, 부드러운 장갑을 착용한 채 잠자리에 든다. 둘째, 셋째 날에는 샤워 없이 약만 바르고, 같은 복장을 한 채 같은 침대에서 잠을 잔다. 넷째 날에는 뜨거운 물로 목욕하고 사용한 침구와 옷을 삶는다. 지시사항을 잘 따르면 가려움증이 사라질 겁니다."

더 놀라운 것은 약을 판매하는 것으로 끝내지 않았다는 점이다.

"환자가 처방약에 100퍼센트 만족하지 않는다면 환불해드립니다. 환불금은 제가 책임지겠습니다." 그는 적었다. "저는 고객이 100퍼센트 만족하기를 바랍니다."

하찮은 사기꾼들이 단타로 치고 빠질 때에도, 브링클리는 늘 큰 그림을 보았다. 한 사람이 항의할 때 다섯 명의 새 고객이 약국 문을 열고 들어왔다. 그의 정직함을 믿었기 때문이다.

24

1929년 11월 2일 오후, 지칠 대로 지친 새 고객들을 셔틀버스에 실은 해피 해리가 병원 앞에 멈춰 섰다. 그들 중에는 캔자스 레넥사의 65세 과일재배업자 존 자너도 있었다. 190센티미터에 달하는 장신에 머리는 휑하고 송장처럼 생기가 없던 자너는 KFKB의 오랜 청취자였다. 여느 농부들처럼 그도 충동적인 사람이 아니었다. 그러나 2년간 꾸준히 들어온 최면술사의 목소리가 그의 경계심을 조금씩 허물었다. 아내도 염소 고환을 이식받으라며 그를 들볶았다. 마침내 그는 '위대하고 혼란스러운 모험'이라 여겼던 일에 뛰어들었다.

평소처럼 미니가 새 고객들을 맞이했다. 그녀의 미소가 그 어느 때보다 환했다. 10년 넘게 시도한 끝에 브링클리도 첫 아이를 품에 안았다. 어느덧 두 살이 된 자니 보이(Johnny Boy)가 미니의 드레스 자락을 움켜쥔 채 서 있었다. 브링클리는 자니가 염소 고환과 무관함을 언론에 알리느라 피나는 노력을 했다.

남자들은 호화로운 오리엔탈풍의 가느다란 카펫이 깔린 복도를 지나 단체실로 갔다. 그곳에서 목욕가운, 나이트가운, 슬리퍼를 받았다. 자너는 너무 큰 발 때문에 슬리퍼를 받지 못했다. 한 의사가 그의 발을 가리키며 낄낄거렸다. 건물 어딘가에서 한 남자의 짜증 섞인 목소리가 울려 퍼졌다. 지난주에 수술받은 환자 한 명이 아직 병원을 떠나지 않았고, 누군가가 그것을 못마땅하게 여긴다는 것이었다.

의사들이 개인 검사를 위해 고객들을 데려갔다. 자녀는 귀가 하나뿐인 수석보조 H. D. 오스본을 따라 작은 방으로 가서 20분간 검사를 받았다.

오스본은 환자를 안심시키는 부류가 아니었다. 검은색 콧수염 위에 있는 도마뱀 눈이 끈기 있어 보였다. 그는 날카로운 기구를 꺼내 자녀의 팔뚝에 깊은 상처를 냈다. 그리고 상처를 유심히 살펴보더니 혈액이 급격히 손실되는 것으로 보아 상태가 심각하다고 말했다. 전립선이 너무 부어서 (오스본의 표현에 따르면) 주먹만큼 커졌기 때문에 4단계 복합 고환수술을 반드시 받아야 한다고 말했다.

자녀는 망설였다. 아내에게 수술 아니면 그 비슷한 것이라도 받겠다고 약속했지만 막상 의사의 말을 들으니 너무 혼란스럽고 두려웠다. 모든 일이 너무 빠르게 진행되고 있었다. 브링클리 박사가 방송에서 말했던 더 저렴한 비외과적 시술인 전립선 축소술부터 시작할 수도 있었다.

"아니, 안 됩니다." 오스본이 자녀의 팔뚝에 반창고를 붙이며 말했다. 자녀에게는 '그 수술'이 필요했다.

일단 자녀는 안정을 취해야 했다. 한 보조의사가 그를 거위털과 무명천으로 뒤덮인 방으로 데려갔다. 방 안의 라디오에서 브링클리의 낮고 부드러운 목소리가 흘러나왔다. 잠시 후 미니가 방문을 두드렸다. 그녀는 아침에 수술을 할 예정이라고 말했다. 자녀 자신과 가족을 위한 일이었다. 농부는 아직 고민 중이라고 말했다.

그는 몇 시간 동안 갈색으로 뒤덮인 서재에 누워 있었다. 그곳이 전혀 마음에 들지 않았지만, 이 사람들의 말이 옳다면? 아내도 그가 수술을 받을 거라고 믿고 있을 것이었다.

사실 자녀의 아내는 훨씬 더 많은 것들을 기대하고 있었다. 한때 미네르바 클리어였던 37세의 아내는 레넉사의 집에서 남편의 수술을 손꼽아 기다렸다. 사실 그녀는 남편이 죽기를 바라고 있었다.

자녀 부인이 브링클리의 실적을 직접 찾아보고, 낙관적인 기대를 버리게 되었는지는 분명하지 않다. 그러나 그녀는 자녀가 밀퍼드로 떠나기 전에 캔자스시티의 점술가를 찾아갔고, 남편이 그 해를 넘기지 못할 거라는 얘기를 들었다. 염소 고환 수술을 마치고 집으로 돌아온 남편이 목재 저장고에서 급사하여 그녀에게 많은 재산을 남긴다는 것이었다. 그녀는 남편을 브링클리에게 보내자마자 집 안 실내장식부터 손보기 시작했다.

깜빡 잠이 든 자녀는 저녁 식사도 놓치고 밤늦게 일어났다. 복도에서 야간근무자의 낮은 목소리와 숨죽인 웃음소리가 들려왔다. 그의 시선은 반대편 벽에 걸린 그림에 멈춰 있었다. 보닛을 쓰고 지팡이를 짚은 양치기 소녀의 그림이었다. 야심한 시각, 밤의 그림자들 속에서 불행히도 소녀는 죽음의 신과 닮아 보였다.

자녀는 다시 잠에 빠져들었다.

그는 새벽 2시에 다시 깨어났다. 누군가가 침대 옆에 서 있었다. 그는 팔꿈치를 마구 휘둘렀다.

유령은 전할 말이 있다고 했다.

다시 한 번 자세히 쳐다보니 유령이 아니라 미니 브링클리였다. 그녀는 서명을 받지 못한 서류를 들고 있었다. 미니는 추가적인 혈액검사 결과, 그가 '경계사례'에 해당한다고 말했다. 그녀는 그 경계가 무엇인지 확신했다. 이미 요독증이 시작되었으므로 4단계 복합수술을 즉시 시행하지 않으면 그 달을 넘기기 어렵다고 했다. 그러나 수술을 받는다면 3일 안에 나을 것이라고 장담했다.

"겁을 주더군요." 나중에 자녀는 이렇게 말했다. "낮이었다면 절대 서명하지 않았을 텐데, 하필이면 으스스한 밤중에 그러더라고요. 환자들이 절뚝거리며 복도를 오르내리고 깜빡거리는 불빛 아래에서 검사가 줄줄이 이어지는데……. 결국 서명을 하고 말았죠."

25

브링클리 약사회의 회원들이 하루 매출액이 75달러로 치솟았다고 보고하자, 업계지《미드웨스턴 드러기스트》는 황홀경에 빠졌다.

브링클리가 창출한 결과는 …… 경이로웠고 …… 현대 산업에서 실제로 벌어지고 있는 일이라기보다 동화에 가까웠다.

윤리적인 약사들조차 돈의 유혹을 뿌리치지 못했다. 적어도 고발 기사가 쏟아지기 전까지는 그랬다.

캔자스 오타와의 H. W. 길리 박사는 죽음을 앞둔 집배원의 침상으로 불려갔다.

"환자는 극도로 쇠약한 상태였다." 길리가 보고했다. "생기를 잃은 얼굴은 섬뜩할 정도로 차가웠고 심각한 쇼크로 인해 죽어가고 있는 게 분명했다. 무슨 일이 있었는지 묻자 그가 이렇게 속삭였다. '브링클리의 약을 먹었습니다.'"

길리는 약병을 확인했다. 간질환에 쓰는 50번 처방약으로 3달러 50센트였다. 최근 임상실험으로 실제 값어치는 75센트에 불과하다는 것이 밝혀졌다. 그뿐만 아니라, 길리에 따르면 "찌르는 듯한 복통과 구토 등의 증상이 격렬히 일어나며, 오래된 궤양이 찢어지고 벌어지면서 심각한 출혈이……. 구토와 극심한 통증이 지속되었고 엑스레이를 확인한 결과, 약 3.8센티미터인 날문구멍이 거의 폐쇄

된 것으로 드러나 위 하단부에 창자를 이어 급히 새 구멍을 만들어야 했다."

다른 환자들도 비슷한 증상으로 고통받자, 도슨이라는 의사가 수천 명의 의사를 대신해 캔자스 신문에 다음과 같은 편지를 보냈다.

우리가 브링클리를 옥죄려는 이유는 사업을 늘리거나 경쟁자를 깎아내리고 싶어서가 아니다. 브링클리가 활발히 활동 중인 지역의 공중보건에 위협적 존재이기 때문이며, 실제로 막대한 피해를 끼치면서 유익한 점은 거의 없어……

어제 나는 가끔 음식의 종류와 상관없이 복통을 느낀다는 환자의 편지에 대해 브링클리가 조언하는 것을 들었다. 브링클리는 3주간 우유와 달걀을 먹은 후 통증이 사라지면 위궤양이나 십이지장궤양일 가능성이 높다고 말했고, 국내 최고의 병원 또는 진료소에서도 그보다 더 정확한 진단을 받기 어려울 거라며 …….

아마 이 남성은 초기 암 환자일 것이다. 이렇게 몇 주를 허비하고 나면 어떻게 되겠는가? …환자의 신장에 문제가 있다고 가정하자. 그런 상태에서 달걀을 그렇게 많이 먹는다면?

브링클리는 환자의 상태에 대해 거의 파악하지 않은 채 진단을 내리고 약을 처방한다. 만약 전문적으로 훈련받은 남자들의 손에 들린 과학 장비의 효율이 80퍼센트도 안 된다면, 여러분에게 묻고 싶다. 이 돌팔이 의사는 과연 몇 번이나 맞출 수 있을까? ……

브링클리에게 편지를 보내는 사람들의 95퍼센트가 여성이다. 그들 중 대다수가 가족의 건강관리에 관해 매우 부적절한 조언을 받는다. 이성적인 의사라면 브링클리를 절대 경쟁상대로 보지 않을 것이다. 지금 당장 바로잡아야 할 문제를 가지고 있으면서도 의사를 찾아가지 않은 채 방치되어 있던 사람들이 이후에 (적절한) 수술을 받게 된다면 내게도 좋은 일일 것이다. 그러나 많은 경우, 수술이나 다른 처치로 도움을 주기에는 이미 늦었을지도 모른다.

그즈음 모리스 피시바인은 머크앤컴퍼니(Merck & Company)의 J. A. 가빈에게 편지 한 통을 받았다. 이번에는 브링클리가 직접 몇몇 관계자들을 끌어들여주었다.

친애하는 피시바인 박사에게

…최근 저희는 소듐보레이트 C.P. 파우더에 대한 고객들의 설명할 수 없는 요구에 무척 놀랐습니다. 저희는 외판원들을 통해 캔자스 밀퍼드의 브링클리 박사가 방송을 통해 비만치료에 머크의 소듐보레이트 C.P.를 사용하라고 권고한 사실을 확인했고, 업계 관계자들뿐 아니라 일반인들에게도 주문이 밀려들어오는 바람에 말 그대로 눈코 뜰 새 없이 바빴습니다.

저희는 고객들에게 …… 통지하여 조치를 취했고, 그 상품에 대해 문의했던 판매사원과 소매 약제사들이 이 약품을 앞서 언급한 목적으로 사용하거나 판매하지 못하도록 강력히 금지했습니다. 소듐보레이트의 내부관리와 관련된 위험성을 인지했기 때문입니다.

가빈은 AMA가 어떤 조치를 취할 수 있는지 물었다. 아서 크램프는 피시바인에게 이 편지를 전해 받은 후 이렇게 답장을 했다.

의학계에서 할 수 있는 조치는 대중에게 경고하는 것뿐입니다. 브링클리는 매우 난감한 문제가 되어가고 있고……. 그 사람의 방송은 구역질이 날 만큼 불쾌합니다!

그가 불쾌하든 말든 브링클리는 MQB로 주당 평균 14,000달러(현 시세로 따지면 연간 650만 달러 이상)를 벌어들였다. 한 주에 14,000달러라고?

미국 경제계는 너무 놀라 정신을 차리지 못했다. 그전까지 악덕업자들은 너무 기괴하고 조악해서 재계의 관심 밖에 있었지만, MQB와 그것의 수익에 대한 소식이 퍼지면서 많은 것들이 빠르게 변했다. 일부 경영진들은 경직된 사고와 교회 여성들의 개입에 맞서 싸워야 했음에도 불구하고 라디오 광고를 적극 활용했다. 소비자들의 사고 싶은 욕망을 끊임없이 불러일으켜야 할 상황에서, 1929년에 일어난 이 갈등은 브링클리의 새로운 접근법들을 생사의 기로에 세웠다. 그럼에도 브링클리는 에스프레소가 주었던 충격처럼 광고 산업 일부를 강타했고, 프린스턴의 영 박사의 주장대로 "비도덕적인 라디오 홍보의 선구자가 6년간 이 광고법이 얼마나 효과적일 수 있는지를 증명하고 있다"는 것을 많은 사람들이 깨닫기 시작했다.

더 이상 망설이지 마라! 미국 경제계는 캔, 병, 상자에 담긴 온갖 상품들의 광고음악이 흘러나오는 전파를 맹렬히 장악했다. 선키스트의 뮤직칵테일이라는 프로그램은 리비의 파인애플 피카도르와 정면승부를 벌였고, 메트로폴리탄 오페라 방송은 리스테린—아니면 누구였겠는가?—의 방해를 받았다.

"여러분의 아이들을 욕실로 보내 굿나잇 가글하게 하세요."

광고계의 모두가 혜택을 받은 것처럼 보였고, 쉴 새 없이 흘러나오는 광고들은 브링클리에 반대하는 의사들, 특히 중서부 의사들을 더욱 분노하게 했다. AMA가 회원들에게 광고를 금지했기 때문에, 의사를 포함한 소수만이 과대광고를 내보내지 않았다. 환자들이 MQB에 정신을 뺏긴 사이, 수많은 의사들은 빈 대기실만 쳐다보고 있었다. 다시 말해, 사리사욕이 비판적인 집단에 도덕적 분노를 가져왔다. 수많은 의사들이 피시바인에게 도움을 요청했다.

부대 없는 장군이었던 피시바인은 그 기회를 재빨리 낚아챘다. 그는 낡은 견제 전략—시카고 또는 캘리포니아 안에 들어오지 못하게 하는 것—으로는 부족하다는 사실을 확실히 인지했다. 그 남자를 막아야 했다. 피시바인은 브링클리를 '의심의 여지없는 세계 최고의 돌팔이'로 공표했다. 그리고 밀퍼드 메시아의 활동을 저지하기 위해 가능한 모든 수단—AMA, 연방통상위원회, 거래개선협회 등 필요하다면 무엇이든—을 동원하기로 맹세했다. 피시바인은 브링클리가 '위험한 질병을 전파로 치료하는' 국가보건의 위기라고 말했다. 그가 얼마나 많은 사람들에게 해를 끼쳤는가? 누구도 정확히 답할 수 없지만, 심각한 사례가 갈수록 늘어나고 있었다. 어마어마한 청취자 수를 고려한다면, 통계적으로는 대학살도 가능했다.

브링클리는 호혜*로 인해 몇 개 주에서 허용되는 면허를 가지고 있었다. 그래서 피시바인은 각 주를 차례로 여행하며 관계자들을 붙들고 대화를 나누었고, 그들 중 대부분을 납득시키는 데 성공했다. 그는 런던 의료위원회를 설득하여 브링클리가 영국에서 의료행위를 할 수 있는 권리를 박탈했다. 이에 격분한 브링클리는 방송을 통해 '비린내 나는 피시바인'과 'AMA의 능글맞은 올리가르히**'들을 맹비난했다.

"이 의학박사님들은 악취를 풍기며 도둑질과 거짓말을 일삼는 자들입니다." 그는 이렇게 말했다. "저는 뱀에게 그랬던 것처럼 발꿈치로 그 사람들의 머리통을 으깨버릴 겁니다."

비난을 주고받는 사이에 또 다른 유명 돌팔이가 나타났다. 그는 브링클리의 동맹 중 가장 두드러지는 사람이었다.

기업들이 변화를 따라잡지 못하고 뒤처지는 동안, 자유로운 영혼들이 브링클리의 탁월함을 먼저 알아보았다. 노먼 베이커(Norman Baker)도 그런 사람들 중 한 명이었다. 긴 턱으로 불을 삼키던 이 아이오와 사람은 1925년 추수감사절에 KTNT(Know the Naked Truth, 적나라한 진실을 알려주는 라디오)를 통해 데뷔하면서 업계에 혜성처럼 등장했다. 그리고 얼마 지나지 않아 브링클리의 가장 성공한 제자로서 입지를 굳혔다.

* 서로 특별한 혜택을 주고받은 일
** 러시아 신흥재벌-옮긴이

베이커는 공중부양과 독심술을 하는 '마담 탱클리', 얼음물 속에서 철봉을 녹일 정도의 전기를 쏘는 '일렉트릭 맨'과 함께 보드빌(vaudeville)* 무대에 올라 마술사로서의 유명세를 이미 맛보았다. 프로스페로**처럼 은퇴한 베이커는 휴대용 증기 오르간을 발명했다. 우편으로 10회 진행되는 유화 수업을 하던 어느 밤, 그의 라디오 다이얼이 KFKB에 멈추었다.

베이커는 미시시피강이 내려다보이는 절벽 위에 방송국을 세웠다. 그는 아이오와주 머스카틴의 온순한 사람들에게 '옥수수밭에 파묻힌 작은 마을을 전 세계가 다 아는 도시'로 격상시키겠다고 약속했고, 브링클리를 모델로 삼아 사업을 시작했다. KTNT를 통해 그는 평범한 사람들을 위한 '선량하고 정직한' 방송, 토속적인 음악, 코미디 듀오인 대피 앤 글루미에 그럴듯한 설명을 섞어 특허 의약품을 팔았다. 브링클리와 달리 노먼 베이커는 고함치는 것을 좋아했다. 그 외에도 보라색 셔츠에 보라색 넥타이를 매고 보라색 차를 몰았다. 라벤더색 잉크로 글을 썼던 그는 누가 봐도 누군가를 따라하는 듯 보였다. 사실 베이커는 15년간 브링클리를 맹종했고, 보라색 그림자처럼 바짝 따라다니면서 그의 경력을 하나하나 흉내 내며, 게임 마스터를 이기려는 헛된 시도를 계속했다.

1929년 MQB에 대한 엄청난 논란 속에도 베이커는 일단 브링클

• 춤과 노래를 곁들인 소규모 희극-옮긴이
•• 셰익스피어의 템페스트에 등장하는 마술사-옮긴이

리와 손을 잡고 AMA를 향해 투지 넘치는 공격을 퍼부었다. 그러나 실제로는 형제 같은 돌팔이 의사를 돕는 일보다, 이제 막 시작한 자신의 사업을 보호하는 일에 더 적극적이었다. 베이커는 치료약 사업—양파를 이용한 충수염 치료—에 잠시 손을 댔다가 암 치료에 뛰어들었고, 불과 몇 개월 후 자신의 운명에 채여 비틀거렸다. 그는 처음에 말 다리에 난 혹을 제거하는 데 쓰는 연고를 출시했다. 그러나 그해 12월, 미국 의학-물리학연구협회(American Association for Medico-Physical Research)와 방어적 식단을 위한 미국연맹(Defensive Diet League of America)의 유명 회원인 캔자스시티의 찰스 오지아스 박사와 함께 음용 치료제를 개발했다고 밝혔다. 약 성분은 영업 비밀이었다.

한 잔이면 충분했다.

베이커는 머스카틴에 있던 롤러스케이트장을 개조하여 병원을 개업하고 암 치료 매점을 열었다. 들리는 소문에 의하면 제 발로 걸어 들어왔던 환자들은 시신이 되었고, 현금으로 가득 찬 여행 가방과 함께 병원 밖으로 들려 나갔다고 한다.

1929년 새해 전야, 캘리포니아 비벌리힐스.

모리스 피시바인 박사와 그의 아내 애나는 새로운 10년을 앞두고 극작가 허먼 맨키비츠의 대농장을 찾았다. 슐로글스 패거리의 포커 선수인 맨키비츠는 시카고 여행 중에 피시바인의 오랜 친구 벤 헥트를 꾀어 영화를 쓰게 했고, 역사에 길이 남을 전보를 남겼다.

"수백만 명이 여기에서 발목을 붙잡힐 테니, 자네의 유일한 경쟁 상대는 멍청이들뿐이야."

그날 밤 파티에는 찰리 채플린, 게리 쿠퍼, 자넷 게이노 등 영화계 최고의 명사들이 참석했다. 또 다른 스타 케이 프란시스가 피시바인에게 다가가 자신을 소개하더니 그의 무릎 위에 앉았다. 그녀는 피시바인의 목을 어루만지며 엉덩이로 과감한 실험을 했다.

"솔직히 말해 봐요." 그녀가 말했다. "내가 할리우드에서 옷을 가장 잘 입는 여자 같아요?"

26

1930년 초 라디오 다이제스트는 브링클리의 KFKB가 미국에서 가장 인기 있는 라디오 방송국이라고 발표했다. 전국 조사에서 KFKB의 득표율은 2위의 4배였고, 《캔자스시티 스타》가 운영했던 WDAF(KFKB의 지역 라이벌)의 35배였다.

피시바인은 《JAMA》 4월호에서 브링클리에게 '가장 대담하고 위험한' 돌팔이 ─ 전국 12만 5천 명의 돌팔이들 중에 ─ 라는 영예를 안겨주는 동시에, 브링클리와 노먼 베이커의 방송을 영원히 중단시키겠다고 재차 공언했다.

"연방전파위원회(Federal Radio Commission, FRC)는 이 돌팔이 의사들이 장악한 방송국에서 내보내는 얼토당토않은 발언과 악의적인 홍보를 중단시키기 위해 결단을 내려야 한다."

브링클리는 피시바인의 공격에 감사를 표했다.

"그쪽이 싸움을 걸어준 덕에 사람들이 급격히 몰려 눈코 뜰 새 없이 바쁜 하루하루를 보내고 있습니다." 그는 청취자들에게 말했다.

그러나 KFKB에 가해지는 위협은 실재했고, 브링클리도 그것을 알고 있었다. 그는 우편물 홍보를 강화했다.

친애하는 라디오 친구들에게

수천 명이 재판 중인 제게 지지를 약속하는 편지와 진술서를 보냈습니다. 여러분의 의리에 얼마나 감사한지…….

할 일을 마쳤다고 뒤로 물러앉지 마시고……, 여러분 자신을 1인 위원회로 임명하여 KFKB의 청취자들을 만나세요. 그리고 그들에게 워싱턴 D.C.의 연방전파위원회로 전화를 하거나 편지를 쓰게 하여, 저와 제 정책에 관한 진실을 이야기하세요. 친구들에게도 지인을 만나 편지나 전화를 하라고…….

불명예를 씻고 나면 평화의 하느님께서 계속 우리를 살펴보고 지켜줄 것입니다.

브링클리는 전투가 순조롭게 진행되고 있다고 생각했다. 그러던 중 피시바인이 자신의 캔자스주 의사면허를 박탈하려 한다는 사실을 알게 되었다. 이성을 잃은 그는 몇몇 신문에 전면광고를 게재했다.

나는 미국 의학협회를 거부한다!

그러나 브링클리는 곧 평정심을 되찾았다. 《캔자스시티 스타》가 피시바인과 함께 비공식적으로 결탁하여 자신의 경력에 대한 신랄한 폭로기사를 발표하자, 브링클리는 심지어 그 신문의 인터뷰에 응하기도 했다.

"제가 걱정하는 것처럼 보입니까? 저는 걱정하지 않습니다." 그는 A. B. 맥도널드 기자에게 말했다. "미국 의학협회가 10년간 싸움을 걸었지만, 매번 제가 쉽게 이겼거든요."

캔자스 주지사 선거를 앞둔 브링클리는 충분히 우쭐댈만한 여력이 있었다. 후보자들과 후원자들은 수많은 유권자들에게 사랑받는 인물과의 싸움에 휘말리고 싶어 하지 않았다. 《토피카 데일리스테이트 저널》은 염소 고환 사나이에 대한 피시바인의 공격으로 인해, "정계가 진땀을 뺐다"는 사실을 증명하기도 했다.

당시 상황으로 볼 때 "브링클리 박사를 향해 어떤 조치가 취해지더라도 솜방망이 공격뿐일 것이므로 그는 아무런 타격도 입지 않을 것이다. 브링클리의 중요한 친구들을 모두 한번 들여다보자. 법무상 윌리엄 A. 스미스가 브링클리의 의사면허를 박탈하기 위해 앞장서서 증거를 수집하는 동안, 스미스의 처남 퍼시 S. 워커는 브링클리 약사회 회장을 역임하고 있었다.

《캔자스시티 저널 포스트》는 이 사실을 독자들에게 다시 한 번 상기시켰다. "(클라이드) 리드 주지사의 사위 제임스 E. 스미스 대령은 브링클리 박사의 변호인 중 한 명이었다."

캔자스 출신으로 부통령에 오른 찰스 커티스는 말할 것도 없고, 리드 주지사와 브링클리의 지역구 하원의원 제임스 G. 스트롱까지, 그들은 모두 브링클리가 귀한 채소처럼 가꿔온 사람들이었다.

며칠 뒤 《캔자스시티 저널 포스트》는 브링클리를 향한 장문의 연애편지를 실었다. 비용을 지급하고 게재한 이 광고는 뉴스로 둔갑하여 널리 퍼졌다. 광고는 연예인과 간호사, 우편실의 소녀들, 정원

사까지 브링클리 사단 사람들의 사진들로 가득했다. 낡은 모자를 눌러쓴 전설의 빌 스티츠워스도 있었다. 그리고 이 반가운 얼굴은 해피 해리? 그를 보면 마치 평생 알고 지낸 사람처럼 느껴졌다.

27

자정이 조금 넘은 시각이었다. 노먼 베이커와 그의 수석보조 해리 혹시는 KTNT에 있는 베이커의 사무실에 편안히 앉아 위스키를 두어 잔 마시고 있었다. 커다란 창으로 희미하게 반짝이는 미시시피강의 기막힌 전경이 보였다. 불을 밝힌 바지선이 강물 위를 미끄러지듯 지나갔다. 삶은 좋은 것이었다. 암 클리닉에 치료를 문의하는 사람만 하루 300명에 달했다.

그러나 성공에는 대가가 따랐다. KTNT 내부의 분위기는 무장 부대와 비슷했다. 겨우 며칠 전, 피시바인은 베이커를 '식인귀'라고 불렀고, 그러한 미사여구 덕에 베이커와 클리닉 직원들 대부분은 총을 지니고 다녔다. 사람들의 이목을 끌려는 목적도 일부 있었다. 클리닉 소속의 한 의사는 자신의 리볼버에 대해 농담을 하며, AMA 가 '자신을 뒤쫓고 있었기' 때문에 늘 몸에 지니고 다닌다고 날카롭게 말했다.

베이커의 책상 위에서 전화벨이 울렸다. 해리 혹시가 위스키 잔을 내려놓고 전화를 받았다.

"베이커 선생님은 내려오지 않는 게 좋겠어요." 누군가가 숨죽인 목소리로 말했다. "험상궂은 남자 세 명이 길 건너에 낡은 차를 세워뒀어요."

혹시는 자신의 상관에게 이 말을 전했다. 두 사람은 상황을 살피기 위해 계단을 쿵쾅거리며 내려가다, 낮은 자세로 담장 밑을 뛰어가는 세 남자를 발견했다. 두 사람이 건물 안으로 피하며 조명을 끈 순간, 첫 번째 총격이 문틀에 쏟아졌다. 혹시는 복도를 뛰어가며 총을 꺼내들고 대응사격을 했다. 총성이 구내에 울려 퍼지자 주변 건물들이 소란스러워졌다. 곧 이어 울음소리와 혼란이 찾아왔다. 베이커가 총을 가지러 계단을 오르는 동안 혹시는 무턱대고 총을 난사했다. 갑자기 덤불 쪽에서 누군가가 비명을 지르며 고통스러워했다. 곧이어 그림자 두 개가 나타나더니 몸을 낮춘 채 세 번째 그림자를 차량으로 끌고 갔다. 그들은 부상자를 차 안으로 밀어 넣고 차량에 올라탄 뒤 재빨리 도망쳤다.

이튿날《미국연합통신》은 이 사건을 헤드라인으로 보도했다.

총격전으로 피시바인 박사와의 전투에 정점을 찍다

경찰이 잔디 위에 기다랗게 남은 혈흔을 찾았지만, 그 외에는 별다른 단서가 없었다. 괴한들은 AMA의 지지자인 것으로 보였다. 어쩌면 돈이 목적이었을지도? 베이커는 그 가설을 강하게 밀어붙였고, 심지어 피시바인—미국 의학계에 대한 신뢰를 책임지는 유대인—이 괴한 중 한 명이었다고 주장했다. 그러나 피시바인은 그날 밤 치질수술 때문에 시카고에 있는 프레스비터리안 병원에 있었다. 경찰의 경위서에도 불구하고 AMA는 이 '끔찍한 사건'의 진위 여부에 의문을 제기했다.

브링클리의 의사면허를 박탈하려는 움직임에 가속이 붙기 시작
했다. 그러나 일부는 만족하지 못했다. 캔자스 의료위원회의 회장
존 F. 해식은 "그들의 노력은 어느 한 사람이 결집시켰을 가장 강력
한 정치 조합에 부딪쳤다"며 한 동료에게 불평했다. 해식은 법무상
윌리엄 스미스를 세 차례 방문하여 사건 조사를 요구하고, 위협적
인 조치를 취하라고 강요했다. 마침내 4월 29일, 캔자스 의료위원
회는 AMA의 도움을 받아 '중대한 부도덕성과 비전문가적 행위'를
이유로 브링클리를 정식 고소했다. '염소 고환 돌팔이'에 맞서 몇
주간 반대 운동을 펼쳐온 《캔자스시티 스타》에는 아주 군침 도는
상황이었다(한 지역 평론가는 《캔자스시티 스타》의 복수 뒤에 숨겨진 세
가지 목적을 제시했다. "첫째! 브링클리의 수술에 대해 선정적으로 폭로함
으로써 독자들의 관심을 증폭시킬 수 있고, 둘째! 그를 무너뜨리면 경쟁상
대였던 라디오 방송국도 제거할 수 있으며, 셋째! 미 전역의 도시와 마을
에 있는 양심적인 의사들에게 영원히 고마운 존재가 될 수 있다").

《캔자스시티 스타》의 최고의 기자가 브링클리의 피해자들을 찾
아 중서부를 샅샅이 뒤진 후, 부자들의 난처한 상황을 보도했다.
"나는 몇몇 집을 방문하여 브링클리라는 서투른 도살자에 의해 망
가지고 몸져누운 남성들을 만났다." A. B. 맥도널드는 이렇게 적었
다. "영구장애를 입고 휠체어에 의지하며 살아가는 여성들도 만났
다. 브링클리를 찾아갔던 남성들은 …… 상처로 뒤덮인 채 문 앞에

누운 나사로와 같은 모습을 하고 있었다."

브링클리의 '무자비한 탐욕'에 대한 이야기는 10여 년 전부터 시작되었다. 코라 매덕스 부인은 15세 충수염 환자가 브링클리의 포로로 전락한 과정(여태껏 들었던 말 중에 가장 불쾌한 언어를 사용하여)을 설명했다. 브링클리는 수술을 끝내자마자 100달러를 추가로 청구했다고 했다.

"(술에 취한 브링클리가) 리볼버를 쥔 채 출입문 앞에 버티고 서서 추가비용을 내지 않으면 제 형제 둘을 쏘겠다고 위협하는 사이, 저는 죽음의 문턱에 누워 있었습니다."

맥도널드는 브링클리에게 반감을 품고 있던 예전 직원들도 찾아냈다. 간호사였던 페리스 부인은 자신의 예전 상관을 "사악하고 …… 내가 만났던 사람들 중에 가장 잔인하고 무자비한 냉혈한"이라고 불렀다. 그레이스 젠킨스는 24시간 만에 일을 그만두었다고 말했다.

"저는 런던 출신으로 매우 부유한 출판인을 간호하는 일을 도왔어요. 그 사람은 브링클리 박사에게 염소 고환 수술비용으로 2천 달러를 지불했지만, 혈액독과 괴사로 위독한 상태에 빠졌어요. 반신불수의 노인이 염소 고환 수술로 마비 증세를 고칠 수 있다는 브링클리의 말에 750달러를 내는 것도 봤어요. 감당하기 힘든 일이었어요. 하루에 1천 달러를 준다고 해도 있을 수 없겠더라고요."

그러나 《캔자스시티 스타》의 폭로 중 가장 충격적이었던 것은 브링클리가 환자를 몇 명 죽였다는 보도였다.

브링클리는 이를 부인했다.

"저는 치료가 불가능하거나 치료 중 사망할 수 있는 환자는 받지 않을 겁니다." 그는 이렇게 말했다. "제 환자는 병원에서 사망한 적이 없습니다. 만약 누군가가 여기에서 어쩔 수 없이 죽는다면, 저와 싸우고 있는 의사들이 그 사실을 전국에 퍼뜨릴 테니 각별히 주의해야 합니다. 다른 의사들은 환자들을 죽일지 몰라도, 저는 감히 그럴 수 없습니다."

다음날 《캔자스시티 스타》는 1928년 가을부터 브링클리의 병원에서 사망한 환자 5명의 이름을 발표했다. 브링클리의 서명이 환자들의 사망진단서에 기재되어 있었다.

그 후에도 사망한 환자의 이름이 줄줄이 발표되었다.

28

미니는 맹렬한 공격에 겁을 먹었지만, 브링클리는 가볍게 웃어넘겼다. "여보, 내가 염소에게서 많은 걸 배웠는데 말이야." 그가 말했다. "빌리 버트라고 본 적 있어?"

물론 미니도 알고 있었다. 수년간 브링클리는 자신의 보안요원으로 일했던 핑커턴 탐정사무소의 깡패들을 고용하여, 불만을 품고 소란을 피우는 환자들에게 보내왔다. 근처 정션 시티의 의사들에게도 보내, 기차를 갈아타는 사람들에게 브링클리 박사에 대한 비방을 하지 말라고 타이르게 했다. 이 근육질의 특사들은 어느 누구도 해치지 않았다. 그럴 필요가 없었다. 그중 하워드 헤일 윌슨─누군가는 그를 '햄 덩어리 같은 손을 가진 …… 비서이자 해결사'라고 묘사했다─은 "만약 누구라도 보스의 앞길을 막는다면 이런 식으로 혼내주겠다"며 목을 조르는 시늉을 했다.

주 수사관들이 《캔자스시티 스타》의 피해자 인터뷰를 추적하자 피해자들 중 일부는 돌연 항의한 사실을 기억하지 못했다. 브링클리는 당근 전략으로 태세를 전환하여 항의를 철회하면 보상금을 후하게 쳐주었다.

그는 피해자들과 직접 접촉하기도 했다. 캔자스 농부 S.A. 히틀은 브링클리가 자신을 "망가뜨렸다"며 공개적으로 그를 비난하고, 고소하겠다며 협박했다. 그러나 밀퍼드에서 브링클리의 하수인들이 수표책을 들고 찾아온 후, 그는 항의를 철회한다는 진술서에 서명했다. 그러나 히틀의 가족은 항의내용이 진실이라고 주장했고, 수술 후 그를 진찰했던 의사 두 명도 동의했다.

캔자스시티의 존 G. 쉘던 박사가 말했다. "히틀 씨가 찾아왔을 때, 감염으로 피부에 유착된 방광의 체액이 복부를 통해 밖으로 흘러나오고 있었고 방광 입구에 커다란 결석이 박혀 있어서……. 당시에 상처가 아물지 않은 상태였고 아직까지도 낫지 않고 있습니다."

처음부터 히틀에게 밀퍼드에 가지 말라고 경고했던 스프링힐의 R. E. 애겐은 이렇게 설명했다. "브링클리 때문에 생긴 복부의 끔찍하고 지저분한 상처에 고름이 가득했고……. 직접 보셨다면 브링클리 박사가 히틀 씨를 아주 너저분한 솜씨로 난도질했다고 말했을 겁니다." 아마 그랬겠지만 그는 증인 목록에서 제외되었다.

그 사이, 브링클리는 일이 잘못될 경우를 대비해 탐정을 고용하여 자신의 운명을 결정할 캔자스 의료위원회 위원들의 추문을 파헤쳤다. 전투는 속전속결로 미국 연방대법원까지 이어졌다. 브링클리의 변호인들은 법체계 밖에 있는 캔자스 의료위원회에는 판단하거나 처벌할 권한이 없기 때문에, 모든 절차가 파기되어야 한다고 주장했다. 라디오를 통해 환자들의 상태를 진단하는 문제에 관해 모리스 피시바인 박사가 성명서를 작성했다. 피시바인은 성명서를 통해 앞으로 텔레비전 사용이 의료계에 일반화되면 의사들은 환자를 직접 만나는 대신 텔레비전 화면을 보고 처방해줄 것이라고 주장했다. 이에 의학질문상자는 "밀퍼드의 의사가 피시바인 박사보다 한 발 앞섰다"라고 되받아쳤다.

1930년 5월 5일부터 8일까지 캔자스 의학협회는 토피카의 제이호크 호텔에서 연례회의를 열었다. 의료계 정화—즉, 브링클리의 퇴출—가 주요 의제였다. 그곳에 사람들을 결집시킨 것은 기조연설자 모리스 피시바인 박사였다.

그는 월터 윈첼처럼 빠르게 외쳤고, 웅변술의 기관총처럼 짧고 분명한 문장을 속사포로 쏘아대는 통에 무슨 말인지 알아듣기 어려웠다. 그러나 그날 밤, 연설의 의미를 놓친 사람은 아무도 없었다. 피시바인은 브링클리의 이름을 언급하지 않고도, 전형적인 돌팔이 의사를 다음과 같이 묘사하며 그를 조롱했다.

"호감 가는 성격에 매끄러운 말솜씨를 가지고 있어, 뛰어난 언변으로 자신의 주장을 전달할 가능성이 높습니다. 또 허위학력을 주장할 겁니다. 보통은 미심쩍은 교육기관이나 외국학교에서 발급받은 다수의 학위를 진열해놓고, 전문 추천인들에게서 받은 추천서를 여러 장 꺼내 보일 겁니다."

격려와 웃음소리가 희뿌연 강당을 가득 채웠다.

이튿날 쇼니 카운티의 한 보안관이 로비를 성큼성큼 걸어가는 피시바인의 가슴팍에 소환장을 탁 하고 내밀었다. 브링클리가 그를 명예훼손으로 고소한 것이었다. 이 소식이 호텔 안에 퍼지자 동료 의사들은 분노했지만, 정작 피시바인은 대수롭지 않게 여겼다.

"미국 의학협회에 의해 폭로당한 사람들이 고소를 하는 것은 꽤 흔한 일입니다." 그는 말했다. 그리고 비난의 수위를 더 노골적으로 높이며 '돌팔이 짓과 서투른 솜씨' 때문에 종종 진짜 의사들을 위급한 상황에 던져 넣은 브링클리를 "인류의 골칫거리"라고 불렀다. 피시바인은 고소해도 상관없다고 말했다.

"협회지의 헤드라인은 지금도, 앞으로도 계속 '존 R. 브링클리, 돌팔이 의사'일 거니까요."

피시바인은 소송이 재판까지 가지 않을 것이라고 차분히 예측했고, 결국 그의 말대로 되었다. 언론이 대대적인 관심을 보이자 브링클리는 절차상의 문제로 소송을 포기했다. 그에게는 다른 걱정거리들이 있었다.

대법원은 브링클리에게 불리한 판결을 내렸다. 이것은 얼마 후 열릴 연방전파위원회의 공청회 직후에 또 다른 면허를 두고 캔자스 의료위원회와 싸워야 함을 의미했다. 이 어려운 시기에 그는 암 전문 돌팔이 노먼 베이커에게 워싱턴과 AMA의 '거대 문어'에 맞설 싸움 전략을 세워달라며 도움을 청했다.

베이커는 언젠가 브링클리에게 1,500달러 치 라디오 장비를 구입하고 돈을 지불하지 않았다. 그러나 FRC와 캔자스 의료위원회의 협공 작전에 걸려든 브링클리는 그에게 원한을 품고 있지 않았다. 대신 연합전선이 긴급히 필요하다는 편지를 보내어 베이커에게 다음을 상기시켰다.

"미국 의학협회는 가능하다면 KFKB처럼 KTNT의 방송도 중단시킬 수 있을 거야. …내가 패배하면 그들은 자네와 싸울 테고, 내가 승리하면 자네도 끌어내지 않겠지. 그러니 내게 도움을 주면 자네에게도 유익할 거야."

연대의 의미로 브링클리는 '진술서 수집기술'에 관한 몇 가지 정보를 함께 보냈다.

베이커는 그를 무시했다. 대신 1930년 5월 12일, 머스카틴에서 열광적인 축제를 개최하여 3만 명 이상의 광신자들과 함께했다.

"암은 정복되었다!"

베이커가 좁은 무대 위에 걸터앉아 우렁차게 외치자, 허공을 더듬는 손들이 바다를 이루었고 구원을 간구하는 외침이 터져 나왔다. 보드빌과 추천사가 이어진 후, 베이커가 직접 무언가를 추켜들고 재등장했다. 무엇이었을까? 바로 고귀한 영약이었다! 한 잔에 담긴 마법! 베이커는 그 약으로 한 명도, 두 명도 아닌 25명의 암 환자를 말끔히 치료했다고 우레와 같이 외쳤다. 그리고 약병을 여기저기에 보여준 후, 하늘 위로 추켜들더니 약효뿐 아니라 안정성도 증명하려는 듯 한꺼번에 쭉 들이켰다.

그리고 축제의 대미를 장식할 68세 농부 맨더스 존슨이 무대 위 의자로 이끌려 나왔다. 베이커의 암 클리닉 소속 의사가 그의 머리에 감겨 있던 긴 붕대를 아주 천천히 풀었다. 그리고 두피를 열더니 …… 두개골 일부도 열고……. 존슨이 머리를 숙이자 암에 걸린 것처럼 보이는 뇌가 관중 앞에 드러났다. 의사는 존슨의 뇌에 베이커가 개발한 '특수 가루'를 뿌리고 두피를 덮었다. 농부는 다시 일어나 의사와 함께 손을 흔들었다.

실신하거나 구토하는 사람도 있었지만 대부분은 열광적인 환호를 보냈다.

29

제대로 된 규정이 없던 시절, 연방전파위원회(연방통신위원회Federal Communications Commission의 전신)는 짧은 역사에서도 방송이라는 광풍에 휘말려 정신없이 바빴다. 모리스 피시바인의 끈질긴 괴롭힘 덕에, 그들의 관심을 브링클리에게로 옮길 수 있었다. 이 사실을 잘 알고 있었던 브링클리는 엄청난 분노를 다스려야 했음에도, 대통령의 파티에 초대라도 받은 듯 워싱턴으로의 소환에 응하기로 했다. 그는 모든 비용을 지불하겠다며 팬들을 초대해서 열차 한 량에 가득 태우고 워싱턴까지 동행했다. 그러나 실제로 그는 자기 표만 계산했고, 35명의 지지자들은 각자 열차표를 예매해야 했다. 수도를 방문하기에 얼마나 좋은 계절인가! 포토맥강을 따라 늘어선 벚나무에 분홍빛 팝콘이 가득 달려 있었고, 무성하게 핀 튤립이 백악관을 지켰다. 공청회 날 아침, 브링클리가 FRC와 대결하기 위해 내무부의 어거스트 챔버로 들어가는 동안, 기대로 들뜬 지지자 무리—두세 명은 염소 고환으로 태어난 아이를 안고 있었다—는 그의 뒤에서 재잘거렸다.

그러나 재미는 거기까지였다. "연방전파위원회는 이 방송국이 공익을 위해 운영된다는 주장을 받아들이지 않습니다." 아이라 로빈슨 위원장이 동료 위원 4명과 맞은편의 변호인들을 노려보며 낮은 목소리로 읊조렸다. 원고 측에는 캔자스주 차관보 W. C. 랠스톤, 피고 측에는 브링클리의 오랜 친구였던 하원의원의 아들 조지 E. 스트롱이 참석했다. 그보다 한참 전에는 아서 크램프가 몰래 들어와 일반인들에게 할당된 편자 모양의 좌석에 앉아 있었다.

브링클리의 가장 충성스러운 '여성 팬' 버사 레이시가 첫 번째로 증언대에 올랐다. 그녀는 유치원 선생님처럼 MQB가 어떻게 작동하는지를 연방전파위원회에 설명했다.

"다른 여자들이 자신의 증상에 대해 쓴 글을 라디오에서 들어요. 그러고도 자신의 문제를 알아차리지 못하면 정말 끔찍한 멍청이겠죠."

150번 처방약이 레이시의 인생에 나타나면서 그녀는 고통스러운 변비로부터 해방되었다. 그 후로 그녀의 가족 10명도 모두 150번 처방약을 복용했다.

"그냥 좋은 정도가 아니에요." 그녀가 말했다. "아주 놀랍답니다."

방송국 직원들을 포함해 30명 정도의 광신도들도 모두 증언대에 섰다. 일부는 기대했던 것보다 도움이 되지 못했다. MQB의 비서 루스 애시가 '한눈에' 적절한 치료약을 처방하는 브링클리의 능력에 대해 증언했다. 로빈슨이 팔꿈치를 대고 몸을 앞으로 쑥 내밀며 루스 애시의 말을 거칠게 끊더니 본론을 바로 얘기하라며 증인들을 압박했다.

"라디오 방송국이 브링클리의 의료행위와 병원을 위한 부속물에 불과합니까? 단순히 돈을 벌 목적으로 이용하는 건가요? 브링클리의 처방전이 그렇게 비싼 이유는 뭡니까?"

웨스트버지니아에 농장을 가지고 있던 로빈슨은 가축 홍보를 목적으로 방송 허가를 받는 것이 가능한지 의문이라고 말했다.

미니 브링클리가 벌떡 일어섰다. "제가 몇 마디 해도 될까요?"

다정한 손길들이 울부짖는 그녀를 끌어당겨 의자에 다시 앉혔다.

캔자스 의료위원회가 증언을 불리하게 사용할 수 있다는 변호사의 조언에 따라, 브링클리는 증언대에 오르지 않았다. 그러나 하루 반 동안 지지자들의 증언를 듣고 환자 200명의 진술서를 보고도, 위원들은 감명을 받기는커녕 점점 더 시무룩해졌다. 그리고 MQB를 가리켜 국민건강에 '있을 수 있는 가장 큰 위험'이라고 부른 존스홉킨스대학의 휴 영 박사의 증언 등 반대의견에만 화색을 띄었다. 브링클리에 반대하는 진술서 중 하나는 캔자스의 길리 박사에게서 온 것이었다. 그는 KFKB를 통해 처방받은 약이 집배원 에드워드 홈릭하우스를 사망하게 한 과정을 상세히 설명했다.

브링클리가 끼어들려고 할 때 W. C. 랠스톤이 최후진술을 하기 위해 일어섰다. 연방전파위원회가 MQB에 이의를 제기했을까? 당연하다! 결국 브링클리는 MQB를 취소하기로 했다.

브링클리 내면의 악동은 수많은 사람들의 눈이 동시에 휘둥그레지는 모습을 보면서 어떤 즐거움을 느꼈던 것이 틀림없다. 고수익 사업을 포기하고 싶지 않았지만, 바람이 어느 방향으로 부는지는 분명했으므로 더 이상의 손해를 막고 방송국을 지키는 것이 더 낫겠다고 판단했다. 늘 자랑삼아 이야기했듯 브링클리는 '아침을 먹기도 전에 부자가 될 세 가지 방법을 생각'해낼 수 있었으니까. MQB가 시작된 곳에 더 많은 사업거리들이 있었다.

그리고 그 문제는 그렇게 끝났다. 혹은 그랬어야 했다. FRC의 위원장은 브링클리가 공중파를 사용하면서 정상적인 광고의 범위를 넘었는지의 여부를 판단해야 했지만, MQB를 없애기로 하면서 그 문제는 고려할 필요가 없어졌다. 그러나 아직 처리되지 않은 혐의가 있었다. 업계의 도덕군자들은 그의 라디오 방송이 '외설적이며 극도로 불쾌하다'며 워싱턴에 항의해왔다. 발기와 절정처럼, 대부분의 사람들이 간접적으로 처리하는 용어들을 당연하게 사용했고, 제6계명*을 제멋대로 해석하는 것은 말할 것도 없었다.

"남편에게 불임수술을 받도록 했다면, 여러분은 안전할 겁니다. 누군가의 암소(암컷) 목장에서 나가지 않거나, 다른 황소(수컷)와 들어오지 않는다면 말이죠."

이런 이야기들은 시골 사람들을 즐겁게 했겠지만, 호텔방에서 라디오를 듣던 보수적인 사람들을 분개하게 했다.

MQB는 운영을 거의 멈추었다. 그리고 6월 13일, 3대 2로 방송 허가가 취소되었다. "KFKB는 오직 존 R. 브링클리 박사의 개인적인 이익을 위해 운영된다." 로빈슨 위원장이 다수의 결정을 발표했지만, 항간에는 브링클리가 청교도들의 맹공격을 당했다는 이야기가 돌았다.

---

* 십계명의 제6계명 : "살인하지 말지니라"

차를 박살내지는 않았지만, 브링클리는 무척 화가 난 상태였다. 그는 계속해서 공청회의 결정을 반박하는 방송을 내보냈고, 판결을 조작하기 위해 범죄 모의를 했다며 후버 대통령과 AMA를 고소했다. "저는 익명의 한 친구로부터 AMA가 연방전파위원회 위원 3명에게 돈을 건넸다―수령인은 확실하지 않지만 1만 5천 달러 혹은 5만 달러―는 얘기를 들었습니다. 그 돈은 연방전파위원회의 변호사 중 한 사람을 통해 전달되었습니다." 그러다 갑자기 브링클리의 목소리 톤이 바뀌었다.

"저와 제 방송국이 부당한 처벌을 받았다고 생각하신다면 여러분의 상하원 의원들에게 말해주세요. 어쩌면 방송 허가를 다시 받을 수도 있으니……. 이제 예수께서 감람산*에서 직접 말씀하신 여덟 가지 참된 행복에 대해 논의하고자 합니다."

---

* 성경에 나오는 이스라엘 예루살렘 동쪽에 있는 있는 산으로, 올리브가 무성하여서 '올리브산'이라고도 한다.

30

6주 후—1930년 7월 15일—에 캔자스 의료감독위원회의 조사관들이 브링클리의 또 다른 면허를 박탈하는 문제를 논의하기 위해 모였다.

토피카의 칸슨 호텔 밖에서 염소 고환을 이식받은 사람들이 기자들 앞에서 보란 듯 펄쩍펄쩍 뛰거나 물구나무를 섰다. 오전 9시 전인데도 광장이 햇볕에 달궈지고 있었다. 호텔 앞에 도착한 브링클리가 캐딜락에서 내려, 단추를 잠그고 보석 장식을 정리했다. 다이아몬드가 촘촘히 박힌 넥타이핀, 다이아몬드 단추 그리고 다이아몬드 반지 두 개, 그중 하나에는 사람 눈알만한 보석이 박혀 있었다. 약간의 불안감이 섞인 흥분감이 공기 중에 떠다녔다. 브링클리 자신을 포함해 어느 누구도, 그가 걸어 들어가는 곳이 어디인지 알지 못했다. 위스콘신에서 농부 헨리 돈은 마술을 썼다는 혐의로 위스콘신 의료위원회와 마주하고 있었다.

공청회장은 75명의 사람들로 가득 차 있었다. 그러나 만약 그들이 '브링클리를 지지하는 신문에서 항의한 대로 AMA의 특정 관계자의 광적인 열정'에 의해 불려간 것이었다면, 해당 관계자는 그들 중에 없었다. 자신의 등장으로 시위나 그보다 더 심각한 사태가 발생할 것을 두려워했던 피시바인은 눈에 띄지 않는 곳에 숨어 있었다. 그는 공청회가 외부인사들에 의해 만들어진 아우토다페(auto-da-fé)*가 아닌 지역 공연장처럼 보이기를 바랐다. 그러나 무대 뒤는 그를 향한 비난으로 가득했다.

"썩어빠진 사기꾼!"

"더러운 도둑놈!"

가까스로 첫 번째 회기가 시작되었다. 브링클리의 변호인 프레드 잭슨과《캔자스시티 스타》의 기자 A. B. 맥도널드 사이에서 '유명인사들의 불꽃 튀는 언쟁'이 폭발했다. 잭슨이 맥도널드에게 덤벼들려고 하는 바람에, 서너 명의 남자들이 그를 의자에 강제로 앉혀야 했다. 질서가 회복되었지만, 공청회장 내부의 긴장감은 여전했고 시간이 갈수록 산소가 부족해지면서 상황은 더 악화되었다. 정오가 되자 캔자스 역사상 최악의 폭염으로 인해 공청회장은 지옥으로 바뀌었다.

정장 재킷을 걸치고 있는 사람은 브링클리뿐이었다. 모두진술이 진행되는 동안 그는 피고 측 테이블에 앉아 가향담배를 피웠다. 때마침 실외 카페의 손님 하나가 장내로 들어와 브링클리의 뒷자리에 앉았다. 악의에 찬 눈으로 브링클리의 뒤통수를 노려보던 사람은 그에게 난도질을 당했던 환자, 존 자녀였다.

또 다른 환자 R. J. 히바드가 원고 측에서 가장 먼저 일어났다. 허공을 더듬으며 느릿느릿 발을 끌고 증언대로 걸어가는 그의 모습이

---

* 스페인의 종교재판, 화형식-옮긴이

많은 것을 말해주고 있었다. 이어서 증언대에 오른 그의 아내는 염소 고환을 이식받고 집으로 돌아온 히바드가 사흘 동안 의식 없이 침대에 누워 있었다고 말했다.

상해를 입거나 불구가 된 사람들이 줄지어 증언을 했다. 60세의 찰스 지겐하르트의 증언에 따르면, 브링클리는 전립선 수술을 마치고 출혈 부위를 적절히 봉합하는 대신, 고무장화 조각으로 틀어막은 후 환자를 집으로 돌려보냈다. 주립공원 관리인 그랜트 이든은 존 자녀와 같은 버스를 타고 병원을 방문했었다. 그 또한 '그 수술'을 받은 뒤 거의 움직이지 못했다. 나중에 항의편지를 보내자 브링클리는 막 사냥 여행을 마치고 돌아왔다며 답장을 다음과 같이 마무리했다.

"그렇게 된 것은 당신 잘못이니……. 행복한 크리스마스 보내시길 바랍니다."

코라 매덕스의 형제인 로버트 캐롤도 증언대에 올랐다. 브링클리의 병원에서 발생한 총격전에 대한 그의 생생한 설명은 이미 《캔자스시티 스타》에 보도되었다.

"브링클리의 입에서 위스키 냄새가 났습니다." 캐롤이 말했다. "그 사람은 책상 서랍을 열어 리볼버를 꺼내더니 100달러를 추가로 지불하지 않으면, 제 동생이 죽기 전에는 절대 병원을 나갈 수 없을 거라고 했습니다." 두 형제는 자신들의 총을 가져와 거친 서부의 방식으로 그녀를 병원에서 구해냈다.

7월 17일, 증언 셋째 날에는 캔자스 의료위원회의 한 위원이 몹시 격분하여 즉각적인 유죄판결을 요구하며 공청회를 방해했다. 해당 위원은 브링클리의 권리에 대해 다시 들어야 했다. 이어서 존 자녀가 증언대에 섰다.

그의 비통한 사연도 초반에는 다른 사람들과 비슷했다. 밀퍼드 클리닉에서 받은 수술(그는 그것이 염소 고환 이식수술이었다는 점을 인정하려 하지 않았다)이 자신의 신체와 영혼을 어떻게 망가뜨렸는지에 대한 이야기였다. 그는 수술 다음 날부터 그 어느 때보다 심각한 통증이 밀려왔고, 복도에서 '우스꽝스러운 수염을 기른 키 작은 남자'와 마주쳤다고 말했다.

"선생님, 처음 병원에 왔을 때보다 다섯 배는 더 나빠진 것 같아요."

"자연스러운 결과이고 예상했던 대로예요. 다 나으려면 1년은 걸릴 겁니다."

"하지만 3일이면 나을 거라고 하셨는걸요. 사모님이 그렇게 말씀하셨어요."

"잘못 이해하셨나 보군요. 아마 나중에 또 수술을 받아야 할 겁니다."

자녀는 르넥사에 있는 집으로 돌아가 몸져누웠고 서서히 말라갔다. 심한 통증 때문에 처음에는 벽지와 램프가 새것으로 바뀌어 있다는 사실도 알아차리지 못했다. 며칠이 지나도 자신이 스틱스강*

• 그리스 신화에서 저승을 일곱 바퀴 돌아 흐르는 강-옮긴이

을 건너지 않자, 아내 미네르바가 조바심을 내기 시작했다는 것도 눈치채지 못했다. 2주가 지나자 미네르바의 인내심이 바닥을 드러냈다. "당신을 떠날 거예요." 말다툼할 힘도 없었던 자녀는 아내에게 2천 달러를 주고, 일꾼이었던 팻 맥도건을 불러 아내를 인디애나에 있는 가족에게 데려다주게 했다.

미네르바와 맥도건은 그때 이미 불륜관계였을 가능성이 높다. 그전에 한번 그녀가 맥도건을 해고하지 말라고 부탁했었기 때문이다. 미네르바와 함께 여행길에 오른 맥도건은 여자가 2천 달러를 지니고 다니는 것은 위험하다며, 그중 1천4백 달러는 자신에게 맡기라고 했다. 그리고 캔자스시티에서 모텔 방을 잡은 뒤, 한밤중에 차를 가지고 사라졌다.

미네르바는 남편의 삶을 살아있는 지옥으로 만들기 위해 좌절의 꽃다발을 들고 집으로 돌아왔다. 그녀는 심지어 남편을 공청회장에 데려갔다. 자녀가 증언대에서 간신히 내려오자, 그녀는 남편이 '브링클리의 병원에서 돌아온 후, 밤에 나가 비를 맞거나 강도 높은 육체노동을 하는 등 자신을 돌보지 않아 그나마 남아 있던 건강마저 망가뜨렸다'는 내용의 진술서를 위원회 측에 제출했다.

원고 측의 나머지 증언은 브링클리의 수술에 대한 전문가들의 싸늘한 의견들로 채워졌다. 캔자스주립의대(University of Kansas School of Medicine)의 토머스 G. 오르 박사는 브링클리의 염소 고환 이식이 "절대적으로 불가능하다"고 말했고, 한 비뇨기과 교수는 "너무 유치해서 우스꽝스러울 정도"라고 말했다. 또 다른 증인은 자주 그래왔듯 "감염을 유발하는 것 외에 어떤 효과도 없을 것"이라고 했다. 캔자스 맨해튼의 R. R. 케이브 박사는 작년에 단순한 호기심으로 브링클리의 클리닉을 찾았다가 직접 목격한 사실에 대해 증언했다. 케이브는 '특정 장기에 혈관과 신경을 더 많이 연결하여 …… 장기를 강화하고 젊어지게 하기 위해 동맥과 신경을 이식하는 방법'과 '혈액 공급을 중단하여 팽창한 전립선을 줄어들게 하는 방법' 등, 4단계 복합수술에 관한 간략한 소개글과 삽화를 넣은 소책자를 이미 읽은 후였다. 그러나 수술 과정을 직접 참관한 그는 브링클리가 "이러한 시도들은 전혀 하지 않고, 환자의 음낭에 '작은 알갱이들'을 넣어 봉합한다는 사실"에 무척 놀랐다. 케이브 박사는 이렇게 덧붙였다. "그 특별한 환자는 수술 내내 극심한 통증을 호소했고 …… 브링클리는 '실수였다'고 주장했다."

브링클리의 변호인은 이 전문가들을 상대로 반대심문을 신청했지만, 할 수 있는 일이 거의 없어 모욕적인 발언만 하다 오히려 모욕을 당했다.

Q : 그런 견해에는 돈을 지불할 수 없겠군요.

A : 글쎄요, 변호사인 당신에 대해서도 같은 의견일 것 같은데요.

피고 측은 7월 22일 공청회에서 자신들이 일방적 승리를 거둘 것으로 예상했다.

예상대로 원고 측은 증거를 퍼부으며 반박을 시작했다. 네브래스카 요크의 리오니다스 F. 리차드슨은 염소 고환이 당뇨병, 신장질환, 전립선 문제를 '거의 눈 깜짝할 사이'에 기적적으로 치료했다며 극찬했다. 그에 이어서 젊음을 되찾은 68세 환자는 테이블을 넘어 보겠다며 자신만만했다. 이렇게 행복해하는 환자들 중 일부는 자신이 염소 고환을 이식받았는지 여부를 확신하지 못했다.

"하지만 궁금해하면 안 되었어요." 한 사람이 말했다. "젊은 놈들을 이기고 싶었거든요."

캔자스 의료위원회가 중단할 때까지 은행장, 의사, 석유 투자자, 사무원 등 40명이 증언대에 올랐다.

드디어 브링클리 박사가 증언대에 섰다. 바깥은 40도에 육박하여 숨 쉬기도 힘들었다. 실내가 그나마 낫긴 했지만 브링클리는 여전히 재킷을 입고 있었다.

"재킷을 벗으면 좀 더 편할 거예요." 변호사가 말했다.

브링클리는 원고 측 테이블을 쓱 쳐다보더니 상냥하게 웃었다. 그리고 말했다. "조금 있으면 더 더워질 것 같으니 그때까지는 입고 있을게요."

웃음기는 곧 사라졌다. "저는 직업적인 진실성과 능력에 대한 부당한 공격으로부터 제 자신을 변호하기 위해 여기에 섰습니다." 그가 말했다. "그 문제들은 이것보다 더 폭넓고 …… 거기에는 의사들이 새로운 치료법을 채택하고 사용할 권리가 포함됩니다. 미국 의학협회를 관리하는 분들에게 허락을 받지 않더라도 말이죠."

변호사 프레드 잭슨의 조언에 따라, 브링클리는 오후 내내 자신의 혐의를 하나하나 반박했다. 그가 가장 많이 언급한 말은 병원에서 사망한 환자가 없다는 것이었다.

"그런 의미에서 한 말이 아닙니다. 그러니까 제 말은 복합수술로 인해 병원에서 사망한 환자가 없다는 것이고, 병원을 떠난 후에도 그 수술로 인해 사망한 환자는 없다고 믿기 때문에 …… 그 수술과 연관된 위험성은 없습니다."

그는 자신의 모든 혐의는 악의 또는 무지로 인한 것이라고 말했다. 그는 주정뱅이가 아니었다. 판자로 머리를 얻어맞은 적도 없다. 과거 스승이었던 맥스 토렉 박사가 자신을 사기꾼으로 여겼다는 주장들에 대해서는 이렇게 말했다. "토렉 박사는 아주 사랑스러운 신사시죠. 그리고 그분과는 개인적으로도 매우 친밀한 사이입니다." 두어 개의 가벼운 농담과 '우리가 이곳에서 펼치고 있는 작은 쇼'에 대한 친절한 소개 후에 시작된 본격적인 증언은 오후 5시가 되어서야 끝났다.

이튿날 반대심문을 받기 위해 증언대에 다시 섰을 때, 브링클리는 재킷을 입고 있지 않았다.

몇 시간 동안 원고 측의 윌리엄 스미스는 브링클리의 계획된 차분함을 깨뜨리려고 애썼다. 그러나 나중에 밝혀졌듯 그럴 필요가 없었다. 가끔은 무지가 설득력을 발휘하기도 한다.

Q : 증인은 고환에 새 혈액과 신경을 공급한다고 쓰셨죠?

A : 네, 그렇습니다.

Q : 그런 것들이 고환에는 어떤 이로움을 줍니까?

A : 저는 이로울 거라고 믿습니다. 그게 제 견해입니다.

Q : 어떻게요?

A : 설명할 수는 없습니다.

Q : 교제에 나와 있나요?

A : 모르겠습니다.

Q : 학교에서 그런 내용을 배우셨나요?

A : 뭘 배웠는지 잘 기억나지 않네요.

Q : 그럼 그걸 어떻게 알죠?

A : 환자들의 수술 경과를 통해 압니다.

브링클리가 이 수술에 '위험성이 없음'을 재차 강조하자 스미스가 서류를 한 움큼 집어 들어 높이 치켜들었다. 브링클리의 서명이 적힌 사망진단서였다. 남녀노소 할 것 없이 모두 그의 클리닉에서 사망한 환자들이었다. 병원에 도착할 때까지만 해도 멀쩡했던 사람들을 포함해, 총 42명이 브링클리의 손에 또는 그의 감독 하에 목숨을 잃었다. 적어도 6명은 염소 고환 이식수술의 실패로 사망했다. 나머지는 신장염, 복막염, 충수염, 감염성 혈전, 괴저 등 다양한 원인으로 사망했다. 만약 1930년의 법체계가 브링클리를 살인자로 보지 않았다면(그리고 실제로 그러지 않았다), 그 자체로 충격적인 일이 아니었을까? 그는 시체 공장을 운영하고 있었다.

브링클리는 워싱턴에서처럼 경기 후반에 대담한 플레이를 펼치며 자신을 구하려고 안간힘을 썼다. 그는 염소 고환 이식수술을 직접 참관하라며 캔자스 의료위원회를 밀퍼드로 초대했다. 그는 공정함에 호소했다. 결국 심의 위원들은 마지못해 밀퍼드행에 동의했다.

그들은 밀퍼드로 찾아갔고 두 눈으로 직접 확인했다.

그리고 이틀 후, 브링클리의 면허가 박탈되었다.

31

웬만한 남자였다면 훌쩍거리며 음지로 기어들어갔을지도 모른다. 그러나 브링클리는 주지사 선거에 출마했다.

그는 의사면허를 박탈당한 지 사흘만인 9월 20일에 위치타에서 출마를 선언했다. "수천 명의 캔자스 주민들이 주지사 선거에 출마할 것을 촉구하는 편지를 보냈습니다." 그는 말했다. "편지 내용으로 미뤄보아 캔자스 주민들은 제가 고소를 당한 게 아니라, 박해를 당했다고 믿는 것 같습니다. 제 힘으로 설 수 있는 한, 싸움을 멈추지 않을 겁니다."

그는 '보복성 활동'을 벌이지 않겠다고 대중에게 약속했다. 물론 용서할 수 없는 한 사람은 제외였다. "기억하실 테지만 …… 몇 달 전에 미국 의학협회와 사무관 모리스 피시바인을 고소한 적이 있었는데……. 그 후로 저는 국제적으로 유명한 탐정사무소를 통해 협회에 관한 정보를 파헤쳤습니다." 브링클리는 AMA가 "명백히 '부당한 돈벌이'를 거대한 규모"로 운영하고 있음을 유권자들에게 증명해 보이겠다고 말했다.

면허를 지키기 위한 두 차례의 싸움에서, 그는 유력한 친구들에게 아무런 도움을 받지 못했고 결국 모두 패배했다. 그때부터 그는 자신을 직접 지키기로 했다. 일단 주지사가 되면 캔자스 의료위원회를 자기 사람들로 채울 수 있었다. 그러나 선거까지 남은 시간은 겨우 5주였고, 투표용지에 이름을 올리기에도 너무 늦은 때였다. 정치 전문가들은 그의 출마가 말도 안 되는 일은 아니지만 현실성이 없다고 보았다.

그러나 그 짧은 기간 동안, 브링클리는 캔자스주를 발칵 뒤집어놓았다. 캔자스의 유권자들은 40년 만에 가장 큰 반란의 불씨를 지폈고, 미국의 선거운동을 영원히 뒤바꿀 전략적 혁신을 이끌어냈다.

***

당시 외부인들은 캔자스에 대해 어렴풋이 알고 있을 뿐이어서, 'flat(굴곡 없이 밋밋한)'과 'bland(특징 없이 밋밋한)'도 쉽게 혼동했다. 사실 1850년대, 피의 탄생 이후로 캔자스는 그랑기뇰*, 광신도, 정치선동가 그리고 전염병으로 유명했다. 남북전쟁의 준비기간 동안에는 노예해방론자들과 노예 알선업자들이 서로를 대량으로 학살했다. 존 브라운**은 하퍼즈페리를 급습할 계획을 세웠고, 캐리 네이션***은 번뜩이는 도끼를 휘둘러 술집을 불쏘시개로 만들었다. 일명 양말 없는 제리 심슨과 메리 엘리자베스 리스(옥수수 생산을 줄

---

* 19세기 말 프랑스 파리에서 유행한 잔혹극-옮긴이
** 미국 노예제도 폐지론자. 노예제도를 철폐하기 위해서는 오로지 무장 봉기밖에 없다는 신념을 가진 그는 1859년에 웨스트버지니아주에 있는 하퍼즈페리의 연방군 조병창을 습격했다.
*** 미국의 여성운동가. 남편이 알코올중독과 도박으로 사망하자, 실제 도끼를 들고 각종 술집과 오락실 등을 도끼로 부수기도 했다.

이고 더 많은 지옥을!) 같은 포퓰리스트*들은 농부들을 채찍질하여 '대출 마귀들'에 맞서게 했다. 그러는 동안 엄청난 규모의 메뚜기, 헤센파리, 신치버그, 눈보라, 토네이도가 광활한 하늘을 휩쓸고 갔다. 금주법은 1918년부터 미 전역에 시행되었지만, 캔자스에서는 그보다 훨씬 전인 1881년부터 시행되었다. 하버드 의대에서 정신과 의사로서 경력을 쌓기 시작한 칼 A. 메닝거는 훗날 캔자스 출신인 동료들에게 말했다. "노예제도 폐지, 금주법, 포퓰리즘, 반-흡연법에서 브링클리가 숭배한 …… 그들은 필사적인 진지함만 가지고 힘든 일에 무턱대고 뛰어들었어."

"저기 와요, 엄마! 보세요!"

브링클리는 파란색과 금색으로 칠한 세련된 비행기—찰스 린드버그**가 이전에 소유했던—를 타고 캔자스주를 쏜살같이 가로지르며, 캔자스의 정치인들 중 가장 많은 군중을 끌어모았다. 브링클리는 초대형 약장수 공연을 정치에 접목했다. 다만 이 공연의 퀘이커 닥터는 정치적 통일체를 만들기 위한 만능 치료약을 가져왔을 뿐이었다.

바로 얼마 전까지 철저히 망신을 당한 남자가, 어떻게 수많은 사람들의 지지를 얻을 수 있었을까? 우선 한 가지 이유는 브링클리

---

* 정치적인 야망을 이루고자 일반 대중의 인기에 영합하여 일을 추진하는 사람.
** 대서양 무착륙 단독비행에 성공한 미국의 비행사-옮긴이

의 표현처럼 그가 캔자스 의료위원회에 의해 '사지로 내몰렸다'는 것에 대해 폭넓은 동의를 얻었다는 점이다. 수년간 캔자스 정치계를 취재해왔던 W. G. 클러그스턴은 브링클리를 좋아하지 않던 사람들마저, 캔자스 의료위원회가 '명의상으로는 아니었지만 사실상 판사, 배심원, 검사의 역할을 했다는 것이 자명하다'고 믿는다고 보도했다. 다시 말해, 그는 집단폭행을 당하고 불명예를 안은 것이었다. 같은 의혹이 《캔자스시티 스타》에도 따라붙었다. 《캔자스시티 스타》의 복수심은 너무 오랫동안 뜨겁게 지속되어 원래의 목적마저 물거품으로 만들었다.

그러나 유권자들은 '염소 고환 사나이'에게 연민 이상의 감정을 느꼈다. 그가 연단에 서서 정부와 AMA 등 그를 파괴하려는 어둠의 세력들을 공격하자, 수많은 사람들이 강렬한 동일시로 생겨난 우울함의 맹공격을 받으며 죽음에 가까운 공포를 느꼈다. 또한 그들은 은행, 보안관, '정부 당국'과 같은 기득권층에 의해 소멸될 것 같은 위협을 느꼈다. 심지어 그해 여름에 찾아온 극심한 가뭄도 음모의 일부로 느껴졌다. 그로 인해 옥수수 생산량이 거의 절반으로 줄었고, 언론은 "포도의 수확량이 2/3, 배는 1/2, 사과는 1/3로 감소했으며 가축 산업도 심각한 피해를 입었다"고 보도했다. 서민들은 구세주를 간절히 기다리고 있었다. 새 가시면류관을 쓰고 나타난 오랜 의사 친구보다 적합한 인물이 또 있겠는가?

보통은 KFKB의 대스타였던 고독한 카우보이 로이 포크너가 커다란 모자를 쓰고 기타를 멘 채, 무대 위를 여유롭게 누비며 공연의 막을 올렸다. 그는 '스트로베리 론'을 비롯해 모닥불과 프레리도그에 관한 노래들을 불렀다. 첫 무대가 끝나면 피들* 연주의 일인자 엉클 밥 라킨의 공연과 가스펠 사중창단의 차기 주지사에 대한 찬가, 스티브 러브 오케스트라의 단체 공연이 이어졌다. 그때 미니와 자니 보이가 요들 가수와 점술가 사이 어디쯤에서 무대 위로 쓱 올라왔다. 그러고 나면 수술모를 쓴 간호사들이 관객 사이를 돌아다니며 풍선, 뿔피리, 막대사탕을 나눠주었다. 그동안 감리교 목사가 브링클리에게 세례자 요한 이래로 최고의 찬사들을 쏟아내면, 마지막 순간에 '만인의 후보'인 화제의 주인공이 흰색 정장차림으로 단춧구멍에 해바라기를 꽂은 채 무대에 등장했다. 관객들은 좀처럼 진정하지 못했다. 마침내 공연장이 잠잠해지고 그가 입을 떼려는 순간, 소공자처럼 차려입은 자니 보이가 무대 안쪽에서 득달같이 달려나와 두 팔로 아버지의 다리를 감싸 안았고, 함성이 또 다시 시작되었으며⋯⋯.

모리스 피시바인은 적어도 공개적인 관심은 표명하지 않았다. 그는 브링클리의 출마를 '세간의 이목을 받기 위해 가능한 모든 수단을 동원하는 편집증적 행위'로 일축했다. 정치인들은 여전히 그를 조롱했다. 그러나 시간이 흐를수록 그들은 브링클리가 서커스뿐 아니라, 혜택을 약속하는 일에도 능하다는 사실을 깨닫기 시작했다. 무료 교과서, 세금 감면, 노령연금 그리고 더 많은 강우량까지, 약

* 컨트리 음악에서 주로 사용하는 수제 바이올린-옮긴이

속 자체는 새로울 것이 없었지만 그것을 내세우는 방식이 신선하고 탁월했다. 화려한 전용기는 엄청난 극적 효과를 발휘했을 뿐 아니라, 손을 흔들 수 있는 기회도 기하급수적으로 증가시켰다. 그는 방송 중이 아닐 때는 비행을 하고 있었다. 브링클리는 누구도 생각하지 못했던 규모로 정치와 방송을 결합시켰다. 그는 시대의 요구를 수용하여 매일 5시간씩 방송을 하며, 자신의 목소리로 유권자들을 흠뻑 적셨다(한 신문은 "간혹 이동이 없는 날이면 브링클리는 새벽 6시 45분부터 어둠이 찾아오는 시각까지 마이크를 잡는다"고 보도했다). 이주민 유권자들도 들을 수 있도록 스웨덴어와 독일어가 가능한 대리인을 방송에 내보냈다. 그는 일을 많이 할수록 더 즐거워하는 것 같았다. 한 유명한 신문기자가 자신을 공격하자, 브링클리는 그에게 염소를 보내기도 했다.

혁신적인 선거운동을 이어가던 브링클리는 그의 활동을 연구하기 시작한 전국의 정치인들과 주류 언론 사이에서, 이전과 다른 차원의 엄청난 명성을 얻게 되었다. 《뉴욕 타임스》와 같은 신문들은 1920년대 내내 일종의 문화적 오만함으로 인해, 브링클리의 대담한 행동을 따라가지 못했다(저명한 교수 보로노프와 슈타이나흐가 존경받는 동안). 그러나 상황이 완전히 달라졌다. 모든 보도가 호의적이지는 않았지만 강화된 감시는 표밭에 거의 영향을 주지 않았다. 캔자스주에서 KFKB의 영향력은 여전히 절대적이었다.

정계의 실력자들도 겁을 먹었다. 주요 정당 두 곳의 대표들도 당내에서 주지사 후보를 선출할 때, 조금 더 고심하기를 바랐다. 당시

민주주의자 해리 우드링과 공화주의자 프랭크 하우케를 둘러싼 가장 큰 문제는 오십보백보라는 점이었다. 두 사람 모두 초심자에 미혼이었고, 한 사람은 뜨개질을 좋아했다. 이 모든 것이 브링클리와 극명한 대조를 이루었다. 그가 질투 어린 권력자들에 의해 겪은 순교자적 고통은 대중에게 일종의 병리적 증상처럼 전이되었다. 선거를 9일 앞둔 10월 26일 일요일, 브링클리는 위치타 외곽의 목장에서 정오쯤 집회를 열기로 되어 있었다. 정오가 조금 지나자 그를 기다리는 군중은 3, 4천 명으로 불어났다. 사람들은 파란 하늘에 독수리가 보일 때마다 손가락으로 가리키며 함성을 질렀고("저기 온다!"), 기대감 속에 그가 모습을 드러냈다. 비행기는 낮은 고도에서 몇 차례 빙빙 돌며 군중의 흥분을 고조시키다 목초지 위에 내려앉았다. 비행기가 멈추어 서자, 사람들이 떼 지어 몰려들었다.

"서두르지 마세요, 여러분!" 누군가가 확성기를 통해 외쳤다. "프로펠러에 부딪치면 산산조각 납니다!"

잠시 후 출입문이 열리고 흰색 밀짚모자를 쓴 브링클리가 짙은 청색 양복과 보라색 넥타이 차림으로 내려와 '펄쩍펄쩍 뛰며 함성을 지르는 열성 팬들' 속으로 들어갔다. 미니와 자니 보이가 그의 뒤를 힘겹게 쫓아갔다. 자니가 울음을 터뜨리며 말했다. "악수는 그만하고 싶단 말이야!"

견고하게 지은 새 연단은 전망 좋은 곳에 있었고, 꼭대기에 꽂힌 작은 성조기가 대초원의 바람에 휘날렸다. 브링클리는 군중을 헤치며 연단으로 걸어갔다. 목발을 짚은 남자들, 갑상선종을 앓는 여자들, 발진이 나거나 사지가 뒤틀린 아이들이 자신의 곁을 지나가는 그를 향해 울부짖었다. 어디선가 노래가 시작되자 4천 명이 다 같이 따라 불렀다.

"오, 광활한 하늘의 아름다움/곡식의 황금빛 물결……."

낯선 사회자가 함성에 맞서 다시 한 번 소리를 내질렀다. 그는 브링클리를 가리키며 "우리를 광야 밖으로 이끌 모세"라고 소개했다. 그러나 브링클리가 군중을 마주하고 두 팔을 힘껏 뻗었을 때, 생각했던 영웅이 아니라는 사실을 어린 아이들까지도 알아차렸다.

그날은 고독한 카우보이도, 페뇰리오와 마법 아코디언도 없었다. 정치에 관한 이야기조차 없었다. 그날은 일요일이었고, 브링클리는 성서의 말씀만 인용했다. 결국 과시할만한 직업이 뭐가 중요한가?

"저는 미국 대통령, 아니 세계의 왕이 되느니," 그가 소리쳤다. "단 한 사람의 영혼을 구할 것입니다!"

브링클리는 작열하는 태양 아래 서서 예수의 수난에 대해 설교했다. 그리고 거룩한 땅을 향한 자신의 여정, 예루살렘과 팔레스타인으로 여행을 떠났던 일을 이야기했다. 또 베들레헴에 대한 첫 인상에 대해 이야기했는데, 이 부분에서 브링클리의 목소리가 갈라졌다. 예수의 탄생지는 그에게 깊은 감명을 주었고, 자신의 초라한 출신을 떠올리게 했다. 그는 예수가 팔레스타인 사람들에게 야유를 받았던 장소를 둘러보았다. 또 예수가 '시든 영혼을 팔아 탐욕을 채웠던 환전상'의 테이블을 엎어버린 성전을 방문했다.

브링클리는 잠시 말을 멈추고 유리잔에 담긴 물을 천천히 마신 후, 그 유리잔을 의자 위에 다시 내려놓았다.

그리고 갑자기 뒤돌아서서 두 팔을 벌리며 외쳤다. "저 또한 골고다 언덕으로 향하던 예수의 길을 걷고 있습니다! 그리고 예수의 무덤 앞에 섰습니다! 저는 예수의 마음을 알고 있습니다!"

군중 속에서 탄식이 흘러나왔다.

"권력자들은 서민들이 깨어나기 전에 예수를 없애버리려고 합니다. 여기 계시는 여러분은 깨어 있습니까?"

그들은 완전히 깨어 있었다.

설교를 끝낸 브링클리가 계단 맨 아래에 준비해둔 장소로 내려가자, 아프거나 장애를 가진 사람들이 가장 먼저 다가왔다. 그들은 그의 눈길 한 번, 손길 한 번에 눈물을 흘렸다.

이틀 후, '밀퍼드의 기적을 행하는 자'는 위치타 포럼에서 모든 연령과 계급(밍크와 물개 가죽 코트 … 그리고 팔꿈치가 닳은 수수한 코트)을 대상으로 대규모 집회를 열었다. 이에 주요 정당의 대표들은 크게 당황했고, 브링클리의 공청회(아니면 브링클리는 '겟세마네 동산'이라고 부르기를 좋아했다)에서 원고 측을 맡았던 법무상 윌리엄 A. 스미스와 막판에 협의하여, 선거에서 그를 제거할 방법을 생각해보기로 했다. 그리고 그들은 한 가지 방법을 찾아냈다. 선거를 사흘 앞둔 11월 1일, 스미스는 언론 앞에 섰다.

그는 기명 투표에 관한 규정들이 바뀌었다고 발표했다. '투표자의 의도'라는 캔자스 대법원이 정한 미개한 기준만으로는 불충분했다. 대신 선거위원회는 한 가지 표기—J. R. 브링클리—만 유효표로 인정하기로 결정했다.

이것은 은밀한 도둑 선거의 전통을 포함한 미국의 민주주의 전통을 거스르는 결정이었지만, 선거를 사흘 앞둔 시점이라 항의할 시간도 없었다. 브링클리는 방송을 통해 이 소식을 퍼뜨리며 수천 명에게 승인받은 이름의 철자를 급히 써보게 했고, 마지막 집회에 치어리더들을 동원하여 철저히 주입시켰다.

"J, 점 찍고! R, 점 찍고! ……"

"이렇게들 말하더군요." 그가 도전적으로 외쳤다. "브링클리를 찍는 사람들은 달이 생치즈로 만들어졌다고 생각한다고요. 그들은 여러분들을 돌대가리라고 불렀어요. 하지만 저는 역사상 가장 위대한 글쓰기 대회가 선거일에 열릴 거라고 적들에게 말하고 싶습니다. 바로 지금, 영어에 대해 아는 바가 거의 없는 독일인, 러시아인, 리투아니아인들이 밤새워 'J. R. 브링클리'를 쓰는 법을 배우고 있기 때문입니다!"

결전의 날이 밝았다. 모든 것이 불투명한 가운데 날씨만큼은 투명했다. KFKB에 상주하는 점술가와 '국민 심리학자'는 방송을 통해 브링클리 박사가 압도적 승리를 거둘 것이라고 단언했지만, 그외의 사람들은 추측조차 하지 못했다. 한 대표적 사설에는 이런 내용이 실렸다.

30년 넘게 초자연적인 정확성으로 지역사회의 결정을 예측해온 사람들도 난처해하고 있다.

"J, 점 찍고! R, 점 찍고! ……"

브링클리 지지자들의 손이 미칠 수 있는 모든 확성기와 마이크에서는 하루 종일 이 구호가 흘러나왔다. 투표율도 굉장히 높았다.

"개표는 선거 당일 저녁에 시작되었다." W. G. 클러그스턴이 보도했다. "개표 초기부터 브링클리가 크게 앞서면서 불안감이 팽배했으며 …… 머리를 맞대고 계략을 꾸며냈음에도 불구하고, 많은 시민들이 브링클리의 이름을 투표용지에 적어내면서, 개표 위원들은 그를 선거에서 배제할 수 없게 되었다."

최종 집계까지 12일이 걸렸다. 결과는 아래와 같았다.

우드링(민주당) : 217,171표
하우케(공화당) : 216,920표
브링클리(무소속) : 183,278표

그러나 최종 집계에서 '브링클리 박사님', '브링크리 박사' 등 이름을 제각각으로 적은 표들은 무효 처리되었다. 브링클리를 부지사, 미 상원의원, 캔자스 대법원의 대법관 등에 앉히고 싶어 했던 엉뚱한 사람들의 표도 마찬가지였다. 오클라호마의 세 지역에서는 승리를 거두기도 했다.

무효표가 얼마나 많았던 걸까? 주 밖에서 선두를 달리던 신문, 《디모인 레지스터》는 이렇게 분석했다.

지지자의 1/6이 브링클리의 이름을 투표용지에 제대로 적기만 했다면, 지난 9월 캔자스 의료위원회에 의해 면허를 박탈당한 염소 고환 전문가 J. R. 브링클리가 캔자스 주지사로 당선되었을 것이다. 브링클리는 투표용지에 이름을 올리지 않고도 183,000표 이상을 받았고, 그에게 투표하려고 했던 3~5만 명이 이름을 잘못 쓴 것으로 추정된다.

전례 없는 현상이다. 1924년, 그 유명한 윌리엄 앨런 화이트도 캔자스 주지사에 출마했을 때 투표용지에 이름을 올리고도 149,000표밖에 받지 못했다. 뒤늦게 출마하여 라디오와 비행기로 선거운동을 해온 브링클리는 캔자스주에서 루스벨트, 브라이언, 윌슨, 앨 스미스를 비롯해 그 어떤 정치인보다도 많은 군중을 끌어모았다.

재검표가 가장 절실한 선거를 꼽으라면 바로 이 선거였을 것이다. 염소 고환 사나이에 대한 지지 때문만은 아니었다. 공화당 후보였던 하우케는 우드링과 접전을 벌이며 단 251표차로 패배했다. 그러나 모두의 예상처럼 법정에서 언쟁을 시작하는 대신, 하우케와 그의 정당은 이슬처럼 증발해버렸다. 재검표로 브링클리에게 주지사 자리를 내주는 위험부담을 감당할 수 없다고 판단했기 때문이다.

최종 결정은 브링클리의 손에 남겨졌다. 그의 지지자들은 싸우자고 간청했다. 그들은 선거가 임박한 시점에서 기명 투표 규정을 개정한 것은 스미스의 노골적인 권력남용이라고 말했다. 소訴를 제기하면 무너질 것이 뻔했다.

그러나 브링클리는 결과에 승복하기로 했다. W. G. 클러그스턴에 따르면 "브링클리의 정치적 조언자들이 소송을 제기하여 재검표를 하지 말라며 그를 설득했다. 일단 결과에 승복한 후 …… 시간적인 여유가 있을 때 투표용지에 이름을 올리고 다음 선거에 출마하는 것이 스포츠맨 정신이라고 말했다. 그들은 설득력을 더하기 위해 18년 전 주지사 선거에 처음 출마했던 아서 캐퍼가 52표차로 패배하고도 이의를 제기하지 않았고, 2년 후 재출마하여 압도적인 득표수로 승리했으며, 그 후로 줄곧 주지사와 상원의원으로 활동했다는 점을 상기시켰다."

결국 브링클리는 신사적인 노선을 선택했고, 2년을 더 기다리기로 결정했다. 그러나 수많은 캔자스 사람들은 그가 승리를 빼앗겼다는 사실을 알고 있었다. 주지사 자리에 오른 해리 우드링조차 훗날 '무효표까지 집계했다면' 브링클리의 득표수는 주지사로 선출될 만큼 '충분했을 것'이라고 인정했다. 하우케 역시 그 사실을 인정했다.

역시 브링클리의 선거운동은 아주 성공적이었다. 충분히 유별나게 행동하면, 불명예도 불가능하다는 것이 증명되었다. 정치와 라디오의 융합—표를 얻기 위한 고도의 전파 조작—과 탁월한 비행기 활용법은 그 후로도 지속적인 영향을 미쳤다. 브링클리의 첫 번째 현대적 선거전이 그렇게 막을 내렸다. 휴이 롱은 텍사스 사람 모두가 파피 오대니얼(Pappy O'Daniel)*이라고 기록했다.

그렇지만 1930년 가을의 브링클리는 선구자라기보다는 패배자처럼 보였다. 그는 몇 개월 만에 선거에서 패배했고 KFKB를 잃었으며 의사면허를 박탈당했다. 모든 것을 잃었다.

그에게 남은 것은 또 다른 묘안뿐이었다.

---

* 전 텍사스주의 주지사로 인기 라디오 프로그램을 주최하여 유명세를 얻었다.

32

브링클리는 오래전, 자신의 면허를 박탈한 연방전파위원회의 트집쟁이들을 경멸했다. 그는 그들의 고루한 규정, 특히 방송국의 전력량을 겨우 5천 와트로 제한한 규정을 증오했다. 브링클리는 그 규정이 천재를 옭죄기 위한 것일 뿐이라고 믿었다.

그는 더할 나위 없이 완벽한 해결책을 찾았다.

바로 멕시코였다.

왜 라디오 방송국을 미국 정부가 건드릴 수 없는 리오그란데강 건너 남쪽에 짓지 않는 걸까? 멕시코 당국을 설득할 수만 있다면, 원하는 것은 무엇이든 방송할 수 있고 서방세계의 절반에 날려보낼 수도 있었다.

그가 어쩌다 이런 생각을 하게 되었는지는 아무도 알지 못했다. 어쩌면 엘패소의 국경 마을 근처의 주둔부대에서 경험했던 짧고 불명예스러웠던 군복무가 떠올랐는지도 모른다(텍사스에는 이전에 맛보지 못한 기가 막힌 맥주가 있었다). 아니면 오랜 친구인 해리 챈들러가 개인 부대를 이끌고 바하반도에 쳐들어가 합병을 시도했을 만큼 멕시코를 좋아했던 것이 기억났을 수도 있다. 아니면 국경 너머에서 미국인 소유의 방송국이 운영되고 있다는 소식을 들었을지도 모른다. 그것은 몇 주 전부터 방송을 시작한 XED로 일명 '두 공화국

249

의 목소리'라고도 불렸다. XED는 레이노사의 북동부에 있는 마을에서 아무런 문제없이 1만 와트로 텍스-멕스 음악(Tex-Mex music)•을 방송하고 있었기 때문에, 브링클리에게는 놓칠 수 없는 기회였을 것이다.

그때까지 미국이 멕시코 라디오로 인해 어려움을 겪었던 적은 단한 번뿐이었다. 제1차 세계대전 당시 태평양에서 독일의 U-보트가 어뢰로 미국의 함선을 너무도 손쉽게 격침시키던 때였다. 기밀보고서에 따르면, 스파이가 멕시코의 구릉지 어딘가에서 무선으로적군의 잠수함에 신호를 보내고 있는 것으로 추정되었다. 미 재무부 첩보원이었던 알 샤르프(과거에 광부, 가축 도둑, 위조범, 멕시코 군인이었던)가 스파이 추적을 위해 파견되었다. 샤르프는 레드 슬리퍼스라는 이름의 인도인 가이드와 소규모 용병 팀과 함께 사막으로들어갔다. 며칠 후 그들은 카보 로보스 산에 있는 동굴에서 무전기를 찾아냈다. 동틀 무렵 샤르프와 그의 팀원들은 크레오소트 관목과 백년초를 헤치며 동굴로 기어들어갔고, 총격전 끝에 독일군들을제압하고 무전기를 파괴했다. 그리고 다이너마이트를 설치해 동굴을 폭발시켰다.

이 사건을 제외하면 미국 정부는 멕시코 라디오를 그저 농담거리로 여겼다. 1920년대 중반에 멕시코시티가 상업용 주파수의 대역폭을 공유하자고 제의했지만, 워싱턴은 코웃음을 치며 캐나다에 몇

• 미국 텍사스와 멕시코적 요소가 혼합된 음악.

가지를 넘겨주고 나머지를 다 차지해버렸다. 1931년 2월에 브링클리가 자신의 계획을 홍보하고자 멕시코시티를 방문했을 때, 멕시코 당국은 그를 잃어버렸던 혈육처럼 끌어안았다. 그들은 첫째, 북부 지역에 거액의 현찰을 공급하고 둘째, 미국의 제국주의적인 무선통신 설계를 쑥대밭으로 만들려는 프로젝트에 기꺼이 협력하기로 했다. 브링클리와 그의 새로운 후원국은 복수를 위해 손을 잡았다.

그해 3월, 브링클리는 위치타의 한 보험사에 KFKB를 매각했고, 남부로 이주할 계획을 세웠다. 그러나 캔자스에서의 삶을 완전히 정리하지는 않았다.《뉴욕 타임스》는 이렇게 보도했다.

브링클리가 1932년 주지사 선거에 출마할 것이라는 공지를 보냈다. 브링클리는 밀퍼드에 계속 거주하면서 멕시코의 라디오 방송국을 원격으로 운영할 것이라고 밝혔다. 유력 정치인들은 그를 저지할 방법을 찾지 못하고 있다.

밀퍼드의 클리닉도 직접 운영하는 대신, 돌팔이 의사인 오웬스비 박사와 드라구 박사에게 맡겨두었다.

브링클리는 3,200킬로미터에 달하는 멕시코 국경의 어디쯤에 방송국을 세울지 고민했다. 그러던 어느 날, 텍사스 델 리오의 상공회의소 사무관 A. B. 이스터링으로부터 편지를 받았다. 샌안토니오 서쪽으로 240킬로미터 떨어진 델 리오는 '리오그란데강의 퀸 시티'이며, '양모와 앙고라염소 털의 수도'라고 자체적으로 홍보했지만, 사실 그곳은 대공황의 절망 속에서 태어난 먼지투성이의 작은 마을일뿐이었다.

"적어도 한 번은 저희를 방문해주실 것이라 바라 마지않습니다."
이스터링은 이렇게 적었다. "빌라 아쿠나(강 하나를 사이에 두고 델
리오와 마주보고 있는) 시장님께서 방송국 부지로 가장 적절한 땅을
무료로 제공하겠다고 멕시코 영사님과 약속하셨습니다."

브링클리는 이스터링의 말을 직접 확인하기 위해 델 리오로 날아
갔다. 마을을 둘러본 그는 몹시 흡족해했다. 브링클리만큼 유명했
던 로이 빈 판사는 술과 돈을 즐기면서 제멋대로 판결하며 살다가,
1903년에 그곳에서 세상을 떠났다. 델 리오는 거짓말에 관대했고,
주민의 절반은 아이들이 산타클로스를 믿듯 페코스빌*을 믿었다.
경쟁에 대해 말하자면, 한 지역 역사가는 "델 리오에서 목격된 유일
한 라디오는 오트밀 상자에 구리선을 감아 만든 것이었다"고 말했
다. 브링클리는 그곳을 차지하기로 했다.

브링클리는 인터내셔널 브리지를 통해 강을 건넜고, 영화관 두
곳과 괜찮은 투우장을 갖춘 활기찬 소도시 빌라 아쿠나에서 관련
서류에 서명했다. 4월 30일, 미국의 10배에 해당하는 5만 와트로
라디오 방송을 할 수 있는 허가증이 발급되었다. 계약서 작성을 도
와줬던 한 공무원은 그 일을 브링클리에게 "방송국 운영에 관한 절
대적 자유를 부여한 파격적 혜택"이라고 평가했다.

그해 여름 브링클리는 35만 달러를 들여 마을 외곽의 4만 제곱미

• 미 서부의 전설적인 카우보이—옮긴이

터 땅에 '보더 블래스터(border blaster)*—호출 부호 XER—'를 짓기 시작했다. 작업은 빠르게 진행되었다. 일전에 마을을 둘러보다 송수신기 튜브를 자체 제작해야 한다는 이야기를 들었던 브링클리는 주머니에서 뭉칫돈을 꺼내더니 3만 6천 달러를 선뜻 내놓았다.

그동안 모리스 피시바인은 쌍안경으로 이 모든 과정을 지켜보고 있었다.

편지나 전화로 연락이 닿지 않자, 그는 브링클리의 프로젝트를 무산시키기 위해 텍사스로 날아갔다. 다른 사람들도 마찬가지였다. 멕시코의 미 대사관 직원들은 국무부의 지시로 브링클리의 계획을 막기 위한 방법을 찾고 있었다. 마약 밀수업자, 총기 밀반입자, 소절도범, 불법 체류자들이 국경 남쪽의 가난과 독도마뱀을 피해서 북쪽의 가난과 독도마뱀을 향해 가느라 물속을 허우적거리는 일은 있어도 이런 경우는 처음이었다. 대응 매뉴얼이 존재할 리 없었다.

피시바인은 브링클리의 면허가 취소되기를 바라며 오스틴의 텍사스 의료위원회 앞에서 돌풍처럼 강력한 연설을 했다. 그러나 피시바인의 돌팔이 의사에게는 황금알을 낳는 거위가 있었다. 피시바인은 다음 계획을 결정하지 않은 채 시카고로 돌아갔고, 자신이 실패한 일을 다른 사람들이 성공시켰다는 놀라운 소식을 들었다. 법무부의 강한 압박에 멕시코 정부가 마지못해 XER의 건설을 중단시킨 것이었다.

• 외부 방송국으로 허가받지 않았지만, 실제로 다른 나라를 목표로 삼는 방송국.

피시바인은 몇 주 동안 승리를 만끽했다. 그러나 그것도 곧 사라지기 시작했다. 브링클리는 폐쇄 소식을 듣자마자, 오래 알고 지낸 유력 정치가에게 전보를 보내 도움을 청했다. 그는 오랜 친구이자 부통령인 찰스 커티스였다.

"멕시코시티에서 벌어진 일을 조사하려고 이동 중이네. 워싱턴에서 시작된 음모의 핵심 인물을 밝히고 추악한 실태를 전부 폭로하여……. 캔자스 주민들은 정당한 경쟁을 중시하는 자네가 이 사건을 조사하여 캔자스 밀퍼드의 J. R. 브링클리와 그의 아내 그리고 아이에게 행해지는 일들을 캔자스의 신문들이 보도할 수 있게 해줄 것이라고 생각하네. 멈춰야 해."

커티스는 정치계에서 잔뼈가 굵은 해결사였다. 상원의 다수파 리더였던 그는 협상중개기술로 유명했다. 누군가는 커티스를 미 의회의 강력한 '밀담 전문가' 중 하나라고 불렀다.

"커티스가 짧고 통통한 팔을 다른 상원의원의 어깨에 두르며 특유의 포즈를 취할 때마다 기자들의 손이 바빠진다." 그러나 그는 그즈음 후버에게 소외를 당하면서 2인자의 자리로 밀려났고, "눈물 어린 시선으로 상원위원 층에 있는 예전 자리를 응시했다."

그의 고난에서 일부 영감을 얻은 거슈윈 형제는 비참할 정도로 한가한 부통령 알렉산더 스로틀바텀이 도서관 대출증도 발급받지 못한다는 내용의 작품을 썼다. 이렇게 탄생한 브로드웨이 뮤지컬 《그대를 위해 노래 부르리(Of Thee I Sing)》가 개봉을 앞두고 있었다.

대공황에 대한 후버의 무기력한 대응 덕에 커티스는 한가할 뿐 아니라, 정치적으로 죽은 고기나 마찬가지였다. 그러나 브링클리의 전보를 읽자 희망이 차올랐다. 많은 사람들이 좋아하는 의사를 구해주면, 캔자스 유권자들이 보는 앞에서 자신의 과오를 만회하고 한때 친구였던 격노한 농부들을 일부 되찾을 수 있을지도 몰랐다. 어쩌면 자신의 경력을 구할 수도 있었다.

커티스는 여전히 많은 연줄과 많은 비밀을 가지고 있었다. 그는 자신이 몸담고 있는 국무부의 노력을 무산시키기 위해 물심양면으로 일했다. 그는 냉담한 편지(커티스 씨는 …… 브링클리 박사의 앞날에 방애물이 추가되지 않는 방법을 국무부가 찾아내기를 바랍니다)를 보내어 워싱턴과 멕시코의 미 대사관에 압력을 넣었다. 얼마나 추악한 일들이 일어났는지는 확실하지 않지만, 분명 그 과정에서 브링클리의 우편 사기에 대한 기소가 중지되었다. 피시바인은 오래전부터 우편 사기에 관한 혐의로 그를 기소하자고 주장했었다. 미주리의 보건국장 역시 안내장의 형태로 '고환 장사'를 홍보하는 것은 명백한 범죄라고 강력히 주장했다.

"브링클리는 아마 이렇게 말할 겁니다. 내 눈을 잘라내고 당신의 눈을 잘라내서 내 머리에 넣으면 그 눈이 빠르게 자라서 그것을 통해 볼 수 있을 거라고……. 브링클리는 가장 위험한 유형의 사기꾼이며, 만약 캔자스 정부 당국이 그를 우편 사기 혐의로 체포하지 않는다면 국민에 대한 의무를 저버린 것이나 마찬가지입니다."

기소가 임박한 시점에, 우편 사기 조사관 두 명이 FRC 앞에 나타났다. 그러나 커티스는 단 한 번 개입했을 뿐이었다. 대신 이 '위대한 밀담 전문가'는 브링클리의 멕시코 프로젝트를 정상궤도로 돌려놓았다.

몇 주 만에 90미터짜리 타워 두 채가 완공되었다. 멀지 않은 곳에서 분수대의 왜가리 조각상이 하늘을 향해 물줄기를 뿜어내고 있었다. 스튜디오의 출입문 상단에 그려진 번개무늬에는 방송국의 호출부호 XER이 새겨져 있었다. 엔지니어링 전문가 제임스 웰던이 내부에 경이로운 작업실을 만들어놓았다.

"송수신실은 라디오에 관한 고전적인 공상과학영화처럼 보였다." 한 방문자가 말했다. "불길한 느낌의 검은색 패널로 만든 여러 개의 선반, 계량기, 수도 밸브, 버튼, 조명과 값비싼 회로를 들여다보기 위한 둥근 유리창이 가득했다."

1931년 10월, 두 국가 사이에 세워진 선샤인 방송국이 첫 선을 보였다. 델 리오는 염소 고환 의사와 그의 아내에게 경의를 표하기 위한 축제 주간을 선정하여 XER를 축하했다. 그날 밤 행사에 텍스-멕스 가수들이 출연했고, 상공회의소는 기념시를 선물했다. 그리고 브링클리 부인의 여동생이 솔로 발레 공연을 펼쳤다.

우연히 밖을 어슬렁거리던 취객들의 눈에도 밤하늘에 나란히 솟은 거대한 타워가 선명히 보였다. 전선을 따라 괴상한 녹색 불빛이 탁탁 소리를 내자 불꽃이 일었다.

33

대공황의 어느 이른 저녁, 한 주방 직원은 건물 모퉁이를 돌다 50여 명의 남자들이 레스토랑의 쓰레기통을 두고 다투는 모습을 발견했다. 당시 사람들의 삶은 그 정도로 비참했고, 전국의 자살률이 급격히 증가하고 있었다. 수많은 사람들, 특히 전일제 노동자가 없는 가정이 병들고 있었다. 잠시였지만 미국 대부분의 가정이 그랬다.

가난과 공포가 바구미처럼 사람들의 마음속에 파고들었다. 다행히 일자리를 찾은 일부 남성들도 일을 제대로 하지 못해 또 다시 해고될까 봐 선뜻 일을 시작하지 못했다. 여성 패션산업은 세상 물정에 밝은 신여성 스타일을 버리고, 폭신하고 부드러운 디자인을 선택했다. 일각에서는 이런 현상을 초라한 남자들의 자존심을 세워주기 위한 노력으로 보기도 했다. 그러나 여자들(새 옷을 사 입을 여력이 있는 소수)의 옷차림도, 종종 집밖에서 침실로까지 이어진 실패 때문에 상처 입은 수백만 명의 남자들을 위로하지 못했다.

이러한 상황은 의학박사 존 브링클리의 황금기가 도래했음을 의미했다. 그의 경력에 또 다른 기적이 일어났다. 1920년대에 시대정신이 붕괴하며 대부분의 유행과 부도 함께 사라졌지만, 브링클리는 탁월한 능력으로 파산을 모면했다. 사실 대공황이 없었더라면 회춘술 광풍은 금세 사그라졌을 것이다. 번영의 시대에 브링클리에게 성공을 가져다준 회춘술은 절망의 시대에 그를 더 높은 곳으로 올려주었다. 대공황의 불구덩이 속에서 돌팔이 의사들은 늘 희망찬 약속을 아끼지 않았고, 수많은 사람들이 희망을 찾아갔다.

모든 회춘술 의사들은 고비를 넘기고 더 행복하게 살 기회를 얻었다. 그 무렵 세르주 보로노프는 노래 못하는 디바 가나 왈스카(결국 해롤드 맥코믹과 결혼한)와 함께 샹젤리제 거리의 화장품 가게에 공동 투자를 했다. 그러나 로션과 크림은 보로노프의 관심을 끌지 못했다. 그는 어느 때보다 심각하게 침팬지에 빠져 있었다. 그는 고환이식이라는 과학이 '슈퍼맨'과 '슈퍼우먼' 종족을 창조할 날이 머지않았다고 말했다. 여성은 '더 복잡한 신체구조'를 가지고 있으므로 문제해결에 더 많은 시간이 걸리겠지만, 보로노프는 원숭이의 세 가지 분비선, 갑상선과 뇌하수체, 난소를 이식함으로써 남성들의 이식수술에 비견할만한 성과를 얻을 수 있을 것이라고 확신했다. 그러면 여성도 곧 150세까지 살 수 있을 것이었다.

슈타이나흐의 회춘술도 여전히 인기를 끌었다. 빈의 칼 도플러 박사나 뉴욕의 해리 벤저민 박사 등 새로운 회춘술 의사들도 각기 다른 방식으로 유행을 만들어냈다. 그들은 오랜 논쟁의 불씨를 재점화했다. 노벨상 수상자인 록펠러연구소의 알렉시스 카렐은 "물리적 시간의 통로는 멈추거나 되돌릴 수 없다. 누구도 그것을 통제할 수 없다"고 말했다. 그러나 파리의 에우제비오 A. 에르난데스는 '몸과 분리된 머리를 세 시간 동안 살아있게 한 J. P. 하이만스 교수의 실험'을 목격한 후에 하버드 의대 연단에 올라, 엄청난 수명연장이 가능할 뿐 아니라 죽음을 예방할 날이 머지않았다고 단언했다. 성직자들은 생명연장에 대한 집착을 개탄하며 사후세계의 중요성을 의회에 상기시켰다. 애나 잉거먼 박사는 여성광고협회에 분비선을 '영혼의 자리라고 불릴만한 곳'이라고 전했다.

피시바인은 브링클리 추격에 제동이 걸리자, 관심을 다른 곳으로 돌렸다. 당시 돌팔이 의료가 뜨거운 인기―AMA의 화학자 네 명이 하루 종일 가짜 강장제를 분석하고 있었다―를 끌고 있었으므로, 피시바인은 새 저서 『치료법의 유행과 돌팔이 의료(Fads and Quackery in Healing)』를 출간하여 돌팔이들의 최근 돈벌이를 폭로했다. 공기요법, 자가혈액요법, 점성술요법을 포함한 최신 의료 사기 수법; 바이오다이내모크로매틱 진단 및 치료(유색광 아래에서 복부를 세게 두드리며 동쪽이나 서쪽을 향해 "리드모-크롬 호흡"을 실시한다); 크리스토스(불순함과 죄악을 몸에서 동시에 제거하도록 제작된 강장제); 지오테라피(작은 흙뭉치로 환자의 몸을 누르는 치료), 림피오 코머롤로지(Q-33와 Q-34을 복용하여 건강을 얻는 치료), 패시아트리, 포로패시, 사나톨로지, 스펙트로크로미즘(질환별 맞춤 유색광 밑에서 목욕하는 치료법); 트로포-테라피, 비타-오-패스(36가지 엉터리 치료법을 하나로 통합), 그리고 '한곳을 지압하여 다른 곳의 질병을 치료하는' 조노테라피. 예를 들어 조노테라피는 우측에 치통이 있을 때, 왼쪽 발의 두 번째 발가락에 가는 철사를 감아 치료했다.

그 책은 인간의 상상력을 둘러볼 수 있다는 면에서 쥘 베른*보다 나았지만, 피시바인에게 싸울만한 무기가 거의 없다는 사실을 비롯해 문제를 전반적으로 다루지는 않았다.

"AMA는 실제로 법적인 강제력을 가지고 있지 않다." 그는 설명했다. "따라서 처벌할 힘이 없으며, 누군가가 어떤 방식의 의료행위를 하더라도 그것의 타당성이 얼마나 의심스러운가와 상관없이 제지할 권한이 없다. 대중에 대한 의료 사기와 착취는 공교육 프로그램을 통해서만 통제된다."

브링클리와의 전쟁에서 이미 보았듯, 주법과 연방법이 허점투성이라 돌팔이들의 범죄에 책임을 지우기 어려웠다. 의사가 시내 중심가에서 환자를 총으로 쏴버리지 않는 한, 그를 건드리는 일은 거의 불가능했다. 물론 민사법원에 세울 수는 있었지만, 그럴 경우 피해자는 상당한 비용을 지불하고도(그럴만한 여유가 있다면) 패소의 책임까지 져야 하는 위험부담을 감수해야 했다. 회전하는 불빛과 전선 등 간단한 장치와 기구도 모두 합법이었다. 나중에 한 친구는 이렇게 말했다. "책에 기록된 엉터리 의료기기에 대한 금지법을 만들기 위해, 수십 년간 모리스 피시바인은 황야에서 홀로 싸움을 계속 해왔습니다."

피시바인이 도움을 주려는 사람들조차 그를 반대했다. 동료들은 그의 열정에 박수를 보냈다(1930년 봄, 토렉은 그에게 편지를 보냈다.

• 『80일간의 세계 일주』로 유명한 프랑스의 공상과학 소설가–옮긴이

"이러한 '골칫거리들'에 맞선 끈질긴 싸움이 자네를 불멸하게 할 거야"). 그렇다고 해서 평범한 사람들이 그의 방문을 반겼던 것은 아니었다. 돌팔이들은 좋은 소식이라도 가져왔다. "효과가 있습니다!" 그러나 피시바인은 나쁜 소식을 가져왔다. 아픈 사람들이 누구의 이야기를 더 들으려 했겠는가?

이러한 상황을 모두 고려할 때, 피시바인은 오로지 자신의 힘만으로 어느 누구보다 더 많은 승리를 거둔 셈이다.

헨리 주니어스 시얼슨은 당시 가장 악명 높았던 돌팔이 성형외과 의사였으며, 주를 옮겨다니며 고통과 외형 손상을 퍼뜨렸다. 그동안의 실적과 피츠버그에서 유죄 선고를 받은 뇌물죄에도 불구하고, 그는 A급 사기꾼의 뻔뻔함을 이용하여 브로드웨이 스타, 패니 브라이스를 비롯해 명망 있는 고객들을 끌어모았다. 그러던 어느 날, 한 젊은 여성이 찾아와 어깨 화상을 치료해달라고 요청했다. 그는 치료를 받던 여성에게 밭장다리를 교정하자고 제안했다. 그 결과, 그녀는 양쪽 무릎 아래를 모두 절단해야 했다.

피시바인은 이 사건을 논란거리로 만들었다. 꾸준한 문제 제기 덕에 시얼슨은 1930년에 중대한 의료과실로 유죄를 선고받고, 일리노이주에서 추방당했다. 시얼슨이 정착을 위해 오하이오주에 갔을 때, 피시바인이 먼저 그곳에 가서 기다리고 있다가 그를 맞이했다. 그리고 시얼슨이 병원을 차리려고 하는 곳마다 찾아가 소문을 냈다. 결국 시얼슨은 허둥대며 동부로 달아나던 중에 필라델피아에서 파산하고 감옥에 갔다.

피시바인이 피해를 입히거나 몰락시킨 사람들 중에 자칭 '사나톨로지스트*'였던 퍼시벌 레먼 클라크는 헨리 포드의 총애를 받던 인물이었다. 대담한 치과의사 페인리스 파커는 합법적인 절차를 통해 이름을 페인리스로 바꿔 홍보에 활용했고, 존 폴 페르넬은 과하게 큰 가슴을 축소시켜준다는 '수면용 브래지어'를 개발했다. 피시바인은 추격의 고삐를 늦추지 않았고, 결국 살인적인 행보(한 친구는 그의 신진대사를 '우주적 사고'라고 불렀다)로 인해 '신경쇠약'이라는 모호한 병을 얻었다. 한 동료는 "피시바인이 연설을 하다 네 차례 이상 실신했다"며, 뇌혈류의 산소부족으로 인한 의식상실이었던 것 같다고 당시를 회상했다. 그러나 피시바인은 피로 탓이라고 일축하며 강행군을 이어갔다. 그 자신 또한 의사보다 대충 감춰놓은 알약을 더 신뢰했다.

여전히 《아메리칸머큐리》에 글을 게재하고 있던 피시바인은 1931년에 맹켄에게 리스테린이 야기한 살균광에 대한 이야기를 제안했다. "노령의 전기치료 의사가 짧은 성명을 발표했다. 만약 직장(곧창자)에 치아가 있었다면, 그 치아를 살균 상태로 유지하기 위한 특수 브러시와 화학물질도 틀림없이 발명되었을 것"이라는 내용이었다.

그렇지만 그는 대체로 대체의학을 비난하는 글을 썼다. 그는 크

---

* 죽음과 관련된 현상을 연구하는 사람.

리스천 사이언스*의 치료사가 6살짜리 당뇨병 환아에게 인슐린을 주지 않아 아이가 사망에 이르게 했다는 이야기를 들었고, 당뇨를 앓고 있는 판사를 찾아내 그 치료사를 살인 혐의로 체포하게 했다. 그러나 당시에는 관련 법률—잘못된 의료행위에 의한 사망은 1960년대에 이르러서야 최초로 유죄판결을 받았다—이 없었기 때문에 기소할 수 없었다.

• 미국 기독교 계통의 신흥 종교로 질병이 마음의 문제라고 본다. 예수를 믿으면 문제가 해결된다고 주장하며, 의학적인 치료보다는 기도의 힘을 의지한다.

34

석회암 지하 묘지 안에서 대왕 뱀이 쓱 빠져나오더니, 굉장히 느린 속도로 채찍처럼 움직인다. 검은색과 담홍색의 화려한 줄무늬를 가진 대왕 뱀은 지하 도랑과 갈라진 틈 사이를 미끄러지듯 지나 빛을 향해 위로 올라간다. 대왕 뱀이 지나가는 고대 벽화에는 대왕 뱀과 같은 검은색과 담홍색뿐 아니라 오렌지레드색과 캐러멜색과 흰색도 있다. 샤먼을 묘사한 흰색 형체는 우뚝 선 채 상체를 멋지게 뻗어 있었고, 죽음을 상징하는 까맣고 조그만 형체는 위아래가 뒤집혀…….

"방송국 근처에서 연주했어요." 기타리스트 후안 라울 로드리게 즈가 말했다. "우리는 방송국 근처에서 잠을 자고, 그곳에 계속 머무르면서 …… 밤이면 사방에서 아름다운 음악소리가 들리고 마치 천국에 있는 천사들처럼 전선을 따라 반짝이며 춤추는 불빛을 본답니다."

브링클리는 리오그란데강의 텍사스 쪽에 주로 머무르며, 델 리오의 J. C. 페니 상점에 있는 작고 아늑한 스튜디오에서 방송을 했다. 그는 미 정부 당국을 비웃기라도 하듯 밀퍼드를 주기적으로 방문하여 방송했고, 멕시코 송수신기를 통해 전화 중계로 자신의 목소리를 내보내기도 했다. 국제전화를 통한 방송은 법에 저촉되지 않았다. 이전까지는 누구도 그런 생각을 하지 못했기 때문이다.

그러던 중 꿈같은 일이 XER에서 실제로 일어났다. 1932년 1월 11~16일에 XER은 북아메리카의 청취자들에게 27,717통의 편지를 받았다. 델 리오가 하룻밤 사이에 유명해지면서 그곳의 경제도 살아났다. 브링클리는 도서관 건립 등 환경개선을 위해 거액을 기부하여 '마을 사람들을 무척 기쁘게 했다.' 물론 모두가 그를 사랑한 것은 아니었다. 강 건너에 있던 소수의 원칙주의자들은 멕시코 땅에 지어진 XER이 미국인들에 의해 소유 및 운영되고 있으며, 영어로 된 방송을 주로 내보낸다는 사실에 몹시 격분했다.《라 프렌사》의 보도에서처럼 '항의하는 애국자들'이라 불리던 그들은 '양키 제국주의의 선전에 보여주는 관용'에 분개했고 '내무부에 항의서를 보냈다.'

그러나 브링클리는 즐겨 말했다. "저는 제 적들을 살찌웁니다."

의도하지 않을 때에도 마찬가지였다. 그는 반대파를 달래기 위한 작은 선물로 멕시코의 전역에 자신의 방송을 차단하는 '지향성 타워'를 추가로 건설했다. 그것은 북부로 향하는 전력량을 크게 증가시키는 긍정적인 효과도 가져왔다. 브링클리는 멕시코시티의 동의를 얻어 1932년 1월부터 전력량을 15만 와트로 상향 조정했다. 그리고 8월에는 50만 와트를 얻어 미국 정부를 경악시켰다. 그 후 100만 와트(자그마치 100만 와트!)를 허가받으면서, XER을 지구상에서 가장 강력한 라디오 방송국으로 만들었다. XER에서 일했던 한 기술자는 XER의 송수신기가 "당신 팔에 있는 털도 세울 수 있었다"고 설명했다. 지역 주민들은 라디오 신호가 너무 강해서 자동차 헤드라이트가 저절로 켜졌고, 침대 스프링에서 웅웅거리는 소리가 났으며, 통화 중에 브링클리의 목소리가 섞여 들어왔다고 말했다.

부드러운 비처럼 내려앉던 그 목소리는 모든 주로 퍼져 나갔고, 15개 나라로 확대되었다. 방송대 중앙의 735킬로사이클 부근을 차지한 XER은 종종 애틀랜타의 WSB와 시카고의 WGN 같은 거대 방송국들도 마비시켰다. 3,200킬로미터 떨어진 몬트리올 방송국도 XER로 인해 만성적인 전파방해가 발생한다고 보고했다. 맑은 날 밤에는 브링클리의 목소리가 핀란드를 넘어 알래스카에 닿거나, 자바 해(Java sea)의 선박에 들리기도 했다. 소문에 의하면, 러시아 스파이들도 XER을 들으며 영어를 공부했다고 한다.

XER의 무례한 접근에 일부 미국인들은 길길이 날뛰었다. 고단한 하루를 마치고 아모스 앤 앤디 또는 찰리 맥카시를 들으려던 사람들은 고환 방송에 불쾌해했다. 그러나 그들이 '멕시코의 무법 라디오'와 '전파 밀수범'을 욕하는 동안, 다른 반응을 보인 사람들도 있었다. 감언이설과 사악한 충고와 더불어 최고 수준의 텍스-멕스와 힐빌리 음악(hillbilly music)*이 흘러나왔기 때문이다. 수백만 명이 이런 음악들을 사전지식 없이 처음 접하게 되었고, 사랑하게 되었다.

일부는 황금 목청을 가진 로이 포크너처럼 KFKB 시대에 활약했

• 　미국 남부 산악 지대의 민요조 음악. 컨트리 뮤직의 원형.

던 가수였다. 그러나 북부와 서부에서 음악가들이 밀려오기 시작하면서, 인재 풀이 금세 극적으로 확장되었다. 그랜드 올 오프리처럼 인기 있는 지역 방송도 보더 블래스터의 경이로운 침투력에 손을 쓰지 못했고, CBS나 NBC와 같은 전국 방송은 힐빌리 음악과 별다른 접점이 없었다.

브링클리는 문을 활짝 열어젖혔다. 팻시 몬타나(재기 넘치는 요들 가수이며, '카우보이의 애인이 되고 싶어(I Want to Be a Cowboy's Sweetheart)'라는 노래를 통해 여성 컨트리 음악 가수로서 최초의 밀리언셀러가 되었다), 레드 폴리, 진 오트리, 지미 로저스, 피카드 패밀리, 카우보이 슬림 라인하트 등 수많은 가수들이 XER의 번개표시가 박힌 마이크 앞에 섰다. 그곳으로 이끌려온 수많은 컨트리 음악 가수들로 인해 델 리오가 '힐빌리 할리우드'로 알려지면서, 브링클리는 의도치 않게 대중문화의 거물로 변모했다. 빌 C. 말론은 미국의 컨트리 음악을 정의하며 '40년대 초부터 50년대 말까지 힐빌리 음악을 미 전역에 퍼뜨리고 어마어마한 인기의 초석을 닦은 인물'이 바로 염소 고환의 제왕이라고 평가했다.

음악가들만 브링클리의 스타였던 것은 아니었다. 그는 모든 유형의 인재를 알아보는 예리한 눈을 가지고 있었고, 얼마 후 날카로운 눈매와 금발 염색머리에 메이 웨스트를 닮은 여성이 XER의 '사연 챔피언(브링클리 다음)'으로 등극했다. 그녀의 이름은 로즈 던으로, 일명 마야의 신성한 명령의 후원자("마야인들의 도움으로 너 자신을 찾을 수 있을 것이며……")라고 불렸다.

염소 고환으로 고칠 수 없는 것은 로즈가 고쳤다. 그녀는 '욕망하는 것 얻기', '수입을 늘리는 확실한 방법', '개인적인 매력을 발달시키는 법' 등 단계별 지시사항이 적힌 자구책 꾸러미를 모두 4달러 98센트에 팔았다. 아니면 위와 같은 목적을 달성할 수 있는 향수를 보냈다. 4달러 98센트가 없는 사람에게는 1달러짜리 기도를 약속했다. 또한 브링클리 박사의 인격과 선행이 그를 백악관으로 부를 것이며 하나의 사업이 많은 사람들에 의해 받아들여질 것이라고 예언했다.

방송이 없는 날이면, 로즈는 초록색으로 내부를 장식한 분홍색 자동차(크라이슬러)에 남자친구인 코란을 태우고 델 리오의 거리를 돌아다니는 것을 좋아했다. 그는 키가 크고 검은색 피부에 번지르르한 외모를 가진 점성가이자 유심론자였다. 그녀가 브링클리의 애인이라는 소문도 돌았지만, 증거는 전혀 없었다. 그는 그런 유형이 아니었다.

그때까지 자신을 위한 광고만 방송했던 브링클리는 로즈 던의 성공을 계기로 방송을 다시 생각하게 되었다. 그는 과하게 추잡하거나 음란한 광고업자들, 아니면 평범한 미치광이들, 방송시간을 달라고 간청하는 사기꾼들에게 시간당 1,700달러를 받고 기회를 주기로 결심했다. 갑자기 XER에 크레이지 워터 크리스털, 전기 나비 넥타이, 탈장 치료제, 진짜 같은 가짜 다이아몬드, 토마토 모종, 생명보험, 살아있는 집짐승 그리고 최후의 만찬 테이블보와 예수의 서명이 담긴 그림 같이 종교와 관련된 물품 등을 찬양하는 목소리가 난무하기 시작했다. 어떤 사람은 태엽으로 움직이는 세례자 요한의 인형을 팔았는데, 태엽을 돌리면 인형이 걸어가다 머리를 바닥에 툭 떨구었다.

경쾌한 음악과 시끌벅적하고 강압적인 판매를 권유하는 목소리가 뒤섞인 속에서, AM 라디오가 모습을 드러내고 있었다.

35

당연히 미 대륙의 모든 괴짜들이 자신만의 '보더 블래스터'를 갖고 싶어 했다. 멕시코는 1930년대 초반에 잠시 방송국을 마구잡이로 나누어주었다. 연방전파위원회(FRC) 때문에 방송국을 폐쇄했던 노먼 베이커는 1932년에 15만 와트를 허가받고, 누에보라레도에 XENT를 세웠다. 그는 스튜디오 외벽을 밝은 보라색으로 칠하고 방송을 재개한 뒤, 브링클리와 싸움을 시작했다. 컨트리 음악가인 행크 톰슨은 '잭 베니와 프레드 앨런의 난타전' 같았다고 회상했다.

로사리토 비치의 XERB, 시우다드 후아레스의 XELO, 몬테레이의 XEG, 피에드라스 네그라스의 XEPN 등 수많은 방송국이 생겨났으며, 모두 텍사스에 자매 타워를 가지고 있는 것을 기뻐했다.

"수익성이 너무 좋아 라디오 방송국들이 채유탑처럼 불쑥불쑥 생겨나고 있다."《시카고 데일리뉴스》가 보도했다.

그렇지만 여전히 브링클리의 방송국이 최대이자 최고였다. 1932년에 FRC가 '기인들(독심술사, 점성술사, 점쟁이, 요가 수행자, 신비주의자, 사이키스트, 예언자)'의 방송을 금지하자, 그들은 모두 같은 목적지를 떠올렸다. 하룻밤 사이에 멕시코 국경은 한때 샤먼의 젖을 먹었던 터번을 쓴 사람들이나 9차원에서 순간 이동한 사람들로 북적였다. 한 방송국의 강 건너에 있는 텍사스주 이글패스의 마을에 수많은 기인들이 모여들어 야구팀을 만들었다. 그들은 초능력을 자주 다른 사람에게 맡겼기 때문에 놀 시간이 많았다. 샌안토니오에서 기자로 활동했던 한 남자는 귀신을 보기 시작하면서 힘든 시기를 겪었고, 그곳으로 건너와 결혼, 이혼, 매매 등의 사연에 조언을 해주며 3센트씩 받았다.

나머지 난민들은 종교 박해의 피해자들이었다. 당시 FRC가 전도사들의 기부 요청을 금지하면서, 일부 유명인사들이 시대에 뒤떨어진 양심의 가책을 고속도로 위에 내던지고 남부로 향했다. 텔레비전 전도사들의 조상들은 불법 라디오에서 기술을 갈고닦았다. 카우보이 전도사 댈러스 터너, 목사 유진 스미스(재림 전문가), 프레데릭 아이커렌코터 II(아이크 목사), 이들은 모두 브링클리 박사의 라디오 천막에서 홍보하고 기도하며 경력을 회복했다.

그렇게 해서 리오그란데강을 따라 11개의 보더 블래스터가 지어졌고, 모두 합쳐 70만 와트 이상의 전력을 내뿜었다. 미국에 있는 방송국의 전력량을 모두 합친 것보다 많은 양이었다. 메이 웨스트(Mae West)*를 미국에 붙잡아 둔 음란한 컨트리 음악은 초보자들에게만 주어졌다.

"목사들은 마이크 앞에서 사탄과 싸웠습니다." 한 전문가가 이렇게 설명했다. "부자들을 죽이고 잡아먹는다며 소리를 질렀어요."

수많은 여성 팬들을 거느렸던 노먼 베이커는 자신의 스튜디오 마

---

* 미국의 배우이자, 극작가로 활동한 그녀는 노골적인 성적 표현을 서슴지 않았던 것으로도 유명하다.

이크 옆에 침대를 설치하고, 섹스를 하면서 암 치료를 홍보했다고 한다. 피에드라스 네그라스에서 누군가—누구인지는 확실치 않다—가 송수신기를 날려버리면서 미국과 멕시코의 보더 블래스터 소유주들 사이의 싸움이 끝났다. 그러는 동안 시골 부기, 웨스턴 스윙, 고독한 카우보이, 코미디 공연, 샌안토니오의 멕시칸 심포니 오케스트라, 우디 거스리 그리고 이전까지 알려지지 않은 믿음에 이르는 방법들이 물통으로 들이붓듯 미 전역에 흘러넘쳤다.

신디 루를 보러 갔다네
내가 찾고 있던 그 즐거움
그녀의 입술이 그리웠어, 그녀의 코에 키스했지
소중한 것이 새어나가고 있어
같이 살자, 신디 신디
같이 살자, 신디 신디 ……

그 모든 것을 가능하게 만든 광고주들은 코롤백 염색약(납중독을 일으킴), 래시 루어(실명됨), 라디돌(인가받은 방사성 물), 코렘루(나중에 검사를 통해 '쥐약으로 만든 탈모제'임이 밝혀졌다) 등의 상품으로 소비자들의 삶을 완전히 바꿔놓았다. 리졸•은 '안전한 질 세척제'로 홍보되었다.

• 살균력이 강한 크레졸을 칼륨 비눗물에 녹인 것으로, 보통 100~400배로 희석하여 소독제로 사용한다.

1932년 늦여름, 새 보더 블래스터로부터 용기와 영감을 얻은 멕시코 출신 돌팔이 의사들이 빌라 후아레스의 북부 중앙에 있는 마을에서 직접 컨벤션을 개최했다. 그들 중 멕시코의 '추방당한 성인' 니노 피덴시오와 '카멜레온 뇌를 밀거래하던' 니나 루페가 가장 유명했다. 한 군사령관은 소소한 재밋거리로 '한푼도 쓰지 않고 마법으로' 벌금 내는 법을 공개하기도 했다.

예상대로 마지막 강연은 예전과 마찬가지로 선풍적인 인기를 끌었다. "여러분에게 도움을 주었던 브링클리 부부가 이제 도움을 요청하고 있습니다. 들어가는 돈이 너무 많은 데다 간신히 생계를 이어가고 있기 때문입니다. 친구들을 크게 한번 도와준다는 생각으로 브링클리 부부에게……."

모두가 힘들어했던 것 같다. 그러나 브링클리가 고통스러워하는, 혹은 그러는 척하는 사이에 그의 라디오 방송은 새로운 여유와 신뢰를 얻고 있었다. 그는 평소처럼 의학과 종교가 뒤섞인 헛소리와 목회자 설교로 사람들의 지갑을 탈탈 터는 대신, '도로 안전', '모르몬교도들', '어머니에 대한 감사', '특이한 성격'과 같은 제목으로 에머슨풍의 강의를 했다. 그리고 매주 일요일에는 설교를 했다. "하느님을 찾아 행복해집시다. 그것만이 유일한……."

그리고 아내에게 말했다. "내가 세계 최고라니까!"

36

1932년 8월,《볼티모어 선》의 한 편집자는 2년 전 브링클리의 주지사 출마가 "캔자스에 있는 모든 지식인의 간담을 서늘하게 했다"고 회상했다. 그 기사는 익명이었지만, 멩켄 특유의 병적인 즐거움이 묻어났고, 마무리도 마찬가지였다.

1930년에 브링클리는 투표용지에 이름을 올리지 않고도 선출 직전까지 갔다. 올해는 그의 이름이 투표용지에 올라갈 것이다. 캔자스를 위해 기도해주길 바란다.

곡식 값이 90퍼센트로 떨어지면서, 캔자스의 일부 농부들은 지난 겨울에 난방을 위해 밀을 태웠다. 1932년 주지사 선거가 머지않은 시점에서, 위치타 비콘의 여론조사는 브링클리에 대한 선호도가 재임자보다 4배나 높다고 발표했다.《엠포리아 가제트》의 편집자 윌리엄 앨런 화이트는 브링클리의 후원자 집단을 '저능아 소굴'이라고 불렀지만, 그들이 기꺼이 '올드 빌 화이트의 저능아와 문맹, 밑바닥 인생들'을 자처하면서 모임은 더 시끌벅적하고 위풍당당해졌다.

그러나 한 번 실패를 겪었기 때문에 브링클리는 조바심을 냈다. 엔지니어 제임스 웰던에 따르면, 브링클리는 자신이 '다른 사람들에게 만만한 표적'이라고 생각했고, 확신을 얻기 위해 기이한 곳들을 찾아다녔다.

"선거일에 얻으려고 했던 진동하는 힘이 당신을 완벽하게 만들어줄 겁니다." 일리노이 블루밍턴의 숫자점쟁이인 플로이드 R. 언더우드는 브링클리의 '에고 숫자(ego number) 4'를 일부 참고하여 이런 예측을 내놓았다. 미네소타 크리스털 베이의 점성가도 낙관적인 예측을 내놓았다. 미국에서 가장 잘나가던 뉴욕시티의 예언가 에반젤린 애덤스에게 상담을 의뢰하자, 그녀는 일단 브링클리를 가볍게 꾸짖었다.

"미래를 결정할 때 참고할 요소일 뿐이라는 걸 깨닫지 못하고 여전히 점성술에 지나치게 의존하려고 하다니……. 예를 들어, 어느 운 좋은 날 급행열차에 스스로 몸을 던지기로 결정했다면, 운 나쁜 날과 매한가지로 당신은 죽을 수밖에 없어요." 그러나 다음 편지는 조금 더 고무적이었다. "강력한 행성인 목성이 지난 12년에 비해 더 우호적일 것이고 …… 이 행성이 당신의 중천에 있다는 사실은 …… 분명 아주 만족스러운 영향을 줄만한 특이한 일이 일어나고, 그건 아마도 주와 국가 모두에 관련된 일……. 저는 위대한 쇼맨 P. T. 바넘의 "모든 비판은 당신을 증진시킨다"라는 말과 당신의 첫 번째 아내가 무슨 책을 쓰든 물질적 손해를 끼치지 않을 것이라는 의견을 신뢰하지만, 그래도 토성 또는 천왕성이 당신의 수성에 비우호적인 시기에 게시되지 않기를 기도합시다."

마지막 문장은 재혼 후 일리노이에 살고 있던 브링클리의 전 부인 샐리 와이크가 여기저기에 예전 일을 떠벌리고 다니던 상황에 관한 것이었다. 몇 년간 브링클리의 돈을 두고, 법 테두리 밖에 있는 자신의 권리를 인정해주지 않는다며 분노했던 그녀는 주지사 선거에 맞춰 게릴라 전투를 시작했다. 당시 그녀는 주지사 우드링과 앨프 랜던(공화당 후보 예정자)을 몇 차례 방문하여 정보를 제공했고, 브링클리의 초창기 삶에 대한 책을 쓰겠다고 협박했다.

에반젤린 애덤스는 '샐리가 정말 피해를 입힐 수 있을지' 확인하기 위해 그녀의 생년월일을 물어보았다.

브링클리는 6월 선거운동에서 총력전을 펼치는 동시에 자기 홍보를 위한 실험도 더 많이 시도했다. 그해 그는 비행기 홍보를 계속하면서, 환한 미소의 로이 포크너가 운전하는 골든 브라운 16기통 컨버터블의 뒷좌석에 근엄하게 앉은 채로 경적을 울려대는 자동차 대열을 이끌고 집회를 방문하기도 했다. 그중에서 가장 큰 차량은 '애뮤니션 트레인 넘버원'이라는 화려한 색의 쉐보레 트럭이었다. 이 트럭은 뒷문 무대와 성능 좋은 스피커 그리고 가로가 120센티미터인 사각형의 '8킬로미터까지 울리는 경적'을 갖추고 있었고, 엄청난 폭발음을 이용해 사람들을 집밖으로 불러낼 수 있었다.

브링클리는 1930년보다 저음으로 연설을 했다. 그는 종종 일몰 시간에 맞추어 캐러밴을 몰고 나타났다. 이동식 무대가 내려오고 로이 포크너가 황혼 속에서 노래를 부르고 나면, 재즈 밴드가 '세인트루이스 블루스'("저녁 태양이 지는 걸 보기 싫어 ……/ 왜냐하면 사랑하는 나의 그대, 그녀가 이 도시를 떠났으니까 ……")를 애절하게 연주했다. 그즈음이면 사방이 어두워졌다. 가수들이 모두 무대를 떠나고, 원뿔형의 조명 한 줄기가 무대 앞 중앙에 나타나면 밀퍼드의 새뮤얼 쿡슨 목사가 주지사 후보를 소개했다(이 역할을 너무 자주 그리고 너무 잘하는 바람에 훗날 감리교 신도들이 악마의 일을 한다며 그를 비난했다). 흰색 린넨 정장에 부드러운 밀짚모자를 쓴 브링클리가 어둠 속에서 슬며시 모습을 드러내며 바통을 이어받았다. 그는 마이크 앞에 자리를 잡고 앉아 (토피카에서 온 기자의 말을 인용하면) "어둑하고 경건한 불빛 아래에서 …… 숙녀에게 차를 한 잔 권하거나 친구에게 납기일까지 10달러를 빌려주겠다고 제안할 때처럼 부드러운 목소리로 마이크에 속삭였고……. 생각을 청자에게 전달할 뿐 아니라 그들에게 스며들게 하는 이야기꾼으로서, 브링클리 박사는 색다르면서도 매우 효과적인 마법을 부렸다."

브링클리는 2년 전만 해도 사람들에게 충격을 줬던 고난의 순회공연이 더 이상 신선하지도, 적절하지도 않다는 것을 알았다. 이제는 매력이 표어였다(어느 연설에서 한 남자가 자신을 반복적으로 조롱하자 브링클리가 유쾌하게 말했다. "조금 더 크게 말씀해주세요. 제가 선생님을 이용하면 어쩌시려고요"). 그러나 브링클리에게 순교는 늘 겉치레 이상의 의미였고, 근거리에서라면 성흔―영광스러운 십자가의 상처―이 보였을 수도 있다. 만약 지난 선거 이후로 박해받는 느낌이 그와 밀접한 편집증과 함께 계속 커지기만 했다면 말이다.

브링클리는 공적인 자리와 사적인 자리에서 자신에 대한 암살 음모―대서특필된 린드버그 사건과 함께―와 아들을 납치하겠다는 가상의 위협에 대해 언급했다. 그는 우드링 주지사가 선거 전에 자신을 살해할 수 있도록 "특정 수감자들에게 대한 사면권을 확대했다"고 주장했다. 그는 자신의 매니저였던 어니스트 A. 듀이에게 편지를 썼다.

"듀이, 허리 아래까지 내려오고 앞뒤 좌우를 모두 보호할 수 있는 방탄조끼가 필요해. 목 주변도 덮을 수 있어야 해. 왜냐하면 올해 10월과 11월에 신변의 위협을 받을 수 있고, 미친 폭력배들이라도 마주하면……. 이 얘기는 철저히 비밀에 부쳐야 해. 협상을 하려면 상대가 어떤 정보도 알게 해서는 안 되거든. 내가 방탄조끼를 입었다는 사실이 알려지기라도 하면 상대가 내 머리나 가리지 못한 부위에 총을 겨눌 테니……."

듀이는 탐정사무소에서 제공하는 40사이즈 조끼를 구해왔고, '알 카포네가 입던 것과 똑같은 조끼이므로 최상의 기능을 발휘할 것'이라며 브링클리를 안심시켰다.

여름을 지나 가을에 접어들던 때, 브링클리는 현장 유세와 라디오 홍보를 오가며 숨가쁜 일정을 소화했다. 비록 남의 손에 넘어갔지만 밀퍼드의 KFBI(전 KFKB)는 브링클리에게 넉넉한 방송시간을 부여했고, 무대와 스튜디오를 오가던 그는 문득 또 다른 깨달음의 순간을 맞이했다.

"방금 막 깨달았습니다." 그는 자신의 고문들에게 편지를 보냈다. "축음기를 트럭에 싣고 직접 연설을 하러 가지 못하는 작은 마을들을 찾아다니는 거예요. 트럭으로 마을 사람들과 주요 관계자들이 모여들 테니 녹음한 연설을 한두 개 틀어주면 …… 지금껏 생각해낸 아이디어 중에 최고인 것 같아요. 어떻게 생각하세요?"

이렇게 해서 노래나 연설을 계속 틀어놓는 선전용 트럭이 미국 정치계에 등장하게 되었다.

외과의사 J. R. 브링클리는 보기 드물게 매우 뛰어난 재능을 가지고 있습니다!

해바라기의 고장, 우리 캔자스주에 세상의 이목을 집중시켰습니다!

다음에는 무엇을 가져다줄지 우리는 늘 궁금합니다!

의술이나 정치술, 아니면 성경 말씀의 교훈!

활기와 자신감이 고조된 브링클리는 적진의 중심부에서 선거 유세를 하기로 했다. 땅거미 지는 여름날, 요란스러운 경쟁자 윌리엄 앨런 화이트의 고향 엠포리아를 찾아간 애뮤니션 트레인 넘버원이 야구장 가장자리에 자리를 잡았다.

기분 좋은 밤이었다. 폭염이 잦기는 했지만 늦은 8월의 공기는 숨 쉴만했다. 각다귀가 몰려들지 않도록 공원 조명을 꺼둔 상태였다. 근처 실외 롤러스케이트장에서 바람을 가르며 덜컹거리는 스케이트 소리와 사람들의 즐거운 함성이 들렸다. 브링클리를 기다리던 사람들 중에는 지지자들보다 별 관심 없는 사람들이 더 많았겠지만, 제법 만족스러운 숫자였다. 팝콘과 땅콩, 아이스크림을 파는 행상들이 군중 속을 헤치며 나아갔다.

그는 어디에 있었을까?

로이 포크너와 블루스 오케스트라, 오프닝 공연이 모두 끝났다.

이제 소형 스포트라이트가 켜질 차례였다. 감질나는 빛 웅덩이가 그곳을 채워줄 위대한 인물을 기다렸다. 시간이 흐르고, 밤이 깊어갔다. 사람들이 고개를 들고 달 주변을 쳐다보았다.

그때, 많은 사람들이 묘사한 것처럼 '어둠을 가르는 괴상한 목소리'가 나타났다.

"앨런 화이트와 《캔자스시티 스타》가 나를 계속 찢어발겨주기를 바랍니다. 만약 그렇게 해준다면 11월에는 최소 50만 표를 얻을 테니 말이죠!" 누군가가 큰 소리로 외쳤다.

'브링클리인가?' 관중들은 웅성거리며 소리가 나는 쪽을 유심히 지켜보았다.

"저는 미국 의학협회에 5천 와트짜리 방송국을 빼앗기고 멕시코에서 재기했습니다!" 그는 말을 이어갔다. "멕시코는 절대 브링클리 박사의 방송을 중단시키지 않을 겁니다. 만약 그 대륙에서도 방송을 못하게 되면, 배를 사서 그 위에 50만 와트짜리 방송국을 짓고 19킬로미터의 제한을 넘어 바다로 나아갈 것이기 때문입니다! 그러면 엄청난 일이 벌어질 겁니다!"

브링클리의 연설은 처음부터 끝까지 그런 식이었다. 그를 적진으로 데려갔던 장난스러운 거만함은 마지막 순간에 저격당할지 모른다는 두려움으로 바뀐 듯 보였다. 그가 방탄조끼 속에서 저항의 메시지를 마무리 지었기 때문이다("그는 악수나 일반인들과의 개인적인 접촉 없이 유령처럼 다녀갔다. 신비로운 남자였다!"). 그 후로 그런 유세는 두 번 다시 하지 않았다.

이상하게도 그런 행동은 윌리엄 앨런 화이트를 불안하게 했고, 그를 약간 미치게 만들었다. 그는 독자들에게 호소했다.

"캔자스주의 지적인 애국자들이 불명예를 피할 분별력이나 용기를 가지고 있지 않아서 선거 후 수치스럽게 고개를 숙여야겠습니까? 캔자스 사람들이 다른 주의 거리를 걸으면서 조롱 섞인 염소 울음소리를 인사말로 들어야 할까요? …캔자스를 지킵시다!"

이성의 힘 때문인지, 아니면 적어도 조직정치 때문인지, 운 좋게도 브링클리의 다른 적들은 더 조용히 움직였다. 수사관들(우드링과 랜던 중 누가 보냈는지는 분명하지 않다)이 브링클리의 오래전 범죄 파트너였던 제임스 크로포드가 미주리 캔자스시티에서 자동차를 팔고 있다는 사실을 알아냈다. 그들은 매달 250달러를 지급할 테니 브링클리의 선거운동을 따라다니면서, 나무에 두 번째로 오줌을 싸는 개처럼 그의 연설이 끝나면 뒤이어 연단에 오르라고 제안했다. 크로포드는 그들의 제안을 거절했다. 그는 예전에 피시바인의 변호사들이 고용한 사설탐정에게 사기를 당했다고 말했다. 그 당시 크로포드는 무장 강도죄―호텔에서 한 팔로 절도행각을 벌였다―로 수감생활을 하고 있었는데, 수사관 맥코이가 그를 찾아와 브링클리에게 불리한 정보를 넘겨주면 교도소에서 빼내주겠다고 약속했다. 크로포드는 몇 가지 정보를 넘겼지만 그에게 돌아온 것은 캔디 몇 개와 시가 한 박스뿐이었다. 그는 AMA를 돕지 않기로 결심했다.

그러나 샐리 와이크는 전 남편의 앞날을 망치기 위해 진부한 인터뷰를 하고 다니느라 바빴다. "아이들과 저는 어떤 차든 감지덕지 했어요." 그녀가 말했다. "그래서 존 R. 브링클리에게 비용을 좀 내 달라고 부탁했지만 거절당했고……."

가십 전문 신문인 핑크 래그는 그녀를 옹호했다. 그 신문의 편집 자는 브링클리가 "하수관도 토하게 할 과거를 가지고 있다"고 말했 다. 브링클리는 사설탐정을 고용하여 몇 주간 그녀를 쫓아다니게 했지만 별 소득은 없었다.

그 사이, 노먼 베이커는 엄청난 골칫거리가 되어 있었다. 멕시코 의 보더 블래스터를 모방한 방송국을 시작한 지 얼마 지나지 않아, 그는 아이오와 주지사 선거에 출마하여 돌팔이 왕좌를 두고 투쟁을 이어갔다. 승산은 없었지만(그는 고작 5천표를 얻었다), 방탄창이 설 치된 연보라색 로드스터를 타고 캔자스주를 돌며 여론에 경쟁구도 를 만들어 브링클리를 괴롭힐 수는 있었다.

그러나 최악의 피해는 예상치 못한 곳에서 발생했다. 안경을 썼 던 앨프 랜던은 '화학과 교수의 카리스마'를 가졌다며 일찍부터 비 웃음을 당했지만, 선거운동이 이어지면서 유권자들은 그것이 그렇 게까지 나쁜 것인지 의문을 품기 시작했다. 어쩌면 브링클리처럼 극단적인 시대에 극단적인 리더로 나서는 것은 결과적으로 현명하 지 않은 일일 수도 있었다. 랜던은 이러한 변화의 기회를 붙잡았고 자신을 소극적 미덕의 귀감으로 유권자들에게 각인시켰다.

그는 주지사 자리에 앉기에 위험한 사람이 아니고 …… 노동계는 사무실에 있는 랜던을 경계할 이유가 없으며 …… 랜던이 주지사로 일하는 한, 헛소리와 허풍의 자리는 없을 것이다.

브링클리는 3만 표 이상의 차이로 패배했다. 그 모든 서민적인 미사여구에도, 절망에 빠진 농부들의 신뢰를 얻지 못했다. 지원방안을 구체적으로 제시하지 않았기 때문이다. 게다가 샐리 와이크라는 변수가 여성 유권자들을 빼앗아갔다. 어떤 사람들은 대통령 선거가 열리는 해의 '주요 정당들에 대한 암묵적인 존경심'이 결과에 결정적인 영향을 미쳤다고 말했다.

브링클리는 외롭고 쓰라린 마음으로 인간과 신을 저주했다. 로스앤젤레스에 있는 신성한 과학과 철학의 학교 교장 앨마 그래닝은 암담함 속에서 절망하는 그를 꾸짖었다. "'장래'에 대한 생각들이 '모두 헛소리'라는 결론을 내서는 안 돼요! 당신의 지성은 그런 생각을 인정하지 않아요. 그런 감정을 느끼는 건 모두 토성의 강압적인 영향 때문이에요."

그는 크리스마스이브에 가장 큰 위로가 되어주는 사람에게 한 번 더 의지하기로 했다. "사랑하는 당신에게…" 그는 이렇게 썼다.

7개월 후면 우리가 함께 산 지 20주년인 거 알고 있어? …나는 당신을 처음 본 순간부터 사랑에 빠졌고…….
우리의 앞날에 어떤 일들이 벌어질지 알 길은 없지만 …… 사실 난 지금 진행 중인 모든 프로젝트를 중단하고 엉망이 되어버린 것들을 전부 떨쳐버린 후에, 다른 길을 걸으며 인생을 새로 시작하고 싶어. 하지만 책임져야 할 일이 너무 많아서 벗어나기는 불가능할 것 같아 …….

내가 당신과 우리 아이를 얼마나 사랑하는지 그리고 진행 중이거나 성과를 내고 있는 일들이 모두 당신과 아이를 위한 것임을 알아줬으면 좋겠어. 1932년 크리스마스를 맞아 당신과 사랑하는 아들에게 사랑을 가득 담아 보낼게. 당신도 내 사랑에 일일이 화답해주리라는 것도 알고 있어.

당신의 헌신적인 남편, 의학박사 J. R. 브링클리.

37

1930년대 초, 당대 최고의 흥행 요소였던 분비선과 대중홍보가 국제무대에 아주 강력한 영향을 미쳤다. 독일에 새로 나타난 정당의 어두운 권모술수를 보면…….

당시 뉴욕에 온 허스트의 베를린 특파원 카를 폰 바이칸트가 PR의 마술사 에드워드 버네이스를 만났다. 카를은 그와 저녁 식사를 함께하며 히틀러의 총애를 받던 부관 요제프 괴벨스에 대해 설명했다. 괴벨스는 눈에 거슬리는 존재였다. 굽은 발의 자그마한 남자—완벽한 나치의 이미지로 보이지는 않았다—였지만, 여자들에게 엄청난 인기를 끌었다. 어떤 사람들은 그를 '바벨스베르크의 숫염소'라고 불렀다. 중요한 것은 괴벨스가 거대한 선전용 도서관을 보여주며, 버네이스의 『여론 결정론(Crystallizing Public Opinion)』을 반유대인 운동의 근간으로 사용한다고 말한 점이었다.

"충격적인 일이었다." 훗날 버네이스는 이렇게 썼다.

버네이스가 CBS, 제너럴 일렉트릭, 아메리칸 타바코 컴퍼니, 닷지모터스 등의 고객들에게 '대중이 알아차리지 못하도록' 그들을 조종하는 법을 가르쳐왔으며, 나치는 그저 조용히 그 대열에 끼어든 것뿐이라고 생각한다면 그렇게 충격적이지 않았을 수도 있다. '통제수단으로서의 홍보', '상징을 이용하고 언론을 속이는 법' 등 이런 주제들은, 제3제국*의 '마하트마 프로파간디(Mahatma Propagandhi)'이자 '허위 선전'의 원동력이었던 괴벨스에게 더할 나위 없는 즐거움이었다. 베스트셀러 작가 브루스 바튼처럼, 괴벨스는 예수 그리스도를 완벽한 세일즈맨의 예로 들기를 좋아했다. "선동가는," 그는 말했다. "영혼에 관해 속속들이 꿰뚫고 있어야 한다."

그러나 버네이스의 업적이 제3제국의 목적을 위해 이용된 유일한 새 과학은 아니었다. 한 러시아인의 연구 역시 그들의 흥미를 끌었다.

"회춘술로 태어난 아이를 내게 처음으로 건넨 어머니는 아마 강력한 새 인류의 창시자였을 것……. 번뜩이는 천재성을 가진 아이들을 데려온다면 나는 그들을 새로운 슈퍼맨 종족으로 기를 것이다."

권력을 잡은 나치는 1920년대 말에 세르주 보로노프 박사가 했던 말을 기억하고 있었다. 뮌헨에서 히틀러가 '노화의 빙하기' 탈출을 선포하고 '제3제국의 물리적 회춘과 영혼의 부활의 조화'를 실현할 필요성을 주장했을 때, 그것은 단지 새로운 체육정책에 대한 이야기가 아니었다.

나치는 회춘술에 관한 자신들만의 아이디어를 제시했다. 슈퍼맨 종족(자연스럽게 발생한 북유럽 인종보다도 우수한)을 만드는 방법 중 하나는 성형수술을 강요하는 프로그램이었다. "최상의 건강상태를 얻는 데 필요하다면 개인의 의지에 반할 수 있다"며 병사의 몸을 다

---

* 히틀러가 권력을 장악한 시기의 독일제국

시 조각할 권한을 국가에게 부여했다. 보로노프의 연구―원숭이의 신체 일부로 '지배자 민족'을 만들어낸다는 발상은 대부분의 나치들에게 인지 부조화를 야기할만한 것이었다―를 얼마나 깊게 분석했는지는 불분명하지만, 그들은 그의 이론을 실제로 실험했다. 다만 슈타이나흐의 정관절제술 실험은 절대로 하지 않았다. 1933년에 히틀러는 오스트리아 출신인 슈타이나흐의 연구소를 완전히 파괴했다. 그가 유대인이었던 데다 이성애자 남성의 고환을 '여성스럽고 수동적인' 남성에게 이식하여 동성애를 '치료'하려고 했기 때문이다. 이 분야에서 총통(Führer)•은 치료보다 살해를 선호했다.

어쨌든 독일 과학자들은 고환이식이 막다른 길이라는 사실을 누구보다 빨리 밝혀냈다. 그러나 회춘술 열기에 사로잡혀 있었던 그들은 직접 연구를 진행하여 빠르게 진전을 이루었다. 모두가 결실을 맺은 것은 아니었다. 뮐하임에 있는 카이저-빌헬름연구소의 한 교수는 석탄을 먹음으로써 남성의 젊음을 되찾을 수 있다고 성급히 발표하기도 했다. 그러나 독일의 과학자들은 곧 새로운 개척지에 대해 흐리지만 일부 정확한 통찰을 갖게 되었다. 1933년 가을, 《뉴욕 타임스》는 젊음을 병 안에 가두려는 나치의 노력에 관해 아주 흥미로운 시각을 제공했다.

독일 연구소가 가스제조 혐의를 부인하다

• 　국가 및 국방군의 전권을 장악한 아돌프 히틀러(Adolf Hitler)의 칭호.

10월 24일 베를린—독일 최대 화학 및 제약업체 중 하나인 베를린의 셰링—칼바움 컴퍼니는 그곳이 독가스를 제조하는 '독일의 비밀 무기고 중 하나'라는 그레이트브리튼의 기사를 비롯한 국내외 신문과 정기간행물의 보도 내용을 부인하기 위해, 오늘 외신기자들에게 연구소와 공장을 개방하였고…….

한 비전문가에 따르면 독가스 제조의 증거는 현재까지 발견되지 않았다. 그러나 해당 업체가 슈타이나흐와 보로노프의 회춘술을 대체하고 남성의 활력과 담력을 회복 또는 증가시키는 남성호르몬 '테스토스테론'의 분리 실험에 수백 만 마르크를 사용하고 있다는 사실이 밝혀졌다. 이 연구에 베를린 경찰들이 피실험자로 동원되었다.

그들은 동물 및 임상실험에서 이미 좋은 결과를 얻었으며, 회춘제를 생산한 것이 아니라 일반적인 삶의 질을 회복하는 데 기여했을 뿐이라고…….

존 브링클리는 델 리오에서 우울한 감정을 떨쳐버렸다. 그의 영혼이 나치에 의해 자극—그것은 나중에 벌어질 일이었다—을 받았기 때문이 아니라, 현금에 대한 욕심과 발명에 대한 열의가 그를 오랫동안 내버려두지 않았기 때문이었다.

브링클리는 1932년의 레몬으로 레모네이드를 만들고 있었다. 그는 녹음된 연설을 틀어주는 선전용 트럭에 대한 아이디어를 음악 산업에 적용했다. XER의 생방송과 프레스토(Presto)사의 기록용 커터로 정교하게 깎은 40센티미터 디스크에 '녹음된 라이브'가 섞였다. 처음에는 음악가들이 늦잠을 잘 수 있도록 이른 아침에 녹음본을 트는 것으로 시작했으나, 음악과 말소리를 모두 '녹음 방송'할 수도 있다는 사실을 금세 깨달았다. 이렇게 해서 사전 녹음된 광고가 탄생했다. 브링클리에게는 아주 적절한 타이밍이었다. 그즈음 의회가 브링클리를 표적으로 한 법안을 통과시켰기 때문이다. 그는 여전히 밀퍼드에서 라디오 방송을 진행했고, 전화를 통해 자신의 목소리를 멕시코의 송수신기로 보내고 있었다. 새 법안은 이러한 수법을 금지하는 '브링클리 조항'을 포함하고 있었다. 브링클리는 자신의 목소리를 레코드에 담아 국경 너머로 실어날랐다. 그 쥐는 고양이보다 늘 한발 더 앞서나갔다.

사기꾼들에게 녹음은 기회의 정원이었다. 브링클리도 즉시 그 기술을 활용했다. 그가 고용한 지역 예술가들 중 하나였던 소프라노 로사 도밍게스는 '멕시코의 나이팅게일'이라 불리며 미국인들에게 많은 사랑을 받았다. 그러나 불행히도 라이벌 방송국에서 일하던 '보더의 종달새' 리디아 맨도자가 더 많은 인기를 끌고 있었다. 그러던 어느 날, 맨도자는 브링클리의 방송국에서 일을 시작했다. 그녀는 XER에서 노래를 부르거나 진행자와 수다를 떨었고……

"그들은 방송 중에 내가 스튜디오 안에 있다고 말하곤 했다." 보더의 종달새는 이렇게 적었다. "그리고 내 노래가 나가고 있는데 이렇게 물었다. '리디아 맨도자, 어떤 노래를 부르실 거죠?' 그런 식으로 …… 내가 진짜 거기에 있는 것처럼 가장하기 위해 대역을 쓰기도 했다."

맨도자는 변호사를 고용하고 이 같은 행각을 멈추지 않으면 고소하겠다며 브링클리를 협박했다. 브링클리는 맨도자의 요구를 즉각 수용했지만, 그녀의 '서명이 적힌 사진'은 1달러에 계속 판매했다.

늦여름, 브링클리는 사업을 통합하기로 마음먹었다. 캔자스에서 의료행위를 금지당하고, 주지사 선거에서 두 번이나 패배한 그는 그곳의 병원을 정리하고 델 리오의 로스웰 호텔 3층에 새 병원을 개업했다. 그리고 1933년 10월 7일, 브링클리와 미니는 현대식 마차 행렬의 선두에서 방송국과 병원의 직원들 그리고 그들의 가족까지 총 30명을 이끌고 밀퍼드를 떠났다. 그는 철거용 쇳덩이가 들어오기 전에, 가구와 장비부터 샹들리에와 촛대까지 가져갈 수 있는 것들은 모조리 떼어냈다. 남겨놓은 것은 어마어마한 양의 쓰레기뿐이었다.

델 리오는 브링클리를 열렬히 환영했다. 새 병원이 XER보다 더 많은 수익을 가져다줄 것이라고 기대했기 때문이다. 실제로 첫 주에 브링클리가 지급한 총 2만 달러의 인건비는 지역 경제에 활기를 불어넣었다. 델 리오로 환자들이 몰려드는 것은 새로운 '달러 리오'에 관광객이 늘어날 것임을 의미했다. 저녁이면 사람들은 공원에서 라이브 음악에 맞춰 춤을 추었다. 마 크로스비 카페는 사람들로 북적였다. 심지어 다리 건너에 있는 유곽이 늘어선 보이스타운도 새 고환을 시험해보려는 남자들로 문전성시를 이루었다.

"브링클리는 사람을 강력하게 끌어당기는 매력을 가지고 있었고 자신감과 믿음, 진실함을 풍겼습니다." 한 미국인 외교관이 코델 헐

국무장관에게 침울한 내용의 편지를 보냈다. "그 마을은 그에게 열광하고 있고, 의사들을 제외한 모두가 행복해한다더군요."

브링클리는 고객을 더 유치하기 위해 방송을 통해 델 리오의 매력적인 요소들을 홍보했다. 자동차들을 요리조리 헤치며 지나가는 작은 당나귀, 건강에 좋은 산펠리페 온천장, '지중해의 황금빛 불꽃과 넘실대는 파도의 키스처럼 장엄한' 텍사스의 일몰 등 델 리오의 기분 좋은 문화적 다양성에 대해 찬사를 늘어놓았다. 델 리오 북부에는 염소 목장도 있었다. 그것은 숙명이었다.

"델 리오로 오세요." 브링클리가 말했다. "여름이 겨울을 나는 곳이랍니다." 아마 애리조나 상공회의소의 말을 도용한 것 같다.

그러는 동안, 밀퍼드와 샐리 와이크는 많은 공통점을 갖게 되었다.

씁쓸해하는 밀퍼드
분노로 가득 찬 캔자스의 도시가 브링클리를 공격하다
시민들은 브링클리의 간판에 노란색 페인트를 칠하고
그의 이름을 빌딩에서 파냈다
–지역 신문 헤드라인, 1933년 12월 7일

모두가 밀퍼드를 떠난 것은 아니었다. 오랫동안 브링클리의 신뢰를 받아온 오웬스비와 드라구 박사가 밀퍼드에 남기로 했고, 두 사람은 상관이 떠나기 직전에 고객 명단을 슬쩍 복사했다. 그리고 브링클리가 철거까지 감행하며 막고자 했던 바로 그 일을 실행했다.

근처에 자리를 잡고 개인사업을 시작한 것이다.

이 소식을 들은 브링클리는 명단에 있던 고객 1만 5천 명에게 비통한 마음을 담아 편지를 보냈다. 자신과 미니는 "텍사스 델 리오에 있으며 …… 돌아올 수 없는 마지막 안식처로 옮겨갈 때까지 이곳에 머물 겁니다"라고 적었다.

"고통받는 인류를 위해 일했다는 이유로 심한 모욕을 당하고 모든 것을 잃어버린 저희 두 사람에게 연민을 느끼신다면, 여러분의 충성스러운 마음이 배신자들이 아닌 브링클리 부부에게로 향할 것이라고 믿습니다."

38

그즈음 XER의 세력과 외부로의 확장세를 고려할 때, 피시바인의 치료법—브링클리를 캔자스에서 쫓아낸 것—이 질병보다 심각하다는 주장이 만만치 많은 설득력을 얻고 있었다. 책상에 쌓인 불평과 항의도 외면하기 어려웠다.

수술을 받고도 증상이 전혀 완화되지 않았고……. 브링클리 박사와 그 패거리는 여태껏 만난 사기꾼들 중 가장 큰 패거리입니다.

제가 이 편지를 쓰는 이유는 그 사람들이 얼마나 가식적인지를 다른 사람들도 알아야 한다고 느꼈기 때문이고…….

저는 브링클리 박사의 피해자 중 한 사람이고 600달러라는 거금을 들여…….

그러나 브링클리가 국경 너머에 무사히 자리를 잡으면서, 피시바인은 잠긴 문 뒤에서 왔다갔다 배회하는 개 한 마리보다도 못한 처지가 되었다. 《JAMA》가 공격해오자 브링클리는 청취자들에게 비린내 나는 피시바인의 "정신 나간 속임수로 혼란스러워하지 말라"

며 조롱하듯 말했고, 구석구석을 뒤져 동전 한 개까지 전부 거둬들였다. "돈이 궁하다는 거 알고 있습니다. 저희도 그래요. 지금은 돈이 안 되지만 미래에 가치가 있을만한 농지나 사유지, 가축, 채권 등의 재산을 가지고 있는 환자분들이 있으시다면, 저에게 편지하세요. 가능하다면 저희가 돕겠습니다."

피시바인은 여전히 미국 방송(NBC와 CBS)과 국무부에 협력하며, 보더 블래스터가 폐업되기를 간절히 바랐다. 미국 외교관들은 더 많은 대역폭 공유라는 정의를 실현하기로 약속하는 대신, 1933년 7월에 북미 라디오 콘퍼런스를 개최하도록 멕시코를 설득했다. 그것이 브링클리의 교수형을 위해 계획되었다는 것은 브링클리 자신은 물론, 그의 이익을 대변하는 16명의 변호사와 PR 담당자들 모두에게 명백한 사실이었다.

찰리 커티스가 직접 이 대표단을 이끌었다. 소문에 의하면, 피시바인의 추종자들이 '그림자 뒤에 숨어 있는' 사이, 전 부통령은 자신의 고객인 브링클리가 북반구에서 가장 뛰어난 외과의사이며, 염소 고환 수술은 세상을 놀라게 한 성과였다며 극찬했다고 한다.

만약 "사우스다코타의 상원의원 (토머스) 스털링과 전능한 자리에 있었던 서너 분도 브링클리 박사의 병원에서 치료를 받았다면," 커티스가 말했다. "지금쯤 모두 살아있었을 겁니다."

결국 커티스의 허세와 공감은 성공을 거두기에 충분했다(게다가 멕시코에 대한 미국의 제안은 불충분했다). 컨퍼런스 개최는 무산되었고, 브링클리는 멕시코에 계속 머무를 수 있었다.

그러나 그의 왕좌는 결코 안전하지 않았다. 1934년 초, 변덕스러운 멕시코가 한 번 더 마음을 바꾸어 XER을 폐쇄 중이라고 발표했기 때문이다. 미국의 끊임없는 압박도 한 가지 요인이었지만, 내부 요인의 영향이 컸다. 브링클리의 군림이 시작된 이후로 멕시코는 소비자들의 불평에 줄곧 시달려왔다. 관계자들과 멕시코 정부는 브링클리의 존재가 오점인지, 아니면 이점인지의 여부를 결정하지 못했다. 어느 쪽이든 상황은 계속 심각해졌다. 결국 멕시코 대통령이 XER 폐쇄를 결정했다. 미니가 현금을 가득 채운 가방을 들고 멕시코시티를 방문했지만 그 결정을 막을 수는 없었다.

피시바인은 다시 한 번 조심스럽게 희망을 걸어보았다.

1934년 2월 24일, 군인들이 XER을 장악하기 위해 빌라 아쿠나에 도착했다. 한 기사에 따르면 "연방 정부군과 브링클리를 지지하는 지역 주민들 사이의 험악한 대치 상황은 간신히 피했다." 그가 사준 제복을 좋아했던 빌라 아쿠나의 경찰들도 시위에 동참할 태세를 갖추고 있었다. 그 순간 브링클리가 또 다시 예수 수난극의 주인공으로 등장했다. 그는 유혈사태를 막기 위해 방송국을 잠시 희생시키겠다고 말했다.

"저는 멕시코 정부와 원만히 합의하기를 간절히 바랍니다." 이튿날 그는 라디오 청취자들에게 말했다. "세계 최대 규모이며 가장 강력한 방송국을 폐쇄하면 멕시코 국민들이 고통스럽겠지만 …… 저는 다시 돌아올 겁니다. 친애하는 나의 친구들이여."

그는 계약 위반으로 멕시코 정부를 즉시 고소했고, 리오그란데강의 양단에 있는 다른 방송국들을 통해 방송에 복귀했다. 1934년 2월부터 1935년 11월까지 그는 전화와 녹음을 이용하여 콜로라도, 캔자스, 미주리에서 밤낮으로 방송을 했다. 그는 피에드라스 네그라스의 소규모 보더 블래스터 XEPN을 매입하여 확장하기 시작했고, 뒤이어 레이노사의 XEAW도 사들였다. 관계 당국이 미처 그의 속도를 따라가지 못했다.

브링클리의 단체 메일은 그 어느 때보다 더 정교하고 공격적으로 진화했다. 그러나 별생각 없이 전단지에 응답하는 누군가에게는 세세하게 조율한 후속 편지를 마구 퍼부었다. 처음 두세 번은 정중한 어조로 시작했다. 그런 다음에 ……

네 번째 편지:

지금 장난치시는 겁니까?

저를 만나러 오실 거라 믿고 여러 장의 안내 전단을 기쁜 마음으로 보내드린 겁니다. 약속을 잡지 않으셔서 그냥 '장난치시려는' 건지 궁금해져서……. 만나러 올 의향이 없다면 그렇다고 말씀해주세요. 저도 기분 나빠하지 않겠습니다. 늘 정직이 최선입니다.

다섯 번째 편지:

도대체 어떤 분이길래 이러시죠?

저희에 대한 정보를 요구하셔서 보내드렸는데……. 안내문을 보내드리고 편지도 보냈지만 …… 답장조차 없으시군요.

여섯 번째 편지:

위 내용은 마지막 공지이며 …… 1초라도 유예 요청을 하지 마십시오. 받아들여지지 않을 것입니다.

편지의 수신자가 우편함에서 집으로 터덜터덜 걸어가며 또 다른 봉투를 열었고, 라디오에서 두 줄 기타처럼 앵앵거리던 그의 목소리와 또 다시 마주했다.

"저는 정상적인 성적 능력을 회복하면 삶에 대한 시각이 완전히 달라진다는 것을 알게 되었습니다. 인생이 다시 달콤해지는 거죠. 만약 한 남성을 잡아서 거세시키면 여성스러운 모습으로 돌아가기 시작합니다. 목소리가 갈라지고 턱수염이 사라지며 엉덩이와 가슴이 커져서……."

물론 그 체계는 완벽하지 않았다. E. E. 쿠퍼가 패혈증으로 브링클리의 병원에서 사망한 후, 집으로 편지 한 통이 도착했다. 병원 부지를 돌아보라는 초대장이었다. 숨진 쿠퍼의 아내는 엄청난 소동을 일으켰다.

12개월 후, 멕시코의 고등법원은 정부가 브링클리와의 계약을 위반하고, 방송국을 불법 점거했다고 판결했다. XER은 XERA라는 새 이름으로 12월 1일에 방송을 재개했고, 브링클리는 유리한 고지를 되찾았다.

"친애하는 친구와 부모님, 지지자 여러분!" 그는 진지한 어조로 말했다. "여러분이 보낸 수많은 편지들—어제 이후로 도착한 편지만 수백 장—이 제 앞에 놓여 있습니다. 여러분의 고통, 슬픔 그리고 무고한 사람에게 찾아온 비참함에 대한 감동적인 증언들이지요."

살이 투실투실하게 오르고 머리도 많이 벗겨진 '미국에서 가장 정통한 의사'는 대공황의 가장 암울한 시기에 자그마치 1,200만 달러를 벌어들였다. 미국 일반의의 평균 소득이 연간 3,000~3,500달러였고 전문의의 소득도 7,000달러에 못 미쳤던 때였다. 그는 현금을 5개 주의 12개 계좌에 나누어 보관했다. 그리고 그 돈을 목재와 감귤류를 기르는 과수원 그리고 노스캐롤라이나의 고향집 근처에 있는 7천 에이커를 포함한 부동산에 투자했다. 그는 그 많은 일들을 염소 없이 이루어냈다.

델 리오에서 사업을 시작한 지 얼마 지나지 않아, 브링클리는 염소 고환 이식을 포기하겠다는 충격적인 소식을 발표했다. 그는 '부고환과 고환 자체의 상호작용에 변화'를 주어 성욕을 증진시키는 간단한 수술을 개발했다. 이것은 무엇을 의미했을까? 즉, 어떤 차이를 만들었을까?

"결과는 경악스러웠다. 나는 이곳 텍사스 델 리오에서 수술한 700여 명의 환자를 거의 매주 만났고, 성공률이 100퍼센트에 육박한다는 것을 확인했다."

그는 슈타이나흐 NO.1을 훨씬 앞지르는 터빈을 생산했다는 것을 강조하는 동시에, 새 기술에 '슈타이나흐 NO.2'라는 별명(이런 식으로 경쟁자를 인정하는 것은 드문 일이다)을 붙였다. 사실 브링클리의 새 기술은 일반적인 정관절제술에 소량의 머큐로크롬을 추가하여, 하루 이틀 정도 색깔 소변을 배출하게 함으로써 거대과학을 시각적으로 증명하는 것이 전부였다. 브링클리는 효과의 지속력에 대한 질문에 날카롭게 대답했다.

"심판의 날 천사 가브리엘이 트럼펫을 불 때까지 지속될 겁니다. 나무망치로 여러분의 머리를 내리쳐야 할지도 모릅니다."

물론 재력가가 강력히 요구한다면 또 어딘가에서 염소를 찾아올 수도 있었을 것이다. 전해지는 바에 따르면, 휴이 롱°도 델 리오에서 염소 고환 수술을 받기로 되어 있었지만 그 전에 암살당했다고 한다.

그렇지만 브링클리의 특별한 관심을 받은 것은 전립선이라는 아름답고 좁은 통로였다. '광고 전단의 스타'였던 그는 잠재 고객들에게 편지를 보냈다. 40세 이상의 남성은 미국 내에만 최소 3,600만 명이었다. 그중 많은 사람들이 회춘술을 미친 짓으로 생각하면서도, 여전히 '시든 우엉'에 대처해야 했다.

"귀하의 전립선이 감염되고 병에 걸렸다는 것을 알고 있으면서 …… 제가 저렴하고 간단한 시술을 제안할 때, 인생에 한 번뿐인 기회를 …… 왜 주저하십니까? 영영 늦어버리기 전에 브링클리 병원을 방문하세요."

브링클리는 젊은 남성들, 특히 너무 일찍 '에로스의 제단에 몸을

• 미국의 정치인, 루이지애나주 미국의회 상원의원으로 활동했던 그는 루스벨트의 뒤를 이을 민주당의 대통령 후보로 떠올랐지만, 1935년에 암살당했다.

바친' 사람이라면 서둘러 검사를 받아야 한다고 말했다. 그러나 영업 비밀의 세부사항에 대해서는 또 다시 입을 닫았다.

"제 아내도 그 부분에 대해서는 아무것도 모릅니다."

그러나 그는 그 기술이 자신의 이름을 '당대의 전문가들 사이에서 두드러져 보이게 할 것'이라 생각했다. 블루 라이트벌브("복부 뇌를 자극하라!")와 경쟁 중이던 전립선 워머, 이름이 암시하듯 모든 부분이 놀라운 장치인 렉토 로터 같은 위선자들을 전멸시킬 것이라 장담했다.

브링클리의 '전립선을 부드럽게 하는' 계획은 대상에 따라 빈곤층(150달러), 중산층(750달러), 사업가(1,000달러)로 나뉘었다. 마지막 단계는 '고급 자동차, 고급 주택, 고가의 말, 최상의 다이아몬드, 값비싼 미술품'의 소유자에게 권장되었고, '브링클리 박사가 쌓아온 업적의 견고한 집약체인 복합기술'을 제공할 것을 약속했다. 수술을 마친 환자들에게는 퇴원 후 집에서 투여할 소량의 주사약 '포뮬러1020'을 6병 처방하고, 100달러의 추가비용을 청구했다.

"무엇을 더 원하십니까, 여러분?"

'여성과 남성의 직장질환'을 전문으로 치료했던 텍사스 산후안의 두 번째 병원은 어땠을까? 브링클리는 그곳의 여성 고객들에게 단언했다. "성적 능력이 손상된 당신에게 제공할 에스트로겐을 잊지 마시고……. 놀라운 성적 능력이 돌아올 것입니다. 기억하세요. 전립선은 델 리오, 대장은 산후안!"

통나무집에서 태어난 아기가 거대 제국의 설립자로 자라났다. 이러한 영웅담에는 두꺼운 표지가 어울렸다. 1930년대 중반, 브링클리는 생활고에 시달리던 시인 클레멘트 우드를 고용하여 자신을 위한 글을 쓰게 했다. 두 사람의 협업으로 『남자의 일생』이 탄생했고, 그 책의 중심 주제는 예상을 벗어나지 않았다.

…십자가에 매달려 죽은 예수 그리스도, 돌에 맞아 죽은 스데반, 미치광이라고 조롱당한 바울, 범죄자로 몰려 재판대에 오른 루터, 고문을 당한 갈릴레오, 쇠사슬에 묶인 콜럼버스, 추방이라는 지옥에 몰린 단테, …… 존 R. 브링클리도 그들과 동행한다.

미국 의학협회의 완고하고 작위적인 윤리로도 묶을 수 없는 이 남자를 향한 눈물 젖은 찬가들 중에 아주 빼어난 글이 있었다. 1930년에 브링클리의 의사면허를 박탈한 캔자스 의료위원회 위원들의 근황에 관한 목록이었다.

젠킨스 박사는 …… 즉사했으며, 기차에 의해 사지가 찢기고 시신이 심하게 훼손되었다. 히셈은 위치타의 저명한 외과의사였던 외아들이 시멘트 다리에 차를 들이박고 사망하자, 몹시 상심하여 세상을 떠났다고 한다. 로스 박사는 브링클리 박사의 면허를 박탈하고 얼마 지나지 않아 아내를 잃었다. 들리는 소문에 따르면, 로스가 아내를 잃은 슬픔과 브링클리에게 저지른 잘못으로 인해 정신을 놓았으며, 이웃들은 아내의 옷을 입고 집 주변을 배회하는 로스의 모습을 발견한 후 그를 돌보면서…….

브링클리가 이 모든 일을 기뻐하며 지켜봤다고 생각하지 마라. 그는 철학자나 다름없으며 신성한 정의를 헌신적으로 믿는 사람이

기도 해서……. 그는 기묘한 만족감을 느끼며 그 자신에게 맞서 싸운 개인과 단체, 기관 중에 재앙을 피한 이는 없다는 것을 확인했다.

그즈음 브링클리는 미 전역의 극장에 상영할 홍보영화를 제작했다. 영화는 로버트 벤츨리의 단편처럼 책상 앞에 앉은 브링클리의 모습으로 시작되었다.

"캔자스와 텍사스 그리고 전국에 계시는 친구 여러분, 안녕하십니까? 여름이 겨울을 나는 곳, 텍사스 델 리오의 사랑스러운 제 집에서 인사드립니다."

몇 분 동안 그는 소박한 시골생활과 이해할 수 없는 것의 백만 달러짜리 혼합물을 전달한다. 그리고 놀라움이 섞인 경직된 어조로 말한다. "오, 누가 왔는지 보세요." 미니가 그에게 다가가 볼에 가볍게 입을 맞추고 카메라를 향해 말한다. "의사 선생님의 말을 듣는 게 좋을 거예요. 그러지 않으면 여러분의 상태는 지금보다 훨씬 더 나빠지고……. 그럼 이만 실례할게요. 주방에 가서 주일 저녁을 준비해야 하거든요."

브링클리는 아내의 뒷모습을 잠시 지켜보다 관객을 향해 돌아앉는다. "미니의 말은 믿으셔도 됩니다, 여러분. 성찬식에서 막 돌아왔거든요."

39

"만약 내가 지옥과 텍사스를 갖게 된다면," 북군 장군 필립 셰리던이 말했다. "지옥에 살면서 텍사스는 세를 줄 것이다." 이 말이 날씨에 국한된 것인지는 분명하지 않지만, 사실 6월이면 델 리오는 폭염으로 녹아내릴 듯 더웠다. 브링클리의 고객들도 그곳에 머무르려하지 않았다. 그래서 브링클리는 여름마다 3개월 간 미니 그리고자니 보이와 함께 외국에서 휴가를 보냈다. 휴가 기간 동안 세 식구는 바닷가에서 지냈다. 1934년 3월 디트로이트의 한 신문은 이렇게 보도했다. "말 많은 염소 장기 공급업자가 요트를 샀다."

사실 그는 요트 세 척을 잇달아 사서 닥터 브링클리 1호, 닥터 브링클리 2호, 닥터 브링클리 3호라고 이름 붙였다. 그중 닥터 브링클리 3호는 52.4미터로, 21명의 승무원이 탑승한 최대 규모의 요트였다. 모든 승무원은 그의 이름을 수놓은 동일한 셔츠를 입었고, 브링클리는 마치 해군 제독처럼 금단추와 검이 달린 제복을 입고 갑판을 성큼성큼 걸어 다녔다.

"'우리'는 정말 멋진 삶을 살았어요." 미니가 회상했다. "대서양과 태평양을 항해했고, 남쪽으로 이동해서 태평양과 맞닿은 중앙아메리카와 남아메리카에도 갔어요."

남태평양에서 그들은 거북이 알을 실컷 먹고 악마의 섬도 방문했다. 자니 보이는 나중에 학교에서 여행에 대해 이렇게 썼다.

"세 명의 여성을 살해한 모범수가 신발과 옷, 가구를 만드는 작업장을 구경시켜줬다. 교도소장이 우리에게 코코아와 견과류 우유, 파인애플 크러시를 갖다 주었다. 꼬리로 매달려 있는 원숭이도 보았다. 교도소장은 재소자가 키우는 원숭이라며 아빠에게 그 녀석을 팔았다."

브링클리 제독은 앵무새와 마호가니로 만든 지팡이도 가지고 왔다. 브링클리는 가장 좋아했던 나소(기항지)에서 윈저 공작 부부(에드워드 8세와 월리스 심슨)와 친분을 쌓았다. 멩켄은 그즈음 치러진 두 사람의 결혼*을 '그리스도의 부활 이후 가장 위대한 뉴스'라고 불렀다. 미니가 말했다. "오후에 컨트리클럽―그곳에는 특별석이 하나 있었다―에 가서 공작이 폴로를 하는 동안 공작부인과 특별석에 앉아 있었어요." 브링클리는 공작 부부에게 1년 동안 요트를 빌려주기도 했다.

브링클리는 스포츠 낚시에 대단한 열정을 가지고 있었다. 낚시에는 속임수가 없었다. 브링클리는 모험에 목말라했고, 청새치나 거대 참치와 헤밍웨이 못지않은 사투를 벌였다. 1935년 여름, 브링클리 가족은 수석보조 오스본 박사 부부와 함께 북대서양의 참치 시

---

* 그레이트브리튼 및 북아일랜드 연합왕국의 국왕 겸 인도의 황제였던 에드워드 8세가 미국 출신의 이혼 여성 월리스 심슨과 결혼하려고 했지만 많은 사람들이 반대하자, 왕위를 남동생에게 물려주고 에드워드 8세에서 윈저 공으로 신분이 바뀐 사건으로 유명하다.

즌을 즐기기 위해 미국 동해안을 항해했다. 코네티컷에서 하버드-예일 출신 선원들을 배에 태운 후, 캐나다를 향해 계속 올라갔다. 그리고 6월 30일에 그들은 좌초당했다.

노바스코샤의 짙은 안개 속에서 요트는 펀디만 근처의 해류에 의해 해안가로 끌려갔다. 모두가 무사히 구조되었고, 요트의 손상도 심각하지 않았다. 브링클리는 지역 주민 몇 사람을 만났다("우리는 소박한 사람들입니다" 브링클리가 말했다. "오래 신은 신발처럼 편안하죠. 해군 제독처럼 입고 있지만 잘난 척은 전혀 할 줄 모른답니다"). 요트를 다시 띄우기 위해 개인 소형선을 빌려왔고, 요트는 곧 바다로 돌아갔다.

브링클리는 인양 비용을 내지 않고 떠났다가 핼리팩스에서 체포되었고, 비용을 정산한 후 다시 항해를 시작했다.

브링클리 가족은 망망대해에서 파도에 흔들리고 부딪치며, 몇 날 며칠을 보냈다. 8월 8일, 그들은 노바스코샤 리버풀에 도착했고, 수많은 스쿠너와 작은 보트 사이에 닻을 내렸다. 기가 막힌 타이밍이었다. 매년 8월 중반이면 청어 떼가 배고픈 참치 떼에 쫓겨 팜플로나 스타일로 근해를 질주했다. 파란색 어뢰와 같은 청어들이 수면 바로 아래를 스치며 지나가다 방향을 바꾸더니 금세 사라져버렸다. 브링클리는 그 지역의 선원을 두어 명 고용했고, 8월 10일 새벽에 출항했다.

그는 그날 물고기를 딱 한 마리 잡았다. 그는 녀석과 수 시간을 싸우며 15라운드를 꽉 채웠고, 마침내 힘이 빠져 보트 옆으로 끌려온

물고기를 갈고리로 찍어 배 위로 끌어올렸다. 《뉴욕 타임스》에 따르면 그 녀석의 무게는 313킬로그램으로, '이번 시즌에 대서양에서 잡힌 최대어'였다. 나중에 브링클리는 물고기 속을 가득 채우고 보석으로 장식하여 델 리오 고등학교에 선물했다.

그건 훌륭한 트로피였지만, 그 후에 낚아 올린 물고기 때문에 무의미해졌다. 그 물고기의 무게는 357킬로그램으로, 미국의 소설가 제인 그레이가 세운 기록을 넘어섰다. 그 당시 서반구에서 잡힌 참치 중 가장 큰 것이었다.

40

그러나 오, 나 다시 젊어지면
그녀를 내 품에 안으리라.
─윌리엄 버틀러 예이츠(William Butler Yeats)

젊음을 되찾은 마담 자티아니의 모험을 그린 『검은 황소』가 대성공을 거둔 지 10년, 거트루드 애서튼은 시인 호라티우스의 열여덟 살짜리 조카의 시점에서 쓴 최근 작품을 홍보하고 있었다. 당시 호평을 받고 있던 78세의 여류 작가는 샌프란시스코의 한 청취자와 이야기를 나누는 중이었다. 그녀는 깃털로 장식한 분홍색 새틴 재킷과 검은색 새틴 드레스를 입고 있었으며 손톱과 입술은 암적색으로 칠해져 있었고, 금발을 높이 틀어 올린 모습이었다. 그녀는 난소 방사선치료 덕분에 '너무 진짜 같아서 스스로 써지는 듯한' 로마의 십대에 집중할 수 있었다고 말했다.

이에 관한 견해를 밝혀달라는 요청에, 모리스 피시바인은 그녀가 주장하는 효과들은 "대부분 환자의 마음 상태에 영향을 받은 것"이라고 가볍게 답했다.

20여 년 동안, 피시바인과 그의 동료들은 과연 그 광기의 끝이 존재하는지 궁금했을 것이다. 당대의 위대한 작가로 추앙받던 윌리엄 버틀러 예이츠도 69세에 슈타이나흐화 되었다. 그가 느꼈던 '이상한 두 번째 사춘기'는 훗날 27세 여배우와의 불륜으로 이어졌다. 슈타이나흐는 자신의 연구를 왜곡하는 언론을 향해 날을 세우며, "노화의 과정은 역전될 수 있다"고 단언했다. 세르주 보르노프 박사—20세의 오스트리아 미인을 세 번째 아내를 맞이한—는 증거가 늘 코앞에 있었음에도 찾지 못하고, 원숭이 분비선을 그 어느 때보다 열심히 홍보했다.

그리고 1935년 가을, 몇몇 과학자들이 더듬거리며 찾아 헤매던 돌파구가 드디어 모습을 드러냈다. 독립적으로 연구하던 스위스 화학자 레오폴드 루지치카와 독일의 아돌프 부테난트가 남성 호르몬인 테스토스테론을 분리 및 합성하는 데 성공한 것이다. 《타임지》의 설명처럼 이 성과로 인해 '원숭이와 염소 고환의 인기로 유명해진 회춘술을 실험'하거나 그들을 전부 '대체'할 수 있을 것이라는 큰 희망을 품게 되었다. 아마도 나치가 단정했던 것처럼 테스토스테론은 잃어버린 시간의 땅으로 들어가는 마법의 열쇠일지도 몰랐다. 그리고 그것이 사실이라면 여성에게도 분명 그와 유사한 통로가 있을 것이었다. 수술을 받는 대신, 사람들은 다이어트를 하듯 간단한 주사치료나 알약만으로 노화과정을 역전시킬 수도 있었다("3주 만에 15년이나 젊어졌어!").

56세의 H. L. 멩켄은 세월의 흐름을 실감하고 있었다. 정력이 감퇴되는 것보다 더 걱정스러웠던 부분은 정신적 능력과 삶을 향한 열정을 잃어가는 것이었다. 이 위대한 회의론자는 일에 대한 경이적인 에너지가 소모될까 봐 두려워했다.

1936년 12월, 그는 잡다한 증상들을 호소하며 존스홉킨스 병원에 입원했다. 그의 진료기록에는 이렇게 적혀 있었다.

"인후 뒤쪽의 간지러움, 6일간 나타남, 불쾌감, 근육통, 미열을 동반. 진단: 급성 감염성기관지염; 급성 감염성부비강염; 원인미상의 급성 부고환염(우측)."

그는 존스홉킨스에 입원해 있는 동안, 중요한 치료를 두 차례 받았다. 일단 '우측 부고환의 물혹을 제거했다.' 그리고 수술실로 조용히 실려가 엉뚱하게도 '슈타이나흐 수술'을 받았다.

41

프랭클린 루스벨트 대통령이 1936년에 재선에 도전했을 때, 공화당의 상대 후보는 캔자스 주지사 앨프 랜던이었다. 그는 브링클리처럼 옷깃에 해바라기를 달았다. 그해 가을의 대통령 선거는 브링클리에게 길고 잔인했을지도 모른다.

그러나 그는 오랫동안 바랐던 꿈을 이루었고, 그것은 크렘 브륄레보다 더 달콤했다. 부에 빠져 있는 것은 천 가지 위로를 가져다주었다. 사실 철저한 계산을 바탕으로 돈을 버는 사람이 이드*에 따라 그렇게 흥청망청 돈을 쓰는 일은 매우 드물다.

1920년대 초, 그는 뉴욕시티를 여행하며 미니에게 보석 한 꾸러미와 모피코트, 스터츠 베어캣 한 대를 사주었다. 그것은 20년 가까이 이어진 흥청망청 소비의 시작을 알리는 신호탄이었고, 델 리오에서 그 정점을 찍었다. 캐딜락 12대를 구입한 것은 소소한 일에 불과했다. 그곳에 저택―리오그란데강 근처에 있는 미션 스타일의 집과 부지―을 새로 지으며 텍사스 사람들의 입방아에 오르내리기 시작했다. 그의 약 65,000평방미터짜리 벌거벗은 자존심의 일부

* 원시적 욕구

는 베르사유로, 일부는 바넘 & 베일리(Barnum & Baily)*로 꾸며져
있었다.

　브링클리의 집 앞 진입로는 델 리오에서 가장 큰 도로였다. 길가
에 줄지어 선 수입산 야자수와 밤새 불을 밝히는 전구 다섯 개짜리
가로등을 지나면, 상단에 브링클리의 이름이 새겨진 연철 대문이
우뚝 솟아 있었다. 창살 뒤에는 녹지와 바짝 깎은 잔디가 작은 섬처
럼 펼쳐져 있었다. 그의 집을 방문한 어떤 사람은 "골프장의 거대한
페어웨이 같은 버뮤다그래스 한가운데에 떨어진 것 같았다"고 말
했다. 그곳에는 신선한 잔디뿐 아니라 수련으로 장식한 분수대, 온
실(일명 '살짝 맛보는 천국'), 관목 8천 그루를 심은 장미 정원, 거위와
공작, 갈라파고스 섬에서 훔쳐온 샐러리 씹는 거북들, 홍학 두 마리,
더위에 넋이 나간 듯 비틀거리는 펭귄 무리가 있었다. 180킬로그램
의 얼음을 땅에 묻어가며 기르는 수많은 야자수들이 수중 조명과
3미터 높이의 다이빙대를 갖춘 대형 수영장을 둘러쌌다. 수영장 주
변에 깔린 화려한 타일 바닥에 모자이크로 만들어진 브링클리가 있
었다.

　밤이면 그곳은 동화 속 나라 같았다. 대문 밖에 차를 세우고 앉아
9미터 높이의 물줄기를 내뿜는 분수와 그것을 비추는 형형색색의
변화무쌍한 빛줄기를 구경하려고 여기저기에서 많은 사람들이 찾
아왔다.

---

* 19세기 미국에서 P.T 바넘이 운영하던 서커스단. 바넘은 서커스단을 운영하며 가짜 인
어, 기형쇼 등으로 큰 이득을 취했고, 사기꾼 혹은 성공한 사업가로 불렸다.

한 남자가 이 모든 것을 흐뭇하게 지켜보았을 것이다. 그의 이름이 고대 조각상의 복제품들 사이에 있는 수영장 위에서 네온 불빛으로 반짝거렸다. 그러나 이런 집에도 문제는 있었다.

"남편이 얼마나 초조해했는지 몰라요." 미니는 이렇게 회상했다. "차를 몰고 들어오다 거북이라도 만나면 136킬로그램에 육박하는 녀석이 느릿느릿 진입로를 지나갈 때까지 기다려야 했거든요."

그러나 우여곡절 끝에 현관문 앞에 도착하면 그녀와 한 무리의 하인들이 그곳에 서서, 전장에서 돌아온 가장을 반겼다. 그가 수집한 이탈리아제 거울들이 복도를 지나는 그를 충실히 비추었다. 페르시안 러그, 스위스 대형 괘종시계, 흑단 코끼리, 체스 세트, 카라라 대리석과 청동으로 만든 조각상 등 여름 항해에서 얻은 호화로운 기념품들이 14개의 방을 가득 채우고 있었다. 한 손님은 브링클리가 '오스트리아 대공처럼' 살았다고 표현했다. 그러나 그것은 개념의 일관성을 시사한다. 만약 그곳에 일관된 주제가 있었다면, 그것은 브링클리 스스로 구입한 것이었다.

브링클리는 거실에서 휴식을 취했다. 날이 어두워지면 체코슬로바키아 크리스털로 만든 샹들리에가 약 220제곱미터의 화려한 작품들, 특히 대성당 양식으로 만들어진 2층 높이의 파이프 오르간을 돋보이게 했다(브링클리는 할리우드에 있는 그로먼스 차이니즈 극장의 오르간 연주자를 고용하여 오르간을 연주하게 했다). 그 외에도 한때 유명했던 영화배우 노마 텔머지의 로즈우드 피아노, 중국 정부로부터 선물 받은 600년 된 태피스트리, 조각마다 브링클리의 이름이 새겨진 컷-클라스 크리스털 상자, 각국에서 수집한 향수 등의 전리품들과 거대한 크기로 인쇄한 집주인의 사진 등이 있었다. 그중에서 가장 눈에 띄는 것은 '참치와 나'라는 제목의 120센티미터짜리 그림이었다. 그림 속에서 브링클리는 해군 제독의 정복을 제대로 갖춰 입고 기록적인 크기의 포획물 옆에 서 있었다. 아르데코 양식의 대리석 계단을 따라 올라가면, 새눈 무늬목 단풍재로 만든 원형 침실과 빨간색과 짙은 보라색으로 칠한 욕실이 나왔다.

브링클리는 "노스캐롤라이나 잭슨 카운티에서 맨발로 올라온 가난한 소년이 오랜 세월 나를 괴롭혔기 때문에, 이 모든 것이 내게 의미 있는 것이다"라고 말하는 것을 좋아했다. 그러나 델 리오의 주민이었던 지나 월리는 그 집을 방문한 뒤 정신을 차리고 그곳을 떠났다. 그녀는 다른 주에 사는 친구에게 편지를 보냈다.

"자신의 전문분야 외에 어떤 교육도 받지 못한 사람이니까, 그의 과시욕은 좋은 취향의 부재로 판단해야 한다고 생각해. 그는 허영심과 야망에 사로잡혀 있는 게 분명했고, 유일한 성공의 척도는 돈과 영향력……. 자신이 얼마나 대단한지, 불가능한 것을 얼마나 간절히 원하는지를 세상에 끊임없이 말하는 것은 끔찍한 일임에 틀림없어. 이런 사람들이 너무 무섭지만, 한편으로는 참 불쌍하다는 생각도 들어."

브링클리는 저택의 외관을 두 번 이상 바꿨고(빨간색이었다가 황록색으로), 캐딜락도 그에 맞춰 다시 칠했다. 브링클리 부부는 매년 크리스마스에 가난한 사람들에게 음식 바구니를 나누어주었다. 외로운 사람들을 위한 텍사스협회 회장 J. 앤드류 아넷과 보이스 타운의 플래너건 신부는 거금을 기부하는 브링클리에게 고마움을 표시했고, 그와 가깝게 지냈다.

브링클리는 델 리오의 로터리클럽 회장으로 선출되었다.

42

1937년 4월 저녁, 한 곡예비행사가 오팔색 하늘을 배경으로 배럴 롤*을 선보였다. 1,400명의 손님들이 브링클리의 사유지에서 거미줄처럼 넓게 펼쳐진 종이등 불빛 아래를 서성거렸다. 덤불 속에 넣어둔 투광 조명등으로 '일본의 벚꽃이 필 무렵, 강렬한 달빛이 밤을 대낮처럼 환하게 밝히는' 효과를 연출했다. 게이샤처럼 차려입은 여고생들이 카나페를 30킬로그램 이상 먹어치웠다. 샌안토니오 호텔 오케스트라가 반짝이는 무대 위에서 댄스 음악과 블루스를 연주했다.

브링클리가 여태껏 주최했던 행사 중 가장 큰 파티였다. 텍사스 남부에서도 최대 규모였다. 짧은 연설과 성대한 만찬에 이어 종말이 온 듯한 불꽃놀이가 대미를 장식했다. 개, 고양이, 오리, 말 탄 군인 모양의 불꽃이 밤하늘을 수놓았고, 사람들은 감탄과 박수로 맞이했다. 마지막 불꽃은 문장으로 희미하게 빛나다가 별들 사이로 사그라졌다.

여행 잘 다녀오세요, 브링클리 박사님과 사모님 그리고 자니

* 연속으로 옆으로 회전하는 비행.

6월 중순에 이처럼 애틋한 전송식을 직접 연출한 후, 브링클리 가족은 아들의 개인교사와 함께 퀸메리호를 타고 유럽으로 출발했다. 그해 니스에서 열린 국제 로터리클럽 컨벤션에 델 리오를 대표하여 참석하기로 했기 때문이다. 그는 모리스 피시바인이 표지 모델로 등장한 《타임지》의 최신호를 미처 확인하지 못한 채로 뉴욕항을 빠져나갔다.

피시바인 박사에게는 힘겨운 봄이었다. 심한 감기로 안면 신경마비가 찾아와 얼굴 한쪽이 '사냥개, 블러드하운드의 턱살처럼 축 늘어지는' 매우 심란한 증상을 겪었다. 그는 《JAMA》 기사를 통해 그 병이 별거 아니라는 듯 말했다. "너무 차갑고 무표정한 한쪽 얼굴을 보니 기분이 이상하다. 이 표정을 그대로 간직했다가 돌팔이들에게 써먹으면 좋겠다."

그러나 치료 과정은 쉽지 않았다. 의사들은 얼굴 근육을 올라오게 하려고 3주 동안 그의 머리를 쇠로 고정시키고 전류를 흘려보냈다. 이 치료는 돌팔이 의료와 최첨단 의료의 경계에 있었지만, 피시바인은 불평 없이 받아들였다. "통증이나 질환이 고통스럽지는 않았어." 그는 폴 드크라이프에게 편지를 썼다. "외모와 얼굴의 움직임이 악화되는 게 더 힘들었지."

그래도 자신의 사진(마비 전)이 《타임지》 표지에 실렸다는 사실에 반가운 위안을 얻었다. 특히 체계적인 의료계의 얼굴로 묘사했을 뿐 아니라, 그것을 떠받치는 아틀라스*로 표현되었다는 점에서 더욱 그러했다.

"AMA의 운영비는 대부분 피시바인 박사가 편집하는 잡지에서 얻는 수익에 의존한다."《타임지》는 이러한 내용과 함께 증거자료를 제시했다. 그러나 그의 적들, 특히 분개하는 내부 집단에 대한 언급은 거의 없었다. 그들은 브링클리가 위압적으로 개인적인 견해를 떠벌리는 모습을 싫어하거나, 그가 너무 보수적이라고 생각하는 성가신 소수였다. 피시바인이 산부인과의 혁신들을 '일시적인 유행이며 불필요한 일'이라며 무시했을 때, 시카고 의학협회가 그를 징계하려고 시도했던 일도 언급하지 않았다.

그러나 AMA의 안팎에 도사리는 적들이 없었다면 피시바인은 무엇도 해낼 수 없었을 것이다. 그와 브링클리에게 저항을 받지 않는 삶은 무가치한 것이었다. 그러한 측면에서 두 사람은 천생연분이었다.

1937년, 피시바인과 브링클리는 각자의 분야에서 전성기를 맞았다. 두 사람은 그해 여름에 가족과 함께 유럽으로 건너갔다. 피시바인은 벨파스트에서 열린 내과의사들의 컨벤션에 참석한 후, 스칸디나비아 여행을 계획했다.

5월 31일, 퀸메리호가 셰르부르에 닻을 내리자 부두에서 기다리

---

* 그리스신화에 나오는 어깨에 지구를 짊어지고 있는 거인.

고 있던 리무진이 브링클리 가족을 태우고 지중해를 향해 남쪽으로 달렸다. 로터리클럽 회원들은 종종 니스를 휴양지로 선택했다. 그곳은 휴양지답게 환경이 아름다울 뿐 아니라 총격, 칼부림, 음주운전—지난해, 한 교통경찰이 7번이나 병원 신세를 지기도 했다—도 빈번히 벌어졌다. 사제처럼 차려입은 사기꾼 무리에 대한 기사들도 있었다.

브링클리 가족은 컨벤션을 마치고 10주간 파리, 디종, 그르노블, 칸에서 로마, 나폴리, 플로렌스, 베니스를 거쳐 유고슬라비아, 벨기에, 룩셈부르크, 영국으로 이어지는 유럽 대륙 순회여행을 했다. 여행 중간중간에 기분 좋은 이벤트도 경험했다. 예를 들어, 더블린에 도착하자 시장이 그들을 맞이했다. 그러나 브링클리가 가장 좋아한 도시는 베를린이었다. 마침내 제3제국을 바로 눈앞에서 볼 수 있었기 때문이다.

2년 전이었다면, 오물로 뒤덮인 황폐한 베를린과 총을 들고 감자를 지키는 시민들밖에 없었을 것이다. 1936년의 베를린 올림픽 개최를 앞두고, 히틀러는 양동이와 빗자루를 꺼내들었다. 그 결과, 1937년에는 손수레길도 자갈 하나 없이 깨끗했다. 병사들이 군화발로 모든 도로를 행진했다. '히틀러스 크로스(Hitler's cross)*'가 사방에 널려 있었고, 나무에는 확성기가 달려 있었다. 그들은 숭배의 과학을 이해하고 있었다.

* 아돌프 히틀러를 테마로 한 음식점−옮긴이

1937년 8월 11일, 브링클리 가족은 드디어 안개가 짙게 깔린 잉글랜드 사우샘프턴에서 기념품을 가득 싣고 집을 향해 출항했다. 이번에는 프랑스의 전설적인 여객선 노르망디호를 탔다.

대공황 시기에 상당한 저항감을 불러일으킨 호화 여객선 노르망디호는 웅장함과 화려함의 극치로, 300미터가 넘는 최초의 선박이었다. 뉴욕의 한 기자는 노르망디호가 노아의 방주보다 "3.5배 크다"고 말했다. 노르망디호가 동물을 한가득 태운 배를 능가하는 것은 당연했다. 대형 대합실(얕은 양각을 파노라마식으로 새긴 거대한 크리스털 좌석)부터 기하학적인 예수 조각상을 놓은 오스만 제국의 예배당과 흡연실, 이집트와 그리스, 일본을 주제로 한 유리 벽화와 번쩍거리는 금속판의 숲까지, 아무리 심드렁한 사람이라도 빛의 여객선 앞에서는 주춤할 수밖에 없었다. 1등석 승객들을 위한 식당—초자연적인 석굴, 알리바바의 동굴—은 베르사유 궁전에 있는 거울의 방보다 길었으며, 최고급 프랑스 요리를 제공했다. 영국 외교관 헤롤드 니콜슨은 아내 비타 색빌웨스트에게 이런 내용의 편지를 보냈다. "이렇게 화려한 건 처음이라 …… 일주일 후면 미쳐 있을지도 몰라." 확고한 취향을 가진 브링클리는 최고급 양복을 입고 배에 올랐다고 한다. 만약 그게 사실이라면, 그는 죽은 투탕카멘•보다 더 잘 살고 있는 것이었다.

얼빠진 듯 바라보는 것 말고도 할 일이 많았다. 자니 보이의 개인

• 이집트 제18왕조의 파라오.

교사인 로웰 브라운은 나흘 동안 "미술전, 춤, 좋은 수영장, 가짜 경마, 탁구, 권투와 펜싱 시합을 즐겼다"고 적었다. 권투시합―미국 배우, 헨리 폰다는 인기 있는 특별 심판이었다―이 끝나면 늘 베개 싸움이 이어졌다. 눈을 가린 사환 여섯 명이 관중의 아우성 속에서 서로를 향해 팔다리를 마구 휘둘렀다.

무엇보다 브라운은 '의사 아빠를 둔' 기운 넘치는 17세 소녀와 선상 로맨스를 시작했다. 그녀는 긴 유럽여행을 마치고 가족과 함께 집으로 돌아가는 길이었다. 젊은 개인교사와 소녀는 탁구를 하거나 갑판 위를 어슬렁거렸다. 갑판 아래쪽에서 트위드 차림의 신사들이 세찬 바람을 맞으며 원반 과녁을 향해 헛총질을 해댔다. 상쾌한 바다와 머나먼 수평선, 파도를 가르는 거대한 여객선이라는 조건이 주어지면, 가벼운 연애도 서사시 수준으로 발전한다. 다음 날 두 사람은 데이트 장소를 실내 골프장으로 옮겼다. 청년에게는 새 친구의 스윙을 교정해줄 완벽한 기회였다.

개인교사의 로맨스 덕에 자니 보이는 겨우 속박에서 벗어날 수 있었다. 이 10살짜리 소년은 해가 갈수록 어두워졌다. 자니는 3살 때부터 돌팔이 교육을 받았고, 귀여운 목소리로 청취자의 편지를 읽으며 치질이나 편도선 수술 같은 용어를 익혔다. 알지도 못하는 어린이 친구들에게 '생일축하 노래'를 불러주기도 했다. 자니에게는 녹색 캐딜락이 있었지만 면허를 따기에는 한참 어렸기 때문에, 하루 종일 그림자처럼 따라다니는 경호원과 함께 학교를 걸어 다녔다. 그러다 보니 자연스럽게 다른 아이들의 놀림거리가 되었다.

"박사는 자니를 끔찍이 아꼈고 아들의 말이라면 무엇이든 들어 줬어요." 자니의 옛 친구가 말했다. "하지만 자니는 제가 본 사람들 중에 가장 불행한 아이였어요."

자니는 노르망디호의 복도에서 도망쳤다. 주인 없는 문이 곡예사 나 마술사에게 열릴지도 몰랐다. 전에도 일어났지만 그때는 밤이 었다. 자니는 길을 잃고 헤매다 앞쪽 굴뚝의 바닥에 있는 놀이방을 발견했다.

마치 휘황찬란한 그림책 속으로 들어가는 것 같았다. 벽을 뒤덮 은 인형과 동화 속 인물들이 음표의 빗속에서 춤을 추었다. 스프링 이 달린 물방울무늬 말과 펀치 앤 주디* 극장도 있었다. 작은 무대 의 커튼은 닫혀 있었다. 방 안에는 자니뿐이었다.

장난감 상자 안에서 꿈쩍도 않고 놀고 있는데, 출입문이 열리더 니 한 소년이 들어왔다.

자니와 동갑인 그 소년은 유모가 워낙 자주 바뀌는 탓에 가족에 게는 '골칫덩어리'로 불렸다. 소년은 맞은편에 있는 작은 신사에게 자신을 저스틴 피시바인이라고 소개했다.

둘은 서로에게 일상적인 질문을 했다.

"너희 아빠는 뭐하셔?" 저스틴이 장난감 상자를 헤집으며 물었 다. "우리 아빠는 의사야."

"우리 아빠도 의사야." 자니가 대답했다. "그런데 다른 의사들은

---

* 영국의 인형극-옮긴이

우리 아빠를 싫어해."

저스틴은 자니의 말을 이해하지 못했다. 공평하지 않은 것 같았다. 나중에 저스틴은 아버지에게 자니에 대해 이야기했다. 그리고 자니가 다른 의사들이 자신의 아버지를 대하는 태도에 풀이 죽어 있었다며, 소년을 도와줄 방법이 있는지 물었다. 피시바인은 그 의사의 이름을 물었다.

그 사이, 로웰 브라운이 새 연인과 자신의 고용인에 대해 이야기를 나누는 것은 시간문제였다. "내가 가르치는 아이의 부모가 누군지 알아?" 그는 골프채를 휘두르기 전에 마조리 피시바인에게 물었다. 그리고 그의 정체를 알려주었다.

"그녀는 갑작스럽게 대화를 중단했어요." 훗날 브라운이 말했다. "그 후에도 한두 번 정도 대화를 했지만 더 만나지는 않았죠."

이제 장본인들이 직접 만나는 일만 남았다. 오랜 숙적이었던 두 사람은 한 번도 눈을 마주본 적이 없었고, 피시바인은 계속 그렇게 지내기를 원했다. 그러나 브링클리의 생각은 달랐다.

브링클리는 갑판을 샅샅이 뒤지다 가슴에 책을 얹어놓은 채, 대합실 의자에 앉아 햇볕을 쬐며 졸고 있던 피시바인을 찾아냈다. 그는 피시바인에게 다가가다 몇 미터 앞에서 멈추었다. 잠에서 깬 피시바인이 눈을 깜빡이더니 다시 책을 읽기 시작했다.

브링클리는 몇 걸음 더 다가가다 다시 멈추어 섰다. 입을 뗄 수 없을 것 같았다. 그가 여러 각도에서 자신의 분노를 보여주려는 듯 주변을 잠시 서성거렸지만, 피시바인은 그를 못 본 척했다. 기묘한 무언극이 잠시 이어졌고, 브링클리가 가쁜 숨소리를 내고는 돌아서서 성큼성큼 걸어가버렸다.

두 사람은 아무 말도 하지 않았다. 얼마나 실망스러운 결말인가? 둘 중 한 사람은 이렇게 생각했을 수도 있다. 그러나 돌팔이 의사를 실제로 마주하자, 피시바인의 내면에 있던 무언가가 깨어났다. 그것은 무뎌진 목표의식을 자극했다. 그는 뉴욕 땅에 발을 내딛으며, 비열한 악당을 완전히 몰락시키기로 결심했다.

43

시카고 집으로 돌아간 피시바인은 "현대의학의 돌팔이들"이라는 2회분의 기사를 썼다. 그는 브링클리를 모든 문제의 원흉으로 지목했다. 첫 번째 기사는 비전문가를 위한 잡지 《히게이아》 1월호에 실리기로 예정되어 있었다.

그 사이에 피시바인은 할리우드의 초대를 받았다. 그리고 많은 현대 작가들에게 잘 알려진 것처럼, 어느 영화사에게 사기를 당했다. 워너브라더스의 경영진들이 계획 중이던 것은 《당신의 생명이 그들의 손에 달려 있다》는 피시바인의 자료를 바탕으로 한, 남성미 넘치는 의료 사기 멜로드라마였다. 루엘라 파슨스의 칼럼에 따르면, 파시바인은 기술 자문을 제안받았다.

"워너브라더스에 영화 한 편을 빚지고 있는 폴 무니가 주인공을 맡을 것이다." 이 소식이 전해지자 온갖 유형의 대체의학 치료사들이 분노를 터뜨렸다. 피시바인의 비난을 정기적으로 받아왔던 척추지압사, 검안사, 접골사들은 "이 상황에서는 의학박사가 아니면 누구든 조롱당할 것"이라고 확신했다. 논쟁에 휘말리는 것이 부담스러웠던 워너브라더스는 결국 그들에게 굴복하고 프로젝트를 취소했다.

브링클리 역시 새로운 목적의식을 가지고 집으로 돌아왔다. 독일은 그에게 원대한 꿈을 품게 했다. 뭐 하러 선출직이 필요한가? 원한다면 정치권력은 얼마든지 손에 넣을 수 있었다. 라디오라는 작전 지휘소 덕분에, 그는 자가중독의 극치이자 우익 선동가 '존 브링클리'라는 새 역할을 위한 위치를 성공적으로 차지했다.

'돈을 벌기 위한 계산'과 '자신을 신과 혼동하는 사고'가 섞인 브링클리의 특이한 기독교관에는 반유대주의 요소가 늘 도사렸다. 브링클리는 1932년 주지사 선거에 출마했을 때, 위치타의 목사였던 제럴드 B. 윈로드의 지지를 받았다. 그는 대부분의 국제문제가 유대인 음모론이라고 지적했고, '전통적이고 신을 두려워하며 자녀를 둔 미국인들'만을 축복해주었다. 암울했던 1930년대에 유럽에서 파시즘이 폭발하자, 미국에서도 이와 비슷한 사상들이 마치 배수관의 뱀처럼 출몰했다. 독특한 아일랜드 사투리를 썼던 코글린 신부, '미국의 총통' 프리츠 쿤, 나치가 권력을 잡은 다음 날 실버 셔츠*를 창립한 윌리엄 D. 펠리. 브링클리는 델 리오로 돌아온 후, 미국에서 가장 유명한 선동가였던 세 사람을 XERA에 초대했다. 그는 세 사람의 견해에 대체적으로 동의했고 펠리의 소송에 5천 달러를 후원하기도 했지만, 그들만큼 노골적인 적의를 품고 있지는 않았다. 적어도 방송에서만큼은 감성적인 고립주의자의 역할을 더 선호했다. "전쟁은 그 공산주의자의 즐거움입니다. 그는 여러분의 소년의 달콤한 입술을 위해 쓴 수프를 섞고……. 저라면 베들레헴 보

---

* 미국 파시스트들의 지하조직-옮긴이

주*의 부드러운 호박색 불빛보다, 호전적인 화성의 어슴푸레한 빛을 더 좋아하는 급진주의자들을 전부 강제 추방할 겁니다."

그러나 브링클리는 수영장 타일에 작은 만자(swastikas)**를 추가했다.

그는 '공산주의자', 제5열(fifth columnist)***, '말뿐인 사회주의자', 진보주의자, 히틀러의 삶을 더 힘들게 만들려고 애쓰는 사람들에게 독설을 퍼부었다. 그러나 사람들에게 적대감을 일으킬만한 위험을 감수하지는 않았다. 1914~1918년의 제1차 세계대전에 대한 기억이 여전히 선명했고, 그런 이야기를 원하는 청취자는 거의 없었다. 고립주의 옹호가 질병을 일으키거나 생명을 위협할 수 있는 가짜 상품 판매에 도움을 주었듯, 고환수술과 결장 세척 판매에도 도움을 주었음을 의미했다.

브링클리는 절대 그 너머를 내다보지 않았기 때문에 자신의 실제 영향력을 제대로 이해하지 못했다. 그는 자신의 오락 프로그램—의도적인 미끼로 사용된 XERA의 음악 방송—이 더 큰 무언가를 촉발했다는 사실을 인지하지 못했다. 그것은 본격적인 문화 대변동이었다. 수년간 브링클리는 국내의 무료 박사학위와 텍스-멕스 음악을 아래의 사람들에게 의도치 않게 제공했다.

---

* 꼭대기에 십자가를 장식한 금구슬로, 왕권을 상징한다.
** 나치스 독일의 표장-옮긴이
*** 적과 내통하는 집단-옮긴이

…챗 앳킨스, 조지아 콜럼버스에 살았던 십대, 통신판매에서 주문한 부품으로 만든 배터리-구동 라디오로 XERA를 들었음

…웨일런 제닝스, 텍사스 리틀필드에 살았던 청소년, 그의 아버지는 트럭 배터리에 케이블을 연결해 가족과 함께 XERA를 들었음

…톰 티 헐, 켄터키 올리브힐에서 살던 미래의 작곡가 겸 발라드 가수

…조니 캐쉬, 아칸소 다이스 출신, 브링클리의 라디오 방송을 통해 당시 10살이었던 미래의 아내 준 카터의 노래를 처음 들었음

오리지널 카터 패밀리―A.P. 카터, 사라 카터, 메이벨 카터―도 브링클리가 유럽에서 돌아온 후 XERA에 처음 등장했다. 브링클리는 남동부에서 인기를 끌고 있다는 것 말고는 아는 바가 전혀 없는데도 그들을 고용했다. 빅터 레코드사의 전문 스카우터 랄프 피어에 의해 발굴된 이 3인조 그룹은 '워리드 맨 블루스(Worried Man Blues)', '그 고리가 다시 이어질까?(Will the Circle Be Unbroken?)' 등의 수많은 히트곡을 발표하며, 지방에서만 수천 장의 레코드를 팔았다. 그러나 영광은 그리 오래가지 않았다. 대공황으로 힐빌리 음악 산업이 만신창이가 된 것이다. 그들은 버지니아의 작은 동네를 울며 겨자 먹기로 떠날 수밖에 없었고, 랄프 피어가 용케 얻어준 브링클리의 방송국 일―하루에 두 번씩 6개월 동안 매주 75달러 지급, 6개월 유급휴가―을 하기로 했다. 당시에는 누구도 눈치채지 못했지만 그 일에는 부가 혜택도 있었다. 3년간의 XERA 방송 활동

후, 카터 패밀리는 지역구 스타에서 전 국민의 우상이 되었다. 그들은 '상업적인 컨트리 음악의 창시자', '컨트리 음악의 빅뱅'이라 불리며 컨트리 음악 명예의 전당에 최초로 헌정되었다.

그들의 색다른 신비로움은 비밀스러운 삶에서 일부 기인했다. 앨빈 플레전트 딜레이니 카터(Alvin Pleasant Delaney Carter, A.P.)—긴 팔다리와 돌출된 귀, 가볍게 떨리는 목소리를 가진 내성적인 인물—는 한때 사라와 부부였다. 컨트리 음악계의 캐서린 햅번이었던 사라는 헐렁한 바지를 입고 사냥을 다녔으며 담배를 피웠다. A.P.는 사라에게 헌신했지만, 그녀의 괴짜 기질과 오랜 부재로 인해 1936년에 이혼당했다. 사라는 A.P.의 사촌 코이 베이즈와 사랑에 빠진 후, 사촌 간의 드라마 같은 사건을 힘들어했던 코이와 캘리포니아로 떠났지만 이후에도 A.P.와 함께 음악 활동을 계속했다.

사라의 사촌 메이벨은 늘 고개를 숙인 채, 기타 연주만 했다. 29세에 독학으로 기타 연주의 대가가 된 메이벨은 멜로디와 리듬을 동시에 연주하는 카터 스크래치(Carter scratch) 연주법을 개발했다. '베이스 줄 럼블'을 기본으로 하는 이 주법은 컨트리 음악의 차세대 기타리스트들에게 지대한 영향을 미쳤다. 한 열성팬은 이렇게 말했다. "사라의 놀라운 목소리와 A.P.의 눈부신 작곡 능력 그리고 메이벨의 고음이 만드는 하모니와 연주 능력은 불멸로 향하는 티켓이었어요."

그들은 델 리오에서 XERA의 네 시간짜리 저녁 방송, '좋은 이웃과 함께해요'에 합류했다. 카터 패밀리가 1시간 동안 방송을 하고 나면 나머지 시간은 카우보이 슬림 라인하트, 프레리 스윗허츠, 테네시에서 온 피카드 패밀리가 채웠다. 피카드 패밀리는 카터 패밀리와 달리 요란하고 촌스러운 그룹이었다. '그녀가 산을 돌아 올 거예요(She'll Be Comin' Round the Mountain)', '버팔로 처녀들(Buffalo Gals)' 같은 노래를 좋아했다. 게다가 그들은 무엇이든 광고했다. 대디 피카드는 낡은 아코디언의 쌕쌕거리는 소리에 맞춰 코로백과 가라앉지 않는 페루나를 홍보했다. 페루나는 몇 년간 두어 차례 조제법 수정을 거친 후, 알코올 18퍼센트와 캐나다금낭화, 쥐꼬리망초, 쿠베브, 코파이바 오일, 갈매나무, 생강, 야생버찌, 글리세린, 용담, 향등골, 요오드화칼륨, 해총을 넣어 만들었다.

카터 패밀리는 상품 판매에 관여하지 않았다(카터 패밀리는 실제로 하다콜(Hadacol)이라는 치료제를 더 선호했다. 혹시나 이런 이야기를 방송에서 언급할까 봐, 브링클리는 늘 스튜디오 가장자리를 서성거렸다고 한다). 카터 패밀리는 진솔하고 한결같은, 때로는 뼛속까지 암울한 음악을 만들었다. 그들의 음악은 거짓 위안을 주지 않음으로써 위안을 주었다. 초저녁 소 방울 소리에 대한 브링클리의 계획적인 푸념은, 카터 패밀리의 고리타분한 정직함과 대조적이었다. 그러나 그것은 미국 남부 사람들이 이미 알고 있던 것을 전 세계에 알렸다. 브링클리의 분비선 기치 아래에서 쏟아져 나온 가요집—'그 고리가 다시 이어질까?', '와일드우드 플라워(Wildwood Flower)', '햇살이 비치는 곳으로 계속 가라(Keep on the Sunny Side)' 등 수많은 노래들—은 미국인들의 마음속에 깊이 자리매김했다.

메이벨은 첫 번째 델 리오 여행에 다섯 살짜리 딸 아니타를 데려 갔다. 활기가 넘치던 아니타는 물구나무서기를 좋아했다. 가족 중 한 사람은 사람들이 아니타의 얼굴보다 엉덩이를 먼저 알아본다고 말할 정도였다. 어느 날 아니타는 어머니와 듀엣으로 '리틀 버커루 (Little Buckaroo)'라는 노래를 불렀다. 이 일을 계기로 메이벨의 다른 두 딸 헬렌과 준 그리고 A.P.와 사라의 딸 자넷까지 카터가의 딸들이 서부로 이사를 왔다. 자넷을 제외한 나머지는 스튜디오 리허설을 따분해했지만, 라디오에서 노래하는 것은 좋아했다. 자넷은 아니타가 기타 케이스 안에 몸을 동그랗게 말고 잠들었던 것을 회상했다.

한번은 브링클리가 최고의 인기그룹 카터 패밀리를 자신의 집에 초대했다. 카터 패밀리가 저택 1층에서 기다리고 있는데, 브링클리가 친구 하나를 대동하고 나타났다. 훗날 아니타는 말했다. "계단을 내려오는 브링클리의 어깨에 원숭이가 앉아 있었는데, 그의 목에 꼬리를 두르고 있었어요. 그런 광경은 태어나서 처음 봤어요."

44

(열망에 찬 여성의 허스키한 목소리로) "남자들이 부활할 수 있을까?"

(남성적인 목소리로) "아칸소 리틀록에 있는 브링클리 병원으로 편지를 보내봐. 10센트를 동봉하면……."

"아칸소?"

그들은 완벽한 커플이었다. 적어도 겉으로는 그렇게 보였다. 브링클리는 델 리오와 사이가 틀어지기 전에 오랫동안 집을 비웠었다. 그 싸움은 제임스 미들브룩이라는 남자 때문에 일어났다. 브링클리가 해외에서 여름휴가를 보내는 동안, 지역 의사였던 미들브룩이 원래 가격의 1/5로 환자들을 치료했기 때문이다. 게다가 뻔뻔스럽게도 라이벌이던 보더 블래스터를 통해 자신의 병원을 홍보했다. 브링클리는 XERA에서 그를 날강도, 협잡꾼으로 부르며 비난 ("어떤 남성들은 미혹되었고 …… 일부는 사망 ……")을 퍼부었다. 경쟁심이 너무 과했던 나머지, 두 사람은 폭력배들을 고용하여 기차역을 수시로 드나들며 기차에서 내리는 손님들을 채갔다. 두 파벌 사이에서 난타전이 벌어졌다. 칼부림도 일어났다. 여러 대의 차량에 사람을 가득 싣고 상대방의 사업장에 갔다가, 숨넘어가는 울음소리만 남긴 채 두 의사에게로 실려갔다는 기사도 있었다. 주민들도 편을 갈랐다. 브링클리의 한 지지자는 로스웰 호텔 밖에서 미들브룩의 호객꾼을 발견하면 모른 척 지나가지 않았다.

"그는 브링클리 박사의 환자를 강탈하려고 했어요." 헨리 쿠니 크로포드가 말했다. "그래서 때려눕혔죠. 차 밑으로 슬금슬금 도망가더라고요."

어쨌든 브링클리는 델 리오를 위해 일한 대가로 그 자리를 차지했고, 시 행정 담당자들은 침입자를 쫓아냈어야 했다. 그들이 개입을 거절하자 브링클리는 사업을 정리하여 아칸소 리틀록으로 옮겨 갔다. 그는 홧김에 결정을 내려서 번번이 고생길을 자처했다. 이제 그는 아칸소에 있는 병원과 멕시코에 있는 라디오 방송국을 매주 왕복해야 했다. 실수하는 거라며 줄곧 남편을 말렸던 미니는 델 리오의 저택에 남았다.

1938년 1월 28일, 브링클리는 리틀록 시내에 클리닉을 개업했다. 20번가와 실러 에비뉴 모퉁이에 자리잡은 클리닉은 유리와 크롬으로 장식한 데다, 내부에 40개의 침상과 약국까지 갖춘 세련된 시설이었다. 그는 마을에서 24킬로미터 떨어진 곳에 있는 파산한 컨트리클럽을 인수했다. 회복 중인 환자들에게 녹지와 골프를 제공하기 위한 것이었다. 레스토랑에서는 유럽 요리를 선보였고, 보행이 가능한 환자들은 소규모의 오케스트라가 있는 무도회장에서 탱고를 추기도 했다.

그럼에도 리틀록의 사업은 그렇게 만족스럽지 않았다. 브링클리는 이렇게 작은 도시만 전전해서는 큰물에서 놀 수 없음을 곧 깨달았다. 그리고 히틀러에게서 파리를 쫓아내려다가 사업을 일으키기는커녕 시간 낭비만 하고 있다고 느꼈다.

　몇 달 후, 브링클리는 의료센터를 아칸소로 옮겼고, 노먼 베이커도 그의 뒤를 따랐다. 베이커는 유레카 스프링스(치유의 효과가 있는 60개의 '기적의 온천수'로 유명했다)의 마을을 찾아가 언덕 꼭대기에 있는 빅토리아풍의 크레센트 호텔을 인수했다. 그것은 여러 개의 작은 탑과 번지르르한 장식이 웅장한 건물이었다. 베이커는 그 호텔을 '베이커 암 치료 병원'으로 바꾸었다. 그리고 자신의 사무실을 밝은 보라색으로 칠한 후에 소형 기관총 두 자루를 벽에 걸고 방탄창문을 설치했다. 노부인 같던 로비는 빨간색, 노란색, 주황색, 검은색으로 칠했다. 베이커는 심지어 브링클리를 델 리오에서 쫓아낸 미들브룩 박사를 초대했다. 그에게 유레카 스프링스의 새로운 사업에 동참할 것을 제안하며, 전용기를 포함해 연간 10만 달러를 지급하겠다고 약속했다. 브링클리의 꿈을 좇던 돌팔이에게 얼마나 모욕적이었겠는가. 그러나 미들브룩은 그의 제안을 거절했다.

　시간이 갈수록 베이커의 라디오 방송은 우익의 고함소리로 변하고 있었다.

45

리틀록 병원은 1, 2부로 된 피시바인의 기사, "현대의학의 돌팔이들"이 가판대에 올랐던 1938년 1, 2월 즈음에 영업을 시작했다. '부패와 거짓'으로 점철된 브링클리의 경력이 대서특필되었다. 이제 브링클리는 '노골적인 돌팔이 의사 ······ 그의 경력은 가장 상스러운 사기꾼의 악취를 풍기는' 사람이었다.

그의 돌팔이 짓은 절정에 달했다. 제대로 된 의학교육을 전혀 받지 않았지만, 정치인들의 비범한 조작을 통해 구입하고 보증 받은 의사 면허와 그 어느 돌팔이 의사보다 완벽한 뻔뻔함으로 ······ 어수룩한 미국인들의 주머니에서 돈을 털어가며 자신의 영악함을 증명하고 있다.

모든 문장은 같은 목적을 가지고 있었다. 피시바인은 모리아티를 쫓는 셜록 홈스처럼 브링클리를 자극하여 자신과 맞서 싸우게끔 유도했다. 피시바인의 경우, 라이헨바흐 폭포*는 민사법원이었다. 미국 형법은 사람을 죽인 돌팔이에게도 통탄스러울 정도로 무력했기 때문에 그곳만이 유일한 희망이었다. 민사법원까지 가려면 명예훼손으로 소송을 제기해야 했지만, 브링클리는 그러지 않았다. 만약

---

* 셜록 홈스가 모리아티와 함께 추락하는 장소였던 스위스의 폭포-옮긴이

그렇게 해서 미끼를 물었다면, 연방법원은 오래전 캔자스 의료위원회의 공청회를 어린애 장난처럼 보이게 했을 것이다.

AMA를 "이 지구의 상위층에 있는 가장 악랄한 부랑자, 사기꾼, 도둑 집단"이라고 불렀던 브링클리가 처음 겪은 결정적 패배를 쉽사리 인정했을 리 없었다. 그는 몇 주간이나 방송을 통해 분통을 터뜨리며 불만을 쏟아냈다. 하지만 그것으로 끝이었다. 피시바인의 계략은 실패로 돌아간 듯 보였다. 그리고 두 달 후, 브링클리가 명예훼손과 25만 달러의 경제적 손실을 이유로 소송을 제기한다고 밝혔다. 오랜 시간이 흐른 후에 한 심리학자는 당시 브링클리의 경솔했던 선택에 대해 이렇게 썼다. "지나고 보니 숙적이었던 모리스 피시바인 그리고 미국 의학협회와의 오랜 다툼은 마치 일부러 박해를 찾아다니기라도 한 것처럼 필연적인 일이었던 것 같다."

브링클리가 소송을 제기해야 할 이유가 충분하지 않은가? 일단, 수년간의 괴롭힘은 불행의 원천이라기보다 권력의 원천이었다. 1938년 당시, 그는 신흥 정치 전문가였을 뿐 아니라 세계에서 가장 잘 알려진 의사들 중 한 사람이었다. 둘 다 반드시 지켜야 할 명성이었다. 둘째, 그는 점점 늘어가는 환자들의 주제넘은 소송에 골머리를 썩고 있었다. 만약 가장 맹렬한 비판가 한 명을 콜로세움에 세워 죽이면, 외부에 퍼져 있는 모든 불평분자에게 어떤 메시지를 줄 수 있을 것 같았다. 셋째, 재판은 아리아인과 유대인의 마지막 결전이었다. 브링클리의 우주론에서라면 결과는 불 보듯 뻔했다.

그 모든 것(감정적인 자극, 전략적인 동기, 배 위에서 마주한 피시바인과의 치욕스러운 기억)을 차치하고도, 브링클리는 여전히 승리를 믿을만한 이유를 충분히 가지고 있었다. 피시바인의 AMA 장악은 하락의 신호였다. AMA의 반동분자들은 피시바인이 AMA를 개인적인 의견을 피력하기 위한 수단으로 이용하고 반대 의견이나 논쟁을 억압한다며 그를 비난했다. 그러나 피시바인은 자신의 인기에 도움이 되지 않을 일에 대해 '쓸데없는 발언을 위한' 공간을 마련할 수 없다는 식으로 대응했다. 《포춘지》가 피시바인의 지지층에서 번지고 있는 갈등을 일목요연하게 설명했다.

많은 의사들은 피시바인의 연설과 농담이 의사의 직업적 품위에 그다지 어울리지 않는다고 느끼며……. 미국 의학협회의 중요한 윤리적 신념의 하나가 자기 홍보 금지이기 때문에, 피시바인이 가는 곳마다 살인사건에 버금가는 헤드라인을 퍼뜨려서 자신을 애매한 위치에 올려놓았다고 믿는 의사들도 있다.

물론 다 나쁜 것만은 아니었다. 피시바인은 자신을 홍보하는 과정에서 AMA를 가벼운 학술 집단에서 강력한 동업자 단체로 널리 알렸다. 그렇지만 그렇게 유용한 사람이었음에도, 피시바인은 시대의 요구만큼 빠르게 사회 인식을 진전시키지 못했다. 다시 말해, 그는 대공황의 위기에 적응하지 못했다. 1937년 11월, AMA의 회원 일부가 워싱턴 D.C.에서 단체보건협회(Group Health Association, GHA)라는 의료협력체를 만들었다(그 아이디어는 …… 선납 건강보험 '프리미엄'을 통해 환자들에게 경제적 지원을 제공하고 의사들에게 고정 임금을 지불하여 소득수준을 향상시키기 위한 것이었다). 관리의료

(managed care)의 싹이 움트고 있었다. 피시바인을 포함한 AMA의 지도부는 그 계획을 '사회주의 의료'라고 비난했고, 지지를 멈추지 않는 회원은 제명하겠다며 강력히 대응했다. 그러나 미 법무부는 저항세력의 손을 들어주었다. 셔먼 반독점법에 의거해 자유거래를 제한한 혐의로 피시바인 외 20명을 기소했다.

H. L. 멩켄이 친구를 변호하기 위해 나섰다. 한 칼럼에서 그는 저항세력을 '야비한 거짓말쟁이'라고 부르며 이렇게 덧붙였다.

나는 우연한 기회에 피시바인 박사를 알게 되었고……. 미국에서 그보다 더 진솔하고 영리하며 용감한 편집자는 찾을 수 없을 거라고 믿는다.

이와 비슷한 맥락으로 멩켄은 1938년 8월에 법무부 차관보 셔먼 아놀드에게 편지를 보내 AMA에 대한 기소를 중지하라고 촉구했다.

피시바인을 향한 맹공격이 유난히 잔인하여……. 미국의 의료 수준을 끌어올리고, 특히 의약품과 돌팔이 의사들로부터 국민을 지키기 위해 그보다 더 많은 일을 한 사람은 없다. 특히 후자의 경우, 미 의회의 모든 개혁가가 이뤄낸 성과보다 100배는 더 효과적이었다. 그렇게 유용하고 정직한 남자가 부당한 공격을 받고, 미국 정부가 그것을 지지한다는 사실이 경악스럽다.

브링클리는 가능성을 보았다. 피시바인의 의사진행 방해자 혹은 반동분자라는 이미지가 강해질수록 그를 법정에서 짓밟는 일이 더 수월해질 것이었다. 아주 기분 좋은 순간이었다. 긴 싸움 끝에 브링클리는 재판에 있어 처음으로 유리한 고지에 올랐다.

46

'카우보이의 연인' 팻시 몬타나는 중간에 끼는 것을 좋아하지 않았다. 그러나 A.P.와 사라 카터가 힘든 시기를 겪고 있었고, 저녁 방송을 함께 하면서도 사적인 대화는 하지 않았다. 팻시가 말했다.

"A.P.는 사라에게 뭔가를 말하고 싶을 때마다 저를 불렀어요. 저는 그의 메시지를 전달해야 했어요. 정말 어색한 일이었죠."

1939년 2월, 사라의 내면에 있던 무언가가 무너졌다. XERA에서 일했던 마지막 몇 달 동안, 그녀는 자신이 주름잡던 무대가 얼마나 큰지를 체감했다. 어느 밤, 그녀는 방송 중에 예고도 없이 캘리포니아에서 듣고 있을지 모를 과거의 연인 코이에게 노래를 바쳤다.

이 넓고 지독한 세상에서 만나지 않았다면
우리 삶은 조금 더 나았을 테죠
당신과 함께 보았던 기쁨
나는 확신해요, 내 사랑, 우리는 결코 잊지 않을 거예요
오, 오늘 밤 내 슬픈 눈을 생각해요
누군가가 먼 바다를 나아가고 있어요.
오, 오늘 밤 그 사람만을 생각해요
그 사람도 내 생각하는지 궁금하네요

'오늘 밤 내 슬픈 눈을 생각해요(I'm Thinking Tonight of My Blue Eyes)'가 자신의 곡이라는 사실은 A.P.에게 위로가 되지 못했다. 이 방송을 들은 코이는 곧장 텍사스로 달려왔고, 두 사람은 결혼했다.

카터 패밀리의 노래가 갑자기 달라졌다. 아무런 설명이 없었고, 청취자들은 A.P.가 떠나버렸기 때문이라고 추측할 수밖에 없었다. 예전의 브링클리였다면, 이 정도의 위기에도 무작정 뛰어들었을 것이다. 그러나 당시에는 다른 방식으로 접근했다.

1939년 2월 19일

To. 모리스앤모리스, 변호사들
국립상업은행 빌딩, 텍사스주 샌안토니오

신사 여러분

(또 다른 변호사) 필 포스터의 입회하에 사무실에서 이렇게 편지를 씁니다. 저희는 피시바인의 기사에 대해 논의 중이며 증거와 목격자, 증언 녹취록 등을 준비하는 과정에 대해 다음과 같은 제안을 드리고자 합니다.

첫째, 저는 증인대에 서지 않을 겁니다. 저는 토피카에 열렸던 '1930년 의료위원회 공청회'에서 14시간이나 증언대에 섰고, 제 상황을 잘 알고 있습니다. 지금은 별로 중요하지 않은 사안들에 관해 2, 3일간 반대심문을 받을 수 있는 몸 상태가 아닙니다.

둘째, 우리의 입장을 잘 전달하고 피시바인이 제기한 혐의를 하나도 빠짐없이 부인해야 합니다. 이 일은 제가 아닌 다른 증인들이 할 것이며, 만약 제대로 된 증인이라면 원고보다 더 효과적일 것입니다. 이 사건에 이해관계가 있는 당사자가 판사와 배심원 앞에서 직접 이야기하는 것보다……. 만약 필요하다고 판단된다면, 병이 완치되어 만족스러워하는 환자들을 증언대에 데려와서 증명하면 됩니다. 이 남성들이 소위 도덕적이라고 말하는 미국 의학협회의 회원들에게 치료를 받았고, 고환을 반드시 제거해야 한다는 진단을 받았으며, 몇 개월 혹은 몇 년 전에 제게 대신 치료를 받은 후 줄곧 건강하게 지냈다는 사실을…….

여기서 브링클리가 말하고 있는 것들은 많은 부분이 타당했다. 그는 처음 방문한 환자들에게 시행하는 인상적인 테스트들에 대해 배심원들이 합리적이라고 느끼기를 바랐다.

환자의 코를 전기 조명기구로 들여다보고 편도선을 검사하며, 치아에 강한 광선을 투과합니다. 또 직장경과 S자형 내시경으로 직장을 검사하고, 위는 바륨식과 엑스레이로 검사하며, 쓸개와 신장 검사를 위해 염료를 제공합니다.

그렇지만 브링클리의 편지에서 주로 드러나는 것은 화성의 중력 안에 있는 남자였다. 그는 피고가 명예훼손 재판의 원고인 자신에게 증언을 강제할 수 있음을 몰랐던 것이 분명하지만, 어쨌든 그런 것들은 별로 중요하지 않았다. 브링클리는 인생의 싸움을 준비하는 동안에도 진실을 소재로 다루는 것에 매우 익숙했고, 변호사의 비밀유지특권이라는 망토 아래에서도 멈추지 못했다.

캘리포니아에서의 기소는 매우 단순하고 터무니없는 것이어서 수사가 시작되자 기소가 자동적으로 중단되었고……. 저는 1925년에 파비아대학에 가서 졸업생반의 마지막 과정에 참여하고 학위를 받았습니다. 그 후에 이탈리아에서 주 면허시험—그는 3일 내내 시험을 치렀다고 주장했다—에 상당하는 시험을 통과했고, 현재 이탈리아에서 인정하는 의사면허를 소지하고 있습니다.

우편 사기로 기소해야 한다는 피시바인의 줄기찬 요구에 대응했던 방식처럼, 변호사들을 낙관적인 생각으로 무장시켜 법정에 보내는 것은 도움이 될 것 같지 않았다.

피시바인은 이 혐의를 증명하기 힘들 것입니다. 엉클 샘이 내 우편 활동을 철저하게 검토한 후, 내가 하운드의 이빨처럼 깨끗하다는 사실을 확인했기 때문입니다.

왠지 모르지만 그는 포뮬러1020(파란색 물) 등의 약품 성분은 영업 비밀로 보호받을 것이라고 확신하는 듯 보였다.

저희 의사들과 약사들은 이 처방들과 조제법이 닥터 B의 사유재산이며, 닥터 B로부터 그 내용을 들을 권한이 없다고 말해야 한다고 믿습니다.

다른 사람을 속이던 삶은 자기 자신을 기만하며 끝났다.

피시바인은 배 위에서 저와 제 아내를 마주칠까 봐 두려워했고 우리와 가까워질 때마다 도망쳤습니다. 그 남자는 저와 대면하는 것을 죽는 것보다 더 무서워했습니다. 어느 날은 피시바인이 갑판에 앉아 책을 읽고 있었습니다. 제가 그 앞에 서서 피시바인을 쳐다보자, 그의 얼굴이 정말 퍼렇게 질렸습니다. 그 유대인은 두려울 때 하얗게 질리는 게 아니라, 퍼렇게 변했습니다.

47

긴 여정의 첫날, 가볍게 내린 비가 먼지를 가라앉히고 대중을 격려했다. 1939년 3월 22일, 잿빛의 여명 속에서 가너와 메인 스트리트 모퉁이 근처의 델 리오 시내에서 행상인들이 가판대를 펼치고 있었다. 정오가 되면 노부인이 기름기 많은 염소 내장 타코(개당 3센트)와 묵직한 병에 담긴 코카콜라를 팔았다. 어떤 사람은 외지인을 유혹하기 위해서 짚으로 만든 솜브레로*와 금색 벨트버클을 잔뜩 꺼내놓았다. 카운티 법원—스타코로 마감한 외벽, 빨간색 파이프 지붕, 입구에 서 있는 굵은 목련나무가 눈에 띄는 3층 건물—에서 '존 R. 브링클리 대 모리스 피시바인'이라는 쇼가 개막을 앞두고 있었다. 로이 빈 판사가 저지 릴리 살롱에서 판사봉을 흔들기 시작한 이래로 최고의 오락물이 될 것이 분명했다.

두 사람의 운명이 이 재판에 달려 있었다. 그날의 대결은 '자유분방한 돌팔이 의사'와 '의학계의 주류에 속하는 전문가'가 오랫동안 기다려온 마지막 결전으로 기록될 것이었다. 텍사스 샌앤젤로의 《스탠다드 타임스》는 간결하게 보도했다.

이 재판은 미국 의학협회가 미국 의학계의 지침서로 작동하게 될

•   챙이 넓은 멕시코 모자-옮긴이

지, 아니면 브링클리의 가치가 연간 백만 달러의 성공 이상으로 치솟을지를 결정할 것이다.

대립하는 양측 사이에 거대한 간극이 있지만, 처음 온 사람이라면 어느 정도의 설명 없이는 둘을 구분하지 못할 수도 있었다.

《타임지》의 '미국에서 가장 흔하고 가장 광범위하게 해로우며, 어쩌면 가장 영향력 있는 의사'라는 표현은 브링클리에 대한 가장 정확하고 간략한 설명이었다. 그러나 이 문장은 사실 독점 금지 소송이라는 덫에 걸린 모리스 피시바인을 묘사한 것이었다. 군사 전략가들이 말하는 '복제―위대한 적수는 시간이 지날수록 서로 닮아간다는 원칙―'처럼 브링클리와 피시바인은 스스로도 부인하기 어려울 정도로 닮아 있었다. 두 사람은 기상관측기구만큼 거대한 자아를 가지고 있었다. 또 일에 미친 자기 홍보의 대가들이었으며, 탁월함과 집요함으로 사람들의 혼을 빼놓는 이야기꾼들이었다. 전해지는 바에 따르면, 이들은 사진을 찍는 것 같은 기억력을 가지고 있었다고 한다. 두 사람은 루스벨트를 욕했고, 서로를 욕했다.

이 모든 공통점은 판결이 누구에게든 기울 수 있다는 일반적인 견해를 뒷받침했다. 많은 훌륭한 사람들이 AMA가 독점적이며 편협하다는 브링클리의 의견에 동의했다.

"다음에는 어떤 일이 벌어질까?" 텍사스의 한 기자가 물었다. "여기 국경도시의 말로, '끼엔 사베(누가 알겠는가)' 다만 미국 의학협회를 상대로 승리를 거둔다면, 브링클리가 단시간에 이룰 수 있었던 몇 가지 성과로 잘 알려진 그 국가가 엄청난 홍보 공세를 풀어줄 것이라는 점에는 대부분 동의한다. 또 브링클리의 승리는 전국적인 의사협회의 엄청난 패배를 의미하여……"

이 재판을 지켜보던 몇몇은 이번 승리로 염소 고환 사나이가 백악관에 입성할 수도 있다고 말했다.

반면,《뉴욕 타임스》는 이제 그를 브링클리 '박사'라고 불렀다.

오전 8시 30분쯤, 원고 브링클리가 아내가 운전하는 길쭉한 캐딜락을 타고 메인 스트리트를 지나 법원으로 들어왔다. 그는 '닥터 브링클리'라는 글자가 13군데에 양각으로 새겨진 선명한 붉은색의 이 차를 가장 좋아했다. 로즈 던의 분홍색 크라이슬러가 그 뒤를 바짝 쫓았다. 그 무렵, 브링클리는 대통령이 될 가능성에 대해 물었고, 그녀는 별자리가 상서롭다고 답했다.

모리스 피시바인은 브링클리의 병원이 있었던 로즈웰 호텔의 식당에서 아침 식사를 하는 중이었다. 숨가쁘게 바쁜 달이었다. 그는 며칠 전에 서머셋 모옴과 점심을 먹었고, 그 후 미주리 법원에서 신장이 272센티미터인 로버트 워들로와 그의 가족을 상대로 승소했다. 워들로의 부모는 《JAMA》가 세계 최장신인 아들을 정신적, 정서적 지체자로 표현했다며 그들을 고소했었다.

피시바인은 그레이프프루트의 껍질을 까며, 브링클리와의 전쟁을 지지하는 사람들이 보낸 어마어마한 양의 우편물을 훑어보고 있었다.

텍사스 다운필드의 J. W. 헨드릭스 목사로부터: "성적 호기심을 잃어버린 남자들의 치핵, 치질, 전립선에 대해 듣는 것이 지긋지긋합니다. 회춘을 보장한다느니, 회춘술을 받는 동안 임신을 했다느니, 서둘러 염소 고환을 받지 않으면 곧 여성들의 모임에 나갈 거라느니…… 당신을 지지하는 사람들이 말 그대로 수천 명은 있습니다. 당신을 찾아가거나 도울 수는 없겠지만, 이런 쓰레기들을 방송에서 전부 쓸어버리고 해방되기를 간절히 바라고 있습니다."

시카고의 F. W. 부시너로부터: "제 아들이 저를 로체스터의 메이요 형제에게 데려갔고, 그들이 제 목숨을 구했습니다. 브링클리에게 수술을 받은 환자들이 많이 찾아온다고 하던데…… 그 사람 때문에 방광이 파열됐고 그로 인해 당연한 일상을 잃어버렸어요. 그 사람이 저를 망쳤습니다."

네브래스카 링컨의 새뮤얼 가너 부인으로부터: "남부에 있던 제 사촌이 말라리아에 감염되어서 집으로 돌아오던 중에 몸이 안 좋아졌고, 브링클리의 병원 옆을 지나다 '저기 데려가 달라'고 했어요. 그 결과, 사촌은 전립선 수술의 피해자가 되어 죽었고…… 블루 아일랜드에 있을 때 사촌을 치료했던 의사가 사망확인서를 읽어보더니 '살인사건'이라고 단언했습니다. 평판이 좋은 의사라면 혈압 상태가 그런 환자에게 수술을 하지 않았을 것이라고 했어요. 은행 계좌를 확인하다가, 우리는 브링클리 병원으로 발행되었다가 취소된 1천 달러짜리 수표를 발견했어요. 유명한 병원에서 살인뿐 아니라,

그렇게 '증거인멸'까지 하다니 어이가 없었습니다."

    법원 안팎이 사람들로 북적였다. 재판을 능숙하게 지휘하던 R. J. 맥밀런 판사가 입석을 허용하지 않겠다고 발표했다. 내부 출입문이 열리자 사람들은 100석이 안 되는 자리로 달려들어 의자 뺏기 놀이를 했다. 소란하던 법정이 잠잠해졌고, 부보안관들이 패자들을 복도로 내보냈다. 브링클리의 지지자들 중 3/4 이상은 드라마와 우두머리 수컷의 매력에 이끌려온 여성들이었다. 몇 자리는 브링클리의 변호사들이 중요한 증언을 위해 모집한 12명의 얼치기 노인들을 위해 남겨져 있었다("그렇게 기운 넘치는 늙은 수탉들은 처음 봤어요" 피시바인의 수석 변호사인 클린턴 기딩스 브라운이 말했다. "상황이 어떻게 흘러갈지 뻔했죠").

    나머지 예약석에는 양측 증인들과 지역 고등학교에서 넬슨 씨의 국민윤리 수업을 듣는 학생들이 앉았다. 학생들은 미국의 법률체계를 직접 관찰하기 위해 견학을 나왔다.

    웨이트리스가 테이블을 치우기 시작하자, 피시바인은 시계를 확인하고 편지들을 서류 가방에 잔뜩 집어넣었다. 그녀는 가득 찬 정리함을 들고 잠시 멈춰 서서, 브링클리의 손님이 된 기분이 어떠냐고 물었다.

    피시바인은 그녀의 말을 이해하지 못했다.

    "그 사람은 여전히 이 호텔의 공동 소유자예요." 그녀가 말했다. "방금 드신 그레이프프루트도 그 사람의 과수원에서 온 거고요."

48

배심원을 선정하는 동안 브링클리는 조그만 탁자 옆에 서서 얼음물을 홀짝거렸다. 배심원들이 한 사람씩 자리를 찾아갔다. 가늘고 짧은 넥타이에 문양이 새겨진 가죽부츠를 신은 12명의 남성들은 대부분 염소 목장의 주인들이었다. 염소에 관한 그들의 지식이 유리할지 혹은 불리할지는 알 수 없었지만, 브링클리는 지역 주민들이 대부분 자신을 지지한다는 것을 알고 있었다. 리틀록으로 도망친 이후에도, 델 리오 사람들은 대공황을 극복하게 도와준 그에게 고마운 마음을 가지고 있었다. 그들은 고마운 마음을 담은 광고를 내걸기도 했다.

피시바인은 낯선 곳에서 재판받는 것이 신경 쓰였을까? 물주전자 옆에 선 브링클리는 다섯 명의 변호사에게 둘러싸여 금색 펜으로 작은 수첩에 뭔가를 급히 적고 있는 상대를 지켜보았다. 브링클리에게―그리고 법정에 있던 다른 사람들에게―는 그의 모습이 거만함, 돈 낭비, 혹은 두려움으로도 보였다. 사실 피시바인의 수석 변호사인 클린턴 기딩스 브라운은 아버지와 아들로 이루어진 브링클리의 법률팀 옆에서 내심 걱정하고 있었다. 1930년에 AMA와 캔자스 의료위원회, 《캔자스시티 스타》의 적대적인 연합이 브링클리를 주지사 사택에 입주시킬 뻔했던 사건처럼, '질투심 많은 의사 집단'에 의한 힘의 과시가 의뢰인에게 불리하게 작용할까 봐 말이다. 그리고 그 걱정이 현실로 나타나고 있었다. 그는 직접 증인 대부분을 심문할 예정이었다. 능숙하게 해온 일인 데다 이따금 배심원의 간지러운 곳을 긁어주는 법도 잘 알고 있었다. 샌안토니오의 전 시장이자 휴스턴의 현 실세였던 브라운은 소년들을 위해 알라모[•]에 대한 책을 썼고, 보수파의 대담한 사격수라는 인상을 심어주려 애썼다.

"전원 기립."

그다음 주—주요 증인들의 증언을 미뤄둔 상황에서—까지 양측이 팽팽히 맞서는 듯 보였다. 적어도 법정 안의 대중들에게는 그렇게 보였다. 그러나 그들 대부분은 브링클리를 지지했다. 에피 켈리가 가장 먼저 증언대에 올랐다. 델 리오의 신문 가판대 운영자인 그녀는 문제의 잡지가 대중에게 영향을 주었음을 입증해달라는 원고 측 변호인들의 요청을 받았다. 다른 증인들도 피시바인의 지나친 비난의 글을 읽었다고 차례로 증언했다. 예를 들어, 얼음 사업을 하던 한 남자는 이렇게 증언했다. "샌안토니오의 건터 호텔에 묵는 동안 해당 기사를 접하여 읽어보았습니다. 잡지는 지금 제가 들고 있

[•] 미국 텍사스주 샌안토니오에 있는 알라모 전투에 사용되었던 요새. 알라모 전투는 텍사스 독립전쟁 중 일어난 것으로, 미국 출신 텍사스 거주민들로 구성된 민병수비대가 멕시코군 6000명을 상대로 싸운 전쟁이다. 미국인들의 가슴 속에 자유를 향한 투쟁의 상징으로 자리잡은 사건이다.

는 이 모습으로 호텔방 서랍장 위에 놓여 있었습니다."

그 후, 브링클리의 병원 의료진 몇 명이 증언대에 올라 수술의 신뢰성에 대해 보증했다. 이 임무는 주로 브링클리의 핵심 측근 중 하나라고 주장하는 접골사 A. C. 피터메이어가 맡았다. 화려한 옷차림의 피터메이어는 둥근 얼굴에 야망가의 콧수염을 길렀고, 두 눈을 성자의 눈처럼 번뜩였다. 상관의 변호사를 두려워했기 때문일 것이다. 폐기물처리장의 늙은 개가 사나운 반대심문에 노련히 대응하자, 윌 모리스 시니어는 상냥하게 질문을 하다가도 불현듯 모든 규정을 무시하고 증인을 찢어발길 것처럼 몹시 분해하는 모습을 보이기도 했다.

피터메이어는 피시바인의 기사가 브링클리를 모욕했고, 그로 인해 외출이 평소보다 어려워졌다고 증언했다. 그러나 모리스는 다른 무언가를 원했다. 그는 자신의 의뢰인이 협잡꾼으로 묘사된 데에 반박하기 위해 우선 브링클리가 매우 까다로운 과학자이자 신중한 의사, 박식한 사람이라는 것을 설명하고, 전문용어를 써서 남성들의 분별력을 흐리는 것보다 얼마나 나은 일인지(브링클리가 오랫동안 보여준 것처럼)를 보여주려 했다. 피터메이어는 충실히 응했다.

"음낭을 마취하고 …… 고환은 오른손 검지로 왼손에 올려놓습니다. 부고환 상부는 고환의 부속물입니다. 피부, 음낭 내막, 근막, 고환올림근을 차례로 절개하고 …… 최소 1천 회의 전립선 수술에 참여한 제 경험에 따르면," 그는 덧붙였다. "결찰법으로 치료하거나 수술한 환자의 90퍼센트가 호전을 보였으며 완쾌하거나 부분적으로 나아졌습니다. 심각한 비대증 환자들도 경요도적 절제술을 통해 부분적이지만 기대했던 효과를 보았습니다."

미니가 초조한 듯 복도를 서성이다 이따금 출입문 안을 엿보는 동안, 브링클리는 원고인석에 앉아 묵묵히 재판을 지켜보고 있었다. 그의 뒤에는 로즈 던, 가수 로사 도밍게즈 등 라디오 방송국에서 나온 지원군들이 모여 있었다. 나중에 피시바인은 당시 그의 모습을 이렇게 묘사했다. "회색 양복을 입고 염소수염을 소소하게 기른 작은 남자······. 브링클리는 법정에 조용히 앉아, 이쑤시개를 씹거나 손가락으로 턱수염을 쓸어내렸다. 조끼 주머니에서 이쑤시개와 귀이개를 합쳐놓은 금색 막대를 꺼내어 치아와 코, 귀를 쑤신 후 편안한 표정으로 결과물을 살펴보았다."

증언대를 떠나기 전, 피터메이어는 그의 상관이 전립선 환자들을 집으로 돌려보내며 포퓰러1020 앰플을 준 이유에 대한 질문을 받았다. 이 재판의 첫 번째 주요 논쟁거리였다. 피터메이어는 포퓰러1020이 백혈구 수를 늘려 감염에 저항하도록 제작된 브링클리 박사의 개인 발명품이라고 설명했다.

그 후, 브링클리의 직원 다섯 명이 더 증언대에 올라 불쾌할 정도로 그의 의술을 칭찬했다. 1933년부터 함께 일해온 J. H. 데이비스 박사가 수십 건의 예후를 직접 추적해보았다며 이렇게 말했다.

"정확한 비율은 모르지만 증상이 완화된 (전립선 환자의) 비율이 매우 높았습니다."

레슬리 다이 콘 박사는 90퍼센트가 호전을 보였다고 주장했다.

재판이 진행되면서 양측의 전문가들이 증언대를 줄줄이 오고갔다. 증인석의 벽과 칠판에 설명을 위한 도표(음경과 전립선의 단면도를 포함한)가 점점 늘어갔다. 그쯤 되면 넬슨 선생님의 학생들도 법률 체계의 작동원리에 대한 흥미를 많이 잃었을 것이 분명했다.

브라운은 반대심문을 했던 브링클리의 의료진 중 일부의 자격과 진실성에 대한 몇 가지 의혹을 제기했다. 그러나 그들 중 하나는 브링클리의 재능에 대한 솔직한 의견을 무심코 이야기하며, 자신의 고용주를 교묘히 깎아내렸다. 사기꾼도, 진정한 신자도 아니었던 오티스 챈들러(《로스앤젤레스 타임스》 편집자와 관계없음)는 자신을 숨김없이 드러냈다. 그는 대공황에서 살아남기 위해 발버둥쳤던 아주 평범한 사람이었다.

"아내와 세 아이와 함께 샌안토니오에서 오도 가도 못하는 처지였기 때문에, 텍사스 남부에서 생계를 꾸리려고 애썼지만 시작할 수 있는 일이 없었습니다. 윈터가든의 웨슬라코에 있는 작은 마을에서 무슨 일이든 해보려고 최선을 다했고, 다시 칸스 시티로 옮겼다가 포티트를 거쳐 샌안토니오에 정착했습니다. 그리고 빈둥거리던 중에 잠시 들른 칸스 시티의 약국에서 앨비스라는 청년을 만났고, 그가 틀에 박힌 삶에서 나와 새롭게 시작할 수 있게 도왔습니다. 그는 델 리오로 왔고 약국을 운영하는 짐 선의 밑에서 일하기 시작했습니다. 어느 날 브링클리 박사의 엑스레이 기사가 알 수 없는 이유로 달아났고, 왜 그랬는지는 저도 모릅니다. 제 궁핍한 사정을 알고 있던 그 친구가 저를 불러내 예전에 했던 엑스레이 일을 소개해 주면서 그렇게 그 일을 하게 되었습니다."

첫날 재판이 끝나자마자 브링클리는 J. C. 페니 스토어 위층에 있는 스튜디오로 달려갔고, 의자를 빼고 마이크 앞에 앉아 방송을 시작했다. 그는 새로운 콘테스트를 생각해냈다며 다음 문장을 20자 이내로 가장 잘 완성한 청취자에게 상금 500달러를 주겠다고 말했다. "나는 브링클리 박사가 세계 최고의 전립선 전문의라고 생각한다. 왜냐하면……." 그리고 재판에 대해 몇 마디 언급한 뒤 이렇게 마무리했다. "만약 피시바인 박사가 천국에 간다면, 저는 차라리 지옥에 가렵니다."

다음 날 아침, 격노한 피고측 변호사들은 브링클리가 재판 절차를 조롱하고, 재판 이외의 시간에 배심원(격리되지 않은)에게 영향을 주려고 시도했다며 법정 모독죄를 주장했다. 그러나 판사는 그것을 심각한 사안으로 보지 않았고, 브링클리는 일주일 내내 재판을 마치면 라디오 콘테스트를 진행했다.

그것은 다음에 일어난 일에 비하면 작은 소동에 불과했다. 윌 모리스가 모집한 얼치기 노인들이 되찾은 젊음의 영광을 증언하기 위해 줄지어 서 있었다.

쾌활한 목장주 I. F. 프렌치 잉그램이 심각한 류머티즘의 치료 과정을 이야기하기 위해 가장 먼저 나섰다. 증언대에 들어선 잉그램은 오른쪽 다리를 휘두르더니 미끄러지듯 부드럽게 의자에 앉았다.

그는 자신을 원고 측의 예전 환자라고 소개했다. 하지만 거기까지였다.

브라운이 외쳤다. "이의 있습니다."

이후로 시끌벅적한 논쟁이 한참동안 격렬하게 이어졌다. 모리스는 테이블을 내리치며 이전 환자들의 이야기는 자신의 의뢰인에게 "극도로 중요한 문제"라고 주장했다. 그는 브링클리의 1930년 공청회를 언급하면서, 환자들이 만족 여부와 상관없이 긴 이야기를 늘어놓았다고 말했다. 모리스는 캔자스에서의 결론이 여기에도 적용될 것이라고 굳게 믿는 것 같았다. 불행히도 (그해 한 영화에 등장했던 소녀의 말을 인용하면) 그곳은 캔자스가 아니었다.

브라운은 연방법원의 판결은 일개 의료위원회의 임시 회의보다더 엄중하다고 주장했다. 그리고 비전문가가 전문적인 의견을 제시하지 못하게 하는, 오랜 기간 증거를 갖춘 판례가 있는데 바로 이 사건이 비전문가가 의료계의 절차에 판단을 제시한 거라고 말했다. 그날 밤 오랫동안 고민한 맥밀런 판사는 다음 날 아침에 자신의 판단을 발표했다.

"신사 여러분, 저는 의료과실의 특정 사례나 브링클리에 의한 긍정적 결과의 특정 사례를 모두 보여줄 수 없다는 견해를……. 만약 그러한 시도를 한다면, 증거가 무차별적으로 쏟아질 겁니다. 어쩌면 75명 또는 100명의 환자들이 이런저런 이유로 등장하여 혜택을 받았다거나, 혹은 반대 측에 등장하여 학대 또는 불이익을 당했다고 주장할 수도 있습니다. 무엇보다 이전 재판으로 인한 편견과 분노 등의 감정들 때문에 상황이 악화될 것이므로……. 그런 종류의 증거는 인정하지 않겠습니다."

브링클리의 증인 20명은 졸지에 무용지물이 되었다. 다음 휴회 시간에 브라운은 건물 밖에서 증인들이 떠나는 모습을 지켜보았다.
"한 무리가 함께 계단을 내려갔고, 일부는 고개를 숙여 인사를 했다. 장례식에라도 가는 사람들 같았다."
물론 얼치기 영감들이 제외되었다는 것은 불구가 되었거나 피해를 입은 사람들도 증언할 수 없음을 의미했지만, 브라운은 처음부터 비좁은 입지에서 싸울 계획을 세우고 있었다.
계획에 중대한 차질이 생기자 모리스는 어떻게 해서든 유리한 상황으로 끌어오기 위해, 수용될 가능성은 낮았지만 "브링클리의 증인들을 배제한다면 피시바인의 전문가 의견도 배제해야 한다"고 주장했다. 그러나 판사는 가소롭다는 듯 대답했다.
"그 전문가들은 브링클리의 평판이 손상되었는지 여부를 판단하는 데 매우 중요합니다. 만약 그렇게 해서 동료 의사들의 의견을 듣지 못하면(피시바인의 기사가 나오기 전) 자연스럽게 그의 평판이 손상되지 않았다는 결론으로 이어지기 때문에, 기각합니다."
이어서 텍사스의 저명한 비뇨기과 전문의들(댈러스의 A. I. 폴섬, 샌안토니오의 매닝 베너블, 휴스턴의 윕즈 터너)이 차례로 나와 브링클리를 맹비난하며 차트를 향해 지시봉을 흔들어댔다. 세 사람 모두 브링클리의 전립선 치료는 무가치하며, 염소 고환 이식은 말도 안 되는 짓이라고 말했다. 법률 전술가들의 설명에 따르면 브라운은 조롱하기에 가장 적합한 소재인 염소와 생식선으로 계속 되돌아갔고, 모리스는 이식수술이 6년 전부터 중단되었으므로 그와 관련된 모든 내용이 "사건과 무관하며 중요하지 않다"고 끊임없이 이의제기를 했다. 맥밀런이 심문을 더 많이 허용할수록, 원고 측 변호인들은 점점 더 미쳐갔다.

판사 : 변호인은 이미 같은 맥락으로 이의제기를 했습니다(그 기록이 보존되어 있었다). 만약 계속 끼어들기를 원한다면 그렇게 하십시오.

모리스: 저희는 그러길 원치 않는다고 말씀드렸습니다.

판사 : 그러길 원치 않는다면서 계속 그러고 있지 않습니까?

브링클리의 자랑거리인 포뮬러1020은 '색소 탄 물'에 지나지 않는다는 것이 드러났고, 한 비뇨기과 전문의는 '없느니만 못한 물건'이라고 말했다. "증류수는 혈관에 주입해서는 안 되는 물질로 ……맑은 용액은 적혈구의 필수 기능 수행에 필요한 특정 물질들을 흡수하는 경향을 보이므로, 증류수는 유익하지 않을뿐더러 적극적으로 해를 끼치는 물질로 여겨집니다."

세 명의 피고 측 전문가에 이어, 제임스 E. 크로포드가 등장했다. 법정에 실제로 나타난 것은 아니었다. 브링클리의 옛 전기치료

동업자는 수감 중이어서 출두할 수 없었다. 그러나 피시바인의 변호인들은 브링클리가 저지른 범죄행위의 세부내용과 그린빌로 떠나게 된 과정을 기록한 1930년의 증언 녹취록을 공개했다. 브링클리가 26년 전에 '어제의 계곡'이라 즐겨 부르던 '설탕 넣은 물'을 환자들에게 주사했다는 크로포드의 진술을 포함한 일부 내용이, 배심원들의 즐거움을 위해 큰 목소리로 공개되었다. 크로포드는 자기들에게 '셀 수 없이 많은 연고'가 있었으며, 두 달간 약을 팔고 난 후에 마을을 떠났다고 말했다.

　　Q　: 돈을 지불하지 않은 특별한 이유가 있었습니까?
　　A　: 그랬다면 더 현명한 선택이었겠지만, 우리는 돈이 필요했기 때문에 그러지 않았습니다.

49

그 주가 끝나갈 무렵, 모리스 피시바인이 자신을 변호하기 위해 증언대에 섰다. 그는 비정상적으로 침착하고 이성적인 사람이었고, 증인석에 5분 이상을 가만히 앉아 있지를 못했다. 결국 맥밀런 판사가 말이 너무 빠르다며 그를 저지했다. 그런 와중에도 그는 진실의 전령으로서 그 싸움 위에 스스로를 내던졌다.

브라운의 질문에 그는 AMA의 자랑스러운 역사와, 돌팔이 사냥꾼으로서의 자격을 간단히 설명했다. 그리고 브링클리에 대해 어떤 감정을 가지고 있느냐는 질문을 받았다.

"과학적인 시각에서 제 감정은 꽤 부정적일 겁니다." 피시바인은 담백하게 말했다. 그래도 '개인적인 반감'을 품지는 않았다. 복수? 터무니없는 얘기였다. '브링클리 씨'에 대한 반대 운동을 '평범한 몸, 과학의 몸통에서 악성종양을 절개하여 떼어내는 것과 같은' 일종의 외과적 절차로 보는 사람도 있었다. 피시바인은 맞은편에 앉은 그 종양을 힐끗 쳐다보았다.

브라운은 선동적인 기사를 하나하나 짚어가며 혐의점이 있는 부분을 확인하고, 피시바인의 단어('돌팔이 짓의 극치') 선택을 정당화했다. 피시바인은 자신의 기사 중 일부는, 클레멘트 우드의 악명 높은 저서이자 브링클리의 '자전적 이야기'인 『남자의 일생』을 근거로 했다고 설명했다. 그 외에도 연방수사국의 아서 크램프가 수집한 자료, 피해 환자들의 인터뷰 기록, 브링클리의 라디오 방송 등을 인용했다. 피시바인은 브링클리가 실현 불가능한 약속, 영업 비밀, 긴 가짜학위 목록 등 돌팔이 의사의 전형적인 특성들을 어떻게 드러내 보였는지 다시 한 번 설명했다. 그는 "진짜 의사들은 사람들을 도울 수 있길 바라기 때문에 실제로 발견한 사실들을 공유하는 반면, 브링클리의 소위 '발견'이라는 것은 정당한 이유로 어떤 학술지에 실리거나 의료계의 비판을 받아들인 적도 없다"고 말했다. 브링클리의 자랑스러운 포뮬러1020은 '극미한 양의 색소'가 든 평범한 물로 밝혀졌고, 너무 작은 물질이어서 AMA연구소가 미세 화학자를 데려와 그것의 정체를 알아내야 했다.

그렇다면 그것은 무엇이었을까?

"남색 한 방울을 10만 배 이상의 물에 희석한 것입니다. 미시건호에 색소 한 병을 풀어서 파랗게 만드는 것과 같죠."

앰플 제조비용은 개당 18센트였으며, 브링클리는 각 환자에게 앰플을 6병씩 들려 보내면서 100달러의 추가비용을 청구하여 9,200퍼센트의 폭리를 취했다. 게다가 이 일은 하나의 예시에 불과했다! 의학질문박스의 무모함, 염소 고환으로 인한 코미디와 비극, 20년간 이어져온 브링클리의 여우 같은 모략들은 모두 한 가지 목표를 향하고 있었다. 바로 '자기 확대'이다. 재정적 자기 확대든 이기적 자기 확대든, 명명하고 싶은 것이라면 무엇이든 가능하다. 피시바인은 AMA에서 가지고 있는 독특한 지위 때문에 개인적으로 미국 의사를 1만 명 이상 알고 있으며, 그들 중 브링클리가 1937년에 벌어들였다고 인정한 1백만 달러 이상의 소득을 얻는 사람은 한 명도 없었다고 말했다. "그건 의료행위가 아닙니다." 피시바인은 결론지었다. "거대한 사업이죠."

브라운이 말했다. "네, 알겠습니다만 브링클리의 회춘술이 무가치하다고 어떻게 그렇게 확신할 수 있습니까?"

유럽과 미국에서 존경받는 남성들도 수년 동안 유사한 시술을 성공했다고 주장하고 있었다.

피시바인은 차분하게 한숨을 내쉬고는 배심원을 마주보았다. 그리고 자연스러운 노화과정을 역전시키는 것은 '고무줄의 탄력성'을 돌려놓는 것보다 더 불가능한 일이라고 말했다. 그는 오래전부터 시작된 회춘술이라는 덫 혹은 망상에서 대중이 깨어나기를 간절히 바랐다.

"증인을 신청합니다."

***

이후 모리스는 몇 시간 동안 고함을 치며 거칠게 반대심문을 진행했다. 중요하지 않거나 반복적인 이야기를 제외한 내용은 다음과 같았다.

Q : 브링클리 박사와 그의 치료술에 대해 논의할 기회가 몇 번 있으셨는데, 그렇게 하고 싶으셨습니까?

A : 하고 싶었죠, 그렇습니다.

Q : 조사를 전혀 하지는 않으셨죠?

A : 개인적으로는 안 했습니다.

Q : 브링클리 박사에게 연락해보려는 시도도 안 하셨나요?

A : 개인적으로는 안 했습니다.

Q : 브링클리 박사의 의술과 수술, 또는 그런 것들에 관한 근거에 대해 알아보려는 노력을 전혀 하지 않으셨다고요?

A : 개인적인 노력은 하지 않았습니다.

Q : 왜 그런 기회를 매번 거절하셨죠?

A : 26년 정도 돌팔이 의사들을 조사하면서, 그들 중 누구와도 개인적으로 만나거나 안면을 익힌 적이 없습니다.

Q : 지금 증인석에 앉아서 브링클리 박사가 돌팔이 의사라고 말하시는 겁니까?

A : 그렇습니다.

모리스가 수첩을 만지작거렸다.

Q : 증인은 관계 당국, 그러니까 미국에서 의료행위를 할 수 있는 주체에 대해 말할 권한을 가진 정부나 다른 권력기관으로부터 어떤 식으로든 위임을 받았습니까?

A : 아닙니다.

Q : 스스로 그렇게 하기로 결정한 겁니까?

A : 아닙니다.

Q : 미국 '의학계의 무솔리니'가 되기로 결심하게 해준 이 책은 언제 처음 읽었습니까?

A : 제 생각에는, 아마 한 달 전쯤에 읽은 것 같습니다.

Q : 그보다 조금 전에 의학계에서 증인의 훌륭한 방식들에 대한 엄청난 논쟁과 소동이 있었죠, 그렇지 않습니까?

A : 없었습니다.

Q : 증인의 일부 행위에 대한 논쟁이 너무 심각해서 최근 워싱턴에서 엄청난 불화가 불거진 적이 없었단 말입니까?

A : 없었습니다.

Q : 증인은 최근 워싱턴의 연방법원에 기소되었고, 현재 기소 중이죠?

A : 네, 그렇습니다.

Q : 그리고 그건 증인의 방식 때문이었어요. 많은 의사들이 독단적이고 통제적인 방식이라고 부르지 않았습니까?

A : 아닙니다.

Q : 그렇다면 증인의 혐의는 무엇이었습니까?

A : 그 기소는 컬럼비아 특별구에 있는 특정 병원들과 관련해서—

Q : 질문에 대답하세요. 혐의가 무엇이었습니까?

판사 : 증인은 질문에 답하고 있습니다. 이 증거들이 허용될 수 있는지 여부가 매우 의심스럽지만 어쨌든 ……. 법원의 입장에서는 채택이 불가능합니다. 제 생각에 편파적인

…… 우리는 워싱턴 사건을 심리할 수 없습니다.

  Q   : 저도 알고 있습니다만—

판사   이쯤에서 심문을 중단하는 게 좋을 것 같네요.

  Q   : 저는 오직 증인의 행위만을 고려했습니다.

판사 : 증인은 그것과 관련해 재판을 받는 게 아닙니다. 그 부분
     은 워싱턴에서 다룰 것이라고 믿습니다. 배심원 여러분,
     앞서 언급한 기소와 관련된 내용은 모두 무시하시기 바
     랍니다. 이 재판과 무관하며 부수적인 문제이므로 고민할
     필요가 없습니다. 머릿속에서 지워버리세요. 그러니까 배
     심원에게는 …… 중요한 사안이 아닌 데다 배심원 여러분
     도 관심이 없으니, 그 기소와 관련해 언급하거나 논의하
     거나 마음에 남겨두지 않을 겁니다.

이 싸움에서 패배할 수도 있다는 사실을 알고 있었지만, 이 두 번
째 타격으로 모리스는 무방비 상태가 되었다. 증인이 보수적이고
독단적인 깡패―워싱턴에서 자유를 위해 투쟁하는 브링클리와 용
기 있는 의사들의 적―임을 증명하려던 중에 그 무엇보다 의지했
을 무기를 빼앗긴 것이나 다름없었다.

모리스는 잠시 시간을 두고 자신을 추스른 후, 심문을 강행했다.
그는 기사 내용과 간단한 증거로 피시바인과 맞섰다.

  Q   : "1달러를 보내면, 알약 하나를 보내준다." 이 중상모략의

근거는 무엇입니까?

A : 그와 관련된 자료가 좀 있었을 겁니다.

Q : 그게 최선의 변명입니까?

A : 저는 변명이라고 생각하지 않습니다.

Q : 그런 내용을 기사화한 행동에 대한 최선의 변명이냐고 묻는 겁니다.

A : 변명이 아닙니다.

Q : 그걸 물어본 게 아닙니다.

A : 아뇨, 그걸 물으셨어요.

피시바인 박사는 오랫동안 원고의 전문성을 모욕해왔다. 그렇다면 그 자신은 어땠을까? 피시바인이 의사로서 활동한 기간은 몇 년이나 되었을까? 1년? 겨우 1년? 그가 1년이라고 말했을까? 그러면 그것은 언제였는가? 1912년과 1913년. 증인은 제1차 세계대전 이전에 의학적 발전이라는 것이 있었다고 생각하는가?

Q : 피시바인 박사님, 전립선 수술을 집도해보신 적이 있습니까?

A : 없습니다.

Q : 브링클리 박사가 전립선 수술을 집도하는 모습을 보신 적은 있습니까?

A : 없습니다.

Q : 브링클리 박사의 환자들과 대화를 나누거나 인터뷰를 한 적은 있습니까?

A : 아니요.

Q : 그렇다면 증인의 기사는 개인적인 조사나 브링클리 박사와 환자들, 직원들과의 접촉을 근거로 한 게 아니군요. 배위에서도, 증인의 주장대로라면 지구상에서 가장 위험한 돌팔이인 브링클리 박사가 몇 걸음 앞에 있었을 텐데, 말을 걸어볼 노력조차 하지 않으셨단 말이죠?

A : (브링클리에 대해) 다양한 조사를 했습니다.

Q : 그걸 물어본 게 아니고 ……. 자기 홍보를 해서 AMA의 소위 신조라는 것을 위반하지 않으셨습니까, 피시바인 박사님?

A : 그게 아니라 …….

Q : 박사님의 저서 『현대의학의 가정 치료법(Modern Medical Home Remedies)』은 어떻습니까? 의학질문상자에서 등장한 포뮬러나 콘셉트와 정확히 같지 않습니까? …… 이 책을 출간했을 때 AMA 내에서 상당한 소동과 비판이 일어나지 않았나요?

A : 흥분한 친구들이 있었죠. 네, 그렇습니다.

모리스는 결정타를 날리며 마무리했다. 돌팔이 의사들에 대한 AMA의 초토화 전술이 합법적인 의사들 역시 망가뜨리지 않았습니까? 유사 이래로 체계화된 의학계가 위대한 선지자들을 핍박하고 조롱해오지 않았습니까? 그리고 다음의 문장을 반복했다.

"그게 최선의 답변입니까, 그래요?"
"그 내용과 관련해서 그게 최선의 변명입니까?"

피시바인은 약간의 자기만족감과 함께 충분히 진취적이지 못했던 부분을 아쉬워하며 모자를 눌러쓰고 자리에서 일어났다. 그럼에도 피시바인이 쓴 기사의 핵심 주장—브링클리의 의료행위가 무가치했다—은 뒤집히지 않았다. 어쨌든 피시바인이 승소할지, 패소할지는 누구도 예상할 수 없었다. 그 이후 브링클리가 어떻게 행동했는가—얼마나 억울해하고 당당하게 굴었는지—에 따라 어느정도 예상해볼 수는 있었다.

50

처음에 브링클리는 활기찬 모습으로 나뭇가지에 걸터앉은 새처럼, 법정 안에 있는 사람들을 훑어보았다. 이틀 동안 자신의 경력에 대한 부검을 거들게 될 줄은 꿈에도 모르고 있었다.

모리스의 질문은 예상대로 매끄러웠다. 브링클리는 유년시절과 사업 초창기에 겪은 시련을 암갈색으로 칠했다. 거의 기계적으로 할 수 있는 일이었다. 그래도 법정을 위해 시적인 감성을 조금 누그러뜨렸다.

Q : 그 사정이란 것이 무엇이었나요, 선생님? 가난했습니까?

A : 아버지가 살아계셨을 때는 먹을 게 풍족했어요. 하지만 아버지가 돌아가시고 어떻게든 자립해야 했지만, 그럴만한 환경도 아니었어요. 우린 가난했고 …….

모리스가 피시바인의 기사에 대해 말을 꺼내자 그의 목소리가 떨렸다. "수치스러웠습니다." 그가 말했다. "제 아내도 수치스러워했어요." 기사로 보도된 중상모략과 거짓말의 결과, 1937년에 '110만 달러(그는 백만 달러라는 단어를 말하기를 꺼려했다)'였던 소득이 1938년에는 81만 달러로 하락했다.

그렇다면 기소의 원인인 그의 끔찍한 행동들은 어떻게 설명했을까? 예를 들어, 제임스 크로포드의 주장처럼 그린빌의 무고한 사람들에게 색소를 탄 물을 주사한 비열한 범죄는?

"저는 색소를 탄 물을 환자에게 주사한 적이 없습니다." 브링클리는 터무니없는 허위 보도에 대응하는 것도 이제 지쳤다는 듯 차분하게 말했다. 그는 몇 년 전에 테네시의 '버크 박사'로부터 개인 사무실을 개업하라는 지시를 받고 노스캐롤라이나에 갔고, 버크 박사가 곧 그곳에 오면 사무실을 넘겨주려고 생각했다. 몇 주를 기다렸지만(그때 제임스 크로포드를 처음 만났다) 버크 박사는 나타나지 않았고, 브링클리는 '그에게 떠난다는 전보를 보낸 후' 마을 밖으로 나가는 기차를 탔다.

Q : 강력범인 크로포드가 다시 나타났나요?

A : 네. 제가 캔자스 주지사 후보에 출마했던 1932년 여름에, 저를 만나러 밀퍼드에 찾아왔습니다.

Q : 검거되기 전이었나요? 아니면 교도소에서 풀려난 후였나요?

A : 출감했다고 했습니다.

Q : 어떻게 나왔는지 말하던가요?

A : 크로포드 말로는, 오클라호마 맥앨레스터의 교도소에 수감되어 있다가 교도서장의 사무실에 불려가서 변호사 두 명을 만났는데, 그들은 미국 의학협회에서 나왔다며 내게

불리한 진술을 원한다며 진술을 해주면 출감할 수 있게 도와주겠다고 말했답니다. 시가랑 캔디 한 상자 그리고 20달러를 받았고, 2주 후에 그 사람들이 돌아왔을 때 요구했던 진술을 해줬다더군요.

Q : 증인에게는 어떤 제안을 하던가요?

A : 300달러를 주면 변호사들에게 했던 진술이 모두 거짓이라는 증언을 해주겠다고 했습니다.

Q : 그래서 뭐라고 하셨습니까?

A : 사무실에서 썩 꺼지라고 말했습니다.

한주 내내 모리스는 염소 고환에 대한 이야기가 나올 때마다 논쟁을 벌였고, 매번 실패했다. 그쯤 되니 모리스도 그 주제에 관해 의뢰인이 직접 나서서 자신만의 방식으로 얘기하는 것이 더 낫겠다고 생각했던 것 같다. 브링클리는 그런 기회를 마다하지 않았다. 그는 자신이 성취한 '놀랍고 경이로운' 결과들을 줄기차게 나열했다. '우연히 자기 염소의 고환을 이식받은' 빌 스티츠워스 이야기로 몇 번이고 거슬러 올라갔다.

Q : 그 후에는 어떻게 됐죠?

A : 당연히 그 소식이 유행처럼 퍼졌고, 스티츠워스의 사촌이 저를 찾아와 같은 수술을 해달라고 해서 해줬어요. 그러자 그 사촌은 아내를 데려와 분비선 이식을 받게 했죠. 당

시에 그들의 친척 하나가 네브래스카의 정신병원에 있었어요. 거기서 출납을 담당했던 은행원이었는데, 어느 날 실성을 해서 정신병원에 입원했다더군요. 그러면서 분비선이 정신병에도 효과가 있느냐고 물어봤고, 저는 이렇게 대답했습니다. "하느님, 맙소사. 아니에요." 그렇지만 그들은 사촌에게 자위 문제가 있으니 "선생님께서 한 번 시도해주셨으면 좋겠다"며 ……. 결국 그들은 사촌을 정신병원에서 빼내어 제게 데려왔고, 환자는 고환을 이식받은 후 제정신을 되찾아서 지금은 미주리 캔자스시티에서 가장 큰 은행 중 하나를 맡아 ……. 그 사례는 한 작은 잡지에 실렸고, 앨라배마의 한 여성이 그 기사를 읽었습니다. 그녀에게는 10년간 앨라배마 터스컬루사의 정신병원에서 입원치료를 받던 딸이 하나 있었습니다. 딸은 가끔 폭력적으로 변했고, 병원 관계자들은 자해행위를 막기 위해 그녀를 패드방이라 불리는 곳에 가두어야 했습니다. 게다가 늘 자살을 시도했습니다. 저와 제 아내는 모녀를 만난 후, 그 딸을 밀퍼드로 데려와 분비선을 이식했습니다. 그녀는 저희 병원에서 한 달을 머무르면서 정신을 완전히 회복했습니다. 그리고 미주리 캔자스시티에서 비서 일을 구하고 의사와 결혼했으며, 현재 건강하고 행복하게 정상적인 삶을 살고 있습니다. 이와 같은 사례는 끝도 없이 얘기할 수 있고 …….

Q : 증인은 실험과 수술, 혹은 활동과 연구를 통해 분비선 이
식이 효과적이라고 확신하게 되었습니까?

A : 네. 저는 이것이 훌륭한 발견이며, 세계에서 가장 위대한
일이라고 생각합니다. 전 세계가 이 성과에 대해 알았으
면 좋겠습니다.

그는 AMA가 연구결과에 대한 출판 요청을 거절했기 때문에, 자
기 홍보로 눈을 돌릴 수밖에 없었다고 말했다. 물론 이것이 적들을
더욱 격분하게 할 것을 알고 있었지만, 그의 임무는 분명했다. 그가
찾아낸 돌파구는, 마냥 입 다물고 있기에는 너무나 훌륭하고 가치
가 있었다. 팸플릿과 광고 전단도 불필요했다. 일단 입소문이 나니
염소 고환은 저절로 팔렸다.

"라디오로 환자를 구하려고 한 적은 한 번도 없습니다." 그가 말
했다. "어떤 노력도 하지 않았어요."

그렇게 대단한 기술이었다면, 그는 왜 그것을 버렸을까?

주사 가능한 에멀션이 그 기술을 대체했으며, 그만큼 효과적이었
다. 게다가 그는 염소를 포기하지 않았다. 일단 염소 고환이 전립선
을 확장하여 소변을 더 쉽게 볼 수 있게 도와준다는 사실("그것에 가
장 관심이 갔습니다!")을 확인하자, 그의 연구방향은 전립선 문제를
외과수술 없이 해결하는 방법을 찾는 쪽으로 모두 바뀌었다. AMA
의 무모한 집착에도 불구하고 "전립선을 치골상부 또는 요도경유
로 제거하면 출혈, 쇼크, 감염 등 어느 정도의 외과적 위험을 감수해

야 합니다. 그래서 저는 정관 동맥의 일부를 꺼내어 묶기 시작했고 ……." 그 과정을 비전문가들에게 이해하기 쉽도록 설명하기가 어려웠다. "이것이 뇌하수체 전엽에서 분비되는 프롤란이라는 물질을 억제하여 ……."

Q : 증인은 본인의 전립선 치료가, 사람들에게 생리학적으로 유익할 가능성이 전혀 없다는 전문가들의 증언에 대해 들었습니다. 그에 관해서 할 말이 있습니까?

A : 제 치료는 사람들에게 유익합니다. 20년 이상 의료행위를 하면서 수천 명의 환자를 돌보았고, 환자들을 가장 먼저 검사하고 수년간 지켜본 저 같은 사람에게 …… 왜 도움을 받은 사람들에 대한 질문은 하나도 없는 건지 ……. 저는 늘 가능한 모든 방식으로 선행을 베풀겠다는 포부를 가지고 있었습니다. 위험한 외과수술이나 분비선 손상으로부터 남성들을 구할 수 있는 기술을 소개하고, 의료계 혹은 전 세계에서 그 업적을 완수할 수 있다면 어떤 희생이라도 감수하겠다고 생각했습니다. 지금도 같은 생각입니다.

"증인을 요청합니다." 모리스가 외치자 브라운이 벌떡 일어섰다. 그러나 그가 걸음을 떼기 전에 맥밀런 판사가 끼어들었고, 그것이 다음 콘테스트의 주제가 될 것이라며 경고—브라운이 아닌 브링클리에게—했다. "명예훼손 재판에 소환된 분이 사실상 자신의 전

생애를 논란거리로 만들고 계시는군요."

브링클리는 동요하지 않았다. 치료사로서 그는 수천 명에게 감사 인사를 받았다. 또 연단에 올라 물결치듯 자신에게 밀려오는 존경심을 느꼈었다. 성인으로 떠받들어지던 사람이, 자신을 돌팔이라고 완전히 믿을 수 있었을까?

51

Q : 선생님은 고급 요트 세 대를 소유하고 계시죠, 그렇지 않습니까?

A : 글쎄요, 기쁘게도—

Q : 제 말은, 고급 요트 세 대의 소유주이시죠?

A : 네, 보트 세 대가 있습니다.

Q : 그렇다면 그런 요트를 한 대 운행하는 데 몇 사람이 필요합니까?

A : 21명이 필요합니다.

Q : 항해용 요트인가요?

A : 네, 그렇습니다.

Q : 고급 요트라고 말하고 싶지 않으신가 보죠?

A : 그래요, 지금 제가 가지고 있는 건 굉장히 좋은 요트입니다.

Q : 감사합니다. 그럼, 여름 항해를 할 때 가장 좋은 요트를 타겠네요, 안 그렇습니까?

A : 좋은 요트를 타려고 합니다. 항해에 적합한 걸로요.

Q : 퀸 메리나 노르망디보다 더 좋은 배가 있나요?

A : 그런 배가 있었다면, 그걸 탔겠죠.

Q : 가장 좋은 양복 차림으로 가장 좋은 요트에 오르는군요.

안 그런가요?

A : 그러려고 하죠, 맞습니다.

브라운은 피고인석으로 돌아가 피시바인이 쓴 기사의 복사본을 집어
들고 한 문장을 찾아내어 큰 소리로 읽었다.

"'그는 여러 정부 부처와 기관들의 노력에도 불구하고, 어수룩한
미국인들의 주머니를 털어가며 자신의 영악함을 입증하고 있다.'"
브링클리는 잠자코 기다렸다.

Q : 여기 미국 의학협회에서 발행한 《히게이아》의 기사를 보
면 말이죠, 박사님. 미국의 여러 신문과 잡지들도 몇 차례
에 걸쳐 증인과 증인의 연구에 대한 비판의 글을 실지 않
았나요?

A : 그 신문과 잡지에서 저에 대한 부정적인 비평을 읽었습니
다만, 아마도 그 기사는 저를 맹렬히 비난해온 미국 의학
협회의 성명을 근거로 썼던 것 같습니다.

Q : 미국 의학협회의 회원들 대부분이 독실한 신사들이 아니
라 늙다리 정치가들이자 낙태 시술자들이라고 생각합니
까? 그게 미국 의학협회의 회원들이 하는 일이라고 생각
하세요?

모리스: 이의 있습니다.

판사 : 인정합니다.

모리스가 이틀 내내 제기한 이의제기 중 몇 안 되는 성공사례였다. 그러나 브라운은 멈추지 않았다. 그는 게으르고 두서없는 방식—한가하게도 폭력성의 분출, 수상한 학위들, 잃어버린 의사면허, 의학질문상자의 약탈 흔적들에 대해 궁금해했다—으로 증인을 공격했고, 모리스는 사사건건 이의를 제기하여 최대한 상황을 혼란스럽게 만들었다. 그러나 두 사람 모두 브링클리의 침착함을 깨뜨리지는 못했다. 브링클리는 증언대에 서는 것을 두려워했었지만, 그 공포가 무엇이었든 이미 사라진 것 같았다. 그는 피시바인의 변호사가 어떤 질문을 던져도 받아칠 준비가 되었다는 듯 차분했고, 즐거워 보이기까지 했다.

고난이 없으면 영광도 없다.

Q : '20자 이내로 완성해보세요. 나는 건강을 가장 귀중한 자산이라고 여긴다. 왜냐하면…….', '나는 브링클리 박사가 세계 최고의 전립선 전문의라고 생각한다. 왜냐하면……' 이삼일 동안 이런 방송을 내보내셨더군요. '여러분이 해야 할 일은 아주 조금만 생각하고 진심 어린 마음으로 정말 솔직하게 이 문장을 완성하여 첫 번째 종이에 적는 겁니다. 그리고 적어도 두 번째 종이에 여러분들이 개인적으로 알고 있는 사람들의 이름과 주소를 다섯 개 이상 적어서 편지를 보냅니다. 반드시 아는 사람이어야 하고, 아픈 사람이어야 합니다. 그리고 브링클리 병원의 도

움이 필요한 사람이어야 합니다. 신체적, 경제적으로 우리를 만나러 올 수 있는 상황인지도 꼭 확인하시고…….

1등 상금은 100달러, 2등은 50달러, 3등은 25달러, 4등은 10달러, 5등 다섯 명에게 각각 5달러 그리고 상금 1달러짜리가 290개.'

이렇게 상금을 주는 콘테스트가 미국 의사들에게 흔한가요?

A : 아닙니다, 변호사님. 그렇지 않습니다.

Q : 빨간 도장이 찍힌 증명서를 보내면서, 병원에 와서 10명 중에 가장 좋은 작품을 쓰면 공증인처럼 도장을 찍어주고 올즈모빌을 주겠다고 말하는 사람을 알고 있습니까?

A : 아니요, 그런 일을 하는 사람은 모릅니다.

Q : 전국의 신문들에 증인의 사기, 엉터리 의료행위, 부정행위 혐의에 대한 기사들이 실렸던 것은 사실 아닙니까?

A : 여러 신문에 실렸던 것 같습니다.

모리스: 이의 있습니다.

판사 : 기각합니다.

Q: 삼류대학 졸업생이라고 전국적으로 낙인찍히지 않으셨습니까?

모리스: 이의 있습니다.

판사 : 기각합니다.

Q : 헨리 포드의 디어본 인디펜던트에서 증인을 돌팔이들의

장로라고 부른 사실이 없습니까?

모리스: 중요하지 않고, 재판과 무관하며, 부적절하고 쓸데없는 질문이므로 이의를 제기합니다.

판사 : 변호인, 이의제기에 대한 판단을 내리겠습니다. 변호인과 나는 변호인의 기록을 보존하는 것과 관련된 개념을 완전히 다르게 이해하는 것 같습니다. 변호인이 특정 맥락에 대해 이의가 있음을 명확히 알려주었는데 법정이 이를 기각한다면, 더 이상 이의를 제기할 필요가 없습니다. 매번 질문할 때마다 자리에서 일어나 이의를 제기해야 한다고 생각하는 것 같은데—

모리스: 이번 질문은 다르다고 생각합니다.

판사 : 제가 하고 싶은 말은, 그러한 행동이 재판에 두 가지 영향을 미친다는 겁니다. 첫째, 많은 시간이 소요되고 둘째, 굉장히 중요한 맥락을 끊어서 배심원과 법정을 비롯한 모두가 이야기의 자연스러운 흐름을 놓치게 되고 …… 저도 몇 번이나 재판 과정에 반드시 필요한 이야기의 흐름을 놓쳐서……. 원고가 광고의 일환인 수술을 통해 벌어들였던 돈에 대해 조사하는 것은 정당한 것으로 보이고…….

모리스: 조금 전에는 착각을 했습니다.

판사 : 압니다. 그러나 변호인을 배제할 다른 방법이 없는 것 같네요. 무슨 말을 할 때마다 새로운 논쟁거리를 만들어내는군요.

모리스: 어떤 문제든 쉽게 포기하고 싶지 않았습니다. 또 저희는
　　　　그것이 완전히 다른 문제라고 생각해서……

판사 ： 새로운 문제라고 다섯 번째로 말하고 있어요. 변호인은
　　　　그게 재판의 진전을 위해 필요하다고 생각할지 모르지만,
　　　　그렇게 보이지 않네요.

모리스: 저희는 법정의 발언 외에…….

브라운은 브링클리가 만드는 자기합리화의 미로로 쉽사리 다가
가지 못했다. 대신 그는 조롱과 자연과학에 의지했다. 그리고 이전
의 증인들에게 그랬듯 반복해서 '염소 고환'이라는 주제를 꺼냈고,
절망적이지만 진심으로 상대성이론을 이해하려고 애쓰는 남자처
럼 거짓 존경의 어조로 그것을 분석했다.

Q ： 증인이 염소 고환을 인간 고환에 이식하는 수술을 최초로
　　 시행했습니까?

A ： 제가 아는 바로는 그렇습니다.

모리스: 이쯤에서 저희는 또 이의를 제기해야ㅡ

판사 ： 글쎄요. 이의제기가 그쪽 상황을 조금이라고 나아지게 할
　　　　거라고 생각한다면 그렇게 해야겠지만 …… 재판에는 어
　　　　떤 식으로도 도움이 되지 않을 텐데요.

Q ： 제가 이해한 바로는, 혹시 잘못된 부분이 있으면 수정해
　　 주시기 바랍니다. 인간의 고환을 제거한 적은 없으시죠,

맞습니까?

A : 변호인께서 생각하시는 일반적인 염소 고환 수술 말입니까?

Q : 그렇습니다.

A : 남성의 고환에 구멍을 내고 안에 있는 덩어리를 꺼낸 다음 염소 고환을 집어넣습니다.

Q : 보통 피부를 작게 절개하나요?

A : 염소 고환을 넣을 정도만 절개합니다.

Q : 그 작은 구멍에 염소 고환 조각을 넣나요?

A : 아니요. 태어난 지 3주된 염소의 고환을 이용합니다. 작은 포낭을 꺼내어 이식하죠.

Q : 양쪽 고환에 각각 다른 염소의 고환을 넣습니까?

A : 네, 가끔은 복근에 넣기도 합니다. 삽입을 위한 부위가 따로 있습니다.

(놀란 사람들로 인해 법정 안에 동요가 일었다.)

Q : 실험을 했다는 말씀이신가요, 아니면 증인이 최초로 발견한 위대한 치료법이었다는 말인가요?

A : 저는 고환이식이 인간의 특정 질환을 치료하기 위한 가장 위대한 부수물이라고 믿습니다. 그리고 그 고환들은 현재까지도 어떤 약품보다 월등히 뛰어나다고…….

브라운은 '포뮬러1020'으로 넘어갔다. 1913년에 색소를 타서 만든 물, 지금은 …… 누군가는 그것을 그의 경력과 늘 함께하는 운명이라고 부를 수도 있지 않을까?

브링클리는 색소를 탄 물을 누군가에게 준 일이 없다며 정색했다. 브라운은 연구실 보고서를 집어 들었다.

언제부터 상황이 변한 것일까? 브링클리의 열렬한 지지자들이 승소에 대한 환상에서 깨어난 순간은 언제였을까? 둘째 날 반대심문이 시작될 때부터, 강 건너의 소싸움처럼 기적이 일어나지 않는 한 승자는 명백했었다. 다만 이 투우장의 황소는 목에 칼이 날아드는 와중에도 저기에 앉아 있어야 했다.

피고 측 변호사 돈 레이놀즈가 브라운에게 보고서를 건네받은 후, 포퓰러1020에 대한 심문을 이어갔다. 브링클리는 그 약물이 '방어적인 처방'이었으며 백혈구 수를 늘려 감염을 억제했다는 피터메이어의 주장을 반복했다.

Q : 포퓰러1020이 어떻게 백혈구를 생성하는지 알고 싶군요.

A : 그게 백혈구를 만드는 부위를 자극하는 것 같습니다.

Q : 그래요?

A : 그런 효과가 나타납니다. 무엇이 그런 효과를 만드는지 모르지만, 무언가······.

Q : 설명은 그걸로 끝입니까?

A : 저희는 질병에 대항하는 힘을 자극하기 위해 환자들에게 다양한 백신과 혈청을 주사하고······. 어디서 어떤 일이 벌어지는지는 아무도 모를 겁니다.

Q : 위에 염산이 몇 퍼센트 들어 있습니까?

A : 솔직히 기억이 나지 않습니다. 1.25퍼센트인 것 같지만, 정확히 기억이 안 납니다.

레이놀즈는 밖에 있는 직원들 중에, 그의 '혁명적인' 전립선 치료법을 적용한 의사를 한 사람만 대보라고 브링클리에게 말했다. 레이놀즈는 머뭇거리는 그를 성급하게 밀어붙였다.

말해보세요. 무게로든 부피로든 포뮬러1020의 정량을 어떻게 측정합니까?

그 질문은 브링클리를 당황하게 했다. 그는 시선을 여기저기로 옮기다, 거리에서 답을 찾기라도 하려는 듯 창밖을 내다보았다. 이번 재판을 통틀어 가장 긴 침묵이었다. 마침내 그가 대답했다.

"그건 잘 모릅니다. 이 약물의 성분을 전부 상세히 알려고 하지 않기 때문에……."

그 순간이 징 소리처럼 공명했다. 브라운은 브링클리의 자전적 전기 『남자의 일생』을 집어 들었다. "재밌더군요." 브라운이 다시 심문을 시작했다. "'심각한 복통이 있다면…….'" 그는 고개를 저으며 책장을 스르륵 넘겼다. 어디부터 시작할까……?

"'정신적 기질로 보면, 그는 정확히 천재 유형에 속한다.'"

"'여러분은 …… 브링클리 박사에게서 천재의 사랑스러운 특징을 발견할 것이며, 그에게 돈은 목적이나 종착지가 아니라 인생을 건 작업의 핵심 아이디어를 확대하는 수단임을 알게 될 것이다.'"

"'그의 내면에서 들리는 신의 음성 …… 그의 영혼은 구원의 길을 가리킬 수 있고……. 참으로 훌륭한 유명 방송인으로서 …… 목소리를 우아하게 가다듬고…….J.R. 브링클리는 미국 대통령 자리를 거절하여…….'"

Q : 박사님, 아주 솔직히 평가한다면 본인이 세계 최고의 전립선 전문의입니까?

A : 아시겠지만, 저는 그렇게 생각하지 않습니다. 저보다 더 훌륭한 분들이 많이 있을 것이라 생각합니다.

Q : 본인이 미국에서 가장 박식한 의사인가요?

A : 아닙니다. 그렇게 생각하지 않습니다.

Q : 글쎄요. 이 책을 보면 9장 제목이 '미국에서 가장 박식한 의사'이지 않나요?

A : 그럴 수도 있습니다. 우드 씨가 그렇게 썼을 겁니다.

Q : '브링클리는 자신이 웬만한 의사들보다 더 재능 있다는 것을 어렴풋이 깨닫기 시작했다…….' 책에 이렇게 쓰여 있지 않나요?

A : 아마도요. 기억나지 않습니다.

Q : 그리고 여기 200페이지에 '존 R. 브링클리가 어느 누구보다 많은 의학적 지식을 가지고 있다는 사실을 미국 의학협회와 미국의 의사들 그리고 국민에게 보여줄 것이다'라고 적혀 있지 않습니까?

A : 저는 그런 말을 한 적이 없습니다. 아마 우드 씨가 썼을 겁니다.

Q : '그가 사실에 대해 설명할 때, 주제가 무엇이든 그는 세계에서 가장 박식한 박사이자 외과의사이며 인간 본성의 연구자, 심리학자, 숙달된 연기자다.' 증인의 책에 나와 있지 않습니까?

모리스: 계속해서 '증인의 책'이라고 몰아붙이는 변호인에 대해 이의를 제기합니다.

Q : 이 책에 나오는 사실들을 어디에서 얻은 겁니까?

A : 글쎄요. 여러 곳에서 얻었겠죠. 자서전을 써달라고 작가를 고용했습니다. 돈을 주고 글을…….

Q : '미국 정부는 악취가 진동하는 학대에 관한 합법적인 기록을 가지고 있다.' 미국 정부가 증인을 적대시했습니까?

A : 글쎄요. 그 질문에 어떻게 답해야 할지 모르겠지만…….

Q : 연방전파위원회가 증인의 면허를 박탈한 것에, 대통령이 관심을 가지고 있었다는 주장이죠. 안 그렇습니까?

A : 네, 그렇습니다. 부통령 커티스가 제게 말해준…….

Q : 캔자스 고등법원이 '…… 도덕 관념이 없는 돌팔이 의사'라는 서신을 보낸 적이 있습니까?

모리스: 이의 있습니다.

판사 : 기각합니다.

Q : '…도덕 관념이 없는 돌팔이 의사……. 사기꾼의 도덕 기

준에 따라 행동하며 인간의 나약함과 무지, 어수룩함을 먹잇감으로 삼을 수 있을 때까지 면허를 가지고 하찮은 속임수 수준을 훨씬 뛰어넘는 체계화된 사기행각을 벌였고…… 사기로 얻은 면허를 이용해 결함을 가진 사람, 병든 사람, 어수룩한 사람, 약물을 장기 복용하는 사람들을 속이고 돈을 갈취하였고, 그들은 소극적으로 움직이며 의학적인 전문성에 분개하고 경멸감과 조소를 드러내고 있다.' 이것이 증인과 증인의 업무에 대한 캔자스 고등법원의 의견이 맞습니까?

A : 그런 식이었던 것 같은데…….

Q : 박사님, 왼손에 끼고 계신 커다란 반지의 가격을 물어봐도 될까요?

A : 4,300달러를 주고 샀습니다.

Q : 오른손에 있는 건 얼마인가요?

A : 1,000달러 정도 합니다.

Q : 넥타이핀은 얼마죠?

A : 1,500달러입니다.

Q : 넥타이핀은요?

A : 오, 800달러 정도 됩니다.

Q : 차는 몇 대나 가지고 계십니까, 박사님?

A : 세어봐야 알 것 같네요.

모리스: 변호인의 질문이 명예훼손 재판과 어떤 관련이 있는지 모

르겠습니다만……. 그런 식으로 편견을 만들어내고 싶으신 거라면 특별히 이의를 제기하지는 않겠습니다.

판사 : 글쎄요. 이의를 제기하고 싶지 않으면 일어나지 말았어야죠. 이의를 원하면 법정에서 판단하겠습니다.

Q : 바깥에 있는 빨간 캐딜락에 증인의 이름이 몇 군데나 새겨져 있습니까?

A : 모르겠습니다.

브라운이 50번째쯤 염소 고환으로 주제를 돌렸을 때, 마지막 공격이 이루어졌다.

Q : 염소 고환이 "진짜 환자의 머리카락 색을 바꾸었고, 얼굴의 주름을 폈으며, 노화와 질병으로 창백했던 안색을 불그스름하게 빛나는 건강한 안색으로 변화시켰다"고 말씀하지 않으셨습니까?

A : 사실입니다.

Q : 그렇다면 저희에게 설명해주시겠습니까? 어떻게 그 작은 염소 고환으로……, 염소 나이가 대개 몇 살이었죠?

A : 3주 정도입니다.

Q : 어린 염소의 작은 고환을 인간 고환에 이식하면 다시 살아나서 자란다고 주장하시죠?

A : 일부는 자라고 커지지만, 대부분은 흡수 과정을 거칩니다.

Q : 흡수요?

A : 네, 고환이 서서히 흡수되어서……

Q : 그 작은 물건이 마치 인간 고환의 일부처럼 이식한 후에도 거기서 계속 산다는 말씀이신가요?

A : 아니요, 저는 그런 식으로 생각하지 않습니다. 인간 고환의 일부가 된다는 식으로요.

Q : 신경이나 혈관을 연결한다는 말씀이 아닌가요?

A : 오, 맙소사. 아닙니다.

Q : 그 작은 물건을 떼어내서 고환의 절개 부위에 넣고 꿰맨다는 거죠?

A : 네, 맞습니다.

피곤했던 걸까? 이틀 동안 모든 경력에 대해 심문하며 말꼬리를 잡고 늘어진다면, 누구라도 헷갈릴 수 있었을 것이다. 그러나 그가 방금 말한 것—염소 고환을 이식한 것이 아니라 그냥 넣어놓았다—은 브링클리가 20년 이상 주장해온 내용과 정확히 반대였다. 그날 오전에 했던 말과도 반대였다. 지지자들은 그를 정신 나간 사람처럼 쳐다보았다.

브링클리는 증인석에서 내려가도 좋다는 판사의 말도 듣지 못했다.

52

브라운의 최종변론은, 런던의 법무장관이 다급했던 소송 당사자 오스카 와일드[*]에 맞서 보여주었던 독설로 가득한 거만함—간담을 서늘케 하는 맹비난: 타키투스에게서 나온 무엇인가처럼, 단테의 한 구절처럼, 로마 교황들에 대한 사보나롤라의 고발장처럼—과는 비슷하지 않았을지도 모른다. 그러나 인상 깊었던 것만은 분명하다. 맥밀란 판사는 나중에 브라운(옛 동창)에게 "지금껏 들었던 것들 중 최고의 최종변론이었다"고 말했다.

텍사스 법의 별난 관례에 따라 최종변론은 기록되지도 않았다. 겨우 한두 토막만 남아 있을 뿐이다.

"저도 브링클리 박사의 상금 500달러를 타고 싶습니다." 그리고 이렇게 말했다. "그러나 문장에 아주 약간의 변화를 줄 겁니다. 제가 콘테스트에 낼 문장은 바로 이것입니다. '브링클리 박사는 세상에서 돈을 가장 잘 버는 외과의사다. 왜냐하면 그는 인간 본성의 나약함을 충분히 잘 이해하고 있고 한 해에 백만 달러를 벌 정도로 충분히 뻔뻔하기 때문이다.'"

윌 모리스 시니어가 의뢰인을 구하기 위해 얼마나 신경질적으로

---

[*] 아일랜드 시인, 소설가 겸 극작가인 그는 1859년 미성년자와 동성연애 혐의로 기소되어, 재판 결과 유죄판결을 받았다.

애를 썼는지도 알려져 있지 않다. 그런 것은 별로 중요하지 않았다. 평결을 목전에 두고 맥밀란의 배심원 지침이 시작되었다. 판사는 설명했다.

"자신의 무고함, 다시 말해 기소된 혐의에 대한 실질적 진실을 증명할 의무는 피고인 모리스 피시바인 박사에게 있습니다. 그럼에도 불구하고 원고가 미국 곳곳에서 문제를 일으켰다는 사실에는 의심의 여지가 없습니다. 원고에게 의료행위를 할 권리가 있는가에 대해서도 여러 차례 의문이 제기되었고……. 원고에 관해 이런 종류의 기사가 보도된 게 처음이 아니라는 것도 원고 자신과 다른 증거에서 분명하게 나타납니다." 맥밀란은 배심원들에게 평결에 반드시 고려해야 할 사실들을 알려주었다. "캔자스에서 의료행위를 할 수 있는 면허를 박탈당한 점, 전기치료사들에 대한 일반적 조치에 의해 코네티컷에서 면허를 박탈당한 점, 캘리포니아에서 영구면허 지급을 거절한 점, 연방전파위원회가 방송에 관한 특권을 취소한 점, 이탈리아의 의대에서 학위를 취소한 점, 이 모든 것은 '공적 관심사로서 공정하고 합리적인 지적'을 받을 여지가 있습니다. 피시바인 박사가 '특정한 세부사항을 부정확하게 게시했다'고 하더라도(판사는 그가 실제로 그랬다고 시사하지는 않았다), 이러한 지적은 면책 특권의 대상이며 명예훼손으로 보기는 어렵습니다."

마지막으로 맥밀란은 캔자스 고등법원의 '도덕 관념이 없는 돌팔이 의사'라는 맹렬한 비난에 대해 숙고한 내용을 큰 소리로 말했다.

"어떤 이유에서인지 원고는 트럭 한 대 분량의 모욕적인 말들을 자신이 의뢰한 책에 포함시켰고 …… 고소당한 사람에 관한 기사로 인해 누군가가 굴욕을 당할 수 있다고 느낀다면, 왜 그에 대한 비난의 내용을 직접 출간해서 유통시키는 걸까요?"

자신의 명예를 그렇게 스스로 훼손할 수 있는 사람은 외부의 도움이 필요 없었다.

《델 리오 이브닝 뉴스》는 한 주 내내 커다란 헤드라인을 내걸고, 재판에 대해 소란스럽게 떠들었다. 그러다 3월 30일에는 눈에 잘 띄지 않는 구석에, 새롭게 전개된 상황을 보도했다.

브링클리는 상급법원에 항소할 것이다.
배심원은 명예훼손과 관련하여 피시바인에게 유리한 평결을 내렸다.

4시간 후, 배심원들은 피시바인의 손을 들어주었다.

"원고는 사기꾼, 돌팔이 의사로 여겨져야 하며, 이 단어들의 의미를 잘 이해해야 한다."

특히 그의 경력을 지지해준, '색소 탄 물을 사용했던 것'과 '염소 고환 기술이 외과적인 이식이라고 20년간 주장했던 것' 이 두 가지가 배심원들을 동요하게 했다. 그 두 가지 증거는 '델 리오가 사랑하는 아들'을 매장시켜버렸다.

기자들이 피시바인에게 소감을 묻기 위해 몰려들었을 때, 그는 그곳에 없었다. 이미 택시를 타고 공항으로 달려가고 있었다. 나머지 기자들이 오클라호마시티에서 환승하려는 그를 발견했다.

"만약 우리가 거기에서 그의 친구들을 앞에 두고 그를 때릴 수 있다면, 어디서든 때릴 수 있겠죠." 승자가 성대한 저녁 식사에 참석할 준비를 하며 말했다. 나중에 피시바인은 "브링클리가 고소할 만큼 멍청하지 않았다면 몇 년 더 승승장구했을 것"이라고 덧붙였다.

1935년에 심장마비로 어쩔 수 없이 은퇴한, 오랜 친구 아서 크램프가 그에게 축하 메시지를 남겼다.

"도대체 어떻게 AMA가 브링클리의 추접한 소굴에서 승리할 수 있었지? 그런 일이 가능하리라고는 전혀 생각지 못했네. 앞으로도 이런 식이라면 미국 법원을 다시 신뢰해봐도 괜찮겠어!"

생애 처음으로 브링클리는 언론을 피했다. 그는 델 리오의 브링클리 격납고에서, 록히드사 일렉트라 단엽비행기*를 타고 리틀록으로 도망쳤다.

며칠 후,《하프 문 거리의 남자(The Man in Half Moon Street)》란 연극이 런던에서 막을 올렸다. 그것은 도리안 그레이의 복제품으로, 한 과학자가 10년에 한 번씩 고환을 얻기 위해 남자들을 죽이고 그 고환을 자신의 몸에 이식하여 영원한 젊음을 유지했다는 내용이었다. "레슬리 뱅스가 연기한 과학자는," 미국의 한 평론가는 이렇게 썼다. "우리를 설득할 수 있다고 굳게 믿고 있다. 마지막에 그는 순수 연극의 장엄함을 효과적으로 표현한다. 고환이 예상과 달리 너

---

* 날개가 양쪽에 하나씩 있는 비행기.

무 빨리 망가지면서, 그는 우리의 눈앞에서 나이든 노인의 모습으로 점점 변해간다."

한때 인류의 구원이었던 것이 공포의 대상으로 변했다. 분비선의 쇠퇴기가 찾아왔다.

아일랜드에서는 예이츠(William Butler Yeats)가 세상을 떠났다.

53

1939년 12월 14일, 마틴 루터 킹 주니어는 노예 복장을 하고 《바람과 함께 사라지다》의 개봉을 축하하기 위한 행사를 도왔다. '흑인 노래의 밤'에 그 10살 소년은 애틀란타의 에버네셀 침례교회 성가대와 함께 백인 전용 주니어 리그 파티에 참석하고 있었고, 그와 머지않은 곳의 피치트리스트리트 근처에서는 뢰브 대극장의 페인트 작업이 끝나가는 중이었다. 가짜 그리스식 기둥으로 완성된 건물 외관은 스칼렛 오하라의 소중한 고향집 타라의 복제품으로 변신했다.

이튿날 밤은 열광의 도가니였다. 스포트라이트가 밤하늘을 비추었고, 30만 명의 인파가 긴 레드카펫의 양쪽에 늘어선 군인들을 밀어붙였다. 후프 스커트와 레이스 장갑을 착용한 애틀란타 최고의 미인들과 엷은 황갈색 코트와 반바지를 입은 미남들, 할아버지의 제복에 불편한 검을 찬 청년들까지 모두가 극장 입구를 서성거렸다. 눈에 보이는 모든 도로에 남부연합기가 늘어서 있었다. 스포트라이트가 사라진 순간, 누군가는 그랜트 장군*이 아포맷톡스에서 막 항복했다고 생각했을 수 있다.

7시 30분이 되자 그들― 셀즈닉(제작자), 플레밍(감독), 미첼(원작

---

* 남북전쟁 당시 북군을 지휘하여 승리함-옮긴이

자), 리(여배우)—이 들어오기 시작했다. 그날 밤은 화려함과 섬광전구, 비명으로 활활 타올랐다. 다양한 스타들이 차에서 내려 모습을 드러냈다. 영화와 관련이 없는 몇몇 사람들도 레드카펫을 밟았다. (사람들은 그들 중 누구를 알아보았을까?) 게이블(남자 주인공)이 등장하자 군중이 몰려들었고, 군인들은 양팔을 교차하여 단단히 걸고 밀리지 않기 위해 싸워야 했다.

브링클리는 잠시 그 모든 게 자신을 위한 것이라고 믿고 싶었다.

그리고 아주 잠깐 동안은 정말 그랬다. 자신의 순서가 오자 브링클리는 미니를 에스코트하여, 정체불명의 유명인들을 향한 광란의 열기 속으로 들어갔다. 《새터데이 이브닝 포스트》의 한 민첩한 기자가 '경쾌한 발걸음과 점잖은 올챙이배, 금발의 염소수염이 눈에 띄는 할리우드의 의사 전문 배우로 착각할만한' 그의 모습을 지켜보았다.

미국에서 유명한 사람과 악명 높은 사람은 같은 급에 속한다. 아마도 이런 분위기 때문에 델 리오의 연방법원에서 박제 신세가 된 브링클리가, 겨우 몇 개월 만에 세기의 파티를 위한 VIP 초대장을 손에 넣을 수 있었을 것이다. 재기하는 것이 정말 가능했던 걸까? 《포스트지》가 리틀록 사업—35명의 직원, 매주 2천통의 편지—의 번창에 대해 이야기하면서, 법정에서의 대실패는 하나의 부차적인 문제로만 다루는 것 같았다("남의 불행을 바라는 사람들이 넌더리를 내며 그를 방송에서 끌어내리기 위해 15년간 혼신의 노력을 다했지만, 지지자들에게 박사님이라 불리는 그 남자는 여전히 잘나가고 있었다"). 미니의 말에 따르면, 재판 이후 브링클리는 대통령 선거에 출마할 것을 촉구하는 '50만 통의 편지'를 받았다.

슬프게도 브링클리의 겉모습은 뢰브 대극장의 외관에 씌운 타라처럼 거짓이었다. 피시바인이 예견한 대로 판사와 배심원들에 의해 공식적인 사기꾼으로 낙인찍히자, 염소 고환의 제왕에 대한 고소가 줄을 이었다. 리틀록의 한 변호사가 피시바인에게 편지를 보냈다. 자신의 의뢰인이 브링클리 때문에 '불임, 발기불능 상태가 되고 영구장애를 얻었다'는 이유로 602,500달러의 보상금을 요구하고 있다는 내용이었다. '수술대 위에서 환자를 과다출혈로 사망하게 한 태만에 의한 과실'을 주장하는 고소장도 접수되었다.《바람과 함께 사라지다》의 개봉이 펼쳐지던 그때, '공인받은 돌팔이 의사'라는 새로운 왕관을 쓴 브링클리는 환자가 사망할 경우 환불해주는 정책에도 불구하고 총 3백만 달러 이상의 소송들을 직면하게 되었다. 리틀록에 있는 병원관리자마저도 그를 의료과실로 고소했다.

그 사이, 썩은 고기를 결코 놓치지 않는 후각을 가진 미국 국세청이 체납세금 문제로 그를 쫓고 있었다.

"컨트리클럽 병원 수리비용을 한푼도 내지 못했고, 빚더미에 올라앉았네." 1940년 6월, 브링클리는 직원으로 일하는 의사 한 사람에게 편지를 썼다. "수많은 직원들을 해고하고 의사와 간호사, 행정직원들의 월급도 절반 가까이 삭감해야 해. 지금껏 이 나라에 살면서 이렇게 심각한 상황은 처음이야."

그는 판결을 뒤집으려다 고등법원이 자신을 재차 모욕할 기회만

주고 말았다. 대법원은 재심리를 받아들이지 않았다. 그러는 동안 그의 인쇄기는 계속 홍보물을 찍어냈다.

친애하는 친구에게: 1월에 25달러 저축에 실패했습니다. 2월에는 22달러 50센트 저축에 실패했습니다. 3월에 20달러 저축이 가능할까요? 매달 저축액이 줄어들어…….

델 리오의 주도적인 시민들은 탄원서에 서명하고, 브링클리 부부가 그곳에 병원을 다시 개업하게 해달라고 간청했다. "그곳에서 그들은 자신감으로 가득 차며 존경받고 사랑받는다." 복수의 여신 같은 채권자들과 청구인들을 생각하면 적어도 처참한 현금 흐름을 되돌릴 때까지는 아무데도 갈 수 없었다.

많은 사람들은 브링클리가 대담한 행보를 보일 것이라고 생각했다. 그러나 그것이 딜리항공학교(Dilley Aircraft School)일 것이라고는 예상하지 못했다.

유럽 전역으로 전쟁이 용암처럼 번지고, 미국의 개입도 가능한 상황에서 세상은 영웅을 원했다. 또한 비겁하고 이기적인 사람들은 전쟁이 끝날 때까지 머물 수 있는 장소를 원했다. 그것이 브링클리가 약삭빠르게 제공하고자 했던 것이었다. 그러나 사람들은 그 어느 때보다 그를 경계했다. 그렇다고 더 흥미를 보이는 소비자들만 찾을 수도 없었다.

"항공정비사처럼 보수 좋은 직업을 구할 수 있는데, 왜 월급 21달러짜리 군부대에 남아 있습니까? (여러분은) 결정해야 합니다. 참호를 파고 총을 들지, 아니면 총알과 먼 곳에서 정비교육을 받을

지……. 수천 가지의 직업이 일자리를 찾지 못해……. 우리 학생들은 교육과정을 다 이수하기도 전에 선발되어……."

브링클리에게 넘어가기 전에, 딜리학교는 캔자스시티에서 용접과 항공정비를 가르치던 조그만 교육기관이었다. 브링클리는 나중에 수많은 광고와 그럴싸한 홍보를 통해 많은 지원자를 끌어들였다. 딜리의 졸업생들은 징집할 수 없다는 것이 가장 큰 매력이었다.

아니면 그의 주장일 뿐이었다. 거래개선협회가 브링클리를 법정에 세웠을 때, 그조차 혼란을 야기하는 엄청난 거짓으로부터 벗어나려 애썼다. 1년도 채 지나지 않아, 학교는 법정관리에 들어갔고 브링클리는 부당이득을 챙긴 혐의로 기소되었다.

1940년 12월, 미니는 너무 기진맥진하여 잠시 그곳을 떠나 있어야 했다. 그녀는 한때 행복했던 곳으로부터 도망쳤다. 그녀는 친구에게 편지를 보냈다. "나소는 터키석 속의 흰 진주처럼 아름다운……. 나는 윈저 부부를 보았어. 부인은 몸이 안 좋은지 측은해 보였고, 공작은 작고 귀여워서 동성애자가 분명……."

브링클리가 1941년 초 샌안토니오에서 파산을 선언했을 때, 30만 달러의 자산과 100만 달러의 빚이 있었다. 그 기록이 법원의 기대보다 허술한 데에는 그럴만한 이유가 있었다.

"제게는 장부가 하나도 없습니다." 그가 설명했다.

그렇지만 브링클리와 미니는 거리로 나앉지는 않았다. 파산법이 그들의 저택과 가구, 옷, 다이아몬드, 보험계약, 브링클리의 초상화, 차 한 대를 보호해줬기 때문이다. 그리고 곧 그가 교활함과 기발함으로 모든 것을 그대로 유지하려고 안간힘을 썼다는 것이 채권자들에 의해 밝혀졌다. 법정에 서기 전에 그는 재산을 미니와 자니 보이 그리고 여러 친구들에게 분산시켜놓았다.

"그것은 시작에 불과했어요." 한 기자가 이렇게 썼다. "150만 달러를 두고 펼쳐진 토끼와 사냥개들의 신나는 게임은……."

3월 24일, 괴로움에 시달리는 채권자들이 델 리오의 연방법원으로 가득 몰려왔다. 브링클리는 가장 큰 다이아몬드 반지를 만지작거리며 판사에게 대부분의 돈이 어디로 갔는지 정확히 말할 수 없다고 능글맞게 말했다. 그리고 마치 오병이어의 기적*처럼 재산의 일부—말 6마리, 소 90마리, 오리 40마리, 포경포 한 자루—를 채권자들에게 나누어 변제하겠다고 말했다. 광업과 부동산에서도 조금이라도 무언가를 얻어낼 수 있었지만, 불행히도 라디오 방송국은 멕시코 정부의 소유였고, 병원은 브링클리의 이름으로 되어 있지 않았다.

자신의 재산을 보호하려던 계략은 결국 실패로 돌아갔다. 그 후 브링클리는 죽은 몸이나 마찬가지였지만, 가만히 누워 있지만은 않았다. 그는 우편을 통해 성직자가 되기 위한 공부를 시작했다. 그리고 점성술사와 상의한 후, 상원의원 선거에 입후보하기 위해 텍사스주 국무장관에게 지원서를 제출했다.

"저는 파산했고 선거자금도 없습니다." 그는 말했다. "만약 제가

* 성경에 기록된 것으로, 예수가 떡 5개와 물고기 2마리로 5천 명을 먹였다는 기적적인 사건.

선출된다면, 저를 믿고 사랑하는 텍사스 주민들의 자발적인 기부로 인한 것임이 틀림없습니다."

그러나 선뜻 답이 오지 않았고 그는 금세 물러났다.

게다가 멕시코와 미국이 오랜 불화를 끝내고 대역폭 공정 할당에 관해 합의를 이루면서, 상황은 더욱 심각해졌다. 브링클리를 축출 해내는 것이 합의 조건 중 하나였기 때문이다. 1941년 여름, 멕시코 부대가 XERA를 장악하고 약탈했다. AP의 한 기자는 "브링클리의 방송국이 '나치 조직에 대해 동조하는 외국인들'의 보호 아래, '새 로운 세상에 적합하지 않은 뉴스'를 전송한다는 혐의로 고발당했 다"는 내용의 전보를 보냈다.

그런데도 브링클리는 7월 21일이 되어서야, 캔자스시티에서 아 내에게 편지를 쓰며 자신이 모든 것을 잃었음을 인정했다.

여보,

XERA이 해체된다는 당신의 전화를 받고 난 후부터 마음이 찢어질 듯 아프네.

이 일이 일어나기 전까지는 희미한 희망이라도 있었는데…….

건강도 무척 나빠졌어. 난 이제 침대에 누워 떠날 준비를…….

사랑을 담아.

사흘 후 그에게 심장마비가 찾아왔다.

54

"브링클리 박사가 캔자스시티에서 한창 시달리던 때였어요." 미니는 기억했다. "플래너건 신부님이 비행기를 타고 찾아오셔서 하루종일 남편의 침대 옆에 앉아 계셨죠." 그 외의 친구들은 너무 적었고, 멀리 있었다. 자신의 몰락에 씁쓸해하던 미니는 누구를 탓해야 할지 정확히 알고 있었다. 그녀는 익명의 수신인에게 편지를 보냈다. "미국 의학협회가 브링클리 박사에게 누명을 씌우고……. 피시바인 박사가 이 모든 문제를 일으켜……."

캔자스시티 병원에서 브링클리의 건강은 무너지고 있었다. 8월 말에 혈전이 생겨 왼다리를 절단해야 했다. 2주 후, 20년간 좀비처럼 잠만 자던 미국 우정국이 깨어나 그를 우편 사기로 고소했다. 연방 보안관이 '존 R. 브링클리가 자신을 위대한 외과의사이자 과학자, 내과의사처럼 거짓으로 꾸며냈다'는 다소 모호하고 굴욕적인 이유 등 15가지 혐의가 포함된 영장을 들고 그의 병상에 나타났다.

"이거 참." 브링클리가 영장을 받아들며 말했다. "도주할 위험은 없을 것 같네요."

병상에서 나오기에는 너무 약한 상태였기 때문에 브링클리의 재판은 연기되었지만, 같은 혐의로 고소된 미니는 곧장 체포되었다. 1942년 1월, 브링클리는 자신의 변호사들 중 한 사람인 샌안토니오의 윌리스 데이비스에게 도움을 요청하는 편지를 보냈다.

저는 파산했고 가지고 있던 모든 것을 팔아서…….

8월 23일부터 줄곧 입원해 있었고 몸무게가 79킬로그램에서 59킬로그램으로 줄었습니다. 절단한 뼈는 병들었고 왼다리도 제대로 회복되지 않을 겁니다. 끝없는 고통 속에서…….

기소 전까지는 돈을 빌릴 수 있었지만, 기소된 후에는 친한 친구들도 위험을 감수하지 않으려 해서…….

예전에 저는 변호사 비용을 한푼도 빼놓지 않고 다 지불했습니다. 한 번은 돈을 빌려서 드려야 했지만, 어쨌든 변호사님은 그때 돈을 받으셨죠. 이제 몸져누워 아무것도 할 수 없는 제게, 조금의 자비를 베푸시면…….

데이비스가 그의 간청을 무시할 것이라고 믿었던 미니는 친구 모리 휴스에게 호소했다.

"이 사건이 재판에 가면 우리는 침몰할 거야……. 우리는 필요한 증인들을 모집하고 지역 변호사를 고용할 돈이 없어……. 꼭 필요하다면 우리가 감춰둔 돈을 꺼낼 거라고 생각하지 말길 바라. 많은 사람들이, 우리가 돈을 낡은 깡통에 감추고 있어 진전을 막고 있다고 생각하겠지만……. 네가 이 상황을 우리 부부만큼 이해할 수 있었으면 정말 좋겠어. 다만 우리를 몰락에서 구해줄 생각이라면 너 혼자서 해야만 해."

삶의 끝자락을 향해 가던 브링클리는 찬란한 순간을 한차례 맞이했다. 그는 노먼 베이커가 우편 사기로 유죄판결을 받았다는 사실을 알게 되었다. 수박씨, 옥수수수염, 석탄산, 물을 섞어 만든 암 치료제도, 4년형을 받고 레번워스 교도소에 수감될 그를 구하기에는 역부족이었다. 브링클리는 (거짓으로) 자기 덕에 베이커가 몰락했다고 주장했다.

"아칸소에 있는 친구들이 그에게 철퇴를 가했어요." 그는 침상에서 일어나 앉아 말했다. "저는 지방 검사와 판사와 둘러앉아 우편 혐의로 몇 년을 때릴지 결정했고……. 내 환자를 훔쳐간 것과 1,500달러의 손해에 대한 복수를 한 것 같습니다."

그러나 죽음을 아주 잠시 유예한 것뿐이었다. 5월 6일, 그는 미니에게 서글픈 어조로 어머니의 날 메시지를 보냈다.

우리는 박해와 좌절의 불구덩이에서 발버둥치고 있지만……. 나란히 걸으며 눈부시게 아름다운 영원의 세계를 바라봐야 해. 만약 내가 먼저 세상을 떠나면 그곳에서 당신을 기다리며 지켜볼 테니……. 당신에게는 우리 아들 자니를 돌봐야 할 책임이 있고……. 당신의 시간과 재능을 그 아이에게 쏟아줘. 그 녀석은 아빠처럼 여린 꽃이니까.

나중에 미니는 이 편지에 메모를 남겼다.

마지막 러브레터

우리의 사랑은 진정한 것이었고 우리의 충성심은 성공을 위한 것이었다.

브링클리는 1942년 5월 26일에 샌안토니오에서 잠든 채로 세상을 떠났다. 그는 미국에서 가장 유명한 사람 중 하나였고, 몇 가지 혐의에서 막 벗어났다. 그는 델 리오 사람들에게 칭송받았고, 미니와 처음 만났던 테네시 멤피스의 커다란 기념비 밑에 묻혔다.

셰익스피어 시대의 경제 몰락과 함께 긴 통치를 끝낸 그는 적들의 관례적인 헌사를 받았다.

윌리엄 앨런 화이트가 말했다. "그가 가진 재능을 조금만 더 정직하게, 조금만 더 똑똑하게 사용했더라면 …… 그는 진정으로 위대한 지도자가 되었을지도 모른다."

모리스 피시바인은 언짢은 기분을 드러냈다. "앞으로 다가올 세기는 이렇게 뻔뻔하고 상상력이 풍부하고 자존심 강한 인물을 만들지 말아야 한다."

그러나 군중 속의 한 노인은 그 순간을 누구보다 제대로 표현했다. "그 사람이 나를 속였다는 걸 알고 있지만 …… 어쨌든 난 그 사람이 좋았어요."

브링클리의 마지막은 그가 알고 있었던 것보다 더 풍요로웠다.

앰브로즈 비어스는 돌팔이 의사를 '면허 없는 살인자'로 정의했다. 그러나 당시에 의료과실에 관한 법이 아주 원시적인 수준이었다는 점을 고려하면, 브링클리는 살인면허를 가지고 있었던 것이나 다름없다. 게다가 그는 그것을 최대한 활용했다. 아마 미국 역사상 최악의 연쇄살인마는 아니겠지만, 시신의 숫자로는 결선까지 오를 수 있을 것이다. 브링클리의 경력에서 중간쯤 되던 시기에 맞이한 1930년 캔자스 의료위원회의 공청회에서, 원고 측은 최소 42명(심지어 수술 전에는 멀쩡했던 사람들도 있었다)이 브링클리의 클리닉에 걸어 들어갔다가 누운 채로 나왔다는 사실을 증명했다. 도장업자 존 홈백처럼 비틀거리며 걸어 나갔다가 어딘가에서 쓰러진 사람들도 적지 않았다. 그 외에도 10년 동안 진료한 수많은 환자들과 의학 질문상자에 의한 피해자들을 고려하면, 한밤중에 돌아다니는 미치광이도 결코 도달할 수 없는 최대 규모의 학살이었다. 그의 경력을 멈춘 데에는, 탐욕으로 인한 범죄에 대한 미국의 깊은 저항감도 한몫했다. 1964년에 의료과실로 환자를 사망하게 한 의사가 처음으로 감옥에 갔지만, 치명적이었던 밀퍼드 메시아는 세상을 떠난 지

이미 오래였다.

 피시바인은 이 '죽음을 퍼뜨리는 자'를 굴복시킴으로써, 한 명의 돌팔이를 멈추게 하는 것 이상의 성과를 거두었다. 피시바인 덕분에 AMA는 전국의 의사들에게 적용되는 면허 발급 기준을 설정할 수 있는 절대적인 권한을 갖게 되었다. 그 사건은 미국 의학이 2~3세기 정도 후퇴한 규제되지 않는 아수라장과, 그것을 정의한 냉철한 집권층 사이에 경계선을 만들었다. 이 변화를 통해 얻은 혜택들이 완전히 순수하지는 않았다. 예를 들어, 그들은 권력을 유지하고 강화하려는 뱀파이어의 본능 때문에 1940년대 초에 AMA 셔먼 반독점법 위반으로 유죄판결(AMA는 벌금처분을 받았고, 피시바인은 처벌받지 않았다)을 받았다. 한편으로는 협회의 군림 덕분에 지금은 대부분의 의학박사 학위가 제대로 된 학교에서 발급되고 있다.

 피시바인은 이곳저곳에서 부지런히 작살을 놀렸지만, 브링클리는 모비 딕처럼 쉽사리 잡히지 않았다. 피시바인은 그의 독단적인 방식에 지친 회원들에게 떠밀려, 1949년에 AMA를 떠난 후에도 1976년 9월 27일에 세상을 떠나기 직전까지 늘 그랬듯 숨가쁘게 글을 쓰고 강연을 했다. 그해 초, 의회는 2세기에 거친 불만사항에 재빠르게 대응하기 위해, 피시바인이 오랫동안 간절히 바랐던 식품위생과 약품에 관한 법률의 의료기기 수정법—돌팔이 의료기기를 금지하는 법률—을 통과시켰다.

 피시바인의 장례식에서 시카고 시장 리처드 J. 데일리는 그 분야의 수많은 전문가들과 마찬가지로 피시바인을 칭송했다. 현재 시카고대학에서는 과학과 의학의 역사를 위한 모리스 피시바인 센터를 통해 그의 이름을 기리고 있다. 그러나 불덩어리 같던 그 편집자는, 대부분의 범죄 사냥꾼들이 그랬듯 고통에 시달렸다. 브링클리에게 거둔 승리를 제외한 대부분의 성과들은 오래 지속되지 않았기 때문이다. 그의 죽음 이후, 새로운 수법을 사용하는 돌팔이들이 그 어느 때보다 빠르게 늘어났고, 피시바인이 깨끗하게 정리한 땅은 순식간에 정글로 변했다. 가짜 암과 체중감량을 통한 치료법, 생물학적 치과치료법, 이어 캔들링(귓속에 초를 넣는 방법), 야생 참마크림, 중금속제거요법, 기공 등 빠른 회복을 위한 수천 가지의 치료법들이 오늘날 널리 활용되면서, 최초의 창안자들은 샴페인 속을 헤엄치고 있다.

그러나 존 브링클리의 유산은 넓고 깊었다.

보가트처럼 브링클리도 잘못된 정보를 전달받았다. 사실 XERA는 해체되지 않고, 그의 직원이었던 두 사람에 의해 구출되었다. 그들은 돌팔이 이미지를 조금 누그러뜨리기만 했을 뿐, 아무것도 바꾸지 않았다. "행크 스노우, 어니스트 텁, 레프티 프리젤, 행크 윌리엄스, 지미 데이비스, 피위 킹 등 당시 무명이었던 그들은 대부분 …… 음반을 틀고 이야기를 하기 위해 도시를 찾아왔다." 당시의 직원은 이렇게 회상했다. 안타깝게도 그들이 녹음했던 음반 중 극히 일부만 살아남았다.

"그들은 멕시코에서 무척 유명해졌어요." 브링클리 방송국의 관리자 던 하워드가 말했다. "…그 오래된 음반들을 얹어놓으면 기가 막힌 줄무늬를 만들었어요. 외부는 아세테이트, 내부는 알루미늄으로 만들어진 데다 영구적이었기 때문이었죠."

그때까지 브링클리의 혁신적인 성과들—라이브 음악을 녹음으로 대체, 전화를 통한 원거리 방송, 심지어 AM 포맷까지—이 산업 전반을 장악하고 있었다. 델 리오 역시 그러한 분위기 속에 머물러 있었다. 밤이면 카페에서 음악이 흘러나왔고, 방송계의 혁명이 1950년대에 녹아들었다. 특히 뉴욕 브루클린에서 온 밥 스미스가 브링클리의 낡은 자리를 넘겨받았을 때가 그랬다. 그는 일본인들에게 '기분 좋은 정중함의 황제'였고, 독일인들에게는 '코미디계의 수상'이었다. 그러나 미국인들에게는 울프맨 잭으로 알려졌다.

위대한 남자 울프맨은 XERA(현 XERF)를 예전 방식으로 운영했다. "여러분이 해야 할 일은 신청서 하나를 작성하는 겁니다." 그가 말했다. "매주 일요일 밤 국영방송을 진행하고 세금을 내면, 멕시코인들은 여러분이 무엇을 원하든 그냥 둘 겁니다." 한동안 그는 방송에서 브링클리에 대한 존경의 의미로, 유리병에 담긴 플로렉스라는 알약을 판매했다("아시겠지만 결혼생활이 성적인 부분에서 조금 지겨워질 수 있습니다. 하지만 엄마표 오렌지주스에 이 알약 하나면 ……"). 무엇보다 그는 브링클리의 정신적인 제자였고, 세상에 뜻밖의 이야기들을 퍼뜨리며 역사를 만들고 있었다.

"우리는 로큰롤로 여러분의 영혼을 흔들고, 블루스로 마땅히 해야 할 일을 할 것이다!"

그것은 시카고의 체스 사운드—머디 워터스, 하울링 울프, 리틀

월터가 녹음한—로 시작되었으며, 이후 폭발적인 반응을 일으켰다. 올프맨 잭, 팻 대디 워싱턴, 매그니피슨트 몬태그 등 보더 블래스터의 신세대 DJ들이 미국의 주류 라디오들이 없애려 애썼던 음악들을 미 전역에 퍼뜨렸다. 하드코어 블루스, R & B, 클라이드 맥패터, 행크 발라드, 조 터너, 플레터스, 클로버스……

"벌거벗고, 악마의 마리화나를 피우고, 너희 선생들에게 키스해라!"

힐빌리 음악이 그랬던 것처럼 흑인음악이 보더 블래스터를 통해 최초로 전국적인 인기를 끌었다. 당시 보더 블래스터에서 방송했던 복잡한 주술과 블루스(포맷을 초월하며 행크 윌리엄스부터 제임스 브라운의 하드코어 펑크에 이르는 대단히 미국적인 음악)는 대중음악을 압도했고, 미국 신세대의 음악 취향에 대변혁을 일으켰다. 보더 블래스터는 흑인과 백인을 아우르는 문화를 창조했고, 로큰롤의 상승세에 기름을 들이부었으며, 모두가 알고 있는 그것을 위해 길을 열었다.

1980년대에 멕시코의 보더 블래스터들은 시대와 기술에 추월당하며 쇠락해갔다. 그러나 브링클리의 또 다른 유산이 여전히 생존해 있었다. 돌팔이 클리닉, 특히 '암 치료 요양소'가 법이 미치지 않는 곳에 도사리고 있었다. 수십 년간 골치 아픈 신호들—레이어트릴* 푸드(laetrile food)에 끼워 넣은—이 절망적인 사람들을 티화나

---

* 상표명으로, 살구·복숭아씨에서 얻는 항암제다.

(Tijuana)*에 있는 클리닉으로 끌어들였다. 폐암으로 투병했던 영화배우 스티브 맥퀸은 최후의 수단으로, 후아레스에 있는 치료사까지 찾아갔지만 결국 세상을 떠나고 말았다.

히틀러가 폴란드를 침공하면서 세계의 관심은 분비선에서 멀어졌다. 수년 후 한 지인의 증언에 따르면, 세르주 보로노프 박사는 1951년에 세상을 떠날 때까지 "조롱당했던 삶을 품위 있게 인내했다"고 한다. 그러나 절친했던 한 친구는 그가 "누구도 자신의 발자취를 따르지 않는다는 사실에 괴로워하며 말년에 상당히 우울해했다"고 말했다. 더 심각한 것은 2천 명의 이식 환자 중 일부가 계속 문제를 일으켰다는 점이다. 그는 원숭이 고환이 일부 환자들에게 매독을 감염시켰다는 사실을 알고 엄청난 충격을 받았다.

라이벌이었던 유진 슈타이나흐 박사의 사정은 그보다 나았다. 그의 80세 생일에 보도된 《뉴욕 타임스》 기사는 이러했다.

그의 연구는 철저함과 독창성에서 매우 탁월하다. 비록 슈타이나흐의 수술은 유행을 지났지만, 성호르몬에 대한 새로운 지식을 적절한 방향—예를 들면 테스토스테론의 합성—으로 선도함에 있어 가장 강력한 영향력을 미치고 있다. 다시 말해, 그의 실수와 실패가 다른 사람들에게 더 나은 길을 제시했다. 그것이 과학이다.

그렇지만 진실을 지지하는 사람들은 늘 한정적이었다. 특히 젊음

---

* 멕시코와 미국 국경에 접하는 도시

의 회복이라는 분야에서는 더욱 그랬다. 제2차 세계대전 후, 스위스의 폴 니한스 박사는 '회춘술 의사'로서의 역할을 이어받았다. "저는 슈타이나흐와 보로노프 박사의 수술을 모두 지켜볼 수 있었습니다." 그가 말했다. "그리고 그분들의 실수에서 많은 교훈을 얻었죠."

레이크 제네바의 라프레리 클리닉에서, 니한스는 서머셋 모옴, 콘라드 아데나워, 조르주 브라크, 교황 비오 12세 등 유명인사들의 주름개선을 위해 '세포요법'을 시행했다. 1957년, 룩 매거진《이 남자가 교황을 살아있게 하는가?》는 그 기술을 이렇게 설명했다. "장기가 병들면 동물의 태아 일부, 혹은 아주 어린 송아지, 암양, 돼지에게서 '신선한 세포'가 생성됩니다. 그 세포들은 으깨져서 용액에 섞인 후, 환자의 몸에 직접 투여되며……." 브라운-세커드 교수는 적어도 위대한 생존력을 보여주었다.

오늘날 회춘은 해설식 광고와 웹주소, 다양한 요구를 위한 도구와 장난감이 즐비한 국제적인 시장이다. 남성들은 여전히 유리한 위치를 차지해야 한다는 불안감에 시달리며, 비아그라든 '2천 년전의 제조법으로 만들어진' 중국의 악어 생식기 알약이든 가리지 않고 찾아다닌다. 남성들이 집착하는 스테로이드는 인기 있는 악마의 특가품이다. 반면, 여성들은 근육량의 유혹에 영향을 받더라도 대개는 수행능력보다 포장에 더 조바심을 낸다. 속눈썹 이식은 1970년부터 시작되었지만, 지난 몇 년간 필요성이나 위험성을 고려하지 않는 성형수술이 폭발적으로 증가했다. 2001년에 소에서 추출한 콜라겐의 형태가 광우병과 관련이 있는 치명적인 질병인 크로이츠펠트-야코프병의 원인으로 비난받았지만, 도톰한 입술과 부드러운 피부를 향한 쇄도를 늦추지는 못했다.

"대부분의 여성들은 콜라겐으로 인한 치매로 죽는 것보다, 주름 이 자글자글한 얼굴로 죽는 것을 더 두려워한다." 샌프란시스코의 피부과 전문의 리처드 G. 글러우고가 말했다. "당장 30초 후에 죽 는 게 아닌 한, 그들은 수술을 감행할 것이다." 성형수술은 실제로 자존감을 높여주기도 한다. 큰 눈과 긴 목은, 부분 가발을 쓴 남자에 게도 마찬가지로 같은 메시지를 보낼 수 있다.

시간을 돌리기 위해 분비선에 집착했던 사람들처럼 '실현 가능 한 불멸'을 추구하기 위해, 젊음의 표면적 상징들을 경멸하는 것이 한 가지 이유다. 회춘술의 권위자 로널드 클라츠 박사의 말처럼, "우리는 우아하게 늙지 않을 것이다. 우리는 절대 늙지 않을 것이다." 팜 스프링 생명연장연구소와 뉴욕의 국제장수센터 같은 곳은, 노화 를 자연적인 과정이 아닌 질환으로 보았다. 그렇다면 치료법은? 불 멸을 예견한 일부 선구자들은 궁극적인 젊음의 알약(약학 연구의 간 절히 원하는 꿈)이 나오기 전까지 인간성장 호르몬(HGH), 즉 '뇌하 수체전엽에 의해 합성 및 분비되는 폴리펩티드 호르몬'으로 정의 된 비스테로이드성 물질을 사용하라고 홍보해왔다. 그렇다. 분비선 은 '반짝이는 피부, 근육량의 증가, 성욕 향상, 경쾌한 기분, 날카로 운 지성, 18세 수준의 폭발적인 대사량'을 약속하는, 연간 15~20억 달러 규모의 시장이다. 그것이 불멸을 의미하지는 않지만, 암 발병 과 조기 사망의 위험성을 신경 쓰지 않는 사람이라면 시도해도 나

쓰지 않을 것이다.

더 엄격한 일부 과학자들은 인간의 세포 구성을 변화시켜 노화를 멈출 수 있기를 바라고 있다. 재생의료협회의 새천년맞이 모임에서 캘리포니아대학의 분자생물학 교수, 신시아 케넌은 '죽음의 신 유전자'와 '청춘의 샘 유전자'를 확인하려는 노력에 대해 보고했다. 그녀는 21세기에는 평균수명이 더 늘어날 것이라 예측했다. 어드밴스트 셀 테크놀로지의 미첼 웨스트는 이렇게 덧붙였다. "우리는 생식세포가 가진 불멸의 특성을 인체에 이식하여 노화를 궁극적으로 제거할 수 있는 날에 점점 가까워지고 있습니다."

하버드 매거진 2005년 호《노화는 필연적인가?》에 따르면 효모, 회충, 초파리를 연구하는 과학자들이 한 가지 유전자를 변형시켜 수명을 극적으로 연장시킬 수 있다는 사실을 발견했다. 유전자 변형 유기체들은 단순히 오래 사는 것이 아니라 더 천천히 노화했다. 또 많은 경우, 개체가 사망한 후에도 젊음의 형질이 유지되었다.

무엇이 더 남았는가? 클로닝*은 여전히 손에 닿지 않는 곳에 있다. 한 낙관론자는 애리조나의 질소를 가득 채운 탱크 안에 거꾸로 매달린 가여운 테드 윌리엄스**를 따라할지도 모른다. 퓨처리스트 레이 커즈와일은 2020년에는 컴퓨터 하드웨어가 인간의 정신의 기

---

* 미수정란의 핵을 체세포의 핵으로 바꿔 놓아 유전적으로 똑같은 생물을 얻는 기술.
** 야구선수인 그는 사망 이후 유언장 따라 냉동 보관되어, 딸의 반대에도 불구하고 알코올 생명연장재단으로 옮겨졌다. 이후 해당 회사의 경영자의 저서에 따르면, 시신은 질소 용기에 담긴 채 창고에서 잡다한 물건들과 함께 보관되어 있다고 서술되어 있다.

능적 모델을 운영할 만큼 강력해질 것이며, '마인드 업로딩' 또는 '인간의 정신/의식을 내구성 강한 용기로 전송하는 기술'로 향하는 문을 열어줄 것이라고 예측한다. 이러한 기술은 인간, 혹은 인간의 매우 상세한 유전 지도가 컴퓨터에서 살아갈 수 있도록 해줄 것이다.

그러나 이 기이한 선택들이 모두 무의미해질 수도 있다. 2006년 가을, 국제노화연구소와 하버드 의대의 연구자들은 레드와인에서 발견한 '레스베라트롤'이라는 물질의 강력한 잠재력에 대해 발표했다. 이 물질을 쥐에 대량 투여하자 수명뿐 아니라, 지구력도 극적으로 증가했다. 기름기 많은 식단을 제공했음에도, 심박수가 감소하고 트레드밀에서 달리는 거리는 두 배로 늘어났다. 프랑스 출신의 MIT의 생물학 교수 레오나르도 가렌티 박사는 레스베라트롤이 "운동 없이도 단련된 운동선수처럼 보이게 한다"며 그것을 "노화라는 질병을 다루는 완전히 새로운 치료 전략"이라고 불렀다.

만약 실현 가능한 불멸이 근처에 있는 주류 판매점만큼 가까운 것으로 드러난다면, 우리는 벤저민 프랭클린의 선견지명에 경의를 표해야 한다.

"익사한 사람들을 방부처리할 방법을 발명할 수 있다면 좋겠다. 이런 식으로라면 그들은 어떤 시대로든 다시 소환될 수 있을 것이다. 백년 후 미국의 모습을 직접 볼 수 있기를 간절히 욕망하기에, 나는 평범하게 죽는 것보다 마데이라 와인 통 안에 담겨지기를 바라야 할 것이다. 그때가 되면 나는 친구들 몇 명과 사랑하는 조국을 비추는 태양의 온기 속으로 다시 소환될 것이다."

우편 사기에 대한 유죄판결로 보호관찰 처분을 받은 미니 브링클리는 그 후 30년간 델 리오의 저택에서 살았다. 건물 벽은 갈라지고, 잡초가 무성히 자랐다. 젊은 남자들과 줄줄이 즐긴다는 소문이 돌았지만, 그녀를 나쁘게 보는 사람은 없었다. 1962년, 댐 건설로 밀퍼드가 물에 잠기게 되자, 그녀는 남편의 병원 부지에 가벼운 부표 하나를 설치하겠다고 요청했다.

"(남편은) 시대를 45년 앞선 사람이었어요." 장기이식에 대한 뉴스가 처음 들려오던 때에 미니는 한 방문객에게 말했다. "그때만 해도 사람들이 외부 장기는 인체에서 살 수 없다고 말했어요. 그런데 지금 그 사람들이 뭘 하고 있는지 보세요!" 그녀는 염소 고환 이식이 아직도 비밀리에 이뤄지고 있다고 털어놓았다. "광고만 안 할 뿐이에요. 하지만 그냥 버리기에는 너무 좋은 수술이죠."

그리고 1978년 미니가 세상을 떠난 후, 영광스럽게도 그녀는 지지 탑(ZZ Top)의 노래로 다시 태어났다.

지난 1996년을 기억해?

컨트리 음악, 힐빌리 블루스

나는 거기에서 노래를 배웠어.

오, 해안에서 해안까지, 국경에서 국경까지

전국 모든 지역에서

하늘을 가르던

무법자 X를 말하는 거야

우리는 닥터 B에게 감사할 수 있어

그는 경계를 뛰어넘었지

엄청난 전력을 통제하면서,

그 분야의 최고가 되었어

그러니 라디오를 들어봐

매일 밤 놓치지 말고

그러지 않으면

기분이 안 좋을 테니.

…나는 들었어, 나는 들었어,

X에게서 나는 들었어.